古典文學研究輯刊

十八編

曾永義 主編

第15冊

六朝志怪筆記中動物故事研究（下）

陳曉蓁 著

國家圖書館出版品預行編目資料

六朝志怪筆記中動物故事研究（下）／陳曉蓁 著 — 初版 —
新北市：花木蘭文化事業有限公司，2018〔民 107〕
目 2+206 面；19×26 公分
（古典文學研究輯刊 十八編；第 15 冊）
ISBN 978-986-485-516-2（精裝）
1. 六朝志怪 2. 志怪小説 3. 文學評論
820.8   107011657

ISBN-978-986-485-516-2

9 789864 855162

古典文學研究輯刊
十八編　第十五冊　　　　　ISBN：978-986-485-516-2

六朝志怪筆記中動物故事研究（下）

作　　　者　陳曉蓁
主　　　編　曾永義
總 編 輯　杜潔祥
副總編輯　楊嘉樂
編　　　輯　許郁翎、王筑　美術編輯　陳逸婷
出　　　版　花木蘭文化事業有限公司
發 行 人　高小娟
聯絡地址　235 新北市中和區中安街七二號十三樓
　　　　　　電話：02-2923-1455／傳眞：02-2923-1452
網　　　址　http://www.huamulan.tw 信箱 hml810518@gmail.com
印　　　刷　普羅文化出版廣告事業
初　　　版　2018 年 9 月
全書字數　371738 字
定　　　價　十八編 15 冊（精裝）新台幣 29,000 元　　　版權所有‧請勿翻印

六朝志怪筆記中動物故事研究（下）

陳曉蓁　著

目次

第五章　六朝志怪筆記動物類型故事

　　故事之得以流傳，在於情節令人感到有趣，而故事中的情節經巧妙安排，又可能成為另外的故事。因此，故事可由兩方面加以觀察，一為「情節單元」之分析，另一則為「故事類型」之分類。〔註1〕

　　金榮華教授為「故事類型」作如下定義：

> 　　就整個故事的內容和結構作分析，把基本內容和主要結構相同而細
> 節卻或有異的故事歸集在一起，取同捨異，就成為一個故事類型。
> 〔註2〕

換言之，「所謂類型，就是一則故事的基本核心模式。一則故事的多種說法，如果不是同一個模式，那麼它就是另外一則或另外一型的故事」〔註3〕。而故事要成型，須備基本條件：

> 　　可以成型的故事至少要有兩個或兩個以上不同的說法，那表示這個
> 故事有著令人喜愛而又容易記憶和傳述的條件，有不同的說法是經
> 人一再轉述後才有的現象。〔註4〕

故事類型以「故事結構」為主要關注點，故事中包含情節，「每一則可以稱作故事的敘事，至少有一個情節單元，也可以有一個以上的情節單元」〔註5〕，

〔註1〕　參金榮華：《中國民間故事與故事分類》（增訂本）（臺北縣新店市：中國口傳
　　　　文學學會，2007年9月再版1刷），頁2～4。
〔註2〕　金榮華：《中國民間故事與故事分類》（增訂本），同前註，頁9。
〔註3〕　金榮華：《中國民間故事與故事分類》（增訂本），同註1，頁69。
〔註4〕　同前註。
〔註5〕　金榮華：〈「情節單元」釋義──兼論俄國李福清教授之「母題」說〉，《華岡
　　　　文科學報》第24期（2001年3月），頁174。

而情節於故事中，可爲「前置情節」、「核心情節」或「後置情節」〔註6〕，可游動穿插，造成各種互動，當情節安排有所變動，產生不同組合，則相異的故事類型也因之產生。

六朝志怪筆記，多爲隨筆雜錄之敘事，眾多作者載錄於書的篇章，頗多重見之處，而其中亦見「基本結構相同而風貌各別的『異說』」〔註7〕，因此，就其基本架構分析，可不受敘事枝節繁蕪之累。有關動物之情節敘事，在六朝志怪筆記中，已有成類型者，顯見六朝志怪筆記，已有受人歡迎的故事情節，成型的故事雖不多，但卻更顯珍貴；而著手觀察同型故事之同異，正可就故事流傳、演變或混合之況，析其變化，探其源流，更可及於故事之民情風俗、文化傳承，對故事與時代背景之連結，有相輔相成之效。

1876 年，丹尼斯・尼可拉斯・布初步嘗試對中國民間故事加以分類，其《中國民間文學》之〈地區性家庭的故事傳說〉（"Legends of Locality, Household Tales"），將中國民間傳說故事分爲 8 大類 15 式〔註8〕。其後，阿爾奈、湯普遜的《民間故事類型》，收錄中國民間故事 72 則〔註9〕。英國約瑟雅科布斯（Mr. Joseph Jacobs）爲著《民俗學概論》初版，訂正了亨德孫（William Henderson, 1813〜1891）第一版《北部諸州民俗》（*Folklore of the Northern Counties*）庫路德（Rev. S. Baring-Gould）之分類表，作〈印歐民間故事型式表〉（"Types of Indo-European Tales"），計有 70 個故事型式，1931 年，鍾敬文與楊志成將此表譯爲中文〔註10〕，介紹了「歐洲民間故事的狀態」〔註11〕。同年，鍾敬文完成〈中國民間故事類型〉，歸結出 45 個類型 52 式，爲 1937 年艾伯華的《中國民間故事類型》奠下基礎。1978 年，丁乃通的《中國民間故事類型索引》，將中國民間故事首用 AT 分類法編類，然丁書付梓時，AT 原書已有的故事大

〔註 6〕 2011 年 2 月 21 日金榮華教授在中國文化大學講授「故事類型研究」之上課內容。

〔註 7〕 金榮華：《中國民間故事與故事分類》（增訂本）（臺北縣新店市：中國口傳文學學會，2007 年 9 月再版 1 刷），頁 2。

〔註 8〕 詳參 Dennys Nicholas Belfield, The Folk-lore of China, and its affinities with that of the Aryan and Semitic races, London:Trubner, 1876, p.142〜145.

〔註 9〕 參陳麗娜整理「阿爾奈與湯普遜引用中國民間故事類型型號表」，見氏著：《中國民間故事類型研究》（花蓮：國立東華大學民間文學研究所博士論文，2009 年 6 月），頁 37、355〜357。

〔註10〕 楊志成、鍾敬文譯：《印歐民間故事型式表》（廣東：國立中山大學語言歷史學研究所，1928 年 3 月初版）。

〔註11〕 楊志成、鍾敬文譯：《印歐民間故事型式表》，同前註，頁 4。

要或分析全數刪除，且其類型名稱因無故事大要之輔助，對西方社會之習慣用語不熟悉者，不易了解，故金榮華教授在《民間故事類型索引》中，將 AT 分類加以修訂，修改編號方式，重擬某部分的類型名稱，調整部分故事的型號，使檢索更爲方便。〔註12〕而德國亦見烏特以阿爾奈、湯普遜的《民間故事類型》爲基礎，出版《國際民間故事類型索引》，也爲國際間的民間故事提供檢索。

　　自 1876 年起，中國或國際之民間傳說故事已見分類，爲觀察其收錄情形，今將丹尼斯〈地區性家庭的故事傳說〉、雅科布斯〈印歐民間故事型式表〉、鍾敬文〈中國民間故事類型〉、艾伯華《中國民間故事類型》、丁乃通《中國民間故事類型索引》（以 ATT 簡稱之）、烏特《國際民間故事類型索引》（以 ATU 簡稱之）、及金榮華教授《民間故事類型索引》（以 ATK 簡稱之）中涉及動物故事而成類型之分類狀況並列，附以湯普遜 AT 型號，及所涉之情節單元，以利觀察分析〔註13〕。列表標題，以作者名首字簡稱之。

出處	丹	湯（AT）	雅	鍾	艾	丁（ATT）	烏（ATU）	金（ATK）	情節單元
《異苑》3-21〔註14〕	×	156 獅爪上拔刺（安周克利斯 Androcles 和獅子）	×	×	17 老虎報恩	156 獅爪上拔刺（安周克利斯 Androcles 和獅子）	156 獅爪上拔刺（安周克利斯 Androcles 和獅子）	156 老虎求醫並報恩	象報爲拔腳刺之恩
《搜》20-2	×	156B* 女人作蛇的助產士	×	×	17 老虎報恩	156B* 女人作蛇的助產士	156B* 感激的蛇	156B 虎求助產並報恩	虎報解牝虎難產之恩
《搜》20-9	×	201E*義犬捨命救主	×	×	×	201E* 義犬捨命救主	×	201E 義犬捨命救主	義犬救主於火
《玄》46《搜》14-15	三、思凡薇特式	×〔註15〕	三、天鵝處女式	17 牛郎型	34 天鵝處女	400A 仙侶失蹤	×	400A 鳥妻	鳥妻鳥與人所生之女亦能飛鳥變爲人
《搜神後記》5-1	×	×〔註16〕	×	19 螺女型	35 田螺娘	400C 田螺姑娘	×	400C 田螺姑娘	螺變爲女
《搜神後記》10-5	×	738*蛇鬥	×	×	×	738*蛇鬥	併在 156B* 中	738 蛇鬥	蛇互鬥蛇報仇蛇報助戰之恩

〔註12〕 金榮華：《中國民間故事與故事分類》（增訂本）（臺北縣新店市：中國口傳文學學會，2007 年 9 月再版 1 刷），頁 85～96。
〔註13〕 按：書籍中未見該型號者，表格中以「×」表之。
〔註14〕 按：卷 3 第 21 則，本表格以 3-21 標示，餘類此，不再贅述。
〔註15〕 按：AT、ATU 有 400 之型號，然 ATT、ATK 將此故事類型定爲 400A，與原 AT400 型號之提要有別。
〔註16〕 按：AT、ATU 有 400 之型號，然 ATT、ATK 將此故事類型定爲 400C，與原 AT400 型號之提要有別。

由上表，可看出老虎報恩故事出現二型，一求醫，一求助產；義犬捨命救主的故事中外皆見，可知流傳頗盛；「鳥妻」於《玄中記》即已見載；「田螺姑娘」則於外國未見；「蛇鬥」於《搜神後記》可見。今取「虎求助產並報恩」、「義犬捨命救主」、「鳥妻」、「田螺姑娘」及「蛇鬥」五型故事以討論之。本章「動物類型故事」，以金榮華教授之《民間故事類型索引》為本，就其故事類型加以探析。

第一節　虎求助產並報恩（ATK156B）

湯普遜的《民間故事類型》，將動物故事列在前面，可見動物故事有其精彩引人之處。《搜神記》卷 20 第 2 則，述及老虎與人之互動：

> 蘇易者，廬陵婦人，善看產，夜忽為虎所取。行六七里，至大壙，厝易置地，蹲而守。見有牝虎當產，不得解，匍匐欲死，輒仰視。
> 易怪之，乃為探出之，有三子。生畢，牝虎負易還，再三送野肉於門內。〔註17〕

「牝虎當產」，因「不得解」，故求助於「善看產」之蘇易，待蘇易助其產畢，「牝虎」雖才產下虎子，卻執意親自「負易還」，更「再三送野肉於門內」。此一敘述，含有「虎報解牝虎難產之恩」的情節；文中角色有虎及蘇易，且有實際互動；虎於夜中將蘇易帶走，其後又送野肉，與蘇易為虎解難產之恩有關，已可稱為故事〔註18〕。

故事之所以能成型，有其核心模式，而故事之產生，有其文化背景，以下將就故事類型及內蘊文化，加以觀察剖析。

一、故事類型

湯普遜《民間故事類型》中，即見 AT156B*「女人作蛇的助產士」（Woman as Snake's Midwife）之故事類型，提及被人接生而報恩的動物是蛇，回饋之物則為金錢〔註19〕。艾伯華《中國民間故事類型》中，則有「17.老虎報恩」類

〔註17〕 （東晉）干寶撰；胡懷琛點校：《搜神記》（臺北：鼎文書局，1978 年 8 月初版），頁 151。

〔註18〕 「構成故事的要件有三：一、情節單元，二、兩個角色，角色間須有實際行為的互動，三、角色的行為應和故事中的情節單元有關。」此為 2011 年 2 月 14 日金榮華教授在中國文化大學講授「故事類型研究」課程之內容。

〔註19〕 AnttiAarne's *Verzeichnis der Märchentypen* (FF communications no. 3); Translated

型，情節結構與 AT156B*相類〔註20〕。中國故事中，動物轉而以老虎為主。艾伯華之「老虎報恩」型，人對老虎之救助，除接生外，尚有治傷、餵食等，皆為解其所苦以延續生命，老虎受到幫助後，報恩方式多樣，除贈金錢回報外，也出現幫恩人躲避死亡、為其作媒、助其打仗等，凡此種種，艾伯華皆歸於一類。丁乃通《中國民間故事類型索引》循 AT 分類模式，將老虎受助、報恩方式不同之故事予以分列，ATT156B*題為「女人作蛇的助產士」，並補述說明「這動物通常是老虎」〔註21〕。此一型號，明顯可知中西方的動物主角有所不同。

AT 之名稱凸顯「助產」之功，金榮華教授之《民間故事類型索引》將型號及名稱加以修訂，展現動物之主動性，以 ATK156B「虎求助產並報恩」定名之，故事提要如下：

> 老虎或蛇求人助產，產後銜物報答。〔註22〕

更顯得簡明扼要。

二、內蘊文化

湯普遜之所以採類型之分類法觀察民間故事，在於可藉不同異文觀察故事的生活史，就其內蘊之文化生活加以探求，有助於對故事更深入理解。要尋求故事之生活史，劉守華提出可努力的方向，即「廣泛蒐求故事異文並對他們所包含的歷史地理因素進行細緻分析，以及大膽而審慎地探尋有關故事的原型、祖型及其型態演變線索」〔註23〕，今試就故事成型之況探之。

（一）虎崇拜及圖騰信仰

漢《風俗通義》，即可見人虎故事。九江人民苦於「多虎」，本採「設陷穽」「捕取」之法，新任太守宋均，則對虎害提出不同看法，認為「民害」「咎

---

and Enlarged by Stith Thompson, *The types of the folktale : a classification and bibliography* (Helsinki : Academia Scientarum Fennica, 1964, 2nd rev), p.57.

〔註20〕 詳見〔德〕艾伯華（Wolfram Eberhard）著；王燕生、周祖生譯：《中國民間故事類型》（北京：商務印書館，1999 年 2 月第 1 版，1999 年 2 月北京第 1 次印刷），頁 30～31。

〔註21〕 〔美〕丁乃通編著：《中國民間故事類型索引》（北京：中國民間文藝出版社，1986 年 7 月第 1 版，1986 年 7 月第 1 次印刷），頁 30。

〔註22〕 金榮華：《民間故事類型索引》（第一冊）（增訂本）（新北市新店：中國口傳文學學會，2014 年 4 月再版），頁 177。

〔註23〕 劉守華：〈中國民間故事類型研究的方法論探索〉，《思想戰線》第 29 卷第 5 期（2003 年 7 月），頁 121。

在貪殘」，「逐捕」「非政之本」。百姓爲虎害所苦，須大費周章，廣設陷阱，冀能除去令人困擾畏懼之源；宋均執政，反以治本取代治標，從此，「壞檻穽，勿復課祿，退貪殘，進忠良」，「政之本」掌握了，民害也因此消除〔註24〕。

漢朝之人虎故事，虎爲陪襯角色，虎患之事乃藉以闡明人應施行德政，則能消災弭患，虎具有推崇道義的象徵意義。而《搜神記》蘇易所遇之虎，則化被動爲主動，主導故事之進行，不論行「六七里」之遠以求人助產、難產中「仰視」哀求，產後送蘇易還家，更「再三」銜肉贈送以表達感謝，皆顯現具體行動，人物在《搜神記》此則中，反退居爲配角。

再觀《搜神記》其餘涉及人虎之故事，卷11第24則中，孝子衡農因夢見「虎囓其足」，驚醒後呼其家人出屋，躲過屋塌之劫；卷11第12則中，荊州刺史王業行仁德之政，卒時，有「二白虎」爲其守靈。虎儼然居於守護者之角色。

虎由猛獸轉而變爲守護者，究其成因，或與虎崇拜及圖騰信仰有關。虎本爲眾人所懼之物，具有震懾人的力量：

　　　　虎者陽物，百獸之長，能執搏挫銳，噬食鬼魅。〔註25〕

虎之雄壯威猛，在大自然中，乃人力所不能及，於是易成爲人類崇拜的對象，此由人民生活器具上可見虎紋，見及端倪。商代的青銅器，時可見之動物紋樣包括爬行動物、鳥類、昆蟲及獸類，而獸類動物圖案，以牛、羊、象、虎爲主，其後，龍、鳳及虎之紋樣，演變爲最主要的圖案，到漢代，獸面紋樣更集中在虎面紋樣上，明顯可見虎爲人民所崇拜。不只青銅禮器上有虎的圖案，兵器上也見虎紋裝飾，殷商、西周中期之墓葬，多可見及銅鉞、銅戈上有虎形獸面紋樣的裝飾。鉞爲兵器，亦爲刑具，爲君王統帥地位權杖的象徵，以虎爲紋，更展現權威性。而商代晚期墓葬中之白石雕刻，有虎及梟之圖案，或爲表徵鎮墓獸之意義。《風俗通義‧祀典》中，言及「臘除夕」有「畫虎於門」之俗，乃效上古「荼與鬱壘」「執鬼」「縛以葦索，執以食虎」之行，以達「衛凶」之功〔註26〕；另見一則，也明白表示虎顯然已成禦凶之物：

〔註24〕　（東漢）應劭：《風俗通義‧正失第二‧宋均令虎渡江》（臺北：臺灣商務印書館，1979年11月臺1版，《四部叢刊正編》第23冊），頁23～24。
〔註25〕　（東漢）應劭：《風俗通義‧祀典第八‧桃梗、葦茭、畫虎》，同前註，頁59。
〔註26〕　（東漢）應劭：《風俗通義‧祀典第八‧桃梗、葦茭、畫虎》，同註24，頁58。

今人卒得惡遇，燒悟虎皮飲之，擊其爪，亦能辟惡，此其驗也。〔註27〕
河南鄧城縣一處原始部落，每至冬季斷食季節，常有大猴子攀越寨門造成禍
害，後來採用虎皮製成虎形，放在村寨大門，遂起了驅趕獸類的作用，可知
虎具有鎮邪避惡之作用，其後，虎也成為「防禦圖騰崇拜」中的對象。〔註28〕
　　再觀各民族與虎的關係。商周之時，有方國名如「虎方」以動物命名，
金文中出現多次完全象形的虎字，或許即是虎方的族徽，而巴蜀文化青銅器
的兵器上，多能見及虎形象的圖畫文字及裝飾紋樣，皆顯現出虎圖騰崇拜現
象〔註29〕。在各族中，虎神為彝族之圖騰神，由來已久，白族、土家族、納
西族、哈尼族、羌族等少數民族，均以虎為圖騰〔註30〕，羌族、彝族甚至有
以虎皮裹尸送死之習俗，他們認為火葬之後，靈魂將還原為虎〔註31〕。古籍
中，亦有人虎相為轉換的記載，《後漢書·南蠻東南夷傳》中，即有「廩君死，
魂魄世為白虎」〔註32〕之說，《搜神記》卷12第8則亦曰：

> 江，漢之域，有「貙人」，其先，廩君之苗裔也，能化為虎。長沙所
> 屬蠻縣東高居民，曾作檻捕虎，檻發，明日眾人共往格之，見一亭
> 長，赤幘，大冠，在檻中坐。……於是即出之。尋視，乃化為虎，
> 上山走。〔註33〕

《淮南子》有公牛哀病，七日化虎之說〔註34〕，加之《後漢書》、《搜神記》

〔註27〕（東漢）應劭：《風俗通義·祀典第八·桃梗、葦茭、畫虎》（臺北：臺灣商
　　　　務印書館，1979年11月臺1版，《四部叢刊正編》第23冊），頁59。
〔註28〕劉敦願：〈中國古俗中的虎崇拜〉，《民間文學論壇》1988年第1期（總第30
　　　　期）（1988年1月），頁45～47；李春梅：〈中原民間虎崇拜風俗解讀〉，《藝
　　　　術教育》2009年第3期（2009年3月），頁143。
〔註29〕劉敦願：〈中國古俗中的虎崇拜〉，同前註，頁48～49。
〔註30〕孫正國：〈人虎情緣——「義虎」故事解析〉，收於劉守華主編：《中國民間故
　　　　事類型研究》（武昌：華中師範大學出版社，2002年10月第1版，2002年10
　　　　月第1次印刷），頁136。
〔註31〕林琳：〈虎圖騰崇拜〉，《文史雜誌》1988年第2期（1988年，北臺灣未見紙
　　　　本收藏，出版月不詳），頁43、45。
〔註32〕（南朝宋）范曄撰；（唐）章懷太子李賢注：《後漢書·列傳第七十六卷·南
　　　　蠻西南夷列傳》（臺北：臺灣商務印書館，1937年1月初版1刷，2010年11
　　　　月臺2版1刷，《百衲本二十四史》），頁1298。
〔註33〕（東晉）干寶撰；胡懷琛點校：《搜神記》（臺北：鼎文書局，1978年8月初
　　　　版），頁92～93。
〔註34〕（西漢）劉安：《淮南子·卷二·俶真訓》（《四部叢刊正編》第22冊〔臺北：
　　　　臺灣商務印書館，1979年11月臺1版〕），頁11。

提及人虎轉化，可看出崇虎習俗之存在。此外，《左傳》宣公四年言令尹子文出生，爲虎所乳〔註 35〕，得以延續生命，後爲楚相，文中對令尹子文的出生有所附會，亦或存有虎爲守護之圖騰神的思想。

再由農業社會之祭禮觀之，年中之時有「大蜡」，祭祀對象，虎居其一〔註 36〕，而虎受祭之因，乃源於「古之君子，使之必報之。迎貓，爲其食田鼠也；迎虎，爲其食田豕也」〔註 37〕，因農業豐收之故，虎被視爲益獸，於是便有人扮作貓、虎之形，舉辦年終迎神賽會，在此情形下，虎成爲人類酬謝之對象，與人是和諧共處的。〔註 38〕

虎之威猛爲人所畏，在人虎相畏之間，卻又有虎護人、人化虎之傳說產生，致使早期人類溯及氏族部落之起源時，與虎產生關聯，人對虎之崇拜，以虎爲圖騰的風俗因之產生，甚至將虎視爲圖騰神，或見祭虎儀式，皆顯現出生活中人虎關係之密切，由此可見，虎在中國，並非處在人敬之畏之，遙不可及的地位，而是融入於人的文化生活中，書於故事之字裡行間。

（二）佛教報恩思想

六朝時期，動物於故事中之角色，較之前朝愈顯份量，此與佛教故事的傳入，具有某一程度的影響有關，即如周次吉所言：

> 因佛教之輸入，或就經喻故事改寫者；中印交通，印度文學隨之以入，則或秉其間架，寫我本土文學者。其影響於六朝志怪，實深遠矣。〔註 39〕

魯迅也指出六朝志怪之興，除漢末巫風影響外，小乘佛教也促其發展，漢譯佛教經典中的故事，影響頗鉅：

〔註 35〕 （周）左氏傳；（西晉）杜預注；（唐）孔穎達疏：《春秋左傳正義・卷第二十一・宣公四年》（臺北：藝文印書館，據清嘉慶二十年〔1815 年〕江西南昌府學院元校刊本影印），頁 370。

〔註 36〕 鄭玄注云：「蜡祭有八神，先嗇一，司嗇二，農三，郵表畷四，貓虎五，坊六，水庸七，昆蟲八。」（東漢）鄭玄注；（唐）孔穎達疏；（唐）陸德明音義：《禮記注疏・卷第二十六・郊特牲》，《景印文淵閣四庫全書》第 115 冊（臺北：臺灣商務印書館，1986 年 3 月初版），頁 538。

〔註 37〕 （東漢）鄭玄注；（唐）孔穎達疏；（唐）陸德明音義：《禮記注疏》，《景印文淵閣四庫全書》第 115 冊，同前註，頁 539。

〔註 38〕 劉敦願：〈中國古俗中的虎崇拜〉，《民間文學論壇》1988 年第 1 期（總第 30 期）（1988 年 1 月），頁 49～53。

〔註 39〕 周次吉：《六朝志怪小說研究》（臺北：文津出版社，1990 年 9 月出版），頁 14。

魏晉以來，漸譯釋典，天竺故事亦流傳世間，文人喜其穎異，於有
意或無意中用之，遂蛻化爲國有。〔註40〕

佛教自東漢三國之時傳入〔註41〕，稱頌動物義行及道德的故事屢屢可見〔註
42〕，有時甚至勝出於人。《雜阿含經》中，即以動物爲喻：

佛告比丘：「彼野狐者，疥癩所困，是故鳴喚。若能有人爲彼野狐治
疥癩者，野狐必當知恩報恩。而今有一愚癡之人，無有知恩報恩。
是故，諸比丘！當如是學：知恩報恩，其有小恩尚報，終不忘失，
況復大恩？」〔註43〕

佛經藉動物有報恩之念，傳揚報恩思想，在眾生皆平等、一切事物皆有其生
起因緣、事物之間存在因果關係的緣起理念及因果輪迴下，報恩顯現出相爲
依賴、緣起待生的關係。中國本有受人之恩，湧泉以報的傳統觀念，佛教的
報恩思想，與其相通，更結合中國儒家的孝道思想，再加闡發，如《心地觀
經》中言及四恩：

世出世恩有其四種：一父母恩、二眾生恩，三國王恩，四三寶恩。

如是四恩，一切眾生平等荷負。〔註44〕

將報恩感激之情，擴而充之於一切有生命及無生命之眾生。〔註45〕

〔註40〕　魯迅：《中國小說史略・第五篇・六朝之鬼神志怪書（上）》，見魯迅：《魯迅
小說史論文集——《中國小說史略》及其他》（臺北：里仁書局，1992 年 9
月初版，2000 年 10 月增訂 1 版），頁 42。

〔註41〕　「我國佛教輸入，實分三期。第一，西域期，則東漢三國也。第二，罽賓期，
則兩晉劉宋也。第三，天竺期，則蕭梁魏隋也。」梁啓超撰；張品興主編：《梁
啓超全集・第 13 卷　翻譯文學與佛典・佛教與西域》（第 7 冊）（北京：北京
出版社，1999 年 7 月第 1 次版，1999 年 7 月第 1 次印刷），頁 3759。

〔註42〕　如《六度集經》載猴王在急難時拯救猴群；射師爲取象牙射傷象王，象王要
射師拿了象牙後速速離開，免得被群象發現；鹿王捨身救眾等。見（吳）康
僧會譯：《六度集經》卷 6（56）、卷 4（28）、卷 6（57），收錄於《大正新修
大藏經》第 3 冊（修訂版）（臺北：新文豐出版股份有限公司，1983 年 1 月修
訂版 1 版，1998 年 4 月修訂版 1 版 3 刷），頁 32、17、32。

〔註43〕　（南朝宋）求那跋陀羅譯：《雜阿含經・卷第四十七・1264》，收錄於《大正
新修大藏經》第 2 冊（修訂版）（臺北：新文豐出版股份有限公司，1983 年 1
月修訂版 1 版，1997 年 5 月修訂版 1 版 4 刷），頁 346。

〔註44〕　（唐）罽賓國三藏般若奉詔譯：《大乘本生心地觀經・卷第二・報恩品第二之
上》，收錄於《大正新修大藏經》第 3 冊（修訂版）（臺北：新文豐出版股份
有限公司，1983 年 1 月修訂版 1 版，1998 年 4 月修訂版 1 版 3 刷），頁 297。

〔註45〕　參黃夏年：〈報恩思想的現代意義〉，《傳承》2011 年第 16 期（2011 年，出版
月不詳），頁 48～49。

　　動物感恩圖報之人格化形象在佛經故事中屢被突出，乃佛教以動物感恩故事爲勸諭之道，凸顯報恩之要。劉惠卿曾提出佛經中有五例動物報恩故事，以其中一則爲例，《經律異相》卷二十六〈摩日國王經〉中「日難王棄國學道濟三種命」含有五段情節：主人公救了落難之動物及人──被救之人忘恩負義──主人公落難──動物報恩──善惡有報。六朝志怪所述，則未如佛經故事情節之曲折，僅就「人救動物」、「動物報恩」情節簡述之，一方面承襲佛經將動物擬人化的方式，另一方面，又與中國早已深植人心的果報思想「人爲善者，天報以福，爲不善者，天報以禍」〔註46〕相契合，故知恩圖報之信念倍受強調。因此可見，六朝志怪汲取佛經故事中之情節，又有所改造，符合中國之道德文化〔註47〕，卻又彰顯佛教傳入之果報觀念，將兩者融爲一爐。

　　綜觀「虎求助產並報恩」一節之故事類型，東西方故事中的動物出現變異性，西方以蛇爲多，中國則虎居多數，然而情節結構相同，均爲人替動物助產，動物報恩之故事。報恩方式，西方以金錢回饋，中國則再三致贈野肉以爲答謝，更深化投桃報李之熱情。

　　此一故事類型主述虎報助產之恩，故事主角以虎居多，乃與虎崇拜有所關連。虎之勇猛形象，自商周以來，即被巴蜀地區少數民族如彝族、白族、納西族、羌族等奉爲圖騰，生活器具、信仰等方面皆以虎爲主，甚有人、虎會相爲轉變之傳說或信仰存在，虎爲人所崇拜，並會守護人類之信仰不言可喻，因之民間亦見對虎之祭拜儀式，虎在中國，並非令人敬而畏之的動物，反而充斥在人類生活中，是具有情感，使人願意親近的生靈。

　　另一方面，佛教傳入，萬事萬物蘊含生起因緣及因果輪迴，借佛經動物報恩故事，顯揚報恩將促成善之輪迴的說法，並與中國知恩報恩的觀念相爲融合，使報恩思想更具助力。是故，「虎求助產並報恩」之故事類型，便在虎崇拜的文化背景，及報恩觀念的推波助瀾之下，在中國獨樹一幟。

第二節　義犬捨命救主（ATK201E）

　　六朝志怪筆記，載有動物與人的深厚情感，在「義犬捨命救主」此一故

〔註46〕（西漢）劉向：《説苑・卷十七・雜言》（臺北：臺灣商務印書館，1979年11月臺1版，《四部叢刊正編》第17冊），頁173。
〔註47〕王丹丹、王玉潔：〈《搜神記》「動物報恩」故事來源與演變〉，《柳州師專學報》第26卷第3期（2011年6月），頁15。

事類型中顯然得見，《搜神記》卷 20 第 9 則，言李信純養一狗「黑龍」，一次醉臥野草中，遇火燒田草，幸爲黑龍所救：

> 信純臥處，恰當順風，犬見火來，乃以口拽純衣，純亦不動。臥處
> 比有一溪，相去三五十步。犬即奔往入水，澧身走來臥處，周迴以
> 身灑之，獲免主人大難。犬運水困乏，致斃於側。〔註48〕

太守聞而憫之，爲義犬葬，「高十餘丈」。此篇句道興本《搜神記》亦見記載〔註49〕，情節相同，僅角色姓名有異，義犬主人、太守、犬之名分別爲「李純」、「劉遁」、及「烏龍」，義犬塚「高千餘尺」，較干寶《搜神記》「十餘丈」巍峨。

　　此則言犬救主人，甚且不顧自身性命安危，故事已然成型，今就故事類型、內蘊文化，析之如後。

一、故事類型

　　家犬救主故事，以主人昏迷遇難，家犬救主脫困爲核心情節。斯蒂・湯普森《民間故事類型》即有 AT201E*「義犬捨命救主」（Dog does not Spare his Life）之故事類型〔註50〕。湯普遜取拉脫維亞（Latvian）故事，顯示狗爲酬報人類，不吝惜自己的生命。丁乃通《中國民間故事類型索引》ATT201E*作「義犬捨命救主」；金榮華教授《民間故事類型索引》ATK201E 亦有「義犬捨命救主」之故事類型，其故事提要爲：

> 主人喝醉在荒地上睡著了，不久原野失火，這人所帶的狗便不斷跑
> 去水溝浸水，然後回到主人周圍的草地上打滾，弄濕草地，阻擋火
> 勢。或是主人被人拋下河，他的狗奮力把他拖上岸。主人因此保住
> 了性命，但是狗則累死了。〔註51〕

此一類型，人、狗原是相識已久，生活與共，其故事重在表達主人遇難，狗捨命救主，因而喪命之情節。其後在《夜譚隨錄》〔註52〕及民間故事中亦可

〔註48〕　（東晉）干寶撰；胡懷琛點校：《搜神記》（臺北：鼎文書局，1978 年 8 月初版），頁 153。

〔註49〕　（唐）句道興：《搜神記》，收於潘重規編著：《敦煌變文集新書・卷八》（臺北：中國文化大學中文研究所敦煌學研究會，1984 年 1 月初版），頁 1226。

〔註50〕　AnttiAarne's *Verzeichnis der Märchentypen* (FF communications no. 3); Translated and Enlarged by Stith Thompson, *The types of the folktale : a classification and bibliography* (Helsinki : Academia Scientarum Fennica, 1964, 2nd rev), p.67.

〔註51〕　金榮華：《民間故事類型索引》（第一冊）（增訂本）（新北市新店：中國口傳文學學會，2014 年 4 月再版），頁 196。

〔註52〕　（清）和邦額著；王一工、方正耀點校：《夜譚隨錄・卷六・異犬》（上海：

見及此型故事，也有與 ATK543 型「蜘蛛鳥雀掩逃亡」〔註53〕、ATK939A「謀財害命　誤殺親人」〔註 54〕結合成複合故事者〔註 55〕，甚至在朝鮮、日本，也見流傳，韓國在崔滋（1186～1260）的《補閑集》中，載有此型故事，其後又見同類型多篇文本見載於他書〔註56〕；崔仁鶴所編《朝鮮民間故事》第128號名「犬墳」，屬此型；《日本昔話大成》也見和歌山縣有田郡之義犬故事〔註57〕，此型故事之所以在日、韓可見，《太平廣記》之傳播，應是促成之因〔註58〕，可知《搜神記》卷 20 第 9 則，為此型在東方最早見載於書的故事原型。

二、內蘊文化

　　「義犬捨命救主」一型故事，探其內蘊文化，含有儒家仁愛、忠義之觀念，及佛經動物故事。

　　　　上海古籍出版社，1988 年 12 月第 1 版，1988 年 12 月第 1 次印刷），頁 181
　　　　～183。
〔註53〕ATK543「蜘蛛鳥雀掩逃亡（蛛網救人）」故事提要為：「主角在一次戰爭中失利
　　　　而逃亡，藏在山洞或井中躲避追兵，敵人在搜索時看見山洞口有完整的蜘蛛網
　　　　封住，或是井邊停著小鳥，判斷裡面不會有人而轉往別處，主角因而得以逃脫。」
　　　　金榮華：《民間故事類型索引》（第二冊）（修訂本），同註 51，頁 391。
〔註54〕ATK939A「謀財害命　誤殺親人」故事提要為：「一人長期在外經商，有了積蓄，
　　　　便帶著銀錢趕夜路回家，快到家時，卻被他不知情的父親或兄弟搶劫而誤殺。」
　　　　金榮華：《民間故事類型索引》（第二冊）（修訂本），同註 51，頁 710～711。
〔註55〕如〈長工與義狗〉結合 ATK201E 及 ATK939A 故事；〈罕王的傳說〉之異文與
　　　　〈滿族人為什麼不吃狗肉〉結合 ATK201E 及 ATK543 故事。見《中國民間故
　　　　事集成‧江西卷‧長工與義狗》（北京：中國 ISBN 中心出版，2002 年 12 月
　　　　北京第 1 版，2002 年 12 月北京第 1 次印刷），頁 677～678；《中國民間故事
　　　　集成‧黑龍江卷‧罕王的傳說（異文）》（北京：中國 ISBN 中心出版，2005
　　　　年 9 月北京第 1 版，2005 年 9 月北京第 1 次印刷），頁 169～170；《中國民間
　　　　故事集成‧內蒙古卷‧滿族人為什麼不吃狗肉》（北京：中國 ISBN 中心出版，
　　　　2007 年 11 月北京第 1 版，2007 年 11 月北京第 1 次印刷），頁 441～443。
〔註56〕詳參李慎成：〈韓中「義狗說話」比較研究〉，《杭州師範學院學報》（社會科
　　　　學版）2004 年第 4 期（2004 年 7 月），頁 77～82。
〔註57〕〔日〕關敬吾編著：《日本昔話大成‧動物報恩‧忠義な犬》第 6 卷（東京：
　　　　角川書店，1978 年 11 月初版），頁 101～102；江帆：〈危難之際顯忠義──
　　　　「義犬救主」故事解析〉，收於劉守華主編：《中國民間故事類型研究》（武昌：
　　　　華中師範大學出版社，2002 年 10 月第 1 版，2002 年 10 月第 1 次印刷），頁
　　　　142。
〔註58〕江帆：〈危難之際顯忠義──「義犬救主」故事解析〉，收於劉守華主編：《中
　　　　國民間故事類型研究》，同註 57，頁 142。

（一）儒家仁愛、忠義觀念

儒家自孔子提倡「仁」，孟子擴張「義」，便爲後人塑造出具仁義的理想人格，影響後人甚鉅。儒家提出「仁者人也」，孟子擴充孔子「仁」之主張，倡導仁、義、禮、智四德：

> 無惻隱之心，非人也；無羞惡之心，非人也；無辭讓之心，非人也；
> 無是非之心，非人也。惻隱之心，仁之端也；羞惡之心，義之端也；
> 辭讓之心，禮之端也；是非之心，智之端也。〔註59〕

人與禽獸之別，即在於人具有五倫四德。荀子亦如是說：

> 水火有氣而無生，草木有生而無知，禽獸有知而無義，人有氣、有
> 生、有知，亦且有義，故最爲天下貴。〔註60〕

內在修爲之外顯表現，則體現出善美之德，人之主體地位，在儒家思想中，被肯定並張揚發揮〔註61〕，遂而奠定倫理思想、道德理念的穩固基礎。

故事中的家犬能不顧自身性命，捨命救主，其來有自。主人對犬「愛之尤甚」，平日「行坐相隨」之陪伴，「飲饌」食物之分享，顯現至深的關懷愛護，眞心至誠之情感交流，早已深植於人犬之間，因之當主人陷於無法自保之際，平日進退與共的家犬，展現出高度智慧，亦如主人平日對待親身親爲之行，以身濡水以制火，人犬間關心對方之由衷付出，流露無遺。人對犬生命之存續，由飲食分享及陪伴顯出關懷；犬對人性命攸關之延續，以在旁護其安全襯出心意，人犬相依之密切關係，於此可見。人以眞心待犬，則犬以誠相報，人處於危急，則犬展其忠義，此等行爲，融入中國儒家「仁者愛人」的觀念，因「君子篤於親，則民興於仁」〔註62〕，導致「仁者」「必有勇」，能「與人忠」的表現。「義」之展現，也表現無遺。儒家「義以爲上」、「事君以忠」的觀念，在義犬「舍生而取義」的行爲中，又將「仁者愛人」的精神發揮得淋漓盡致。人與犬，或可由主僕關係看待，亦可以君臣關係解讀，另一方面，也可視爲恩報之思想展現，透顯出善心得報的現象。

〔註59〕 （東漢）趙岐注；（北宋）孫奭疏：《孟子注疏・卷第三下・公孫丑章句上》（臺
北：藝文印書館，2007 年 8 月初版 15 刷，《十三經注疏》本），頁 65～66。

〔註60〕 （唐）楊倞注；（清）王先謙集解：《荀子集解・卷五・王制篇第九》（臺北：
世界書局，1955 年 11 月初版 1 刷，2007 年 9 月 2 版 3 刷），頁 143。

〔註61〕 參于欣：〈先秦儒家人學思想探析〉，《蘭州學刊》2004 年第 6 期（總第 141
期）（2004 年，未標月份），頁 287～288。

〔註62〕 （魏）何晏集解；（北宋）邢昺疏；（清）阮元校勘：《論語注疏・卷第八・泰
伯第八》（臺北：藝文印書館，2007 年 8 月初版 15 刷），頁 70。

（二）佛經動物故事

儒家將人的地位予以提升，主張「親親而仁民，仁民而愛物」，講究有差等的愛；而六朝志怪中，動物的表現卻又顯得突出，有時甚至勝過人類，此與儒家所倡人遠勝於禽獸的說法扞格不入，此一現象，由佛家思想的融入調和加以觀察，或可得到解答。

佛經以翻譯形態推廣至他國，亦使他國文學受到影響，魯迅曾云：

> 嘗聞天竺寓言之富，如大林深泉，他國藝文，往往蒙其影響。即翻
> 爲華言之佛經中，亦隨在可見。〔註63〕

原始佛教傳播之時，爲普遍推廣，多採淺顯、近口語的語言，藉故事、寓言傳達佛教理論，使其具體而形象，易爲眾人理解，正如常任俠所言：

> 釋迦牟尼所說的語言，是很富人情味的，他不僅是善於說教的人，
> 也是善於說故事的人，他用通俗的常用語言，流行的民間傳說，爲
> 大眾說法，多方比喻，因此更能深入人心，使他的座前，集滿了善
> 男信女，合掌靜聽。〔註64〕

因之，佛教教義多以富情節、敘事性強、蘊含譬喻之故事形式表現出來。〔註65〕佛教中眾生平等，人與動物同屬六道〔註66〕之一，然「六道眾生生死所趣」〔註67〕，皆須歷經輪迴之途，《金剛經》云：

> 所有一切眾生之類，若卵生、若胎生、若濕生、若化生、若有色、
> 若無色，若有想、若無想，若非有想、非無想，我皆令入無餘涅槃
> 而滅度之。〔註68〕

佛家觀念裡，動物的地位並不亞於人，《六度集經》、《雜寶藏經》等多有動物

〔註63〕 魯迅：《集外集·《痂華鬘》題記》（上海：魯迅全集出版社，1947 年 10 月版），頁 98。

〔註64〕 常任俠選註；郭淑芬點校：《佛經文學故事選·序言》（上海：上海古籍出版社，1987 年 9 月新 2 版，1987 年 9 月第 1 次印刷），序言，頁 2。

〔註65〕 參普慧、張進：〈佛教故事——中國五朝志怪小說的一個敘事源頭〉，《中國文化研究》2001 年第 1 期（總第 31 期）（2001 年 2 月），頁 110。

〔註66〕 即「天道」、「人道」、「阿修羅道」、「地獄道」、「畜生道」、「餓鬼道」。

〔註67〕 （後秦）鳩摩羅什譯：《妙法蓮華經·卷第一·妙法蓮華經序品第一》，收錄於《大正新修大藏經》第 9 冊（修訂版）（臺北：新文豐出版股份有限公司，1983 年 1 月修訂版 1 版，1996 年 9 月修訂版 1 版 3 刷），頁 2。

〔註68〕 （後秦）鳩摩羅什譯：《金剛般若波羅蜜經》，收錄於《大正新修大藏經》第 8 冊（修訂版）（臺北：新文豐出版股份有限公司，1983 年 1 月修訂版 1 版，1995 年 11 月修訂版 1 版 3 刷），頁 749。

故事出現，《地藏十輕經》、《十誦律》、《根本說一切有部毗奈耶藥事》、《譬喻經》、《百喻經》、《佛本行集經》、《大莊嚴論經》等亦可見及〔註69〕，這些動物故事貼近生活，易與中國地方的自然生態結合，且蘊含深長主題，與中國寓言故事有極高的相似度，故能普及民心，因此，中國原有人凌居於動物之上的觀念，逐漸改變，可見佛家動物故事對六朝志怪之影響〔註70〕。

除此而外，此則故事亦藉太守以第三者旁觀角度，看出義犬的報恩行為「甚於人」，對比於「人不知恩」者，「豈如犬乎」，則具勸諭作用，引人深思，含有強烈的警世效果。

綜觀「義犬捨命救主」一節，此一故事類型，中外可見，狗不吝惜自身性命而有所作為，多因人類身陷險境，此型中人犬關係密切，行止之間因常相伴隨，培養出人與家犬互相照顧的感情，人以至誠之愛待犬，犬亦以赤誠之情回饋人，因此當人陷於火海，生命堪憂，家犬便展現出過人的智慧及勇氣，即使捨生取義也在所不惜，其忠心的作為，更為仁心善意之擴展。

家犬能有為主而不顧自身性命之表現，其行為更甚於人，正與佛經中動物故事之作為勝過人類的敘事相仿，六朝志怪應是受其影響，因此藉動物體現人類儒家仁義道德的精神，對世人有所諷諭，也藉此傳達種善因得以避禍的恩報思想，宣揚善念。

第三節　鳥妻（ATK400A）

想像力摻入故事之中，故事更添精彩，動物在與人互動中，亦會化為人形，呈現幻想之神奇性。《玄中記》第46則先敘姑獲鳥之特性：

> 姑獲鳥夜飛晝藏，⋯⋯衣毛為飛鳥，脫毛為女人。⋯⋯鳥無子，喜取人子養之，以為子。今時小兒之衣不欲夜露者，為此物愛以血點其衣為誌，即取小兒也。故世人名為鬼鳥，荊州為多。〔註71〕

〔註69〕 弘學編著：《佛經故事》（成都：四川民族出版社，2002年4月第1版，2002年4月第1次印刷）；王邦維選譯：《佛經故事選》（重慶：重慶出版社，1985年9月第1版）。

〔註70〕 參張瑞芳：《先唐動物故事研究》（南京：南京師範大學中國文學與文化博士學位論文，2010年5月），頁91～92；劉守華：〈佛經故事傳譯與中國民間故事的演變〉，《外國文學研究》2005年第3期（總第113期）（2005年6月），頁133。

〔註71〕 （東晉）郭璞：《玄中記》，收於魯迅輯錄：《古小說鉤沉》（濟南：齊魯書社，1997年11月第1版，1997年11月第1次印刷），頁238。

再言男子娶鳥妻之事：

> 昔豫章男子，見田中有六七女人，不知是鳥，匍匐往，先得其毛衣，
> 取藏之，即往就諸鳥。諸鳥各去就毛衣，衣之飛去。一鳥獨不得去，
> 男子取以爲婦。生三女。其母後使女問父，知衣在積稻下，得之，
> 衣而飛去。後以衣迎三女，三女兒得衣亦飛去。〔註72〕

《搜神記》卷14第15則僅云男子娶鳥妻，所述與《玄中記》幾同〔註73〕。《玄中記》較之《搜神記》，更揭示姑獲鳥「衣毛爲飛鳥，脫毛爲女人」的特色，有「取小兒」之說。《水經注》卷35「江水第三」則云：

> 陽新縣，故豫章之屬縣矣。地多女鳥，《玄中記》曰：陽新男子于水
> 次得之，遂與共居，生二女，悉衣羽而去。〔註74〕

《玄中記》、《搜神記》之「豫章男子」，《水經注》作「陽新男子」，在情節方面雖簡化卻與之無異。

　　鳥妻情節已形成故事，且獨立爲一型，今由故事類型、內蘊文化兩方面，探之於後。

一、故事類型

　　湯普遜《民間故事類型》即有編號 AT400*「天鵝處女」（The Swan Maid）之故事類型，提要如下：

> 天鵝的羽毛發光時，就會變成一位漂亮的女孩。王子娶了她。幾年
> 後，她的天鵝親戚因要遷居，慫恿她一起飛走。她的戀人將羽衣拋
> 擲給她後，她飛離了那兒，偶爾會偷偷回來探視她的兒子。〔註75〕

此提要可見及幾個特點：天鵝羽毛發出亮光時，出現幻化情節；取得美女歸的是王子，具有身分地位；鳥妻的離開，乃因其他天鵝的鼓動，而羽衣則由女子的戀人拋給她；女子與王子生有一子。

〔註72〕　（東晉）郭璞：《玄中記》，收於魯迅輯錄：《古小說鈎沉》（濟南：齊魯書社，1997年11月第1版，1997年11月第1次印刷），頁238～239。

〔註73〕　（東晉）干寶撰；胡懷琛點校：《搜神記》（臺北：鼎文書局，1978年8月初版），頁105。

〔註74〕　（東漢）桑欽撰；（北魏）酈道元注：《水經注・卷三十五・江水》（臺北：臺灣商務印書館，1979年11月臺1版，《四部叢刊正編》第16冊），頁458。

〔註75〕　Antti Aarne's *Verzeichnis der Märchentypen* (FF communications no. 3); Translated and Enlarged by Stith Thompson, *The types of the folktale : a classification and bibliography* (Helsinki : Academia Scientarum Fennica, 1964, 2nd rev), p.131.

　　丹尼斯〈地區性家庭的故事傳說〉第一類「關於丈夫與妻子」中，第三式「思凡薇特式」（SVANHVIT ROOT）之提要則為：

　　1. 一男子看見了一位女子在水邊沐浴，岸邊放著她的魔法衣裳。

　　2. 他偷了衣裳，女子落入男子的掌控。

　　3. 幾年後，女子找到衣裳並逃走。

　　4. 男子無法再找回女子。

　　（差異性）

　　5. 男子和一位擁有超自然力的女子結婚。

　　6. 數年後，女子對人間感到厭煩而離開。

　　7. 男子無法再找到女子。〔註76〕

丹尼斯整理之「思凡薇特式」，可見及中國民間傳說故事有女子沐浴情節，因神奇衣物被藏，而為男子掌控。

　　鍾敬文、楊志成所譯之〈印歐民間故事型式表〉，其第三式「天鷺處女式」（Swan-maiden type）〔註77〕亦見女子沐浴無衣，被迫與男子共處之「天鵝處女」型故事，此處雖言及衣服對女子的重要，卻未見衣服的神奇之處；然而中西方皆有此型故事，卻是顯而易見。艾伯華在與鍾敬文的信件來往中，透露出德國、美洲也見此一型故事流傳〔註78〕；王青在〈天鵝處女型故事淵源再探——兼談〈召樹屯〉的情節來源及其流播渠道〉一文中，提及黑格爾・霍姆斯特龍（Helge Holmström）經研究，得出愛斯基摩人也有仙女沐浴情節的故事〔註79〕。實則湯普遜即曾對此一故事類型作如下敘述：

　　　　這一類口頭故事是全球性的。它均勻且深入遍佈在歐洲及亞洲；幾
　　　　乎在非洲的每一地區、在大洋洲的每一角落、在北美印第安族近乎

〔註76〕 Dennys Nicholas Belfield, The Folk-lore of China, and its affinities with that of the Aryan and Semitic races (London:Trubner, 1876), p.143.

〔註77〕 楊志成、鍾敬文譯：《印歐民間故事型式表》（廣東：國立中山大學語言歷史學研究所，1928 年 3 月初版），頁 16～17。

〔註78〕 〔德〕愛伯哈特：〈關於民間文學的一封信〉，《藝風月刊》第 1 卷第 9 期（1933年 11 月），頁 134，收於妻子匡編：孫福熙等著：《藝風・民間專號》，《國立北京大學中國民俗學會民俗叢書》第 6 輯第 108 冊（臺北：東方文化書局，1981 年，據民 22 年版本複印），頁 134。

〔註79〕 王青：〈天鵝處女型故事淵源再探——兼談〈召樹屯〉的情節來源及其流播渠道〉，《民族文學研究》2004 年第 1 期（總第 92 期）（2004 年 2 月），頁 55。

每一文化區，都能找到許多文本。也有文本散見於牙買加、尤卡坦

（墨西哥）和圭亞那的印第安人中。〔註80〕

可知此一故事類型，屬國際型。

女子沐浴被發現，而與男子結髮的故事，在鍾敬文〈中國民間故事類型〉中，屬「17.牛郎型」，其敘述稍有不同〔註81〕。「牛郎型」故事，男子身分爲牛郎，女子則以仙女角色出場，並見另一角色王母，呈顯不同風貌。趙景深談及「天鵝處女」型故事時，表示「這樣的童話，歐洲、亞洲和非洲都有。我國的牛郎織女傳說，也是屬於此系」〔註82〕，牛郎織女主要情節與天鵝處女主要情節，皆見男子趁女子沐浴時竊取衣服，女子因此被迫與男子成婚，故可知牛郎織女傳說與天鵝處女型故事有相通之處。

艾伯華《中國民間故事類型》「34.天鵝處女」型〔註83〕則較近於鍾敬文「牛郎型」之故事情節，增加二人得以一年一會的細節，且見許多異文。丁乃通《中國民間故事類型索引》ATT400A 作「仙侶失蹤」，概述大要爲「男人命定和一位仙女或小妖精結婚」〔註84〕，金榮華教授則將湯普遜 AT400*、丁乃通ATT400A，合併作 ATK400A「鳥妻」，述其故事提要爲：

> 一群以羽爲衣的少女在池中或田野嬉戲，其中一人的羽衣被一名男
>
> 子偷走。當她們變鳥飛離時，失衣的少女無法變化同行，就留下成
>
> 爲那個男子的妻子。兩人生育子女後，妻子找到了以前所失去的羽
>
> 衣，於是重新穿上，變鳥飛去，後來也來接子女同去。〔註85〕

「鳥妻」型故事，僅爲男子拿走女子羽衣，女子留下後，找得羽衣離開之情

〔註80〕 Stith Thompson, *The Folktale* (New York: The Dryden Press, Second Printing, January 1951), p.88.

〔註81〕 「1. 兩兄弟分家，弟得一頭牛。2. 弟以牛的告訴，得一在河中洗澡的仙女爲妻。3. 數年後，仙女得前被匿衣，逃去（或云往王母處拜壽被斥）。4. 牛郎追之，被王母用天河組絕。」鍾敬文：〈中國民間故事類型〉，收於氏著：《鍾敬文民間文學論集》（下冊）（上海：上海文藝出版社，1985 年 6 月第 1 版），頁 348。

〔註82〕 趙景深：《童話學 ABC》（上海：ABC 叢書社，1929 年 2 月出版），頁 90。

〔註83〕 〔德〕艾伯華（Wolfram Eberhard）著；王燕生、周祖生譯：《中國民間故事類型》（北京：商務印書館，1999 年 2 月第 1 版，1999 年 2 月北京第 1 次印刷），頁 59～63。

〔註84〕 〔美〕丁乃通編著：《中國民間故事類型索引》（北京：中國民間文藝出版社，1986 年 7 月第 1 版，1986 年 7 月第 1 次印刷），頁 103。

〔註85〕 金榮華：《民間故事類型索引》（第一冊）（增訂本）（新北市新店：中國口傳文學學會，2014 年 4 月再版），頁 303。

節，並無其它枝節，然明白揭示女子係由鳥所變，強調其能變形的特色，突出了故事早期階段人鳥能相為變化的情節。

二、故事淵源

　　日本學者君島久子曾提出，江西豫章是東方此一型故事的發祥地，認為《搜神記》為羽衣傳說最古老的記載，其次才是《玄中記》〔註86〕，鍾敬文表示《玄中記》、《搜神記》為中國最早天鵝處女型故事之所出，「不但在文獻的『時代觀』上，占著極早的位置，從故事的情節看來，也是『最原形的』，至少是『較近原形的』」〔註87〕。此後，對此一型故事淵源之探討，則出現兩派觀點，一循鍾敬文之說法，主張此型故事為中原本土所產生，如汪玢玲、陳建憲、劉守華等人，認為《玄中記》為故事之始見。〔註88〕

　　另一派則主張故事源於外來之流播，由佛經尋找到原型。東方既曉、蔣述卓提出《六度集經》卷第八〈明度無極章第六〉即有故事雛型，時為西元247年左右〔註89〕，故事敘及尼呵遍國國王為求能活著昇天，要取天樂女之血，卻為王孫須羅太子提出要娶天女為妃，阻止殺生祭祀之事，並使國王皈依佛法；其後，王孫卻追求逸樂，天女則遭囚禁，事後天女飛天離去，王孫得知，遍尋天女，終得團圓。〔註90〕〈明度無極章〉顯現男子娶女子，女子飛天離開，男子經過難題考驗後尋得女子之情節。

　　1985年，李佳俊提出西元前三世紀產生的阿里藏族〈普蘭飛天故事〉，與天鵝處女型故事相關。〈普蘭飛天故事〉敘一牧童因救了水神，得水神告知可

〔註86〕　〔日〕君島久子撰；劉曄原譯：〈羽衣故事的背景〉，收錄於中國民間文藝研究會上海分會編：《民間文藝集刊》第 8 集（上海：上海文藝出版社，1986 年 1 月第 1 版），頁 285。

〔註87〕　鍾敬文：〈中國的天鵝處女型故事——獻給西村真次和顧頡剛兩先生〉，收於氏著：《鍾敬文民間文學論集》（下冊）（上海：上海文藝出版社，1985 年 6 月第 1 版），頁 55。

〔註88〕　王青：〈敦煌本《搜神記》與天鵝處女型故事〉，《漢學研究》第 22 卷第 1 期（2004 年 6 月），頁 86。

〔註89〕　東方既曉：〈《召樹屯》〈朗退罕〉淵源新證〉，《雲南社會科學》1989 年第 1 期（總第 47 期）（1989 年 2 月），頁 111～114；蔣述卓：《佛經傳譯與中古文學思潮·〈召樹屯〉與《諾桑王子》同源新證》（南昌：江西人民出版社，1990 年 9 月第 1 版，1993 年 9 月第 2 次印刷），頁 54～57。

〔註90〕　詳參（吳）康僧會譯：《六度集經·卷第八·明度無極章第六》，收錄於《大正新修大藏經》第 3 冊（修訂版）（臺北：新文豐出版股份有限公司，1983 年 1 月修訂版 1 版，1998 年 4 月修訂版 1 版 3 刷），頁 44～45。

到天湖挑選在湖裡嬉戲沐浴的仙女為妻。仙女玉卓被綑仙繩綁住，項鍊又被取下，無法飛走，但因不願嫁給牧童，牧童便促成玉卓和普蘭國王諾桑的婚事。嬪妃嫉妒玉卓得到諾桑專寵，計引國王率兵攻打敵人，再煽動百姓斥責玉卓，玉卓無奈找出項鍊，飛上天，但匆忙間遺落了兩顆珠子。諾桑國王征戰回來，發現妻子離開，便帶著項鍊珠子到處尋找玉卓，最後到天湖邊尋覓，終於夫妻得以團圓。〔註91〕〈普蘭飛天故事〉出現女子沐浴、女子沒有項鍊便無法飛天、女子找到項鍊飛天、男子尋得女子後團圓等情節，然而男子的角色有所更動轉移。

傅光宇主張阿里藏族〈普蘭飛天故事〉為此型故事之源頭〔註92〕，較東方既曉、蔣述卓之說法，時間上更往前推進。傅光宇提出〈普蘭飛天故事〉經口頭傳述，傳入印度，至印度的梵文佛經《瑪哈瓦斯特・鳥》、〈明度無極章〉更動成咒語、鳥女等細節，並改易出血祭、宣揚佛教教義等情節，呈現佛教化；其後，影響及於《根本說一切有部毘奈耶藥事》〔註93〕中的善財和緊那羅女悅意的故事，增加考驗情節〔註94〕。

《瑪哈瓦斯特・鳥》即佛經之律藏經典《大事記》（*Mahāvastu*）「緊那羅（Kiṃnara）」一節〔註95〕，故事敘及西姆哈普爾的執政者舒坎德里瑪為舉行盛大祭祀，大肆捕捉生物，獨缺鳥類，獵人便將鳥國國王的女兒曼諾拉（Manoharā）捉來。舒坎德里瑪邀請所有鄰人參加祭祀，鄰國哈斯金納普爾國國王舒巴胡派王子樹屯（Sudhana）代表前往。樹屯和曼諾拉一見鍾情，在祭祀場合中倡導禁止傷生的佛教原理，使舒坎德里瑪將鳥獸全數解放，便和曼諾拉相偕回到哈斯金納普爾國，卻因愛情而扔下國事，舒巴胡國王因此怒將王子關進大牢，將曼諾拉攆出城。曼諾拉被趕出來，飛回喜馬拉雅山，途

〔註91〕 詳參李佳俊：〈孔雀公主型民間故事的起源和發展〉，《思想戰線》1985 年第 2 期（總第 62 期）（1985 年 4 月），頁 44～46。

〔註92〕 傅光宇：〈〈召樹屯〉源流辨析〉，《民族文學研究》1996 年第 3 期（總第 61 期）（1996 年 8 月），頁 28。

〔註93〕 （唐）義淨譯：《根本說一切有部毘奈耶藥事》卷十三～十四載「善財」與「悅意」之事，收錄於《大正新修大藏經》第 24 冊（修訂版）（臺北：新文豐出版股份有限公司，1983 年 1 月修訂版 1 版，1997 年 3 月修訂版 1 版 3 刷），頁 61～64。

〔註94〕 傅光宇：〈〈召樹屯〉源流辨析〉，同註92，頁 27～29。

〔註95〕 陳俊吉：〈本生故事的善財童子對於亞洲文藝影響之初探：兼談中國此類造像藝術未發展之成因〉，《書畫藝術學刊》第 13 期（2012 年 12 月），頁 263。

中遇見獵人，將一支戒指留予獵人轉交王子。樹屯出獄後，立刻前往尋找曼諾拉，遇見獵人交予戒指，並找到隱士幫忙，終於找到曼諾拉。〔註96〕《瑪哈瓦斯特・鳥》中，女主角以動物能幻化為人的角色出現，在國王的權勢下被迫離開，男主角經過難題考驗後，終與女主角團聚。

王青曾提出樹屯、召樹屯、西吞、素吞等，皆是 Sudhana 不同語言的音譯，中國漢傳佛教中，Sudhana 是「善財」之意〔註97〕。《根本說一切有部毘奈耶藥事》中，即見善財和緊那羅女悅意的故事。其內容敘及般遮羅國南界之王想令北界龍閣城側池中的妙生龍子移到南界，派呪師呪蛇前往作法。龍子化為人形，向獵師求救，事後以羂索為報。一日，獵師趁緊那羅王的女兒悅意來大池沐浴，捉住悅意，將悅意和令悅意無法騰空的髻寶送給龍閣城太子善財，善財於是和悅意常形影不離。大王門師嫉妒善財尊崇婆羅門，便強力推薦善財太子出兵伐逆，並趁其外出征戰，建議國王捉拿悅意以解除國王失王位、身當死的危機。皇后得知悅意有難，把髻寶還給悅意，悅意在眾人要來抓她時騰空而去，飛到仙人居所，留下指鐶請仙人轉交善財。善財回國，得知悅意離去，四處尋找，向獵師、仙人問得途徑，終於到了緊那羅國，藉指鐶得與悅意見面，之後相偕回到龍閣城，登基為王，廣施福業。〔註98〕《根本說一切有部毘奈耶藥事》有獵師一角，在緊那羅女悅意沐浴之時，限制了她的行動，將其獻予善財太子，悅意因髻寶而能騰空，遭人陷害後離去，善財則經難題考驗後找到悅意，又得團圓。

觀察〈普蘭飛天故事〉、《瑪哈瓦斯特・鳥》及《根本說一切有部毘奈耶藥事》中善財與悅意的故事，此三個故事皆見女子因沐浴而被俘的情節，女子離去後，與男子之間有項鍊珠子或戒指等識別物而重逢；而稍有差異之處者，在於女子有原形為鳥者，也有因項鍊或髻寶才能飛者。但大體而言，這些故事屬同一故事類型。

2004 年，王青指出印度之《百道梵書》（*Śatapatha Brāhmaṇa*，又譯為《百

〔註96〕〔蘇〕弗・柯爾涅夫著；高長榮譯：《泰國文學簡史》（北京：外國文學出版社，1981 年 9 月北京第 1 版，1981 年 9 月北京第 1 次印刷，據蘇聯科學出版社 1971 年版譯出），頁 43～44。

〔註97〕王青：〈天鵝處女型故事淵源再探——兼談〈召樹屯〉的情節來源及其流播渠道〉，《民族文學研究》2004 年第 1 期（2004 年 2 月），頁 57。

〔註98〕（唐）義淨譯：《根本說一切有部毘奈耶藥事》卷十三～十四，收錄於《大正新修大藏經》第 24 冊（修訂版）（臺北：新文豐出版股份有限公司，1983 年 1 月修訂版 1 版，1997 年 3 月修訂版 1 版 3 刷），頁 61～64。

段梵書》）第 11 篇第 5 章第 1 節「洪呼王（補盧羅婆，Purūravas）與廣延天女
（優喔婆濕，Urvaśī）故事」爲天鵝處女型故事的最早文獻〔註 99〕。故事敘廣
延天女向其丈夫洪呼王提出不可擅自與其同眠，及不可裸身現於天女面前的條
件，眾乾闥婆卻用計使天女見到洪呼王赤身，天女隨即離去；洪呼王於是四處
尋找，在湖邊認出廣延天女，央求天女不要離開，卻受到難題考驗〔註 100〕。《百
道梵書》所載洪忽王與廣延天女故事，包含的重要情節單元有：禁忌的規定及
觸犯、天女升天、天女變成天鵝在湖裡沐浴、認親、生子、難題考驗、夫妻復
合〔註 101〕。此書爲西元前 10～7 世紀之書，而洪呼王及廣延天女之故事情節，
更可溯源至西元前 1500 年之作《梨俱吠陀》（*Rgveda*）。《梨俱吠陀》第 10 卷第
95 首第 9 節，可見凡人與天女混雜，天女則會像天鵝一樣顯露形跡而被發現的
詩篇〔註 102〕，此一說法促成日後《百道梵書》天女變成天鵝的故事鋪衍〔註 103〕。

再由流傳於各族的民間故事觀之，傣族「天鵝處女」型故事〈召樹屯〉，
與《根本說一切有部毗奈耶藥事》中的故事幾乎相同〔註 104〕，佛經經典《大
事記》「緊那羅」的樹屯及曼諾拉故事，與泰國、雲南的天鵝處女故事也有所
繫聯，因此王青推斷出「中原、雲南、新疆、西藏、蒙古、老撾、緬甸、柬
埔寨的一些天鵝處女型故事，共同來源都是印度，通過南傳佛教、北傳佛教
與藏傳佛教而流播到各地」〔註 105〕。

〔註99〕 王青：〈敦煌本《搜神記》與天鵝處女型故事〉，《漢學研究》第 22 卷第 1 期
（2004 年 6 月），頁 86。

〔註100〕 詳參王青：〈天鵝處女型故事淵源再探——兼談〈召樹屯〉的情節來源及其流
播渠道〉，《民族文學研究》2004 年第 1 期（2004 年 2 月），頁 53～54。

〔註101〕 王青：〈天鵝處女型故事淵源再探——兼談〈召樹屯〉的情節來源及其流播渠
道〉，同前註，頁 54。

〔註102〕 林太：《《梨俱吠陀》精讀》（上海：復旦大學出版社，2008 年 12 月第 1 版第
1 次印刷），頁 204。

〔註103〕 季羨林：〈關於優喔婆濕〉，收入氏著：《中印文化關係史論文集》（北京：三
聯書店，1982 年 5 月第 1 版，1982 年 5 月第 1 次印刷），頁 380～381；王青：
〈天鵝處女型故事淵源再探——兼談〈召樹屯〉的情節來源及其流播渠道〉，
《民族文學研究》2004 年第 1 期（2004 年 2 月），頁 54。

〔註104〕 王青：〈敦煌本《搜神記》與天鵝處女型故事〉，《漢學研究》第 22 卷第 1 期
（2004 年 6 月），頁 86。

〔註105〕 王青：〈敦煌本《搜神記》與天鵝處女型故事〉，《漢學研究》第 22 卷第 1 期，
同前註，頁 86～89；王青：〈論中古志怪作品在民間故事類型學中的價值—
—以《搜神記》爲中心〉，《南京師大學報》（社會科學版）2003 年第 2 期（2003
年 3 月），頁 155。

推原天鵝處女型故事，將中原及外來故事並列，其各細節異同情形如下：

出處	百道梵書	普蘭飛天故事	《瑪哈瓦斯特·鳥》	《六度集經·明度無極章》	根本說一切有部毘奈耶藥事	搜神記
時間	西元前 10～7 世紀	西元前 3 世紀	西元前 2 世紀	西元 1～2 世紀（漢譯本：3 世紀）	西元 2～3 世紀（漢譯本：8 世紀）	286？～336
女子姓名	廣延天女	玉卓	曼諾拉	天樂女	悅意	×
女子身分	天女	仙女	鳥	神女	緊那羅女	鳥
發現女子者	洪呼王（女子離去後）	牧童	獵人	道士	獵師	豫章男子
發現女子地點	湖（女子離去後）	湖	鳥國	×	仙境大池	田中
沐浴情節	✓（離去後）	✓	×	×	✓	✓
女子受困之因	×	綑仙繩	咒語	×	羂索	毛衣被藏
女子變形	✓（天鵝）	×	✓（鳥）	×	×	✓（鳥）
女子飛天憑藉	×	項鍊	×	×	髻寶	毛衣
與女子成婚者	洪呼王	普蘭國王諾桑	樹屯王子	須羅太子	善財太子	豫章男子
女子離開	✓	✓	✓	✓	✓	✓
難題考驗	✓	✓	✓	✓	✓	×
重逢憑藉	×	項鍊珠子	戒指	×	指鐶	×

　　《搜神記》中女子毛衣被藏，則無法飛行，被迫留在人間，當女子取得其能飛行之憑藉，則飛天離去。此一情節單元在〈普蘭飛天故事〉、《瑪哈瓦斯特·鳥》、《根本說一切有部毘奈耶藥事》卷十三至十四中，均可見及；女子因沐浴而被箝制之情節，則見於〈普蘭飛天故事〉、及《根本說一切有部毘奈耶藥事》；亦有女子離開人間後，為滌除俗氣而沐浴，再度為男子尋獲者，如《百道梵書》、〈普蘭飛天故事〉、《瑪哈瓦斯特·鳥》及《根本說一切有部毘奈耶藥事》。而《瑪哈瓦斯特·鳥》與《搜神記》皆見人與鳥之幻化情節，餘則為仙女角色；在男子角色方面，〈普蘭飛天故事〉、《瑪哈瓦斯特·鳥》、《六度集經·明度無極章》，及《根本說一切有部毘奈耶藥事》先由獵人或道士發現女

子後，再將女子獻給與女子成婚之人，《百道梵書》與《搜神記》中男女之相
見，則未透過第三者。綜觀此六篇故事，在情節結構上堪稱相同，廣泛而論，
屬同一類型故事，然《搜神記》情節之複雜度則不及佛經所述，其人物角色
也多以平民為主，印度梵文對於《搜神記》，或有間接影響。

三、內蘊文化

對此一故事類型持產生於中原本土之觀點者，主張此型故事始於《玄中
記》、《搜神記》，且因異文眾多，又再予分類，如鍾敬文、君島久子、汪玢玲、
陳建憲等，皆有文章發表〔註106〕。亦有劉守華將此型故事解讀為人類愛情婚
姻的演進歷程〔註107〕，深入及於文化層面，由圖騰崇拜、婚姻制度、社會現
象等方面切入探討。以上學者多就歷時性的篇章加以探討，而得其文化內蘊，
筆者今就六朝所見「鳥妻」故事類型加以觀察，探其內在文化，而六朝之後
故事之流傳，則於第七章續作討論。

（一）鳥崇拜

「鳥妻」故事，女子可衣毛為飛鳥，脫毛為女人，與鳥存有密切關連，
並與人建立婚姻關係，而人、鳥之結合，或可溯及上古對鳥之崇拜。《詩·商
頌·玄鳥》載「天命玄鳥，降而生商」，毛亨傳云：「春分，玄鳥降。高辛氏
之妃有娀氏女簡狄，祈於郊禖，鳦遺卵，簡狄吞之而生契」〔註108〕，《史記·
殷本記》所載更詳：

> 殷契，母曰簡狄，有娀氏之女，爲帝嚳次妃。三人行浴，見玄鳥墮
> 其卵，簡狄取吞之，因孕生契。〔註109〕

〔註106〕 鍾敬文：〈中國的天鵝處女型故事——獻給西村眞次和顧頡剛兩先生〉，收於
氏著：《鍾敬文民間文學論集》（下冊）（上海：上海文藝出版社，1985 年 6
月第 1 版），頁 45～59；〔日〕君島久子撰；劉曄原譯：〈羽衣故事的背景〉，
《民間文藝集刊》第 8 集（1986 年 1 月），頁 286；汪玢玲：〈天鵝處女型故
事研究概觀〉，《民間文學論壇》1983 年第 1 期（總第 4 期）（1983 年 1 月），
頁 40～51；陳建憲：〈論中國天鵝仙女故事的類型〉，《民族文學研究》1994
年第 2 期（總第 52 期）（1994 年 5 月），頁 62～68。
〔註107〕 劉守華：《比較故事學》（上海：上海文藝出版社，1995 年 9 月第 1 版），頁
404～405。
〔註108〕 （南宋）朱熹：《詩經集傳·卷八·頌·商頌·玄鳥》，《景印文淵閣四庫全書》
第 72 冊（臺北：臺灣商務印書館，1986 年 3 月初版），頁 903～904。
〔註109〕 （西漢）司馬遷撰；（南朝宋）裴駰集解：《史記·卷三·殷本紀第三》（臺北：
藝文印書館，2005 年 2 月初版 4 刷），頁 60。

《史記·三代世表》將契之出生解爲「無父而生」〔註110〕，顯露上古母系社會的現象，而「契生於卵」〔註111〕，人成爲鳥之後代，呈現出對鳥崇拜的文化。

再就出土文物觀之，中國東部沿海，及華南、華中地區，在新石器時代即盛行鳥崇拜；距今五千多年位於東部沿海的大汶口文化遺址、距今約七千年位於長江下游的河姆渡文化遺址、及距今約五千年位於珠江下游的石峽文化遺址，都可見許多鳥形容器和鳥紋的裝飾，可知這些地方存在著鳥崇拜。〔註112〕

玄鳥由天而降，簡狄吞下玄鳥所墮之卵，產下契爲殷商始祖，此等民族起源之說，又可將簡狄「行浴」，吞鳥卵而生子，視爲人以玄鳥爲配偶之模式，此與「鳥妻」故事類型之情節結構相同，僅性別出現錯置，也由此得見鳥具有圖騰之意義。〔註113〕

（二）祭高禖求子儀式

在以鳥爲圖騰的前提下，人、鳥之結合，便須以「沐浴」情節，鳥化人形，促成「鳥妻」故事的推展。蕭兵指出：

> 羽衣神話、天鵝處女本質上表現的仍是圖騰機制、圖騰意識。玄鳥
> （或鳳凰）本來跟簡狄是二而一的鳥圖騰祖先，所以她們的故事裡
> 往往都要出現「沐浴」的場面──這也正是天鵝處女故事的重要情
> 節。〔註114〕

至於「沐浴」之習，兩漢魏晉之時，有三月三日上巳節入水祓除不祥的習俗〔註115〕，而簡狄因「祈於郊禖」而生契，所謂「郊禖」，即「高禖」，乃

〔註110〕 （西漢）司馬遷撰；（南朝宋）裴駰集解：《史記·卷十三·三代世表第一》（臺北：藝文印書館，2005年2月初版4刷），頁225。

〔註111〕 （西漢）劉安：《淮南子·卷十九·修務訓》（《四部叢刊正編》第22冊〔臺北：臺灣商務印書館，1979年11月臺1版〕），頁147。

〔註112〕 石興邦：〈我國東方沿海和東南地區古代文化中鳥類圖像與鳥祖崇拜的有關問題〉，收錄於田昌五、石興邦主編：《中國原始文化論集──紀念尹達八十誕辰》（北京：文物出版社，1986年6月第1版），頁234～242。

〔註113〕 萬建中：〈禁忌主題型故事的原始崇拜觀念〉，收於上海民間文藝家協會編：《中國民間文化──民間文學研究》（總第六集）（上海：學林出版社，1992年6月第1版，1992年6月第1次印刷），頁106～107；王泉根：〈論圖騰感生與古姓起源〉，《民間文學論壇》1996年第4期（總第75期）（1996年11月），頁19。

〔註114〕 蕭兵：《中國文化的精英──太陽英雄神話比較研究》（上海：上海文藝出版社，1989年5月第1版），頁80～81。

〔註115〕 呂靜：〈上巳節沐浴消災習俗探研〉，《史林》1994年第2期（總第34期）（1994

求子之意，姜嫄生周之始祖后稷，毛萇曾言「去無子，求有子，古者必立郊
禖焉」〔註116〕，鄭玄解爲：

> 姜嫄之生后稷如何乎？乃禋祀上帝於郊禖，以祓除其無子之疾，而
> 得其福也。〔註117〕

可知高禖係我國古代掌管愛情和生育的神。而祭禖之時，則爲玄鳥出現之際：

> 仲春之月……玄鳥至，至之日，以大牢祠于高禖。天子親往，后妃
> 帥九嬪御。〔註118〕

鄭玄注云：「玄鳥，燕也，燕以施生時來，巢人堂宇而孚乳，嫁娶之象也，媒
氏之官以爲候」〔註119〕，玄鳥具有愛情婚姻的象徵，祭高禖則有繁衍家族之
祈求。

再者，古籍中載有女子因水感生的傳說，如《梁書‧東夷傳》云：

> 扶桑東千餘里有女國，容貌端正，色甚潔白，身體有毛，髮長委地。
> 至二、三月，競入水則任娠，六七月產子。〔註120〕

入水而有孕，顯示「水」具有生殖力、生命力之意涵，「隱喻著生命的繁衍力」
〔註121〕。是以，祈求「高禖」之儀式，便表徵著期盼婚姻子嗣，祈求氏族人

年，未標出版月份），頁9。《後漢書‧禮儀志》云，三月上巳之時，「官民皆
絜於東流水上，曰洗濯祓除去宿垢疢爲大絜。」（南朝宋）范曄撰；（唐）章
懷太子李賢注：《後漢書‧志第四卷‧禮儀志上‧祓禊》（臺北：臺灣商務印
書館，1937年1月初版1刷，2010年11月臺2版1刷，《百衲本二十四史》），
頁1427。

〔註116〕 （西漢）毛公注；（東漢）鄭玄箋；（唐）孔穎達疏；李學勤主編；龔抗雲等
整理：《毛詩正義‧大雅‧卷第十七‧十七之一‧生民》（臺北：臺灣古籍出
版有限公司，2001年10月初版1刷），頁1239。

〔註117〕 （西漢）毛公注；（東漢）鄭玄箋；（唐）孔穎達疏；李學勤主編；龔抗
雲等整理：《毛詩正義‧大雅‧卷第十七‧十七之一‧生民》，同前註，
頁1240。

〔註118〕 （東漢）鄭玄注；（唐）孔穎達疏；（唐）陸德明音義：《禮記注疏‧卷第十五‧
月令》，《景印文淵閣四庫全書》第115冊（臺北：臺灣商務印書館，1986年
3月初版），頁298～299。

〔註119〕 （東漢）鄭玄注；（唐）孔穎達疏；（唐）陸德明音義：《禮記注疏‧卷第十五‧
月令》（臺北：臺灣商務印書館，1986年3月初版），頁299。

〔註120〕 （唐）姚思廉：《梁書》（臺北：臺灣商務印書館，1937年1月初版1刷，2010
年8月臺2版1刷，《百衲本二十四史》），卷第五十四，列傳第四十八，諸夷，
東夷，頁468。

〔註121〕 參章海鳳：〈試論古典詩詞中水意象的原型內涵——兼談水與時間對應的意
義〉，《瀋陽師範學院學報》（社會科學版）第26卷第5期（2002年9月），

丁興旺之意。〔註122〕由此觀之，「鳥妻」故事以「沐浴」場面，開啓婚姻子嗣產生之情節，其與古祭「高禖」求子之俗，實有內在文化牽連。

（三）禁忌及穿衣禮——為人妻室

「鳥妻」故事由最早原形爲女鳥，沐浴時羽衣爲男子所藏，迫不得已成爲人妻，待尋得其衣，則攜子離去。「藏衣」爲此故事之另一重要情節，女子衣服一旦無從成爲貼身之物，則進入英國學者哈特蘭德（E. S. Hartland）所謂「禁忌」的設置〔註123〕，此乃女子「自體客觀存在的神秘現象，規定其它人不得觸犯」〔註124〕。鍾敬文認爲「鳥獸脫棄羽毛或外皮而變成爲人的原始思想，或許由蟲類脫蛻的事實做根據而衍繹成功的也未可知」〔註125〕，萬建中則據其說，指出：

> 脫棄羽衣超越了蟲類蛻皮更新的「進化」層次，這是一種生命樣式
> 向另一種生命樣式的轉換。其間的行爲都是自在的，而且受到一張
> 嚴密的禁忌網絡的掩護，任何驚擾都會阻斷仙鳥新的生命樣式的呈
> 現。〔註126〕

脫下羽衣，表徵生命樣式有所轉換，此時禁忌便在自己及外界之間築起一道堅實的牆，不容侵擾。

在禁忌的眾多種類中，圖騰物體的禁忌屬其一，圖騰若被殺害、食用、褻瀆或說出名字，則觸犯禁忌〔註127〕。「鳥妻」故事蘊含鳥崇拜之圖騰觀念，

頁 15；萬建中：〈一場關於人與自然關係的深刻對話——從禁忌母題角度解讀天鵝處女故事〉，《北京師範大學學報》（人文社會科學版）2000 年第 6 期（總第 162 期）（2000 年 11 月），頁 43。

〔註122〕 漆凌雲：《中國天鵝處女型故事研究》（湘潭：湘潭大學中文系碩士學位論文，2001 年 4 月），頁 15～18。

〔註123〕 「天鵝處女的童話是表現禁忌的」。趙景深：《童話學 ABC・第八章　哈特蘭德論天鵝處女》（上海：ABC 叢書社，1929 年 2 月出版），頁 90。

〔註124〕 彭松喬：〈禁忌藏「天機」——中國天鵝處女型故事意蘊的生態解讀〉，《民族文學研究》2004 年第 4 期（總第 95 期）（2004 年 11 月），頁 60。

〔註125〕 鍾敬文：〈中國的天鵝處女型故事——獻給西村眞次和顧頡剛兩先生〉，收於氏著：《鍾敬文民間文學論集》（下冊）（上海：上海文藝出版社，1985 年 6 月第 1 版），頁 64。

〔註126〕 萬建中：〈一場關於人與自然關係的深刻對話——從禁忌母題角度解讀天鵝處女故事〉，《北京師範大學學報》（人文社會科學版）2000 年第 6 期（總第 162 期）（2000 年 11 月），頁 43。

〔註127〕 徐德明：《民間禁忌》（廣州：廣東教育出版社，2003 年 7 月第 1 版，2003 年 7 月第 1 次印刷），頁 11。

故事中的女鳥與圖騰之地位等同，當其貼身衣物被藏，即表徵其遭褻瀆，原先
所具有衣毛為飛鳥的特殊能力即遭剝奪，於是只能以一平凡女子身分，隨男子
同返其家，成其妻室。然在此故事中，女子在人間為妻，並非出於自願，其欲
恢復原形之想法，便一直蓄積心中，一旦在「積稻」中發現外衣，女子感受到
具「神性」的羽衣被汙衊，「破禁侵害」的發生，男子便由犯了女子所設的「禁
忌」步入「違禁」階段，女子於是發出反擊，不再受人束縛，一任其自由意志
及行動，回復鳥形，離開男子，作為對男子限制其行動的「懲處」〔註128〕。

　　再就高禖「后妃帥九嬪御，乃禮天子所御」〔註129〕之儀式觀察，有關「御」
之含意，李善在何晏〈景福殿賦〉「玄輅既駕，輕裘斯御」〔註130〕句中，引蔡
邕〈月令章句〉注云「凡衣服加於身曰御」〔註131〕，由此推斷，高禖儀式中
的「御」是穿衣禮，先天子，次才為后妃。周始祖后稷之母姜嫄，亦因「衣
帝嚳之服，坐息帝嚳之處」〔註132〕，而育有后稷。因此，高禖儀式中或含有
衣妻之象徵：「天子御衣是得女為妻，后妃御衣是認己作妻」〔註133〕，由此以
觀「鳥妻」故事，女子之衣一旦被藏，則須更換男方之衣，須為人妻之意涵
便油然而生。其後女子尋得其衣，披上自己原先的羽衣，即為棄其為妻角色，
回復原身分之表徵，是故，就男子而言，得衣寓有得妻之意，失衣即為失妻
之徵。〔註134〕

〔註128〕萬建中：〈一場關於人與自然關係的深刻對話——從禁忌母題角度解讀天鵝處
　　　　女故事〉，《北京師範大學學報》（人文社會科學版）2000 年第 6 期，同註126，
　　　　頁 45～48；鍾敬文：〈中國的天鵝處女型故事——獻給西村真次和顧頡剛兩先
　　　　生〉，收於氏著：《鍾敬文民間文學論集》（下冊）（上海：上海文藝出版社，1985
　　　　年 6 月第 1 版），頁 65；彭松喬：〈禁忌藏「天機」——中國天鵝處女型故事
　　　　意蘊的生態解讀〉，《民族文學研究》2004 年第 4 期（2004 年 11 月），頁 62。
〔註129〕（東漢）鄭玄注；（唐）孔穎達疏；（唐）陸德明音義：《禮記注疏・卷第十五・
　　　　月令》，《景印文淵閣四庫全書》第 115 冊（臺北：臺灣商務印書館，1986 年
　　　　3 月初版），頁 299。
〔註130〕（南朝梁）蕭統編；（唐）李善注：《文選・卷第十一・賦己・宮殿・何平叔
　　　　景福殿賦》（臺北：藝文印書館，2007 年 8 月初版 15 刷），頁 177。
〔註131〕（南朝梁）蕭統編；（唐）李善注：《文選・卷第十一・賦己・宮殿・何平叔
　　　　景福殿賦》（臺北：藝文印書館，2007 年 8 月初版 15 刷），頁 177。
〔註132〕（東漢）王充：《論衡・卷第二・吉驗篇》（《四部叢刊正編》第 22 冊〔臺北：
　　　　臺灣商務印書館，1979 年 11 月臺 1 版〕），頁 22。
〔註133〕聞一多：〈姜嫄履大人跡考〉，收於氏著：《聞一多全集》第 1 冊（北京：生活、
　　　　讀書、新知三聯書店，1982 年 8 月北京第 1 版），頁 76；李道和：〈女鳥故事
　　　　的民俗文化淵源〉，《文學遺產》2001 年第 4 期（2001 年 7 月），頁 8。
〔註134〕李道和：〈女鳥故事的民俗文化淵源〉，同前註，頁 8。

（四）企求家庭之建立

「鳥妻」中的男子身分爲平凡的鄉野小民，在不經意的行爲下，巧遇原形爲鳥、在水中沐浴的女子，因藏衣之「禁忌」發生，女子與男子成親生子，如此之故事，反映出六朝亂世現象。

東漢自章帝後，朝中有外戚、宦官衝突，政治、經濟慘遭破壞，引發民變，黃巾亂起，繼而導致三國分裂，晉時又有賈后干政，促成八王之亂，後又因引進外族兵力，造成永嘉之亂，近四百年的動盪，人民除身受內憂外患的戰爭之苦，兼又歷經水、旱災、饑荒等天災不斷，造成食物匱乏，甚至被迫遷徙流離，在生計上飽受困頓，令人惶惑不安。如此窘迫的境遇，傳統觀念中能予人以安定感的家庭，成爲當時人民的心靈寄託。「鳥妻」故事寄寓了男子對婚姻之追求，對家室的企盼，其安然平靜的生活渴望，成了亂象中亟欲達成的美境。故事中女子出現，男子藏衣，則有得妻之望，其內心之願亦得實現；然當女子尋得羽衣，攜女而去，卻又呈現婚姻生活的幻滅，道出六朝時期動盪社會下人民之幻想及苦處。

綜觀「鳥妻」一節，此一故事流傳全球，爲國際型的故事類型，溯其淵源，在佛經及印度梵文中，可見及情節結構相同者，女子因沐浴而被箝制，其後取得寶物後離去，乃其共有的情節單元。然而在男女主角的身分方面，則出現明顯歧異之處。《百道梵書》、〈普蘭飛天故事〉、《六度集經·明度無極章》及《根本說一切部毘奈耶藥事》中的女子，爲天女、仙女身分，雖爲牧童或獵師箝制行動，然其於人間之嫁娶對象，則爲國王或太子；而《搜神記》所載，則爲鄉野平民一男子，發現鳥所變成的女子，女主角具動物原形，僅與印度梵文《瑪哈瓦斯特·鳥》同屬鳥類。男女主角身分的不同，正顯出故事的地區性特色，並蘊含文化背景。人鳥結合的姻緣故事中，「沐浴」、「藏衣」爲重要情節。「沐浴」存有古代高禖儀式中對婚姻、子嗣的祈求；「藏衣」則有禁忌之意涵及同爲夫妻之表徵。男子借藏衣之舉，或將女子沐浴以求婚姻、子嗣之心，轉而移置男子身上，以達成男子心中對家室之追求。而人鳥之結合，道出鳥崇拜的信仰，以鳥爲祖之圖騰，無非冀望藉圖騰之護佑，從而有子孫之繁衍。然在故事後段，卻以女子得衣爲轉折，男子之妻及子嗣因此離去，也表示亂世中男子對婚姻之企求，僅爲一泡沫幻影而已，顯出當時人類迫於時勢的無奈。

第四節　田螺姑娘（ATK400C）

　　動物幻爲人形，與人相處互動之故事成型者，除「鳥妻」外，尚有「田螺姑娘」。誤輯於《搜神後記》卷5第1則之〈白水素女〉中，可見謝端「於邑下得一大螺」，「取以歸」後，「每早至野還」，則見「戶中有飯飲湯火，如有人爲者」，得知此事非鄰人所爲，便決定一探究竟：

> 後以雞鳴出去，平早潛歸，於籬外竊窺其家中，見一少女，從甕中出，至竈下燃火。端便入門，徑至甕所視螺，但見女。〔註135〕

謝端始知飯菜乃白水素女由螺變爲女，爲其準備，然螺之身分被揭穿，女子則留下螺殼離去。任昉《述異記》卷上第84則亦見記載：

> 晉安郡有一書生謝端，爲性介潔，不染聲色。嘗於海岸觀濤，得一大螺大如一石米，斛割之，中有美女，曰：「予天漢中白水素女，天帝矜卿純正，令爲君作婦。」端以爲妖，呵責遣之，女歎息升雲而去。〔註136〕

實則此一故事，於西晉束皙《發蒙記》已有，其文云：

> 候官謝端，曾於海中得一大螺，中有美女，云：「我天漢中白水素女，天矜卿貧，令我爲卿妻。」〔註137〕

由上可知，束皙〔註138〕《發蒙記》應屬此故事最早見載之作品，《發蒙記》中，僅言螺中有美女，未言及螺變爲女的化形狀況，任昉《述異記》大多循其簡易情節，謝端之形象，以「爲性介潔，不染聲色」稍加刻劃，敘謝端得螺、割之得美女、女因奉天命爲男之妻而出現，其後僅增男子責遣之，女子離去

〔註135〕　（東晉）陶潛撰；汪紹楹校注：《搜神後記》（臺北：木鐸出版社，1982年2月初版），頁30。

〔註136〕　（南朝梁）任昉：《述異記》，《叢書集成新編》第82冊（臺北：新文豐出版股份有限公司，1985年元月初版），頁36。

〔註137〕　（唐）徐堅等撰：《初學記・卷八・州郡部・嶺南道第十一・素女、青牛》，《景印文淵閣四庫全書》第890冊（臺北：臺灣商務印書館，1986年3月初版），頁138。

〔註138〕　「皙博學多聞」，「張華見而奇之」，召爲「掾」「轉佐著作郎」。可知束皙與張華爲同時代之人。姜亮夫《歷代人物年里碑傳綜表》指出，束皙約生於吳景帝永安四年（A.D.261），卒於晉永康元年（A.D.300）。見（唐）房玄齡：《晉書》（臺北：臺灣商務印書館，1937年1月初版1刷，2010年6月臺2版1刷，《百衲本二十四史》），卷五十一，列傳第二十一，束皙傳，頁377～379；姜亮夫纂定；陶秋英校：《歷代人物年里碑傳綜表》（臺北：文史哲出版社，1985年2月再版），頁44。

之情節。而時代稍早於任昉的〈白水素女〉，反在情節上有所增衍，以懸疑之鋪排，敘女由螺所變之揭密過程，先言女，再及於爲螺所變，而當螺女身分被揭穿，女子並未因謝端挽留而留下，更添故事之曲折。

　　本節就「田螺姑娘」之故事類型探之，可見及此型故事西方未見，而其內蘊文化，則繼之討論於後。

一、故事類型

　　鍾敬文〈中國民間故事類型〉中，有「19.螺女型」故事：

　　　1. 一人在水濱得一螺（或其他小動物）。

　　　2. 其人不在家，螺幻形爲少女，代操種種工作。他歸而異之。

　　　3. 某天，其人窺見螺女正在室中工作，乘其不備，摟抱之，因成夫婦。

　　　4. 若干時候，螺女得其前被藏匿的螺殼，遂離去。〔註139〕

鍾敬文「螺女型」故事，已出現螺殼被藏的情節。艾伯華《中國民間故事類型》有「35.田螺娘」〔註140〕，所敘故事情節，異文已增許多，女子有因特別之飲食而脫去螺殼，變化爲人者，有因孩子被嘲笑而離去者。丁乃通《中國民間故事類型索引》ATT400C「田螺姑娘」敘及女主角爲「水池裡的田螺、或其他甲殼類的生物、或水生動物變的」，且田螺姑娘的離去，乃因孩子爲他人奚落〔註141〕。丁書中，類型號碼及名稱之後，詳列情節綱要者，即爲「中國特有的類型」〔註142〕，可知「田螺姑娘」故事類型，乃中國所特有。金榮華教授《民間故事類型索引》中，則見ATK400C「田螺姑娘」故事提要爲：

　　　女主角是田螺或其他甲殼類的動物所變，她爲男主角做飯理家，因螺
　　　殼被男主角藏起，不能變回去，乃與男主角結爲夫婦。有了孩子後，
　　　因孩子被人奚落有一個田螺母親，於是她索回螺殼，一去不返。〔註143〕

〔註139〕鍾敬文：〈中國民間故事類型〉，收於氏著：《鍾敬文民間文學論集》（下冊）（上海：上海文藝出版社，1985年6月第1版），頁348。

〔註140〕〔德〕艾伯華（Wolfram Eberhard）著；王燕生、周祖生譯：《中國民間故事類型》（北京：商務印書館，1999年2月第1版，1999年2月北京第1次印刷），頁64～65。

〔註141〕〔美〕丁乃通編著：《中國民間故事類型索引》（北京：中國民間文藝出版社，1986年7月第1版，1986年7月第1次印刷），頁110。

〔註142〕〔美〕丁乃通編著：《中國民間故事類型索引》，同前註，中譯本序，頁4。

〔註143〕金榮華：《民間故事類型索引》（第一冊）（增訂本）（新北市新店：中國口傳文學學會，2014年4月再版），頁308。

丁書、金書，皆見螺女與男子生子，且螺女因孩子被人奚落而黯然離去。其後，祁連休《中國古代民間故事類型研究》有「田螺女型故事」，歸納其情節為：

> 大致寫一青年農夫（或書生、小吏、漁民）拾得一大螺（或浮石，
> 下同），置於家中。螺乃化為美女，每日為其侍奉炊飲，自言是天女
> （或河伯女、泉神），並結為夫妻。後緣盡而去。或言縣宰貪色欲奪
> 此女，女與之反覆較量，最後將其除掉。〔註144〕

祁連休在此故事類型的後段加入了具難題的情節，卻反而接近 ATK465「神奇妻子美而慧　老實丈夫受刁難」〔註145〕的故事了。就鍾敬文、艾伯華、丁乃通、金榮華教授及祁連休所歸納之類型提要觀察，〈白水素女〉之所述，乃女子自動留下螺殼而離去，尚未見及男子藏螺殼、或女子與男子生子、孩子被奚落之事，可知自〈白水素女〉後，情節已有變化增衍。

二、內蘊文化

由西晉《發蒙記》以來之筆記所載，可知白水素女故事於晉朝已盛行，發生地於晉安侯官（今福建福州）〔註146〕，鄭先興由南陽收集而得的漢代畫像石出現螺女畫像，提出此一故事「產生時間，不會晚於東漢」，而其故事發端地「首先是漢代的南陽地區」〔註147〕。「田螺姑娘」故事，以螺變為女，主動為男子做飯，後因男子偷窺而離開為主要情節，包含了以下的內蘊文化。

（一）窺視觸犯禁忌

〈白水素女〉中，謝端對於歸家之後，「見其戶中有飯飲湯火，如有人為者」，感到心疑，初以為是「鄰人為之惠」，「往謝」之卻得到非其所為的答案，百思不得其解之下，促使謝端決意「於籬外竊窺其家中」。此一窺視行為，解了謝端心中疑惑，家中的「飯飲湯火」，乃「從甕中出」的「少女」所為。

少女乃為螺所變，其身分為「天漢中白水素女」，當它幻化為人形，且不為人發覺時，能與人類相安無事地共同生活；然而當其原形被窺視或揭穿，

〔註144〕祁連休：《中國古代民間故事類型研究》（上卷）（石家莊：河北教育出版社，2007年5月第1版，2007年5月第1次印刷），頁259。

〔註145〕詳見金榮華：《民間故事類型索引》（第一冊）（增訂本）（新北市新店：中國口傳文學學會，2014年4月再版），頁354～355。

〔註146〕謝明勳：〈唐人小說「白螺精」故事源流考論〉，《中國書目季刊》第22卷第1期（1988年6月），頁27。

〔註147〕鄭先興：〈漢畫的螺女神話〉，收於氏著：《漢畫像的社會學研究》（開封：河南大學出版社，2009年2月第1版，2009年9月第2次印刷），頁59。

白水素女居於神秘的禁忌便被打破，即如劉守華所言：

> 在所有異類婚故事中，不論是動植物精靈也好，鬼魅或仙女也好，
> 本來生活於另一個完全不同於人間的世界裡面，只有在他們幻變爲
> 人而且不爲人所察覺的情況下，才能平安和諧地生活於普通人之
> 中。一旦被人偷看而識破本相，他們就只得離開人間而返回老家了。
> 〔註148〕

因此，當謝端進一步「到竈下」詢問，與少女面對面，「天漢中白水素女」不
能爲人所見的禁忌被觸犯，一旦自明身分，「天帝」所派，暗中爲謝端「守舍
炊烹」「十年」的作爲被曝於外，使女子「形已見，不宜復留」，僅能留下螺
殼，資其生計，以爲天帝派令之覆命。

（二）冀盼脫離貧苦

「田螺姑娘」型故事之男主角，爲一「少喪父母，無有親屬」，須「夜臥
早起，躬耕力作，不舍晝夜」，才能維持生活的孤苦人。當其拾得「大螺」而
回，「十數日」後，即見「每早至野還」，則有「飯飲湯火」。作爲一個須「至
野」「躬耕」之人，「食」之滿足乃爲其基本須求，謝端「於邑下」帶回的「大
螺」，正補足其食物之困乏。《史記‧貨殖列傳》言：

> 楚越之地，地廣人稀，飯稻羹魚。或火耕而水耨，果隋蠃蛤，不待
> 賈而足。地勢饒食，無饑饉之患。〔註149〕

正義則云：「隋，今爲搖，……果搖，猶搖疊包裹也。今楚越之俗，尚有裹搖
之語。楚越水鄉，足螺魚鱉，民多採捕積聚，搖疊包裹，賣而食之」〔註150〕。
《漢書‧地理志》亦言「江南」之地，「食物常足」〔註151〕，而螺爲水鄉常見
之食物，對孤獨貧苦的男子而言，可使其溫飽。

白水素女因謝端「少孤」而出現，爲其帶來「居富」之前景，卻因謝端
「無故竊相窺掩」，使其生活「爾後自當少差」，唯其繼續「勤於田作，漁採
治生」，仍可「不乏」「米穀」。由此看來，螺爲謝端織就了「十年」可達富足

〔註148〕劉守華：〈從〈白水素女〉到〈田螺姑娘〉——一個著名故事類型的解析〉，《古
　　　　典文學知識》2001年第3期（2001年3月），頁73。
〔註149〕（西漢）司馬遷撰；（南朝宋）裴駰集解：《史記‧卷一百二十九‧貨殖列傳
　　　　第六十九》（臺北：藝文印書館，2005年2月初版4刷），頁1341。
〔註150〕同前註。
〔註151〕（東漢）班固；（唐）顏師古注；（清）王先謙補注：《漢書補注‧卷二十八‧
　　　　地理志第八下二》（臺北：藝文印書館，1996年8月初版4刷），頁861。

無虞的夢，螺的離去，則使謝端又落於在「田作」「漁採」間勤於奔命，尙可自足的勤苦小民，「田螺姑娘」型故事藉人與螺之邂逅，或也道出男子心中亟欲擺脫貧苦的心聲。

（三）存有仙妻情結

田螺姑娘故事，涵蓋男子希望能娶仙女或仙女般美貌女子爲妻之心意，此一情結與嚮往仙人生活有關。

素女，在中國爲仙女別稱，《史記・封禪書》言及「樂舞」之源起，公卿間有所提及：

> 公卿曰：「古者祠天地皆有樂，而神祇可得而禮。」或曰：「太帝使素女鼓五十弦瑟，悲，帝禁不止，故破其瑟爲二十五弦。」於是賽南越，禱祠太一、后土，始用樂舞，益召歌兒，作二十五弦及空侯琴瑟自此起。〔註 152〕

〈封禪書〉中，「素女」與「神祇」並言，可見其在仙女之列。此外，素女又能洞察天地之行事：

> 越王還於吳，當歸，而問於范蠡曰：「何子言之，其合於天？」范蠡曰：「此素女之道，一言即合。大王之事，王問爲實，金匱之要在於上下。」〔註 153〕

素女所言，能合於天，具預知能力。至魏晉之時，「素女」更爲道教崇信的女神，《抱朴子》即曾言黃帝在「道養」方面「資玄、素二女」〔註 154〕，而道教歷史上的兩位玄女，其一即「常與素女並稱」〔註 155〕，顯見其地位之尊。

靠修練、服食而成仙之思想，在春秋時已產生，戰國末年，更見求仙盛況，《韓非子・說林》中，中射之士奪取獻給荊王的「不死之藥」，引發爭執〔註 156〕，可知當時自王至臣，欲求長壽永生之人，不在少數。其後，連秦始皇本

〔註 152〕 （西漢）司馬遷撰；（南朝宋）裴駰集解：《史記・卷二十八・封禪書第六》（臺北：藝文印書館，2005 年 2 月初版 4 刷），頁 551。

〔註 153〕 （東漢）趙曄：《吳越春秋・卷第十・勾踐伐吳外傳・勾踐二十一年》（臺北：臺灣商務印書館，1979 年 11 月臺 1 版，《四部叢刊正編》第 15 冊），頁 74。

〔註 154〕 （東晉）葛洪：《抱朴子・內篇・卷十三・極言》（臺北：臺灣商務印書館，1979 年 11 月臺 1 版，《四部叢刊正編》第 27 冊），頁 70。

〔註 155〕 卿希泰：《中國道教・九天玄女》（第三卷）（上海：東方出版中心，1994 年 1 月第 1 版，1996 年 5 月第 2 次印刷），頁 53。

〔註 156〕 陳啓天：《增訂韓非子校釋・第六卷・說林上》（臺北：臺灣商務印書館，1969 年 5 月初版，1985 年 12 月 5 版），頁 623。

身也追求成仙之道，促成上行下效，蔚為風氣：

> 燕齊之士釋鋤耒，爭言神仙，方士於是趣咸陽者以千數，言仙人食
> 金飲珠，然後壽與天地相保。〔註157〕

漢武帝的提倡，也使漢朝成為「神仙思想方士勢力最盛的時代」〔註158〕，而漢魏之時，如《幽明錄》所載劉晨、阮肇天臺山遇仙故事，或《搜神後記》袁相、根碩遇仙之事等，多為凡男與仙女的戀情故事，劉向《孝子傳》董永與織女的故事，也屬人仙婚配的題材，此等故事於此一階段多可見及，可謂受道教成仙思想的影響。

「仙妻」為善與美的結合體，與妖狐鬼怪等物有害人之行有別，其心善，其貌美，屬男子心中理想的賢內助，尤在勤苦貧困人家，當男子「田作漁採」之餘，回到家中，見「炊爨」已成，得以酒足飯飽，更為白日在野耕作，無暇他顧的男子，帶來有人操持理家，家計得以維持，家務又有人分擔的便利，此不啻為一自給自足令人稱羨的幸福家庭模式。男子對田螺姑娘的幻想，無異表徵出當時困乏之況，對家室的企望，或也因貧無法達成，故以幻想之姿，取代內心的奢求。

綜觀「田螺姑娘」一節，故事最早見載於《發蒙記》，出現男子取螺而回、螺化為女，及人與螺成夫妻之情節。其後，誤輯入《搜神後記》的〈白水素女〉增加螺女離去情節；《述異記》則大抵與〈白水素女〉之情節結構相同，唯在細節方面，多出割螺得女的情節。三者中，《述異記》沿《發蒙記》之簡要敘述，〈白水素女〉則跌宕多姿，細述男子發現螺化為女的經過，也鋪衍出女子離開之因。

田螺姑娘故事發生地點多在水域地區，男子多為「恭慎自守」、貧困的孤苦者，女子則為天帝所派，在男子未察覺狀態下為其「炊爨」。當螺變為女，暗中助男子向「居富得婦」的目標邁進，卻因男子「恭謹」有禮，答謝鄰人舉動，轉而促成女子為男子所「窺視」，此一禁忌一旦觸發，女子為螺的秘密揭穿，則男子對擺脫貧苦的企盼、擁有仙妻的想望，也一併化為烏有，道教影響下精神上對仙境之追求，遂為現實所掩沒，升斗小民期盼娶妻、欲改善物質生活的奢望，在對理想模式的「窺視」行為下，竟無疾而終，幻為泡影。亂世中的貧苦小民，想要翻身，談何容易！

〔註157〕　（西漢）桓寬：《鹽鐵論・卷六・散不足第二十九》（臺北：臺灣商務印書館，1979 年 11 月臺 1 版，《四部叢刊正編》第 17 冊），頁 50。

〔註158〕　郭箴一：《中國小說史》（臺北：臺灣商務印書館，1999 年 4 月臺 1 版第 9 次印刷），頁 4。

第五節　蛇鬥（ATK738）

　　動物有化爲人形，人助相鬥之蛇，相爲敵之兩蛇則出現報恩、報仇者，此一故事類型在《搜神後記》卷 10 第 5 則可見，其文敘臨海人「入山射獵」，夜中，「黃衣」「白帶」人求射人相助，射人應允之：

> 明出，果聞岸北有聲，狀如風雨，草木四靡。視南亦爾。唯見二大蛇，長十餘丈，於溪中相遇，便相盤繞。白蛇勢弱。射人因引弩射之，黃蛇即死。〔註159〕

日暮時分，「復見昨人來」辭謝：

> 住此一年獵，明年以去，愼勿復來，來必爲禍。〔註160〕

射人果「一年」「所獲甚多」，然數年後忘卻前言，再往其地，則見白帶人的惋惜之詞，也遭敵人之子復仇：

> 見先白帶人告曰：「我語君勿復更來，不能見用。讎子已大，今必報君。非我所知。」射人聞之，甚怖，便欲走，乃見三烏衣人，皆長八尺，俱張口向之。射人即死。〔註161〕

此則乃由「蛇互鬥」、「蛇報助戰之恩」及「蛇報仇」三個情節單元，構成「蛇鬥」類型故事。其故事類型，及內蘊文化，敘之如後。

一、故事類型

　　湯普遜《民間故事類型》即有 AT738*「蛇鬥」（The Battle of Serpents）之故事類型，其提要如下：

> 一條大蛇爲了要和另一條大蛇決戰，背了一人在背上，好幫忙殺敵。
> 當大蛇把人送回後，還慷慨贈給他黃金。〔註162〕

湯普遜以愛沙尼亞（Estonian）及土耳其（Turkish）等故事爲例，所敘提要中，蛇應戰時，係與人同行，人助蛇殺敵後，蛇則以黃金答謝。

〔註159〕　（東晉）陶潛撰；汪紹楹校注：《搜神後記》（臺北：木鐸出版社，1982 年 2 月初版），頁 67。

〔註160〕　（東晉）陶潛撰；汪紹楹校注：《搜神後記》，同前註，頁 67。

〔註161〕　（東晉）陶潛撰；汪紹楹校注：《搜神後記》，同註 159，頁 67～68。

〔註162〕　Antti Aarne's *Verzeichnis der Märchentypen* (FF communications no. 3); Translated and Enlarged by Stith Thompson, *The types of the folktale : a classification and bibliography* (Helsinki: Academia Scientarum Fennica, 1964, 2nd rev), p.253.

　　丁乃通《中國民間故事類型》有 ATT738*「蛇鬥」，故事提要〔註163〕
與《搜神後記》所載故事類似，與湯普遜《民間故事類型》提要之不同，
在於人係主動助戰，蛇除贈以珍寶外，並提醒人須小心敵方報復，別再舊
地重遊。金榮華教授的《民間故事類型索引》，ATK738「蛇鬥」的故事提
要則為：

> 有一人在荒野看兩條蛇或龍在打鬥，便幫助快被打敗的一條，使牠
> 獲勝，於是這蛇給他豐富的報酬。在有些故事裡，這蛇也警告他，
> 要提防另一條蛇的報復，不要再去荒野。但是後來這人忘了這個警
> 告，結果在荒野被另一條蛇咬死。〔註164〕

金書與丁書所敘，大致相同，只是報酬部分未必是珍寶，然皆包含人助蛇、
蛇給予報酬，而人卻忘了蛇的警告，遭原本戰敗的蛇報仇後身亡等情節。

二、內蘊文化

　　在一蛇報助戰之恩、另一蛇之子則報仇的情節中，含有圖騰信仰、報恩
思想，及血親報仇之文化。

（一）幻化蘊含圖騰信仰

　　白蛇求射獵人相助之時，化身為「著黃衣，白帶」，「長一丈」之人前來；
及白蛇因射獵人之助而贏戰，又以人形前往道謝；黃蛇為射獵人所殺，其子
以「烏衣人」，「長八尺」之形向射獵人討命，故事中凡蛇與射獵人有求助、
報恩、報仇之行為時，皆化為人形出現，此一現象，或存有圖騰信仰。

　　早期人類即有人獸互體之變形神話，組合了神、人、獸三觀念，其中的
獸，為共人形而可通神〔註165〕，在其宗教信仰中，人的生命來自於圖騰物，
人乃由圖騰生，死時則回歸於圖騰，也就是「人即圖騰，圖騰即人，人與圖
騰可以互化」〔註166〕，因此，獸化為人，人化為獸，人與圖騰具有血緣關係
的想法便存在其生命觀中。而在圖騰信仰之前，已有泛靈信仰（animism）及

〔註163〕〔美〕丁乃通編著：《中國民間故事類型索引》（北京：中國民間文藝出版社，
　　　　1986 年 7 月第 1 版，1986 年 7 月第 1 次印刷），頁 232～233。
〔註164〕金榮華：《民間故事類型索引》（第二冊）（增訂本）（新北市新店：中國口傳
　　　　文學學會，2014 年 4 月再版），頁 494。
〔註165〕樂蘅軍：〈中國原始變形神話試探〉（上），《中外文學》第 2 卷第 8 期（1974
　　　　年 1 月），頁 15。
〔註166〕吳曉東：〈論幻化母題與圖騰崇拜的起源〉，《民族文學研究》1997 年第 4 期
　　　　（總第 66 期）（1997 年 11 月），頁 52。

泛生信仰（animatism）產生，前者認為「宇宙萬有都有一擬人格的精靈存在」，後者相信「宇宙自然中遍佈一種非形質的超自然的生命力」〔註167〕，靈魂不滅的想法、萬物有靈的觀念，亦促使人與動物，甚至無生物之間的變形顯得普遍而合理。

（二）佛教報恩思想

中國自古即有知恩報恩的思想存在，在文學作品中，因先秦以來人與動物屬不同等級觀念之故，因此動物報恩故事尚未產生，至六朝時期，佛教已東傳，皆屬有情眾生的動物與人，在六道輪迴觀念裡，有互相轉化的可能，佛經故事中動物具道德、義行的稱頌篇章，不在少數，而動物報恩題材，也多少對六朝筆記，產生刺激作用。

故事中白蛇與黃蛇「盤繞」，愈趨「勢弱」之時，受射獵人「引弩」相助，滅了大敵，次日傍晚，白蛇登門致謝，並以「一年」之獵「所獲甚多」，使其「家至巨富」予以回報。白蛇所回饋的，乃依射獵人所須之獵物表示答謝，切合其需要，並使其獵獲量豐，生活順遂。此外，並以「慎勿復來，來必為禍」提出警告，以避免恩人日後可能遭到的禍害，白蛇高瞻遠矚，為射獵人設想周到。豈知射獵人忘卻白蛇所言，復往獵多之處，難逃被黃蛇之子報仇的命運，然而此次白蛇並未為了恩人出手相幫，或本力所不敵，只能任恩人被殺，或亦蘊含佛家對殺生者業報之警訊，表達戒殺生之意。

（三）血親報仇

黃蛇與白蛇戰，因射獵人介入助戰，黃蛇死亡；「數年後」，射獵人再返舊地，白蛇之「讎子已大」，化為三個「長八尺」的「烏衣人」，「張口向之」，「射人即死」。中國傳統為血親復仇的觀念，深刻表現在黃蛇之子身上。

黃蛇為射獵人所殺，射獵人「引弩」之舉，使黃蛇之子「歸屬與愛的需要」變得殘缺，其親情的歸屬與滿足一旦受到阻礙，對安全的依附也受到動搖，父仇不共戴天的感受，亦會由動物體現而出。其失去父親的殘缺感，產生忿忿不平的怒氣，鬱積於胸，逐日化為一股蓄勢待發的動力。對至親之仇的重視，孔子曾作如下言論：

> 子夏問於孔子曰：「居父母之仇如之何？」夫子曰：「寢苫枕干，不

――――――――――
〔註167〕樂蘅軍：〈中國原始變形神話試探〉（上），《中外文學》第2卷第8期（1974年1月），頁20。

仕，弗與共天下也；遇諸市朝，不反兵而鬭。」〔註168〕

《春秋公羊傳》中，甚至有「君弒臣不討賊，非臣也。子不復讎，非子也」〔註169〕的主張，班固也提出：

> 子得爲父報讎者，臣子於君父，其義一也。忠臣孝子所以不能已，以恩義不可奪也。故曰：「父之讎不與共天下，兄弟之讎不與共國，朋友之讎不與同朝，族人之讎不與共隣」。故《春秋》傳曰：「子不復讎非子」。〔註170〕

孟子亦有「殺人之父，人亦殺其父；殺人之兄，人亦殺其兄」〔註171〕的說法，中國重倫理孝道，當失去親人，極具血緣關係的「孝」之信念，因此更爲強化，「復仇」成了善盡孝道的延伸及使命，孔穎達對此提出「父之讎，弗與共戴天」，其因在於「父是子之天，彼殺己父，是殺己之天，故必報殺之，不可與共處於天下也」〔註172〕。兩漢之時，復仇之風盛行，東漢桓帝時，蘇不韋爲報父仇，對殺父仇人李暠，採取「掘其父阜冢，斷取阜頭，以祭父墳」的激烈方式，卻有對蘇不韋復仇舉動「貴之」的評價〔註173〕，可見基於親仇而生的殺人之行，在天經地義的孝道觀念下，反爲民間所接受及肯定。而另一方面，其「血債血還」的行爲，無異也透露出佛家循環果報，終得昭彰之理。

綜觀「蛇鬭」一節，此一故事類型中外皆有，外國之助戰者以黃金答謝之，中國則爲射獵者之生計提供優厚回饋，且「所獲甚多」之況長達一年，

〔註168〕 （東漢）鄭玄注；（唐）孔穎達疏；（唐）陸德明音義：《禮記注疏・卷第七・檀弓上》，《景印文淵閣四庫全書》第 115 冊（臺北：臺灣商務印書館，1986 年 3 月初版），頁 133。

〔註169〕 李宗侗註譯；葉慶炳校訂；中華文化復興運動總會、國立編譯館中華叢書編審委員會主編：《春秋公羊傳今註今譯・卷三 隱公下・隱公十有一年》（臺北：臺灣商務印書館，1973 年 5 月初版第 1 次印刷，1994 年 6 月校訂版第 1 次印刷），頁 37～38。

〔註170〕 （東漢）班固：《白虎通德論・卷四・誅伐》（《四部叢刊正編》第 22 冊〔臺北：臺灣商務印書館，1979 年 11 月臺 1 版〕），頁 34～35。

〔註171〕 （東漢）趙岐注；（北宋）孫奭疏：《孟子注疏・卷第十四・盡心下》（臺北：藝文印書館，2007 年 8 月初版 15 刷，《十三經注疏》本），頁 250。

〔註172〕 （東漢）鄭玄注；（唐）孔穎達疏；（唐）陸德明音義：《禮記注疏・卷第三・曲禮上》孔穎達疏，《景印文淵閣四庫全書》第 115 冊（臺北：臺灣商務印書館，1986 年 3 月初版），頁 57。

〔註173〕 （南朝宋）范曄撰；（唐）章懷太子李賢注：《後漢書・列傳第二十一卷・蘇章傳・族孫不韋》（臺北：臺灣商務印書館，1937 年 1 月初版 1 刷，2010 年 11 月臺 2 版 1 刷，《百衲本二十四史》），頁 494。

明顯見及中國在人情之對待上，更具情誼。此外，中國此型故事尚有日後助戰者重回舊地之遭遇，此由白蛇事先對其提醒鋪排情節，又以其人忘卻白蛇忠告之前言而遭殺身之禍作結，較湯普遜在《民間故事類型》所舉之故事，更添精彩。

蛇在故事中，僅有二蛇相鬥之時以原形之姿互相纏繞以作戰，其餘之時皆以人形與射獵人相見，其幻化形體之況，與圖騰信仰相關，靈魂不滅之泛靈、泛生信仰，使人及他物得以互相轉換，而幻化亦屬普遍而不稀奇。二蛇雙方之報恩及報仇，一則顯揚佛教知恩報恩的思想，一則雜揉儒家血親復仇的情懷，兼又或隱含佛家業報的輪迴，造成故事呈現多方文化。

總覽「動物類型故事」一章，六朝志怪筆記敘及動物之情節，已可見故事成獨立類型者，「虎求助產並報恩」在國際型故事中，呈現蛇求助產後報以金錢之情節，中國最早見載之故事則為《搜神記·蘇易》一則，乃為虎求人助，回饋之物則以實物為主，顯現中國特有對虎圖騰的崇拜信仰，也含有佛教報恩思想，有別於西方的蛇報恩故事。「義犬捨命救主」也為國際型故事，在中國則於《搜神記》中得見，凸顯出家犬的靈性，彰顯儒家仁愛、忠義的觀念，也雜揉佛經動物故事之特色，藉動物體現仁義道德的精神，對人世有諷諭及勸善意涵。「鳥妻」見載於《玄中記》、《搜神記》，更屬遍布全球的國際型故事，其中，女子沐浴、男子藏衣為重要的情節結構，在佛經故事及印度梵文中，女子之角色多為仙女，中國最早得見者則為鳥，與女子共組家庭者，中國所見多為平凡小民，大異於佛經故事、印度梵文中的太子身分，顯見六朝故事具有特殊之內在文化，蘊含鳥圖騰之崇拜思想、祭高禖以求子之儀式、隱含禁忌及穿衣禮，也道出企求家庭建立之心意。「田螺姑娘」始見於《發蒙記》，乃為中國所特有，且自〈白水素女〉後，情節已有變化增衍，此型故事存有禁忌主題、隱藏小民冀盼脫離貧苦、期盼娶得仙妻的心聲。「蛇鬥」見載於《搜神後記》，有別於西方贈送黃金以為報之形式，中國係以狩獵之量回饋助戰之人；故事含有圖騰信仰、儒家血親報仇的想法。六朝時期，佛教傳入，佛家動物故事對六朝筆記產生影響，造成六朝筆記的動物故事增多，由於報恩思想滲入筆記之故，因此，故事中的虎、義犬、蛇等動物受惠之時，亦盡全力回饋報答，展現出卓越的道德。

清水在《海龍王的女兒》故事集自序中曾言「如能就世界各國的故事傳說，作相互比較的探討」，進而了解同一情節單元，「怎樣運用聯合而成為各

樣不同的故事，怎樣因『時』『地』『種族』及『文化』的關係而變化歧異」，
「是十分有意義的事」〔註174〕。此章將六朝志怪筆記與湯普遜《民間故事類
型》加以對照，發現求助產報恩的動物有蛇、虎之別；鳥妻身分有爲鳥者、
亦見仙女；蛇在人助戰之後，回饋之物有金錢及實物之不同處，已見端倪。

〔註174〕清水搜錄：《海龍王的女兒‧自序》（臺北：東方文化，1988年，《國立中山大
　　　　　學民俗叢書》第8冊），自序，頁2。

第六章 六朝志怪筆記動物故事所呈現之民俗信仰與社會現象

　　六朝志怪筆記中之動物，有會幻化者、具神奇能力者、會說話者、徵狀怪異者、體積碩大者，它們或擾人、或助人，在與人類互動中，有報恩者、有報仇者、甚亦有與人成婚者，並有具人類特性者。此等敘事，多爲文人將傳聞之事，以筆錄下，民間流傳之事，多所囊括，因此，六朝志怪筆記之所載，多與生活息息相關，有其互爲繫連之宗教、文化、社會等背景。本章就六朝志怪筆記中有關動物的敘事，由其內在之深層意涵研探，以發現民俗信仰與社會現象，分「忻羨神仙方術之說」、「蘊含陰陽讖緯之學」、「傳達因果報應之觀」及「反映亂世社會之象」四節，以論述之。

第一節　忻羨神仙方術之說

　　六朝志怪筆記動物故事，常見動物或出現於荒遠奇特之異境，或見怪異外形，或見動物能變化形體，展現奇幻現象，又或者爲生命力旺盛之長壽動物。此等狀態，頗具神仙世界之仙鄉色彩，蘊含道教藉方術修道以成仙的追求。本節就六朝志怪與神仙方術，計分「仙境樂園」、「羽化登仙」、「靈魂不死」等三部分，探其內在連結。

一、仙境樂園

　　六朝志怪筆記中的動物，有受傷程度不輕卻能自體復原者，如《博物志》卷 3 第 18 則、《玄中記》第 36 則及《金樓子‧志怪》第 8 則中的牛，肉被割

取「三四斤」，短時間內即能癒合生肉；《搜神記》卷 12 第 1 則中的「千歲之蛇」，能「斷而復續」。也見長壽動物，如《玄中記》第 48 則有「百歲鼠」；《拾遺記》卷 8 第 11 則的「白猿」，「軒轅」之時即已存在，壽至「大漢」，或已不下千年；《異苑》卷 3 第 1 則，晉太康二年冬「語於橋下」的二「白鶴」，自「堯崩年」即存活至晉朝。動物之長壽者，甚且有特殊功能，如《要覽》第 4 則的「蟾蜍」已「萬歲」，徵狀特異，「五月五日」「陰乾」，「以其足畫地」，則「能辟兵」。而長壽動物或因自體受傷可迅速復原，也有被人類取作不死之藥者，《玄中記》第 50、51 則中，得「百歲伏翼」而「服之」，可使人「成神仙」，得「千歲伏翼」而「食之」，可使人「壽萬歲」，《玄中記》第 56 則，得千歲蟾蜍而食之，可「壽千歲」，此類動物，皆跨越人世年齡之極限，人得而服之，也能達千歲、萬歲之可能。

　　六朝志怪筆記中的動物或見長壽特質，比之常情，達「不死」之況，此一現象，實則在《山海經》中，已見不死藥的敘述，〈海內西經〉言：

　　　　開明東有巫彭、巫抵、巫陽、巫履、巫凡、巫相，夾窫窳之尸，皆
　　　　操不死之藥以距之。〔註1〕

「距之」之意，郭璞注為「為距却死氣求更生」；窫窳為「貳負臣」所殺〔註2〕，巫者卻持不死藥望其復活，不死的想法已然出現。《山海經》並見「不死民」，郭璞注不死民乃因食「員丘山」的「不死樹」而來，該處並有「赤泉」，能「飲之不老」〔註3〕；也見「不死之國」的記載〔註4〕。可知「不死」的特質，在《山海經》中已具雛型。

　　六朝志怪筆記中的長壽動物，多處於仙鄉異域之中，具有超乎常態的能力，此種仙境中無死生變化的情形，在老子、莊子言論中已可見。老子言得道者能「蔽不新成」〔註5〕，即是達永不衰老、超越生命極限的長生境界；莊子提及「聖人」「千歲厭世」即「去而上僊，乘彼白雲，至於帝鄉」〔註6〕，

〔註1〕　（東晉）郭璞注：《山海經·海內西經第十一》（臺北：臺灣商務印書館，1979
　　　　年 11 月臺 1 版，《四部叢刊正編》第 24 冊），頁 58。
〔註2〕　同前註。
〔註3〕　（東晉）郭璞注：《山海經·海外南經第六》，同註 1，頁 50。
〔註4〕　（東晉）郭璞注：《山海經·大荒南經第十五》，同註 1，頁 66。
〔註5〕　（周）李耳撰；（西漢）河上公章句：《老子·顯德第十五》（臺北：臺灣商務
　　　　印書館，1979 年 11 月臺 1 版，《四部叢刊正編》第 27 冊），頁 8。
〔註6〕　（周）莊周撰；（清）王先謙：《莊子集解·卷三·天地第十二》（臺北：世界
　　　　書局，1957 年 7 月初版，2006 年 8 月 2 版 3 刷），頁 102。

並有廣成子「千二百歲」、「形未嘗衰」〔註7〕，可知道家中的「仙人」，能超越生死，達於生命永恆。〔註8〕

《玄中記》第 50、51 則中，「百歲」、「千歲」的「伏翼」提供人「成神仙」、「壽萬歲」的機會，顯見跨越生死、得而成仙的思維，已存在於民間。戰國後期，方士由巫覡中再分化而興起，以談煉金、求仙之道為主，巫覡、方士並且編造仙話，宣傳神仙思想，受廣大民眾青睞；繼有齊人鄒衍將易學加以推演，提出「五德終始說」，推揚「五行」理論，方士又將陰陽五行學說與方術融合，增強了五行說的可信度及說服力，相對地，影響力也大增，不僅秦始皇採其說，在民間也造成趨之者眾的風氣〔註9〕。燕齊沿海一帶出現大規模的求仙活動，帝王更且成逐仙之人：

> 自威、宣、燕昭使人入海求蓬萊、方丈、瀛洲，此三神山者，其傳在勃海中，去人不遠。患且至，則船風引而去。蓋嘗有至者，諸僊人及不死之藥皆在焉。其物禽獸盡白，而黃金銀為宮闕，未至，望之如雲，及到，三神山反居水下；臨之，風輒引去，終莫能至云。世主莫不甘心焉。〔註10〕

求仙風氣之盛，於此可見。

秦始皇對成仙有狂熱信仰，數以千計的方士聚集咸陽，「言仙人食金飲珠，然後壽與天地相保」〔註11〕；漢武帝之時，「海上燕齊之間，莫不搤腕自言有禁方，能神僊矣」〔註12〕，如齊人少翁懂方術，漢武帝便禮之，拜為「文成將軍」，「賞賜甚多」〔註13〕。帝王對成仙的追求，導致神仙信仰因之水漲船高、迅速蔓延。

〔註7〕　（周）莊周撰；（清）王先謙：《莊子集解·卷三·在宥第十一》，同前註，頁93。

〔註8〕　姚聖良：《先秦兩漢神仙思想與文學》（濟南：齊魯書社，2009年8月第1版，2009年8月第1次印刷），頁39～58、83～97。

〔註9〕　（西漢）司馬遷撰；（南朝宋）裴駰集解：《史記·卷二十八·封禪書第六》（臺北：藝文印書館，2005年2月初版4刷），頁541～542。

〔註10〕　（西漢）司馬遷撰；（南朝宋）裴駰集解：《史記·卷二十八·封禪書第六》，同前註，頁542。

〔註11〕　（西漢）桓寬：《鹽鐵論·卷六·散不足第二十九》（臺北：臺灣商務印書館，1979年11月臺1版，《四部叢刊正編》第17冊），頁50。

〔註12〕　（西漢）司馬遷撰；（南朝宋）裴駰集解：《史記·卷十二·孝武本紀第十二》，同註9，頁211。

〔註13〕　（東漢）班固；（唐）顏師古注；（清）王先謙補注：《漢書補注·卷二十五上·郊祀志第五上》（臺北：藝文印書館，1996年8月初版4刷），頁547～548。

至《淮南子》，也見登「崑崙之丘」而「不死」之說〔註14〕，對山岳的崇拜，使崑崙成為神境。

六朝志怪筆記中的動物，具長壽特質，處在仙境異域，即體現了時人對於神仙世界的欣羨；而此等解決人之生死問題以達長生的神仙思想，切中百姓生活，為道教所汲取，並成為眾人追求之目標。

二、羽化登仙

六朝志怪筆記中的動物，有陸上、水中動物卻能飛行者，如《列異傳》第 25 則，鄧卓將為神，「遣馬邛之」，鄧卓只見「物在下，紛紛如雪」，迎神之馬能見及「海上白鶴飛」；任昉《述異記》卷下第118 則中，子英所捕之「赤鯉」，即為迎子英成仙的動物，子英登上赤鯉之背，即「昇於天為神仙」。

志怪中能飛行的動物，多可視為迎仙人得道成仙的使者，其與仙人皆具有飛行之能力。或因鳥類能飛行的刺激，仙人也呈現能自由飛行的形象，莊子所謂的「至人」能「乘雲氣」而遊，實則在《山海經·海外南經》中，就有人之身生羽的描寫：

> 羽民國在其東南，其為人長頭，身生羽。〔註15〕

郭璞為此作注云：

> 能飛不能遠，卵生。畫似仙人也。〔註16〕

仙人「羽化」登仙的雛形，已見端倪。

至於「登仙」，道教有尸解仙去之說，李賢注《後漢書·王和平傳》即言：

> 尸解者，言將登仙，假託為尸以解化也。〔註17〕

尸解為成仙術之一，藉形體消於無形表昇而為仙之意；《仙經》亦云「上士舉形昇虛，謂之天仙」〔註18〕，能登而為仙者，多顯出能飛之態。六朝志怪

〔註14〕 （西漢）劉安：《淮南子·卷第四·墜形訓》（《四部叢刊正編》第 22 冊〔臺北：臺灣商務印書館，1979 年 11 月臺 1 版〕），頁 27。

〔註15〕 （東晉）郭璞注：《山海經·海外南經第六》（臺北：臺灣商務印書館，1979 年 11 月臺 1 版，《四部叢刊正編》第 24 冊），頁 49。

〔註16〕 同前註。

〔註17〕 （南朝宋）范曄撰；（唐）章懷太子李賢注：《後漢書·列傳第七十二卷下·方術列傳·王和平傳》（臺北：臺灣商務印書館，1937 年 1 月初版 1 刷，2010 年 11 月臺 2 版 1 刷，《百衲本二十四史》），頁 1255。

〔註18〕 （東晉）葛洪：《抱朴子·內篇·卷二·論仙》引《仙經》（臺北：臺灣商務印書館，1979 年 11 月臺 1 版，《四部叢刊正編》第 27 冊），頁 10。

筆記中，可見及「馬」、「赤鯉」原本不能飛的動物，在身負迎人爲仙之任務時，顯現出異於常情的飛天本領，如此現象，或可視爲仙鄉世界位於高遠之處，仙鄉境遇中的成員具有飛行能力，正與其羽化而飛昇成仙之意境相呼應。〔註19〕

三、靈魂不死

六朝志怪筆記中的動物，能幻化的情節所在多有。如《列異傳》第44則、《錄異傳》第26則，九田山的「鳥」可幻爲「赤玉」；《玄中記》第49則中的「百歲之鼠」能「化爲蝙蝠」；《搜神記》卷12第1則，「千歲之雉，入海爲蜃；百年之雀，入海爲蛤」；任昉《述異記》卷上第122則中的猿，「五百歲化爲玃」，而「玃千歲」又可「化爲老人」。動物可變爲其他器物，可變爲他種動物，也可幻爲人，如《拾遺記》卷2第4則中，禹在「空巖」中所遇「如豕」之獸及「青犬」，在禹約走十里、「迷於晝夜」之時，「變爲人形，皆著玄衣」。

變爲人的動物，有欲與世間博學之人相互切磋，一較短長者，如《幽明錄》第33則中的「老狸」、《搜神記》卷18第9則中的「千歲」「狐」。有遊戲人間，興妖作怪者，如《搜神記》卷18第27則中的「狸」與「老狶」，冒充官府人員，襲擊宿於「都亭」的人。《搜神記》卷18第26則中，「北舍母豬」化身爲「皂衣」人；「西舍老雄雞父」化身爲「冠赤幘」之人；「老蠍」化身爲「亭主」，在「天明」前，對於宿於「安陽城南」之亭者，完成「殺人」之事。《搜神記》卷18第21則中的「里中沽酒家狗」，冒充「停喪在殯」的來季德，對其「孫兒婦女」及「奴婢」「教戒」「數年」，常是「飲食既絕，辭訣而去」，利用人類敬重長輩的心理，滿足自己得享有威權又兼口腹之慾的願望，卻不顧來家人久久不能讓去世長輩入土爲安的憂心。

化爲人形的動物，更多的是與凡間男女婚戀，享受人間情愛，如《甄異傳》第16則、《異苑》卷8第16則〈獺化〉、《幽明錄》第170則中的「獺」，與楊醜奴享燕婉之情；《搜神記》卷18第20則中的「白狗」，冒充田琰，在其「居母喪」獨居之時，數度與田琰妻交歡；《搜神後記》卷9第5則中的「獼猴」，甚至使女「同時懷姙」，與人生子。

〔註19〕　參卿希泰主編：《中國道教思想史·第二章　道家與神仙家思想》（第一卷）（北京：人民出版社，2009年12月第1版，2009年12月北京第1次印刷），頁85。

幻爲人的動物，也見展現仁義善性者，如《搜神記》卷 20 第 4 則中的「黃雀」，爲答謝楊寶在其受傷期間的悉心照顧，化爲「黃衣童子」，親身致謝；誤輯入《搜神後記》卷 5 第 1 則的〈白水素女〉，「大螺」化爲「少女」，爲「少孤」又且「恭愼自守」的謝端「守舍炊烹」，可知守分之人，也見天助自助者的情形出現。

六朝志怪筆記中的動物，幻化情節爲數甚多，究其幻化現象之產生，與道教追求長生的靈魂不死觀念有所關聯。

道教爲求靈魂得以永生，借鑒羌族的火葬風俗加以衍生其信仰。《呂氏春秋・義賞》云：

氐羌之民，其虜也，不憂其係纍，而憂其死不焚也。〔註20〕

《墨子・節葬》曰：

秦之西有儀渠之國者，其親戚死，聚柴薪而焚之，燻上，謂之登遐。

〔註21〕

儀渠係屬羌族，氐羌族人希望借火葬求得靈魂不死，而能到未來世界。此一觀念，在羌族與周聯姻時，帶往中原，也輾轉因封地之故，帶到齊國。另一方面，遷移則易生同化現象，西方羌族的觀念中，肉體毀盡、靈魂卻不死，其後轉變爲肉體與靈魂並生，當其遷徙到東方，與當地人民相互影響，又再變爲純粹的肉體不死〔註 22〕。神仙爲眾所追求的理想，魂魄可超越形體，升天便能成仙，且人人皆可成仙，並無階級之分，可知，神仙思想建構在平等原則之上，尤其當國家崩潰解體，成仙的想法更爲人民所求，因此在戰國之後，神仙思想逐漸產生，爲亂世中之百姓所追求。〔註23〕

對魂魄不死秉持信仰，加上原始民族對圖騰崇拜，他們認爲人係由圖騰而生，肉體死亡後，魂魄將回歸到圖騰物中，呈現出「生與死的混同、人與物的混同」，人與萬物「處於同一水平線上」〔註24〕。人能老而不死，相對地，

〔註20〕 （秦）呂不韋：《呂氏春秋・卷十四・孝行覽第二・義賞》（臺北：臺灣商務印書館，1979 年 11 月臺 1 版，《四部叢刊正編》第 22 冊），頁 84。

〔註21〕 （戰國）墨翟撰；（清）畢沅校注：《墨子・卷六・節葬下第二十五》（臺北：臺灣商務印書館，1966 年 3 月臺 1 版，《叢書集成簡編》第 36 冊），頁 68。

〔註22〕 聞一多：《聞一多全集一・神仙考》（北京：生活、讀書、新知三聯書店，1982 年 8 月北京第 1 版），頁 155～157。

〔註23〕 聞一多：《聞一多全集一・神仙考》，同前註，頁 161。

〔註24〕 鄭土有：〈中國古代神話仙話化的演變軌跡〉，《民間文學論壇》1992 年第 1 期（總第 54 期）（1992 年 1 月），頁 12。

物也能久而成精，甚至變幻形體，顯其奧妙。而人們爲求長生，方士甚爲帝王所重，感召〔註25〕、服食〔註26〕、行氣〔註27〕、導引〔註28〕等能延年養生得而成仙之方盛行於世，職是之故，人可藉修煉而成不死之仙，動物也可藉修煉而成善變之精。

另由干寶《搜神記》觀之，其卷 12 第 1 則，認爲「萬物化成」乃由「氣」而來，氣之清濁和異，促成萬物不同形性；因「數之至」、「時之化」，則見萬物因「氣易」而生異；氣若亂、反，則見「妖眚」之事生〔註29〕。明顯可見，干寶對萬物之生成，持「氣化宇宙論」看法。在《呂氏春秋》中，即有「萬物所出，造於太一，化於陰陽」之說〔註30〕，《淮南子》則見「道始于虛霩，虛霩生宇宙，宇宙生氣。氣有漢垠，清陽者薄靡而爲天，重濁者凝滯而爲地」〔註31〕，呈顯天地間的萬物乃由道而生，陰陽變化、氣清氣濁則造成萬物不同之現象；再觀《老子河上公注》，河上公以天地有「陰陽」，「含氣生萬物」〔註32〕解釋宇宙的生成，將老子以道爲本體而成宇宙之說法，轉而由「氣化宇宙論」之角度切入。〔註33〕干寶對於萬物之化成，亦承氣化論觀點，因之，

〔註25〕 此爲通過齋醮儀式，配以音樂、舞蹈，讓求仙之人「置於特定的宗教氛圍中，存思神仙降臨，超凡入仙」。梅新林：《仙話——神人之間的魔幻世界》（上海：生活・讀書・新知三聯書店上海分店，1992 年 6 月第 1 版，1992 年 6 月第 1 次印刷），頁 199。

〔註26〕 此派主張「通過服食『仙丹』得道成仙」。梅新林：《仙話——神人之間的魔幻世界》，同前註，頁 197。

〔註27〕 此爲調節呼吸的養生之法，主在「去除後天的污穢之氣，保持人體原有的元氣」。郭重威、孔新芳：《道教文化叢談》（哈爾濱：黑龍江人民出版社，2005 年 4 月第 1 版，2005 年 4 月第 1 次印刷），頁 217。

〔註28〕 此乃結合「呼吸運動」和「軀體運動」，以爲日常健身、醫療、鍛鍊的體育活動，且強調做功時間「應在丑後卯前、天氣清和之時」。郭重威、孔新芳：《道教文化叢談》，同前註，頁 219～220。

〔註29〕 （東晉）干寶撰；胡懷琛點校：《搜神記》（臺北：鼎文書局，1978 年 8 月初版），頁 89～90。

〔註30〕 （秦）呂不韋：《呂氏春秋・卷五・仲夏紀・大樂》（臺北：臺灣商務印書館，1979 年 11 月臺 1 版，《四部叢刊正編》第 22 冊），頁 30。

〔註31〕 （西漢）劉安：《淮南子・卷三・天文訓》（《四部叢刊正編》第 22 冊〔臺北：臺灣商務印書館，1979 年 11 月臺 1 版〕），頁 18。

〔註32〕 （周）李耳撰；（西漢）河上公章句：《老子・體道第一》（臺北：臺灣商務印書館，1979 年 11 月臺 1 版，《四部叢刊正編》第 27 冊），頁 4。

〔註33〕 參楊穎詩：〈從《老子》到《河上公注》的詮釋轉向——以工夫形態爲討論核心〉，《新竹教育大學人文社會學報》第 8 卷第 1 期（2015 年 3 月），頁 1～25。

六朝志怪中，動物能幻化的情節最為多見，其來有自。

綜觀六朝志怪筆記動物故事所呈現之民俗信仰「忻羨神仙方術之說」一節，六朝志怪常見動物有長壽、使人不死之奇異能力者，也見無翅者能飛，或能幻化為各種器物、動物甚或人者，如此特異情況的產生，和神仙方術之說不無關係。道教汲取遠古以來的巫覡文化，把握住人民對長生不死境界的追求，藉修道長生結合推崇老子之思潮，強化先秦的神仙思想，表明人人可成仙，且欲成仙，可由修道之途達成，其第一部道教經典《太平經》即指出：

> 人居天地之間，人人得壹生，不得重生也。重生者獨得道人，死而
> 復生，尸解者耳。是者，天地所私，萬萬未有一人也。故凡人壹死，
> 不復得生也。故當大備之，雖太平氣樂歲，猶有邪氣。〔註34〕

生命可藉修道而重生，且由實踐可達到理想的追求。〔註35〕

道教汲取人民心中已深植的觀念，卻又隨時間推移而與時俱進，人民對神仙的信仰也隨時局變化而有所改動，原始生民對自然生命的消逝，多居於被動態勢，而神仙信仰則以自己的力量及方法扭轉時局，化被動為主動，藉修煉、修道達到成仙目的，而六朝志怪中的動物能幻化，如《玄中記》第47、48、49則，五十歲之狐能幻為婦人，百歲狐能化為美女等說法，或如《搜神記》卷18第13則，名為「阿紫」之「狐」化作「好婦」，在人間媚惑人等怪異之事，便在道教神仙方術、氣化宇宙論的思想影響下，應運而生。

六朝志怪滲入神仙方術之說，以仙鄉氣息形諸文字，載於書籍，卻也道出時代變動之不安，現實社會之不定。會幻化的動物充斥人間，作怪者驚擾人世、與人婚戀者，含有縱慾橫流的汙濁之風，卻也隱含壓抑慾望卻欲得宣洩的心境思維；仙境樂園中的長壽不死、能飛的動物生長其間，含藏了時人對於混亂世局，冀盼得有心靈的寄託之所。現實層面雖須忍受物質匱乏，承受或因戰爭、飢餓而生的軀體苦痛，但至少在心靈深處，得有一精神層次的嚮往之地，以內心暫時的滿足，撫慰現實物質層面所受的苦楚。

〔註34〕 （東漢）不著撰人：《太平經‧卷七十二‧不用大言無效訣第一百一十》（上海：上海古籍出版社，1993年4月第1版，1993年4月第1次印刷，《諸子百家叢書》，明《正統道藏》本），頁309～310。
〔註35〕 卿希泰主編：《中國道教思想史‧導論》（第一卷）（北京：人民出版社，2009年12月第1版，2009年12月北京第1次印刷），頁12～13。

第二節　蘊含陰陽讖緯之學

六朝志怪筆記動物故事中，數見動物呈現異象，如動物異角異足、動物生人、變換性別、出現在異常環境等，有對此提出解釋或預言者，也有徵應之驗證等情形者，如此情況，見於《搜神記》及《異苑》，且不在少數，陰陽讖緯現象，在六朝志怪筆記中顯現而出，或蘊有作者用意。本章即欲就六朝志怪與陰陽讖緯，探究二者之關聯。

六朝志怪筆記有關動物之敘事，動物展現反常現象者多，此類敘事大致可分為兩類：一為關涉國家政局，一則為預示個人命運。關涉國家政局者，則又包含有德者能顯吉兆，及動物反常影射政況，今敘之於後。

一、為有德之人顯吉兆

六朝志怪筆記《搜神記》卷 14 第 5 則中的子文、《搜神記》卷 14 第 6 則中的無野，一為未婚所生之子，為姁子之妻棄於山中，一為妾之子，為親身母親產於山野，剛出生的嬰兒，無自生能力，卻分別有虎、貍乳之，亦或有鸇覆之，使其免於餓死或凍寒，日後更為「楚相」、「頃公」。虎、貍、鸇等動物，將上天好生之德加以發揮，使弱小生命得以延續，另一方面，更顯出其命不該絕、日後有成之前，虎、貍、鸇等動物，乃為其帝王、聖人的身分烘托形象，凸顯其不凡。

王充曾言及「人命稟於天，則有表候於體」，「察表候」則可「知命」〔註36〕，《白虎通義》也見「聖人皆有表異」〔註37〕的說法。除外貌之不尋常，有德者亦有趨吉之象，《左傳》即見「唯聖人能外內無患，自非聖人，外寧必有內憂」〔註38〕、「聖人在上，無雹，雖有不為災」〔註39〕之說，先秦諸子多將聖人與「天」、「道」相聯繫，亦見以聖人經世而成聖王的說法，將道德與政治加以絹合。至秦朝，在上位者利用聖人崇拜觀念，希冀建立其一統之帝

〔註36〕　（東漢）王充：《論衡・卷第三・骨相篇》（《四部叢刊正編》第 22 冊〔臺北：臺灣商務印書館，1979 年 11 月臺 1 版〕），頁 27。

〔註37〕　（東漢）班固：《白虎通德論・卷六・聖人》（《四部叢刊正編》第 22 冊，同前註），頁 52。

〔註38〕　（周）左氏傳：（西晉）杜預注；（唐）孔穎達疏：《春秋左傳正義・卷第二十八，成公十六年》（臺北：藝文印書館，據清嘉慶二十年〔1815 年〕江西南昌府學阮元校刊本影印），頁 474。

〔註39〕　（周）左氏傳：（西晉）杜預注；（唐）孔穎達疏：《春秋左傳正義・卷第四十二，昭公四年》，同前註，頁 728。

國；漢朝更吸取讖緯之說，以聖人受命治理天下，鞏固其政治權力〔註40〕。

子文、無野幼時遭遇之所以與日後帝王、聖人身份之命運相呼應，與陰陽讖緯之學有關聯之處。讖緯之學將帝王、聖人的出生來歷或外貌，加以特殊化，以凸顯其與眾不同，林淑貞在〈窮究天人之際──六朝志怪「災異書寫」示現的人文心靈〉一文中，指出：

> 災異，是人天相感的模式之一，人格之「天」藉由災異現象預示人類福禍或兆應吉凶，主要透過二個面向進行告誡預示，其一是天象、地理、人事異常，以兆應凶象；其二為有德之人，其居處行為，兆應吉象。〔註41〕

當有德之人出現，則見吉象產生，這與干寶《搜神記》卷12第1則所言「聖人」乃「和氣所交」，因其「五氣盡純」，故「聖德備」相呼應〔註42〕，亦存董仲舒天人相應之觀點，因此如子文、無野等初生之兒被棄於山中，卻得而為虎、貍、鸛所照護，乃因其將成為有德者之故。

又如《搜神記》卷14第3則的夫餘王東明，嬰兒時被棄於「豬圈」、「馬櫪」，為豬、馬以「喙」及「氣」「噓之」，其幼弱的生命得以持續，此亦以讖緯之說，為其「夫餘王」身分增加光環。帝王兒時生命之持續因讖緯神學而增加色彩，在其日後遭危難時，亦見化險為夷的遭遇。《小說》第3則中，漢高祖遭項羽追擊，藏身「厄井」，更有「雙鳩」停於井上；而前所述之夫餘王東明將遭槀離國王追殺之時，亦有「魚鱉浮為橋」，助其躲過死刼，顯見具帝王之命的有德之人，存在「吉象」，遇險則能轉危為安。

二、動物反常影射政況

六朝志怪筆記中的動物，或見異角異足，或見同類相殘、異類相鬥，或見動物生人、異類相交，或見動物變換性別、變生異類，或者作人語，亦或存在於異常環境等，呈現出反常現象。此等怪異敘寫，在文本中時引京房《易傳》之言，並敘當代政治之況，其藉六朝志怪動物之反常，具有影射政治局勢，表達其以動物喻人事的讖緯思想。

〔註40〕 參徐興無：《讖緯文獻與漢代文化構建》（北京：中華書局，2003年3月第1版，2003年3月北京第1次印刷），頁149～162。

〔註41〕 林淑貞：〈窮究天人之際──六朝志怪「災異書寫」示現的人文心靈〉，《漢學研究集刊》第10期（2010年6月），頁22。

〔註42〕 （東晉）干寶撰；胡懷琛點校：《搜神記》（臺北：鼎文書局，1978年8月初版），頁89。

　　動物變怪之異象，在戰國時期，即存有某種預示意義，《中庸》即曾提出：

　　　國家將興，必有禎祥；國家將亡，必有妖孽；見乎蓍龜，動乎四體。
〔註43〕

國家的興衰存亡，在禎祥妖孽徵兆中可見到預示。陰陽家鄒衍，則結合陰陽、五行，雜揉方術迷信，建構出以陰陽五行為骨架，統合自然、社會、歷史、地理、科學及神學的天人合一世界觀，提倡「陰陽五行的符應說」，利用陰陽互為消長的觀念、「五德終始」的循環，解說事物和歷史的發展變化。〔註44〕漢武帝即位不久，接連發生罕見災異〔註45〕，此時又有董仲舒以儒學為本，搭以陰陽家思想，融合道、墨、法、名各家，推演出天人感應論，架構了「災異說」，並言災異可「以人事救之」，此說為漢武帝所崇奉，從此，災異之說盛行，董仲舒、京房、劉向等，皆為當時皇帝所重〔註46〕。

　　哀帝、平帝在位期間，西漢趨於混亂〔註47〕，宗室、外戚等為權力而爭執不斷，引發鬥爭，讖言四起，「五德終始」說被附以讖語，製造輿論〔註48〕，陰陽災異之說逐漸發展成為讖緯之學，東漢光武帝言「宣布圖讖於天下」〔註49〕，讖緯便因政治及法律力量之鞏固，被尊為「秘經」，成為「漢朝的神學正宗」。《漢書》、《後漢書》中，〈五行志〉獨立；《晉書》、《宋書》有〈天文志〉、

〔註43〕　（東漢）鄭玄注；（唐）孔穎達疏；（唐）陸德明音義：《禮記注疏・卷第五十三・中庸》，《景印文淵閣四庫全書》第116冊（臺北：臺灣商務印書館，1986年3月初版），頁369。

〔註44〕　鍾肇鵬：《讖緯論略》（臺北：洪葉文化事業有限公司，1994年9月初版1刷），頁82～83。

〔註45〕　建元二年，有日蝕；三年，有水患、饑荒、日蝕；四年，有旱災；五年，有蝗災；六年，有火災。詳見（東漢）班固；（唐）顏師古注；（清）王先謙補注：《漢書補注・卷六・武帝紀第六》（臺北：藝文印書館，1996年8月初版4刷），頁84～85。

〔註46〕　詳見（東漢）班固；（唐）顏師古注；（清）王先謙補注：《漢書補注・卷七十五・眭兩夏侯京翼李傳第四十五》，同前註，頁1411。

〔註47〕　「陰陽錯謬，歲比不登，天下空虛，百姓饑饉，父子分散，流離道路，以十萬數，而百官群職曠廢，姦軌放縱，盜賊並起，或攻官寺，殺長吏。」（東漢）班固；（唐）顏師古注；（清）王先謙補注：《漢書補注・卷八十一・匡張孔馬傳第五十一》，同註45，頁1463。

〔註48〕　翁頻：〈大小傳統之間：兩漢魏晉之際的讖緯之學〉，《山西師大學報》（社會科學版）第33卷第3期（2006年5月），頁97。

〔註49〕　（南朝宋）范曄撰；（唐）章懷太子李賢注：《後漢書・帝紀第一卷下・光武皇帝下》（臺北：臺灣商務印書館，1937年1月初版1刷，2010年11月臺2版1刷，《百衲本二十四史》），頁50。

〈五行志〉；《宋書》開創〈符瑞志〉；《南齊書》承而易名為〈祥瑞志〉；《魏書》有〈天象志〉，並獨立出〈靈徵志〉，明顯可見歷朝對讖緯之重視〔註50〕。

自漢而後，讖緯之說盛行，六朝志怪藉動物異象以影射人事，自也受讖緯之學影響，今將動物「異角異足」、「同類相殘」、「變生異類」、「變換性別」、「出生在反常處所」及「其他異狀」等異象，就其所涉時事、讖緯書之解說、他書之驗證、及所涉之史實，分述於後。

（一）異角異足

1. 多頭——勢力竄起，威脅執政

呈現多頭現象者，有牛、馬、狗等：

出處	異象	發生時地	解說	他書驗證	史實
《搜》7-39	牛一體兩頭	晉元帝建武元年七月，晉陵東門	天下將分	《晉書·五行志》〔註51〕	愍帝蒙塵 元帝即位江東
《搜》7-41	牛兩頭	東晉元帝太興元年，武昌太守家	上下無別	《晉書·五行志》	元帝即位 王敦亂政
《搜》7-42	馬兩頭	太興二年，丹陽	政在私門		王敦陵上
《異》4-24	狗多頭	隆安初，皋橋			孫恩之亂

多頭主在指涉政局中另有勢力竄起，對主要執政者造成威脅，如《搜神記》卷7第39則，「晉元帝建武元年」（A.D.317）「晉陵東門」有牛生下犢「一體兩頭」，《晉書·五行志》提及當時愍帝在平陽「蒙塵」，又「為逆胡所殺」；元帝則「即位江東」，「天下分為二」即驗證牛雙頭之說。愍帝建興五年（A.D.317）三月，瑯琊王司馬睿在建康稱「晉王」；十一月，劉聰「出獵」之時，「令帝行車騎將軍」，後又「使帝執蓋」，至十二月，愍帝「遇弒，崩于平陽」〔註52〕，西晉在愍帝之手，宣告結束，而司馬睿則在建康，成為東晉的第一位皇帝。又如《搜神記》卷7第42則，太興二年（A.D.319），丹陽郡吏濮陽演有馬「生駒」，呈「兩頭，自項前別」，結果「生而死」。此為「政在私門，二頭之象」。

〔註50〕 參林淑貞：〈窮究天人之際——六朝志怪「災異書寫」示現的人文心靈〉，《漢學研究集刊》第10期（2010年6月），頁9。

〔註51〕 筆者按：與同列表格「出處」文本之所述相較，旁及史實者，始於「他書驗證」欄中註明書籍之所出，若與文本所記同，未及於史實之記事者，則略而不提。下同，不再贅述。

〔註52〕 （唐）房玄齡：《晉書》（臺北：臺灣商務印書館，1937年1月初版1刷，2010年6月臺2版1刷，《百衲本二十四史》），卷五，帝紀第五，孝愍帝，頁39。

元帝因王敦、王導兄弟，得以在建康鞏固勢力，建武元年（A.D.304），王敦、王導兄弟分任「大將軍」、「驃騎將軍、都督中外諸軍事」，皆掌大權，造成「王與馬共天下」的局勢，然而，司馬睿擔心王家兄弟勢力坐大，器重刁協、劉隗，以制衡王氏勢力。王敦掌軍事權後漸趨專擅，加上祖逖已亡，「益無所憚」〔註53〕，永昌元年（A.D.322），王敦舉兵武昌，上陳劉隗、刁協的罪狀，討伐劉隗，據兵於石頭城，甚且元帝「令公卿百官詣石頭見敦」，顯見王敦已凌駕於元帝之上，其「欲專國政」，早有異志之舉，昭然若揭〔註54〕。而「王敦陵上」，即為馬雙頭之徵驗。

2. 異足──所使任者生異

異足現象者有馬、牛及虎：

出處	異象	發生時地	解說	他書驗證	史實
《搜》6-40	牡馬生駒，三足	漢哀帝建平三年，定襄	不見用	《漢書·五行志》	大司馬董賢幼少見用
《搜》6-15	牛五足	秦孝文王五年，煕衍	興繇役，奪民時	《漢書·五行志》	秦世大用民力，天下叛之
《搜》7-41	牛八足	東晉元帝太興元年，武昌太守家	所任邪	《晉書·五行志》	用王導，其後亂政
《搜》6-23	牛足出背上	景帝十六年，北山	下奸上	《漢書·五行志》	孝王思慮霜亂，土功過制
《搜》7-6	虎兩足	晉武帝太康六年，南陽	王室亂之妖	《晉書·瑞異記》	愍懷太子為賈后所害

異足在不同動物上的意義各有差別，馬在《漢書·五行志》中，被賦予「國之武用」之意，《搜神記》卷6第40則中，馬呈現「三足」，又且為「牡馬」所生，因之用以指涉侍中董賢任「大司馬」，處於「上公之位」，然「天下不宗」；及「哀帝暴崩」，王莽入朝，董賢「印綬」為王莽所收，遂恐而自殺。董賢雖居「大司馬」之位，卻無實權，乃為「不見用」之徵〔註55〕。

牛或指涉所使之人，《搜神記》卷6第15則之「五足牛」，在《漢書·

〔註53〕　（北宋）司馬光：《資治通鑑》（臺北：臺灣商務印書館，1979年11月臺1版，《四部叢刊正編》第7冊），卷第九十，晉紀十二，中宗元皇帝上，頁837；卷第九十一，晉紀十三，中宗元皇帝中，頁851、853。

〔註54〕　（北宋）司馬光：《資治通鑑·卷九十二·晉紀十四·中宗元皇帝下》，同前註，頁856～857。

〔註55〕　（東漢）班固撰；（唐）顏師古注；（清）王先謙：《漢書補注·卷二十七·五行志第七下之上》（臺北：藝文印書館，1996年8月初版4刷），頁645。

五行志》言之更詳，「文惠王」「初都咸陽」，即「廣大宮室」，如此將致「逆土氣」；「足」則有「止奢泰」之意涵，「牛」則有民力之意，秦「大用民力」，遂致「天下叛之」〔註56〕，將動物異象與政治加以緝合。《搜神記》卷7第41則中的牛「八足」，即指涉元帝司馬睿早在懷帝永嘉年間（A.D.307～313），即「用王導計」，得以於建康擁有一席之地，王敦、王導、周顗、刁協等人，都為其股肱之臣。京房《易傳》指出，「足多」，表「所任邪」，觀太興元年，愍帝崩，司馬睿「即皇帝位」，其後，王敦等人「亂政」，即為徵驗所在。〔註57〕

虎為勇武力量的象徵，《搜神記》卷7第6則中，虎「兩足」，則有「王室亂之妖」的意涵。王隱在《晉書》中，以「金在西方，其獸為虎」解讀當時狀況，虎原「四足」，「猶國有四方」，今僅「兩足」，「無半勢」，推估「將有愍懷之禍」〔註58〕。干寶也採五行觀點，以為「金精入火而失其形」，將危及王室。其後，愍懷太子為惠帝讚「似宣帝」，擁有「令譽」，賈后忌之，慫恿太子「極意所欲」，待太子「慢弛益彰」，加之賈謐譖言，遂廢太子，將太子幽禁在許昌宮別坊，派治書御史劉振守之；進而命太醫令程據，「合巴豆杏仁丸」，令黃門孫慮逼太子服藥，太子不從，孫慮「以藥杵椎殺之」，將太子殺害。〔註59〕王室之亂，於此顯現。

3. 多角——以下叛上之兵象

多角現象主在獸、馬及狗身上發生：

出處	異象	發生時地	解說	他書驗證	史實
《搜》7-6	獸四角	晉武帝太康七年，河間	兵革起於四方	《晉書・五行志》、《宋書・五行志》	河間王連四方之兵作亂
《搜》6-18	馬生角	漢文帝十二年，吳地	臣易上，吳將反	《漢書・五行志》	吳王舉兵鄉上

〔註56〕（東漢）班固；（唐）顏師古注；（清）王先謙補注：《漢書補注・卷二十七・五行志第七下之上》（臺北：藝文印書館，1996年8月初版4刷），頁638～639。

〔註57〕（唐）房玄齡：《晉書》（臺北：臺灣商務印書館，1937年1月初版1刷，2010年6月臺2版1刷，《百衲本二十四史》），卷六，帝紀第六，元帝，頁41。

〔註58〕（東晉）王隱：《晉書》（一）（臺北板橋：藝文印書館，1972年版，《四部分類叢書集成三編》，《黃氏逸書考・子史鉤沉》，據「清道光中甘泉黃氏刊民國十四年王鑒修補印本」影印），葉5～6。

〔註59〕（唐）房玄齡：《晉書》，同註57，卷五十三，列傳第二十三，愍懷太子，頁387～388。

《搜》6-38	馬生角，在左耳前	成帝綏和二年，大廐			王莽害上
《搜》7-14	馬生角，在兩耳下	晉武帝太熙元年，遼東	人君失道，兵象	《晉書‧五行志》	武帝宴駕，王室毒於兵禍
《搜》6-19	狗生角	漢文帝後元五年，齊雍城門外	執政失，下將害之	《漢書‧五行志》	齊悼惠王之庶子叛上

　　「角」有「兵象」之意。干寶引京房《易傳》曰：「臣易上，政不順，厥妖馬生角，茲謂賢士不足」，又曰：「天子親伐，馬生角」，獸、狗等生角的情形，也見類似以下叛上之況。《搜神記》卷 6 第 18 則，吳地出現「馬生角」，劉向指出「馬不當生角，猶吳不當舉兵向上」，以為「吳將反之變」；在《漢書‧五行志》中，更以吳王濞「封有四郡五十餘城」，生「驕恣」之心，便「變見於外」，君王「卒舉兵」，將其「誅滅」。馬生角，即兆此事，「吳地」，便有指稱吳王之意〔註60〕。《搜神記》卷 7 第 14 則，遼東亦見「馬生角」，《晉書‧五行志》更引《呂氏春秋》言「人君失道，馬有生角」，而惠帝登基後，「昏愚失道，又親征伐成都」〔註61〕，即為其徵驗所在。《搜神記》卷 6 第 19 則，漢文帝後元五年（B.C.159），齊雍城門外有「狗生角」，京房認為是「執政失，下將害之」的徵兆。《漢書‧五行志》中，指出漢文帝將「齊地」分給亡兄「齊悼惠王」之「庶子七人」，其勢力因此坐大，使本具「守御」之責，該當護衛朝廷的諸侯近親，反生叛上之心。「狗」映照「守御」之諸侯，「生角」即含有「兵象」之意，也暗含篡位之兆。

（二）同類相殘——爭權奪勢

　　同類相殘者，有蛇、龍及群雀：

出處	異象	發生時地	解說	他書驗證	史實
《搜》6-10	蛇互鬥，外蛇殺內蛇	魯莊公年間，鄭國南門	內蛇死者，昭公將敗，厲公將勝	《漢書‧五行志》	厲公自外劫大夫傅瑕，使傺子儀
《搜》6-24	蛇互鬥，城內蛇亡	漢武帝太始四年，趙國孝文廟		《漢書‧五行志》	江充引發衛太子事件
《搜》6-11	龍互鬥	魯昭公，鄭國時門外洧淵	眾心不安	《漢書‧五行志》	鄭將鬥晉、楚、吳三國，以自危亡

〔註60〕（東漢）班固撰；（唐）顏師古注；（清）王先謙：《漢書補注‧卷二十七‧五行志第七下之上》（臺北：藝文印書館，1996 年 8 月初版 4 刷），頁 645。
〔註61〕（唐）房玄齡：《晉書》（臺北：臺灣商務印書館，1937 年 1 月初版 1 刷，2010 年 6 月臺 2 版 1 刷，《百衲本二十四史》），卷二十九，志第十九，五行下，頁 232。

| 《搜》6-62 | 群雀互鬥 | 漢靈帝中平三年八月，懷陵 | 諸侯爵祿而尊厚者，還自相害，至滅亡也 | 《續漢書‧五行志》 | 中平六年，靈帝崩 |

　　蛇之互鬥者，多為內外之爭，內者影射主權之人，外者則為外來之侵權者。《搜神記》卷 6 第 10 則的「內蛇死」事件，《漢書‧五行志》即隱含「外蛇殺內蛇」，映照「厲公自外劫大夫傅瑕，使廖子儀」〔註62〕之意涵。劉向在《洪範五行傳》中，更明言「內蛇死者，昭公將敗，厲公將勝之象也」〔註63〕。《搜神記》所載此則，本事出於《左傳》，言魯莊公詢問申繻是否有妖異之事產生，申繻提出妖乃由人而興，一旦「人無釁焉」，則「妖不自作」，若「人棄常」，「則妖興」〔註64〕，強調世事乃由人之作為而定，人掌握行事之主權。然至漢朝，動物之異常現象，與當時之政治現況相連結映照，與人事、天命有所關聯，讖緯說法充斥之狀態，顯而可見。

　　《搜神記》卷 6 第 24 則城內蛇死亡的事件中，《漢書‧五行志》認為漢武帝太始四年（B.C.93）之後發生的衛太子事件，為趙人江充引起，乃為趙邑蛇相鬥之映照。江充「為人魁岸，容貌甚壯」，深得漢武帝器重，任「直指繡衣使者」，察「貴戚近臣」「奢僭」之行，進而得為「光祿勳中黃門」，漸掌權勢。〔註65〕後因「與太子及衛氏有隙」，謊稱武帝之疾「崇在巫蠱」，並嫁禍太子劉據，逼使劉據起兵討伐，誅殺江充，太子亦為武帝誤以為反叛，最後「自度不得脫」，從而「自經」。江充以外人之姿，「銜至尊之命以迫蹙皇太子」〔註66〕，致使太子被構陷而冤死，正可謂為城外蛇入侵惹事，使城內蛇身亡之徵。

　　而《搜神記》卷 6 第 62 則的群雀互鬥之事，《搜神記》指出陵乃「高大之象」，雀表「爵」之意，蘊含「諸侯爵祿而尊厚者，還自相害，至滅亡也」之徵。

〔註62〕　（東漢）班固撰；（唐）顏師古注；（清）王先謙：《漢書補注‧卷二十七下之上‧五行志第七下之上》（臺北：藝文印書館，1996 年 8 月初版 4 刷），頁 644。

〔註63〕　（西漢）劉向撰；何垂遠校：《洪範五行傳‧卷下》，收於（清）王謨：《漢魏遺書鈔‧經翼第一冊》，《續修四庫全書》第 1199 冊（上海：上海古籍出版社，2002 年 3 月第 1 版，2002 年 3 月第 1 次印刷），頁 502。

〔註64〕　（周）左氏傳；（西晉）杜預注；（唐）孔穎達疏：《春秋左傳正義‧卷第九，莊公十四年》（臺北：藝文印書館，據清嘉慶二十年〔1815 年〕江西南昌府學阮元校刊本影印），頁 155。

〔註65〕　（東漢）班固撰；（唐）顏師古注；（清）王先謙：《漢書補注‧卷四十五‧蒯伍江息夫傳第十五‧江充》，同註62，頁 1048～1049。

〔註66〕　（北宋）司馬光：《資治通鑑‧卷第二十二‧漢紀十四‧世宗孝武皇帝下之下》（臺北：臺灣商務印書館，1979 年 11 月臺 1 版，《四部叢刊正編》第 6 冊），頁 193～195。

《後漢書・五行志》即載大將軍何進欲「糾黜」「積惡日久」之「內寵外嬖」，因「太后持疑」而「事久不決」，何進遂「見殺」，其後，「有司盪滌虔劉，後祿而尊厚者無餘矣」〔註67〕。在動物指涉人事的敘述中，蘊含醒世的勸諫之意。

（三）變生異類——政權旁落，政策有失

動物生出異類或幻為異類者，包含馬生人、豕生人、燕生巨鷇，及蟊蚑、蟹化為鼠：

出處	異象	發生時地	解說	他書驗證	史實
《搜》6-13	馬生人 牡馬生子而死	秦孝公 秦昭王	秦將自滅 子孫必有非其姓者	《漢書・五行志》	秦亡 秦始皇為呂氏子孫
《搜》7-34	豕生人，兩頭，不活	漢武帝太始四年，趙國孝文廟	胡狄，無上	《晉書・五行志》、《晉書・五行志》	周馥為元帝所敗
《搜》6-71	燕生巨鷇	魏景初元年，魏國李蓋家	宜防鷹揚之臣於蕭牆之內		宣帝起而有魏室
《搜》7-4	蟊蚑、蟹皆化為鼠	晉太康四年，會稽郡	賦稅貪叨無厭，以師動眾，取邑治城而失眾心	《晉書・五行志》	皇帝寵賈充、楊駿

「馬生人」關乎秦室，「豕生人」則影射胡狄之地。《搜神記》卷 6 第 13 則，秦孝公及秦昭王之時，發生「馬生人」及「牡馬生子而死」事件，《漢書・五行志》將動物異象與政治現象結合，秦孝公「用商君攻守之法」侵「諸侯」，秦昭王則「用兵彌烈」，將導致「自害」；秦以強力取得天下，將致「自滅」。而「牡馬」「非生類」卻又「生子」，則透露出「子孫必有非其姓者」，日後出現的秦始皇，即為呂氏子孫，京房《易傳》言「方伯分威」，即蘊含此意。〔註68〕

《搜神記》卷 7 第 34 則的「豕生人」之事，《晉書・五行志》言周馥「欲迎天子令諸侯，俄為元帝所敗」。周馥「理識清正，兼有才幹」，為成都王派為「河南尹」，但認為上官已「縱暴」將成「國賊」，與司隸滿奮等人「謀共除之」，然事情洩漏，周馥逃走，為東海王越攬為司隸校尉。周馥認為「東海王越不盡臣節」，「建策迎天子遷都壽春」，然而未向東海王越稟告就直接上書，引起東海王「大怒」，加上遭淮南太守裴碩謊稱周馥「擅命」，終為元帝

〔註67〕（南朝宋）范曄撰；（唐）章懷太子李賢注：《後漢書・志第十四卷・五行二・羽蟲孽》（臺北：臺灣商務印書館，1937 年 1 月初版 1 刷，2010 年 11 月臺 2 版 1 刷，《百衲本二十四史》），頁 1503。

〔註68〕（東漢）班固撰；（唐）顏師古注；（清）王先謙：《漢書補注・卷二十七下之上・五行志第七下之上》（臺北：藝文印書館，1996 年 8 月初版 4 刷），頁 645。

派兵平反。〔註69〕周馥謀除上官已、欲迎天子，投奔東海王，之後又觸其怒，正與《搜神記》文中之「無上」、「天戒」言「專利之謀」將「自致傾覆」相呼應。

動物幻爲他類，則蘊含政策之失。《搜神記》卷7第4則，晉武帝太康四年（A.D.283），會稽郡出現鼃蚑及蟹「皆化爲鼠」，其數眾至「覆野」，「大食稻爲災」。初時「有毛肉而無骨」，其活動範圍尚「不能過田畦」，數日後，甚而「皆爲牝」，連性別也發生變化。《晉書‧五行志》將其與當時皇帝「聽讒諛」，寵賈充、楊駿相關聯〔註70〕，《說文》曰：「吏冥冥犯法即生螟」〔註71〕，《呂氏春秋》言及「妖孽」，「有螟集其國，其音匈匈。」〔註72〕「螟」將國之本漸漸腐蝕，百姓的生活所需遭受剝奪，暗指貪官私下犯法，劫掠平民之賦稅，致使黎民生活失去依靠，蝗災、蟲害使國之命運遭凶。

（四）變換性別──君位動搖

動物有雌化雄之奇異變化者：

出處	異象	發生時地	解說	他書驗證	史實
《搜》6-29	雌雞化爲雄	漢宣帝黃龍元年，未央殿輅軨元帝初元元年，丞相府史家	王氏之應	《漢書‧五行志》	王氏爲后
《搜》6-57	雌雞欲化爲雄	靈帝光和元年，南宮侍中寺	將有其事而不遂成	《續漢書‧五行志》	張角作亂

「雌雞化爲雄」影射女子居於權貴之事。《搜神記》卷6第29則，漢宣帝黃龍元年（B.C.49），「未央殿輅軨」內發生「雌雞化爲雄」之事；元帝初元元年（B.C.48），「丞相府史家」則有「雌雞伏子」，卻「漸化爲雄」。《漢書‧五行志》認爲此乃「王氏之應」。宣帝崩於黃龍元年，太子元帝爲繼位者，當時王禁之女在宣帝甘露二年（B.C.52）生子，被立爲太子妃。黃龍元年未央殿「雌雞爲雄」，乃預示「王妃將爲皇后」，故地點發生在「正宮」；未央

〔註69〕（唐）房玄齡：《晉書》（臺北：臺灣商務印書館，1937年1月初版1刷，2010年6月臺2版1刷，《百衲本二十四史》），卷二十九，志第十九，五行下，頁226：卷六十一，列傳第三十一，周浚傳附周馥，頁444～445。

〔註70〕（唐）房玄齡：《晉書》，同前註，卷二十九，志第十九，五行下，頁228。

〔註71〕（東漢）許慎撰；（清）段玉裁注：《說文解字注‧第二十五卷‧第十三篇上》（臺北：藝文印書館，2005年10月初版），頁671。

〔註72〕（秦）呂不韋：《呂氏春秋‧卷六‧季夏紀‧明理》（臺北：臺灣商務印書館，1979年11月臺1版，《四部叢刊正編》第22冊），頁39。

殿之雌雞「不鳴不將，無距」，則爲「貴始萌而尊未成」之徵。「王皇后」之立，先由太子妃被提升爲「婕妤」，其後，婕妤之父「丞相少史」王禁被封爲「陽平侯」，王婕妤再被立爲皇后，次年，「立皇后子爲太子」。元帝初元元年，「丞相府史家」有雌雞「爲雄」，即兆少史之女將居於權貴之位；「雌雞伏子」，即兆太子妃已有子；「冠距鳴將」，則爲「尊已成」之徵。永光二年（B.C.42），王禁薨，子王鳳任「侍中衛尉」；元帝崩，太子成帝立，王鳳則爲「大司馬大將軍，領尚書事」，皇帝委政於他，王鳳遂掌有大權。永光中出現的「雄雞生角」，則兆王鳳掌權竄起，其後王鳳之姪王莽甚而「篡天下」，自立爲王〔註73〕。

而《搜神記》卷6第57則，靈帝光和元年（A.D.178），南宮侍中寺內，有「雌雞欲化爲雄」，其「一身毛皆似雄，但頭冠尚未變」。《後漢書・五行志》中，蔡邕將「雌雞欲化爲雄」與政治現象連結，認爲此爲「貌之不恭」，爲「雞禍」之徵，主張「頭」乃「人君之象」，推估君上既知「雞一身已變，未至於頭」，爲「將有其事而不遂成之象」，勸諫君上「改政」，以免「頭冠或成，爲患茲大」。惜「上不改政」，後果出現「張角作亂」〔註74〕。

（五）出現在反常處所——掌權者受困

動物或見出現於反常之處所者：

出處	異象	發生時地	解說	他書驗證	史實
《搜》6-33	鼠築巢樹上	漢成帝建始四年，長安城	賤人將居貴顯之占		趙飛燕爲后
《搜》6-17	龍見於井中	漢惠帝二年，溫陵井	諸侯將有幽執之禍	《漢書・五行志》	呂太后幽殺三趙王
《搜》7-5	龍見於井中	太康五年，武庫井	藩王相害，趙王幽死之象	《晉書・劉毅傳》、《宋書・符瑞志》、《宋書・五行志》	二胡僭竊神器
《搜》6-70	馬出自河中	魏齊王嘉平初年，白馬河		《晉書・五行志》	令狐愚、王凌謀立楚王彪

〔註73〕　（東漢）班固撰；（唐）顏師古注；（清）王先謙：《漢書補注・卷二十七中之上・五行志第七中之上》（臺北：藝文印書館，1996年8月初版4刷），頁616～617。

〔註74〕　（南朝宋）范曄撰；（唐）章懷太子李賢注：《後漢書・志第十三卷・五行一・雞禍》（臺北：臺灣商務印書館，1937年1月初版1刷，2010年11月臺2版1刷，《百衲本二十四史》），頁1494～1495。

鼠築巢樹上，即影射趙飛燕爲后之事。《搜神記》卷 6 第 33 則，漢成帝建始四年（B.C.29），長安城發生老鼠在樹上築巢之事，以桐柏鄉爲多。桐柏，正爲衛思后之陵園所在，老鼠於「正晝」之時「登木」，含有「賤人將居貴顯」之兆。老鼠，即影射趙皇后，趙飛燕原處「微賤」〔註 75〕之位，當其受成帝之寵，則「貴傾後宮」〔註 76〕，登於「至尊」之位。趙飛燕雖貴至皇后，然終其一生，並無子嗣，第二年，出現「鳶焚巢殺子」〔註 77〕之情形，亦預示著趙飛燕無子之兆。

龍本居處於淵，卻見於井中，則顯受困之象。《搜神記》卷 6 第 17 則，「兩龍見於蘭陵廷東里溫陵井中」，京房認爲是「有德遭害」之象、「行刑暴惡」之兆。在《漢書・五行志》中，劉向認爲「龍貴象而困於庶人井中」，預示著「諸侯將有幽執之禍」，即後來所發生「呂太后幽殺三趙王」，最後「諸呂」也「亦終誅滅」〔註 78〕。《搜神記》卷 7 第 5 則，「武庫井中」出現「二龍」，「非龍所處」，《晉書・五行志》中，孫盛指出龍爲「水物」，「潛伏幽處」，則「非休祥」，七年後，果「藩王相害」，二十八年則見「二胡僭竊神器」，且「勒、虎二逆皆字曰龍」，爲其徵驗〔註 79〕。

馬出於河中，則指楚王彪之事。《搜神記》卷 6 第 70 則，白馬河出現「妖馬」，夜中「鳴叫」，「眾馬皆應」；次日可見其跡「大如斛」，「行數里」後「還入河」。《晉書・五行志》將此「訛言」與楚王事相連結：楚王彪「有智勇」，

〔註 75〕 （東漢）班固撰；（唐）顏師古注；（清）王先謙：《漢書補注・卷九十七下・外戚傳第六十七下・孝成班健仔》（臺北：藝文印書館，1996 年 8 月初版 4 刷），頁 1694。

〔註 76〕 （東漢）荀悦：《前漢紀・孝成黃帝紀三・卷第二十六》，《四部叢刊正編》第 5 冊（臺北：臺灣商務印書館，1979 年 11 月臺 1 版），頁 180。

〔註 77〕 《搜神記》卷 6 第 35 則載「鳶自焚其巢」事，映照趙飛燕及其妹昭儀，得皇帝之寵後，又對許美人、曹偉能生下皇子多所嫉妒，一心只欲獨趙氏姊妹「擅天下」，在宮中行「飲藥傷墮者無數事」、「親滅繼嗣」，毫不留情，遂使趙家之後遭受免侯、黜爲庶人、遷徙遠方的命運，，而漢朝因成帝無嗣，也終爲外戚王莽所竄，此正爲鳥焚其巢，易代之徵。參（北宋）司馬光：《資治通鑑・卷第三十三・漢紀二十五・孝哀皇帝上》（臺北：臺灣商務印書館，1979 年 11 月臺 1 版，《四部叢刊正編》第 6 冊），頁 292～293。

〔註 78〕 （東漢）班固撰；（唐）顏師古注；（清）王先謙：《漢書補注・卷二十七・五行志第七下之上》（臺北：藝文印書館，1996 年 8 月初版 4 刷），頁 644。

〔註 79〕 （唐）房玄齡：《晉書》（臺北：臺灣商務印書館，1937 年 1 月初版 1 刷，2010 年 6 月臺 2 版 1 刷，《百衲本二十四史》），卷二十九，志第十九，五行下，頁 232。

「封白馬」，兗州刺史令狐愚因「訛言」之惑，而與王凌「謀共立之」，卻因事跡敗露而「被誅」。令狐愚、王凌即如「眾馬」，而「妖馬」「行數里」後，最終「還入河」，即如生活中之傳言，引發周圍之騷動，卻又船過水無痕般歸於平靜，令狐愚及王凌二人稍有耳聞卻未經證實，起而行動，終致招來禍患〔註80〕。

（六）其他異狀──政治鬥爭

尚有動物相鬥、異類相交、鼠舞、動物作人語等異狀：

出處	異象	發生時地	解說	他書驗證	史實
《搜》6-22	群烏相鬥烏與鵲鬥	漢景帝三年，楚國呂縣昭帝元鳳元年，燕王宮	逆親親顓征劫殺	《漢書·五行志》	楚王與吳反叛燕王謀不義，敗
《搜》6-21	狗與彘交	漢景帝三年，邯鄲	國有兵革	《漢書·五行志》	趙王與吳、楚為逆
《搜》6-25	鼠舞	漢昭帝元鳳元年，燕國王宮端門	誅不原情		燕王旦謀反，死
《搜》18-25	鼠作人語鼠著衣冠	魏齊王芳正始中，襄邑	黃祥	《晉書·五行志》、《宋書·五行志》	曹爽專政，競為比周
《搜》7-7	死牛之頭說話	晉武帝太康九年，幽州	思瞀亂之應		武帝多疾病，付託不以至公
《搜》7-26	牛作人語牛人立而行	西晉惠帝太安年間	如其言占吉凶：天下將有兵亂，為禍非止一家	《晉書·五行志》	張昌反，五州殘亂
《搜》7-31	狗作人語	西晉懷帝永嘉五年，吳郡			二胡之亂，天下飢荒

涉及動物相鬥者，多關聯於政治鬥爭之事。《搜神記》卷 6 第 22 則，漢景帝三年（B.C.154）及昭帝元鳳元年（B.C.80），楚國呂縣、燕王宮分別出現群烏相鬥、烏與鵲鬥之事，《漢書·五行志》以「天人之明表」解釋此現象。楚王與吳國策畫反叛，公然與漢朝廷正面交戰，因此在群烏中成為眾矢之的，以異於一般烏鴉之白色，敗於眾人眼前；燕王則以一人之姿，「陰謀未發」，

〔註80〕　（唐）房玄齡：《晉書》（臺北：臺灣商務印書館，1937 年 1 月初版 1 刷，2010 年 6 月臺 2 版 1 刷，《百衲本二十四史》），卷二十八，志第十八，五行中，頁 212。事亦見（西晉）陳壽撰；（南朝宋）裴松之注：《三國志·魏書卷第二十八·王凌傳》（臺北：臺灣商務印書館，1937 年 1 月初版 1 刷，2010 年 11 月臺 2 版 1 刷，《百衲本二十四史》），頁 376。

然「謀不義」者終將落敗，故烏鵲相鬥，「黑者死」。以楚、燕之「骨肉藩臣」，尚謀不義之事，故而走上自斃之途〔註81〕。

異類相交者，則涉及與外來勢力結黨謀叛。《搜神記》卷6第21則「狗與彘交」事，《漢書‧五行志》言當時趙王「與吳、楚謀為逆」，又且「遣使匈奴求助兵」，「豕」即「北方匈奴之象」，乃「交於異類」之屬，為如夫婦般相配合之君臣關係「不嚴」，現「反德」之行；趙王謀逆，「卒伏其辜」，象徵趙王之「犬」，終致「兵革失眾」〔註82〕。

鼠舞，指涉臣子欲奪位之心志。《搜神記》卷6第25則中，一「黃鼠」在燕國「王宮端門中」「舞不休」，至「一日一夜死」。黃鼠舞於燕國，便有影射燕王之意。燕王劉旦在武帝崩殂後，不滿朝廷僅給予「錢三十萬」、「封萬三千戶」的賞賜，卻未使其「為帝」，遂與宗室中人中山哀王子長、齊孝王孫澤等人「結謀」，「賦斂銅鐵作甲兵」，並殺掉勸諫他的韓義，其後謀反之事跡敗露，燕王「憂懣」，「自絞」而亡〔註83〕。燕王以繼承帝位者自居而不得，欲以謀反之行徑遂其願，無視於忠誠之諫言，一心以帝位為目標，正映照黃鼠「舞不休」之行，最終走上自縊之途，亦即「一日一夜死」之徵兆。

動物能作人語者，如《列異傳》第47則、《搜神記》卷18第25則、《幽明錄》第52則中的鼠著衣冠並言語，《晉書‧五行志》引班固之說，將此現象解為「黃祥」〔註84〕，乃預示災祥的黃色物象，並云「是時，曹爽專政，競為比周，故鼠作變也」〔註85〕，鼠變即暗喻曹爽專政之事。《搜神記》卷7第7則「有死牛頭語」，《宋書‧五行志》認為當時武帝「多疾病」，常

〔註81〕　（東漢）班固撰；（唐）顏師古注；（清）王先謙：《漢書補注‧卷二十七‧五行志第七中之下》（臺北：藝文印書館，1996年8月初版4刷），頁629。

〔註82〕　（東漢）班固撰；（唐）顏師古注；（清）王先謙：《漢書補注‧卷二十七‧五行志第七中之上》，同前註，頁624。

〔註83〕　（北宋）司馬光：《資治通鑑‧卷第二十三‧漢紀十五‧孝昭皇帝上》（臺北：臺灣商務印書館，1979年11月臺1版，《四部叢刊正編》第6冊），頁199～200、203。

〔註84〕　「及人，則多病心腹者，故有心腹之病。土色黃，故有黃眚黃祥。凡思心傷者病土氣。」（東漢）班固撰；（唐）顏師古注；（清）王先謙：《漢書補注‧卷二十七‧五行志第七下之上》（臺北：藝文印書館，1996年8月初版4刷），頁637。

〔註85〕　（唐）房玄齡：《晉書》（臺北：臺灣商務印書館，1937年1月初版1刷，2010年6月臺2版1刷，《百衲本二十四史》），卷二十九，志第十九，五行下，頁228～229。

掛念後事，卻又「託付不以至公」，故有「思心瞀亂之應」〔註86〕。《搜神記》卷 7 第 26 則，張騁所乘之「牛」能言，又能「人立而行」，《晉書‧五行志》中，載京房《易傳》之言：「牛能言，如其言占吉凶」，其年秋天，果張昌賊起，「先略江夏」，張騁爲將帥，然「五州殘亂」，張騁兄弟因敗亡而族滅〔註87〕。

三、預示個人命運

六朝志怪另見動物以異狀出現，以對人之命運提出預示者，分別有休徵、咎徵之現象。休、咎徵之說法，早在《尚書‧周書‧洪範》已見提及〔註88〕，其以大自然相應於人事，分有好壞之徵兆顯現。六朝志怪則以動物異狀，預示個人之命運。

（一）休徵

屬休徵者有：

出處	異象	人物	解說	史實
《搜》9-2	赤蛇分南北走	馮緄任議郎	爲邊將，東北四五千里，官以東爲名	從大將軍南征，拜尚書郎，遼東太守，南征將軍
《異》7-30	二白龍夾船	琅琊府主簿劉穆之	位居端揆	官至僕射丹陽尹

顯現休徵的動物有龍和蛇。《異苑》卷 7 第 30 則〈劉穆之佳夢〉中，劉穆之曾夢見「與武帝泛海」遇風之時，有「二白龍夾船」，頗有護衛以化險爲夷之意。《搜神記》卷 9 第 2 則，馮緄任議郎，一日「發綬笥」，「二赤蛇」「分南北走」，即預兆日後馮緄拜遼東太守，又爲南征將軍。

聞一多在〈伏羲考〉一文中，提出龍的主體爲蛇〔註89〕，而眾多圖騰單

〔註86〕（南朝梁）沈約：《宋書》（臺北：臺灣商務印書館，1937 年 1 月初版 1 刷，2010 年 9 月臺 2 版 1 刷，《百衲本二十四史》），卷三十四，志第二十四，五行五，頁 588。

〔註87〕（唐）房玄齡：《晉書》（臺北：臺灣商務印書館，1937 年 1 月初版 1 刷，2010 年 6 月臺 2 版 1 刷，《百衲本二十四史》），卷二十九，志第十九，五行下，頁 228。

〔註88〕「曰休徵：曰肅，時雨若；曰乂，時暘若；曰晰，時燠若；曰謀，時寒若；曰聖，時風若。曰咎徵：曰狂，恆雨若；曰僭，恆暘若；曰豫，恆燠若；曰急，恆寒若；曰蒙，恆風若。」王世舜、王翠葉譯注：《尚書‧周書‧洪範》（北京：中華書局，2012 年 1 月北京第 1 版，2012 年 1 月北京第 1 次印刷），頁 155～156。

〔註89〕聞一多由圖騰角度切入，認爲龍是「許多單位經過融化作用，形成了一個新的大單位」的「化合式的圖騰」，「化合式的圖騰」「是以一種生物或無生物的形態爲其主幹，而以其他若干生物或無生物的形態爲附加部分」。聞一多著；

位中，以蛇的圖騰最強大，並由金文推斷「大概圖騰未合併以前，所謂龍者只是一種大蛇」。〔註90〕除圖騰因素外，龍又爲道教神仙思想作爲由陸地得而騰雲至天，爲天上人間之聯繫者，加之漢朝以來，天人感應論盛行，統治者借助龍爲吉祥之物，引用圖騰概念，以自己爲龍之子孫，將龍視爲天人合一的媒介，龍也成爲財富、權力的象徵。〔註91〕因此，在讖緯思想影響下，龍、蛇的出現，不啻爲目見之人帶來財富、官位，仕途際遇顯得一帆風順。

（二）咎徵

屬咎徵者則有：

出處	異象	人物	史實
《搜》9-10	狗示警	諸葛恪	朝會被殺
《搜》9-14	蟲蒸炒不死，因火愈壯	劉寵	北征，軍敗壇邱，爲徐寵所殺
《異》4-41	狗作人語	晉孝武太元元年，劉波	劉波被殺
《異》4-55	黑龍無後足，曳尾而行	徐羨之	文帝立，徐羨之以凶終
《異》8-4	蟻魅	晉太元中，桓謙	以門釁同滅

六朝志怪中，咎徵多由狗、蟲、黑龍及蟻等動物顯現而出。《搜神記》卷9第10則，諸葛恪在「朝會」前一晚，「精爽擾動，通夕不寐」，心緒不寧，犬在諸葛恪將出門之際，兩度「銜引其衣」，即以動作暗示阻擋。《異苑》卷4第41則〈劉氏狗妖〉中，劉波見及「一狗蹲地而語」，其後，於「前將軍」任內「敗」而「見殺」，狗之「悒咤聲」或已透露端倪。

《搜神記》卷9第14則，劉寵「北征」前，所炊之飯及「蒸炒」之物，「盡變爲蟲」，且「火愈猛」，蟲「愈壯」，此一異象，爲日後劉寵之兵敗埋下伏筆。蟲有如敵軍，不因數次攻擊而失敗，反而愈戰愈勇，無人能敵，也預示劉寵被殺之命運。

《異苑》卷4第55則〈黑龍無後足〉中，徐羨之曾於山中見「黑龍」「無後足」，且「曳尾而行」，及「文帝立」，羨之「竟以凶終」。「黑龍」「無後足」又且「曳尾」，有別於龍具四足，飛行於天之常，反透顯行動受阻、無法立足之意，黑龍在此，成爲凶厄的兆應，預示著羨之仕途之不尋常。徐羨之曾任「吏

李定凱編校：《聞一多學術文鈔：神話研究》（成都：巴蜀書社，2002 年 12月第 1 版），頁 74。

〔註90〕同前註。

〔註91〕李傳江：〈魏晉南北朝志怪小說中的龍文化探析〉，《重慶工商大學學報》（社會科學版）第 21 卷第 5 期（2004 年 10 月），頁 111。

部尙書、建威將軍、丹楊尹」等職〔註92〕，「起自布衣」，「居廊廟」後，「朝野推服，咸謂有宰臣之望」，與傅亮、謝晦、檀道濟，同受武帝劉裕「顧命」〔註93〕，後少帝劉義符「居喪無禮，好與左右狎暱，遊戲無度」，徐羨之等人加以廢黜，立文帝劉義隆，文帝即位後，徐羨之等人即因廢帝之行遭誅殺〔註94〕。

　　而《異苑》卷8第4則〈桓謙滅門兆〉中，桓謙更見有「數百爲群」「長寸餘」之人，「被鎧持槊，乘具裝馬」「相撞刺」，經道士朱應子以「沸湯」澆灌「長寸餘」者出入之穴，致使「斛許大蟻」死亡，而桓謙「後以門釁同滅」。「蟻」所幻成「長寸餘」之數百戰士，戰後趨於死亡，或預示著桓謙日後之際遇。

　　綜觀六朝志怪筆記動物故事所呈現之陰陽讖緯之學，在帝王將相等有德者遭厄之時，總有動物適時出現，爲其解危，將帝王、聖人以吉兆之徵驗顯現予以神化，以鞏固讖緯神學之地位；在個人命運方面，亦藉動物異於常情的表現，作爲目睹者日後際遇之徵兆，具有預示作用；六朝志怪以動物反常現象影射政局則最爲多見，政爭的萌芽或竄升、政變的暗中醞釀、女子權力地位的竄起等，皆由動物顯現異角異足、互相鬥狠殘殺、變生異類等種種反常狀況透顯而出。此類敘事，可見及志怪作者對社會政局之關注，在大量記載此種敘事之同時，或也存有藉史事以警惕世人之寓意，叛亂逆國、或以下犯上事跡之載錄，蘊含了作者的勸喻之意〔註95〕。

第三節　傳達因果報應之觀

　　六朝志怪筆記動物故事，敘及因果報應之說者頗爲多見，此與宗教的影響不無關聯，劉熙載《藝概》云：「文章蹊徑好尙，自《莊》、《列》出而一變，佛書入中國又一變」〔註96〕；魯迅亦言：

〔註92〕　（北宋）司馬光：《資治通鑑・卷第一百一十八，晉紀四十，安皇帝癸》（臺北：臺灣商務印書館，1979年11月臺1版，《四部叢刊正編》第7冊），頁1125。

〔註93〕　（北宋）司馬光：《資治通鑑・卷第一百一十九・宋紀一・高祖武皇帝》，同前註，頁1134～1135。

〔註94〕　（北宋）司馬光：《資治通鑑・卷第一百二十・宋紀二・太祖文皇帝上之上》，同註92，頁1141～1142。

〔註95〕　林淑貞：〈窮究天人之際——六朝志怪「災異書寫」示現的人文心靈〉，《漢學研究集刊》第10期（2010年6月），頁38～45。

〔註96〕　（清）劉熙載：《藝概・卷一・文概》（上海：上海古籍出版社，1978年12月第1版，1978年12月第1次印刷），頁9。

　　還有一種助六朝人志怪思想發達的，便是印度思想之輸入。因爲晉、
宋、齊、梁四朝，佛教大行，當時所譯的佛經很多，而同時鬼神奇
異之談也雜出，所以當時合中、印兩國底鬼怪到小說裏，使它更加
發達起來。〔註97〕

西元前六世紀到前五世紀，古北印度迦毗羅衛國（今尼泊爾南部）淨飯王之
子悉達多・喬答摩（Siddhārtha Gautama）創立佛教後，此教即廣泛流傳〔註98〕，
東漢時佛教傳入中國，至魏晉南北朝，更促使六朝志怪筆記益顯發達。而在
佛教傳入中國之前，中國本土即已存在果報的觀念，本節將就六朝志怪與中
國的果報觀念及佛教業報思想之關連加以闡述，敘因果報應觀念融合滲入六
朝志怪之現象。

　　六朝志怪筆記有關動物的情節敘事中，敘及因果報應者不少，有動物因
受到恩情而予人善報者，也見動物爲人所傷，人遭遇惡報者；而其果報結果，
有出現於自身者，也有及於子孫者。今依報應對象之不同，敘述如後。

（一）報應及於家人、子孫──道教承負思想

　　六朝志怪筆記涉及動物情節與人之互動，果報對象有及於家人、子孫者，
其中善報又不及惡報來得多。

1. 善報

　　《搜神記》卷20第4則、《續齊諧記》第3則，楊寶在黃雀爲「鴟梟」、
「螻蟻」所困時，「懷之以歸」，「親自照視」，見其「爲蚊所嚙」，更將其「移置
巾箱中」，以脫離險境。當黃雀「毛羽成」，則「朝去暮來」達「積年」之久，
可見黃雀的眷戀及感激。當其將「受賜南海」，則「與羣雀」「哀鳴遶堂，數日
乃去」，當晚，又化身爲「黃衣童子」，親自拜謝楊寶，贈「白環四枚」，祝其「子
孫潔白，位登三事」。黃雀身爲「王母使者」，能化身爲「童子」，已見道教神仙
色彩，其對楊寶表達謝意，不僅及於楊寶個人，亦祝願楊寶子孫能爲德澤所惠。
楊寶行善，澤將被於子孫，此中即含蘊道教承負說的思想展現。

　　中國自周以來，主張「天命有德」的「天報」觀，至春秋時期，以「人」

〔註97〕　魯迅：《中國小說的歷史的變遷・第二講　六朝時之志怪與志人》，見魯迅：《魯
　　　　　迅小說史論文集──《中國小說史略》及其他》（臺北：里仁書局，1992年9
　　　　　月初版，2000年10月增訂1版），頁513。
〔註98〕　方立天：《佛教哲學》（增訂本）（北京：中國人民大學出版社，1991年3月第
　　　　　2版，1997年1月第2次印刷），頁1。

爲主體的理性態度產生，「禮治」秩序建立，道德觀念產生，則呈現「德報」的價值觀〔註99〕，果報對象由天報之限於統治者，擴及於諸君子，再及於鄉里。道教早期經典《太平經》以「神道設教」方式宣揚「天人合一及善惡報應思想」〔註100〕，提出承負說，促使報應觀念更滲入民心。簡言之，承負說之義爲：

> 行善事或作惡事的人，其本人此生或其子孫承受和負擔所行善事或作惡事的報應。〔註101〕

進一步觀之，承負說包含家族中祖先與子孫的禍福關係：

> 承者爲前，負者爲後；承者，迺謂先人本承天心而行，小小失之，不自知，用日積久，相聚爲多，今後生人反無辜蒙其過謫，連傳被其災，故前爲承，後爲負也。負者，流災亦不由一人之治，比連不平，前後更相負，故名之爲負。負者，迺先人負於後生者也。〔註102〕

此一說法，承春秋以來如《左傳》結草報恩之善有善報觀念，及如韓獻子所言惡有惡報的思想〔註103〕，又就其子孫承報說，將其報應範圍擴及國家政治，也涵蓋自然與社會的循環及變化〔註104〕。後人所得的惡報，乃源於前人累積而成，而其承負之範圍，達前後各五代，在上位者造成的承負，則影響更大〔註105〕。

〔註99〕　參劉滌凡：《唐前果報系統的建構與融合・第三章　天報鬆動下人文思潮的崛起暨果報系統的衍生》（臺北：臺灣學生書局，1999 年 8 月初版），頁 78～90。

〔註100〕　卿希泰：《中國道教史》（第一卷）（修訂本）（成都：四川人民出版社，1996 年 12 月第 2 版），頁 102～109。

〔註101〕　湯一介：《魏晉南北朝時期的道教・第十三章　「承負」說與「輪迴」說》（臺北：東大圖書，1988 年 12 月初版，1991 年 4 月再版），頁 364。

〔註102〕　《太平經・卷三十九・解師策書訣第五十》（上海：上海古籍出版社，1993 年 4 月第 1 版，1993 年 4 月第 1 次印刷，《諸子百家叢書》，明《正統道藏》本），頁 166。

〔註103〕　「晉三卻害伯宗，譖而殺之，及欒弗忌，伯州犂奔楚，韓獻子曰：『卻氏其不免乎！善人，天地之紀也，而驟絕之，不亡何待？』」（周）左氏傳；（西晉）杜預注；（唐）孔穎達疏：《春秋左傳正義・卷第二十七・成公十五年》（臺北：藝文印書館，據清嘉慶二十年〔1815 年〕江西南昌府學阮元校刊本影印），頁 467。

〔註104〕　孔令梅：〈道教承負說淺析〉，《安徽電氣工程職業技術學院學報》第 11 卷第 4 期（2006 年 12 月），頁 16。

〔註105〕　「能行大功萬萬倍之，先人雖有餘殃，不能及此人也。因復過去，流其後世，成承五祖。……承負者，……帝王三萬歲相流，臣承負三千歲，民三百歲。皆承負相及，一伏一起，隨人政衰盛不絕。」王明編：《太平經合校・卷十八至三十四・解承負訣》（北京：中華書局，1960 年 2 月第 1 版，1979 年 12 月北京第 2 次印刷），頁 22。

「承負」之因，源於個人行爲的善惡〔註 106〕，以及國家社會運行的治亂〔註107〕。個人及施政者皆因其所行而生承負。〔註 108〕前人爲善，則後人得其福蔭；前人爲惡，則後人承其惡果，人今世之禍福，也承先人行爲而來，其今世之所作所爲，也對後代子孫產生影響。其自作自受之況限於當世，然善惡之報應將體現在子孫身上，可見承負說對現實人生之看重。欲解脫承負，不受苦難，一須順天守道〔註 109〕，二要行善積德〔註 110〕。去惡存善之心，在承負說的宣揚中，具有勸導世人之效，影響民心甚深。

六朝志怪筆記中的楊寶，即因悉心照護黃雀，發揮善心善德，致黃雀感其善行，祝願其子孫不僅德行「潔白」，仕途上兼又「位登三事」，得享楊寶行善之福蔭，可謂具有承負說之思想。

2. 惡報

報應及於家人之惡報，在六朝志怪筆記中較善報之情形爲多。

《搜神記》卷 3 第 15 則，顧球先人殺靈蛇，致使顧球姊姊自十歲即爲病所纏。萬物之生命未受重視，自有果報回復至自家子孫身上，前人殺蛇，爲後世種下惡果，後世之人須承擔前一輩之所爲，此間存在道教之承負觀念。

至於刻意殺生者，如《搜神記》卷 20 第 12 則，猿母奮力援救被抓的猿子，沿路「搏頰」向人「乞哀」無效，卻親眼目睹其子遭「擊殺」之殘忍畫面，猿母「自擲而死」，腸則「寸寸斷裂」，而無情將猿子處死之人，其家亦遭遇「疫死，滅門」的命運。此敘事或寓有亦讓殺猿子者親嚐與家人死別之苦，甚而因無故殺生，暗示出禍延子孫之意。

〔註106〕 「凡人所以有過責者，皆由不能善自養，悉失其綱紀，故有承負之責也。比若父母失至道德，有過於隣里，後生其子孫反爲隣里所害，是即明承負之責也。」王明編：《太平經合校·卷三十七·試文書大信法第四十七》（北京：中華書局，1960 年 2 月第 1 版，1979 年 12 月北京第 2 次印刷），頁 54。

〔註107〕 《太平經》提出「治之綱紀」有所失，「遂相承負」之說。詳見王明編：《太平經合校·卷四十八·三合相通訣第六十五》，同前註，頁 151。

〔註108〕 段致成：〈《太平經》中的承負說〉，《宗教哲學》第 3 卷第 4 期（1997 年 10月），頁 94～103。

〔註109〕 「古者大賢人本皆知自養之道，故得治意，少承負之失也。」王明編：《太平經合校·卷三十七·試文書大信法第四十七》，同註 106，頁 55。

〔註110〕 「能行大功萬萬倍之，先人雖有餘殃，不能及此人也」；「爲人先生祖父母不容易也，當爲後生者計，可毋使子孫有承負之厄」。王明編：《太平經合校》（北京：中華書局，1960 年 2 月第 1 版，1979 年 12 月北京第 2 次印刷），卷十八至三十四，解承負訣，頁 22；卷四十，樂生得天心法第五十四，頁 80。

又如《搜神後記》卷 2 第 6 則、《宣驗記》第 12 則，周氏對初生小燕，餵以「薔茨」，小燕食而即死，周氏也因殺生，使自己兒子「有聲無言」；《宣驗記》第 10 則，吳唐「好驅媒獵射」，射一麑後復射鹿母，再欲射一鹿時，箭忽「反激」，「還中其子」，讓吳唐也嘗到失去愛子的痛苦。現世之殺生作爲，促成自身後代遭果報，又且即時親嚐惡報苦果，頗具強烈的警世作用。

（二）報應及於自身──佛教業報思想、道教承負說

六朝志怪筆記敘及動物情節與人之互動，亦見果報對象爲自己者，其中遭遇報應之時機有居於現世者，也有承自前世者。

1. 善報

六朝志怪筆記，常有動物遭難，得人相救，因而知恩報恩之敘事。

《搜神記》卷 20 第 2 則，蘇易在牝虎難產「匍匐欲死」之際，爲其接生，牝虎感蘇易之恩，除親自「負易還」，還「再三送野肉於門內」。蘇易因善行，招來及於自身的善報，虎以能力之所及，予以誠摯回報。

動物受惠回饋之報恩行動，有傾力營救恩人性命者，如《搜神記》卷 20 第 7 則，「一老姥獨不食」「重萬斤」、隨「江水暴漲」而未及退之「巨魚」，魚之父謝老姥「不食」之恩，預先告以「東門石龜目赤」乃城陷之跡；城陷之前，更有「龍之子」前來「引姥登山」，使其安全脫險，此乃魚之父對老姥之「厚報」；《搜神記》卷 20 第 8 則、《齊諧記》第 1 則，蟻王因董昭之「以繩繫蘆著船」之助，得以免除其水中滅頂之「惶遽」，遂化爲「烏衣」人，通夢昭之，示以感謝，並言「若有急難」「當見告」。「十餘年」後，昭之「繫獄」，蟻王義不容辭，再度以「烏衣人」入於昭之夢中，告之「急投餘杭山」，同時動員蟻群集體「嚙械」，助昭之「出獄」，回報當年的救命恩情；《搜神記》卷 20 第 11 則、《幽明錄》第 158 則中，螻蛄受龐企之祖餵食，加之龐企「上祖」因「非其罪」而「繫獄」，故於龐企上祖將被「行刑」之前，螻蛄「掘壁根，爲大孔」，救出龐企上祖，免其受冤而亡；《甄異傳》第 3 則中，謝允「開檻出虎」，使虎重獲自由，日後謝允身陷獄中，卻被夢中人「拯拔」，免受「桎梏考楚」之苦，其後，又有黃衣少年、太尉庾亮分別助其脫獄及少許錢財之供給，使其得以隨心之所欲。謝允夢中所見之人，或可視爲虎之化身，黃衣少年，其衣著顏色不僅切合虎之形象，而其以少年之形出現，更可謂爲虎化爲人之象，爲了謝允仁慈放虎的行爲而來報恩；而謝允之善心仁念，亦使太尉願出手相助。以上種種，可見人以憐憫之心對待動物，動物亦對恩人的生

命善加維護，體現出生命可貴的深切認知。

　　動物之報恩，亦見以珍愛之物贈予恩人者，如《異苑》卷 3 第 21 則〈大客〉中，「行田」之人爲象「牽挽」出腳上「巨刺」，象掘「數條長牙」相贈。《南州異物志》曾言：

　　　俗傳象牙歲脫，猶愛惜之，掘地而藏之，人欲取，當作假牙，潛往

　　　易之，覺則不藏故處。〔註111〕

可知象牙爲象所珍惜之物，今腳有巨刺之象受人之恩，便將珍惜之物掘而贈之，顯知其對施恩者之看重，此外，象並應恩人勿侵田稼之求，此後不再侵其田地，以爲感恩之回報。

　　另有如《搜神記》卷 20 第 3 則、任昉《述異記》卷上第 65 則，玄鶴受噲參療傷之恩，痊癒後，雌雄雙鶴皆銜珠而來；《搜神記》卷 20 第 5 則，隋侯見蛇因傷「中斷」，命人「以藥封之」，「歲餘」後，蛇則銜來「夜有光」之「明珠」以爲回報；《搜神記》卷 20 第 6 則，籠中龜因孔愉憐憫「買之」放生，龜離去時，「左顧者數過」，其後孔愉封「餘不亭侯」，其印之「龜鈕左顧，三鑄如初」，實乃龜報以侯爵之位。動物對於療傷、放生等的回饋，有以明珠、爵位相贈者，明顯蘊含中國追求財寶、宦途的民情。

　　不論動物以能力所及、珍寶之物爲贈，或重視恩人性命、以涵蘊中國民情之物以贈，皆表述出人類付出善行，則見善的報應回饋到自身，宣揚了善有善報的思想。

　　六朝志怪筆記中，諸如此類動物報恩行爲之敘事頗多，與佛教之傳入不無相關。佛經故事中的動物故事頗爲多見，強調動物具有善行，願對人供以幫助，此外，佛教業報思想，也屬佛教教義中的重要理念。

　　釋迦牟尼創佛教，主張人生一切皆苦，以去惡從善、由染轉淨成就生命的價值及理想。釋迦牟尼之後的佛教學者，循此原則，其教義主在論證人如何斷絕現實生活中的痛苦而求得解脫。〔註112〕漢朝以來，董仲舒以天人感應論結合陰陽五行說法，建立讖緯神學，帝王之受命乃承天帝意志而來，使原本之儒家思想呈現宗教化；道教方面，則重修養生命以求得長生，亦或尋不死之藥、求變化飛昇，冀盼生命能超脫自然之限制，獲得永恆。佛教與儒家

〔註111〕　（三國吳）萬震：《南州異物志》，收於陳直夫校釋：《萬震：南州異物志輯稿》
　　　　　（香港：陳直夫教授九秩榮慶門人祝賀委員會，1987 年 1 月 18 日出版），頁 21。

〔註112〕　方立天：《佛教哲學》（增訂本）（北京：中國人民大學出版社，1991 年 3 月
　　　　　第 2 版，1997 年 1 月第 2 次印刷），頁 2～3、6。

的天道思想、道教的神仙思想有相類之處，於是得以迅速爲中國所接受。

　　佛教業報的基本前提，建在神不滅的觀點上。神不滅，即靈魂不滅之意。肉體會死亡，而歷經生死過程的一切記憶，亦即生命的根本，卻是不生不滅，隨業往生，一切業力便寄託於此。「業」爲造作之意，佛教的基本精神「緣起」論，主張「此有故彼有，此起故彼起」〔註113〕，「業」便隨「因緣」而入六道。萬物的起與滅皆有因緣，不論時間上的三世，及空間上的人類社會、天界地獄，都受因果律支配〔註114〕。佛教認爲人生有生、老、病、死自然生理的苦，也有怨憎、別離、求不得等社會生活中的苦，苦由「十二因緣」而生，其根源爲「無明」，即對人生實相盲目無知。十二因緣造成過去、現在、未來之三世因果〔註115〕，有業報之輪迴；而「業力」，也就是「眾生的行爲和支配行爲的意志」，「是眾生所受果報的前因，是眾生生死流轉的動力」，並促成六道輪迴，而此六道又有善惡之分〔註116〕。〔註117〕

　　佛教以「緣起論」爲本，強調「因果律」，重視人的心理及行爲，關注「業（因）和業報（果）」，其目的便在於教人如何「免於生死輪迴」，作惡業則「在生死輪迴中永不得解脫」，作善業則能「獲得正果，歸於涅槃」〔註118〕，其一方面言今世的境遇、命運乃由前世的業造成，無法改變，另一方面又強調個人因「業」而自作自受，具有主觀能動性，於是，佛家的業報思想，將生命延長至三世，解釋了因果報應之必然，對人們的行爲具有強烈的勸誡及約束作用〔註119〕。

〔註113〕（南朝宋）求那跋陀羅譯：《雜阿含經・卷第十二・297》，收錄於《大正新修大藏經》第 2 冊（修訂版）（臺北：新文豐出版股份有限公司，1983 年 1 月修訂版 1 版，1997 年 5 月修訂版 1 版 4 刷），頁 84。

〔註114〕方立天：《佛教哲學》（增訂本）（北京：中國人民大學出版社，1991 年 3 月第 2 版，1997 年 1 月第 2 次印刷），頁 198～202。

〔註115〕詳可參劉滌凡：《唐前果報系統的建構與融合・第十章　佛道業報系統的建構、發展與功能傳播》（臺北：臺灣學生書局，1999 年 8 月初版），頁 409。

〔註116〕「分別善惡故，有六道。善有上中下故，有三善道，天、人、阿修羅；惡有上中下故，地獄、畜生、餓鬼道。」〔印〕龍樹著；（後秦）鳩摩羅什譯：《大智度論・卷三十》，收錄於《大正新修大藏經》第 25 冊（修訂版）（臺北：新文豐出版股份有限公司，1983 年 1 月修訂版 1 版，1997 年 10 月修訂版 1 版 4 刷），頁 280。

〔註117〕方立天：《佛教哲學》（增訂本），同註 114，頁 74～92。

〔註118〕方立天：《佛教哲學》（增訂本），同註 114，頁 127。

〔註119〕方立天：《佛教哲學》（增訂本），同註 114，頁 92。

再就道教承負說與佛教業報思想之差異觀之，「佛教的報應說是建立在『三世有』上，而《太平經》（早期道教）則是建立在『無來世』上」〔註120〕，因此，道教承負說之施報者爲「天」，其果報對象爲自身及子孫，強調「現世因果」，佛教業報乃由「無明」引起，其果報對象則爲自己，主張「三世因果」〔註121〕。是故，六朝志怪筆記中報應及於自身者，或含有道教之承負說，也或含佛教之業報思想。然而不論是承負說，或是業報思想，皆具善行將致善報的觀念，且此一理念已深植民心，由六朝志怪筆記敘事中，即可見一斑。

2. 惡報

《宣驗記》第 14 則，天竺僧之「二犢牛」，因「前身」「偷法食」，「今生」則須「以乳饋之」，揭示了非屬於當世的輪迴果報。

動物因「業」之牽引，導致輪迴後得其果報，人也因其作爲而自嚐後果。《博物志》卷 8 第 22 則，蓾丘訢不滿愛馬沉於淵中，殺了「二蛟一龍」，卻爲「雷」所擊，致「左目」失明；《宣驗記》第 13 則，王導兄弟因宅中之鵲「喧噪」而「惡之」，於「時疾」「既差」時，「取鵲」「斷舌而殺之」，結果「兄弟悉得瘖疾」。蓾丘訢爲愛馬而動刀、王導兄弟因噪音之苦而斷鵲之舌，事後則遭失明、瘖疾之後果。

亦有殺生之人，付出以命易命之代價者，如《搜神記》卷 20 第 13 則，虞蕩「夜獵」殺「麈」，翌日清晨得麈，卻「即時」而「死」；《異苑》卷 3 第 38 則，李增曾引「矢」射中一「蛟」，其後歸家復出，遭一女指控李增「爲暴」，結果李增「未達家」，便「暴死於路」；《搜神記》卷 20 第 14 則，陳甲「無狀」殺害一隻「長六七丈」，「玄黃五色」的大蛇，「三年」後，陳甲道出殺蛇一事，不久即「腹痛而卒」；《幽明錄》第 144 則，謝盛曾以「叉」殺「蛟」，一年後，謝盛再次「步至湖中」，自言曾殺蛟之事，「行數步」即「心痛」，「還家一宿便死」；《述異記》第 11 則，屠虎食「蟹」，其後屠虎「爲虎所食」，甚且被啖至「肌體無遺」。

不論如陳甲之無故殺生，或如屠虎爲圖口腹之慾，亦或如蓾丘訢爲愛馬抱不平，此等人只要犯了殺生行爲，輕者身體殘疾，重者則喪命死亡，他們

〔註120〕 湯一介：《魏晉南北朝時期的道教·第十三章 「承負」說與「輪迴」說》（臺北：東大圖書，1988 年 12 月初版，1991 年 4 月再版），頁 368。

〔註121〕 徐明生：〈「承負」與「輪迴」——道教與佛教兩種果報理論的比較〉，《江蘇科技大學學報》（社會科學版）第 8 卷第 2 期（2008 年 6 月），頁 11～13。

皆在當世即見報應施諸己身，可知動物故事有殺生下場未必好之佛教理念，蘊含不應殺生的因果報應思想。

再觀佛家所持信念，佛經基於眾生平等的觀念，本無動物報仇之敘事，六朝志怪中的善惡果報敘事，則融合了中國的道德觀，循「積不善之家，必有餘殃」的觀念，揭示殺生者必有惡報，如此看來，此處蘊含道教承負觀點，自身之作為，將使果報回復到己身身上，揭露了勸善戒惡的宗教觀。

東晉袁宏曾言：

> （佛教）以為人死精神不滅，隨復受形，生時所行善惡，皆有報應。
>
> 故所貴行善修道，以鍊精神而不已，以至無為而得為佛也。……故
>
> 王公大人，關死生報應之際，莫不瞿然自失。〔註122〕

明顯可知，因果報應思想，已普及於民間與公卿貴族之間，具有不小的勸善力量。中國本身自周以來的天報思想，儒家提倡德報觀念，道教強調承負之說，至佛教西入，業報輪迴之說深入民心，遂致六朝志怪筆記屢見善者得善果，惡者食惡果的敘事，或報於己身，或報於子孫，此則為中國之果報及佛教業報致生之影響。

第四節　反映亂世社會之象

六朝志怪筆記屢見怪異現象之敘述，透顯當時政治變亂不斷、天災人禍頻仍，反映了亂世社會中的生活實景。

一、政局變動迭起

六朝志怪筆記中，見載動物外形出現異狀或彼此爭鬥之怪事，又常附以京房《易傳》之言或〈五行志〉所載，可知明顯具有影射政局之意涵。自東漢末年，朝政即因在位者之作為有所動盪，幼主為帝引發一連串的政爭，其後變動不定之況，持續至隋，為時數百年的分裂局面才暫時終止。六朝不只存有內憂，外族的不時侵擾，也使此一時期顯得動盪不安。

（一）政爭不斷

六朝志怪筆記中的動物故事，常有動物肢體呈現異狀，或動物間發生爭

〔註122〕（東晉）袁宏：《後漢紀·後漢孝明皇帝紀下卷第十》，《四部叢刊正編》第5冊（臺北：臺灣商務印書館，1979年11月臺1版），頁84。

鬥之事，以《搜神記》所載最豐，此類記載，多有影射政治現象者。其卷 6
第 19 則，「齊雍城門外有狗生角」，肇始於文帝贈其亡兄庶子封地，造成「執
政失下」；卷 6 第 10 則，「內蛇與外蛇鬥鄭南門中，內蛇死」，即指昭公為厲
公所敗之事；卷 6 第 22 則，「白頸烏與黑烏羣鬥楚國呂縣」、「一烏，一鵲，
鬥於燕宮中池上」，即漢景帝三年（B.C.154）楚王與吳國叛漢，及昭帝元鳳元
年（B.C.80）燕王謀不義而敗之事；《異苑》卷 4 第 24 則，以「狗多頭」表現
孫恩將亂之兆；《搜神記》卷 7 第 42 則，以「馬雙頭」揭露「王敦陵上」，王
將與馬共天下之勢。六朝政治現況，由《搜神記》卷 7 第 26 則張騁所乘「牛」
口中，道出晉惠帝太安（A.D.302～303）之時，「天下方亂」，時「張昌賊起」，
兵家禍事不斷。時代亂象，志怪作者以動物作人語，揭露當時兵甲干戈此起
彼落之勢。動物生角，具有「兵象」；耳處生角，有下易上之徵。此外，其發
生地點，皆與人事之實情相對應，如《搜神記》卷 7 第 6 則，晉武帝太康七
年（A.D.286），「河間」出現「四角獸」，其後果有「河間王」連四方之兵作亂
之事；《搜神記》卷 6 第 29 則，漢宣帝黃龍元年（B.C.49）「雌雞化為雄」之
事發生在「未央殿輅軨」內，此即「王氏之應」，可知以動物指涉人事之情形
甚為明顯。

　　六朝志怪筆記，時見動物有多頭異角異足、或作人語者，動物形體呈現
異狀，實則含有作者對時代現狀之影射。

　　自漢朝，中國即在變亂紛起的處境中，呈現分裂之局。東漢自章帝（A.D.76
～88）之後，幼主即位情形多，太后臨朝聽政狀況也頻繁，遂相對使外戚、
宦官勢力坐大，致生權勢較勁之衝突。桓、靈兩帝（A.D.146～189）時期，宦
官親族或其養子甚有侵暴百姓的行為，如與桓帝共同除掉梁冀的宦官單超、
徐璜、具瑗、左悺、唐衡，被封為「五侯」，單超死後，其餘四人更顯不法〔註
123〕。宦者為害百姓，又干亂選舉，為東漢特別崇尚名節的士大夫所不能容，
遂與宦官發生黨爭，知識份子也因此受到政治迫害，造成黨錮之禍。此後，
黃巾徒眾以「蒼天已死，黃天當立」為口號，起而變亂，影響朝野甚鉅，導
致軍閥並起，致何進引董卓入京，漢獻帝成為眾強權勢力之傀儡，赤壁戰後，
三國鼎立局面遂成，中國又落於長期分裂的狀態。

〔註 123〕　（南朝宋）范曄撰；（唐）章懷太子李賢注：《後漢書・列傳第六十八卷・宦
　　　　　者列傳・單超傳》（臺北：臺灣商務印書館，1937 年 1 月初版 1 刷，2010 年
　　　　　11 月臺 2 版 1 刷，《百衲本二十四史》），頁 1149～1150。

　　魏元帝咸熙二年（A.D.265），司馬炎篡位爲西晉武帝，咸寧六年
（A.D.280），西晉滅吳，分裂之局又歸於統一，然武帝分封宗室，使出鎮都督
擁龐大軍權，選司馬衷繼承帝位，卻愚闇無能，遂使賈后干政，外戚勢力獨
大，釀成八王之亂；諸王相爭，也引外族兵加入，使匈奴等族入侵，懷帝被
擄，經此永嘉之亂後，愍帝即位長安，又爲劉曜所陷，西晉亡。司馬睿在江
左即位，僅求苟安，造成南北對峙，而王敦、蘇峻、王恭、殷仲文、桓溫、
桓玄相繼產生亂事，戰爭不斷，歷時久長。恭帝（A.D.419～420）時，軍政權
落於劉裕之手，東晉也在劉裕手上易代爲宋。此後，南朝之君或如宋文帝、
齊武帝等遭逆弑，或如梁簡文帝爲侯景所弑、梁元帝爲西魏之寇所殺，陳後
主縱情聲色，不理朝政，君王更迭頗爲頻繁，朝代之存續也皆無法突破一甲
子，趙翼即曾論及，宋、齊之際，荒亂之君堪稱爲數甚多，致「一朝甫興，
不轉盼而輒覆滅」〔註124〕，六朝政權最終落於楊堅手中，結束長久以來數度
分裂的局勢。

　　漢朝之後，朝廷內部政治勢力之角逐頗爲多見，或爲黨爭、或見外戚與
宦官較勁、或有同宗室之強權危及中央，致使國家政治穩定度動搖，其動盪
不安之態，在六朝志怪筆記中，即藉動物的「非常」，對應政治現象的「異常」。

（二）邊患為亂

　　《搜神記》卷6第21則，敘及西漢景帝三年（B.C.154），「邯鄲有狗與彘
交」，京房《易傳》指出「狗與豕交」乃「反德」，將使國生「兵革」，〈五行
志〉更以「犬」爲「兵革失眾之占」，「豕」爲「北方匈奴之象」，反映出當時
「趙王悖亂」，「外結匈奴」之亂象。六朝志怪筆記，即以動物爲喻，影射了
漢朝以來匈奴爲患的問題。

　　東漢自光武帝（A.D.25～57）之後，北方匈奴爲患，光武帝建武（A.D.25
～56）年間，曾有南單于來降，居於漠南，然「數世之後，亦輒叛戾」〔註125〕；
安帝之際，西域變亂紛起，羌族自安帝（A.D.107～125）至靈帝（A.D.168～
189）在位期間，持續爲亂多年，耗損大量財力、民力及物力。

〔註124〕　（清）趙翼：《二十二史劄記》（《四部備要》第339冊〔臺北：臺灣中華書局，
　　　　　1966年3月臺1版〕），卷十一，宋齊梁陳書並南史，宋齊多荒主，葉9。
〔註125〕　（唐）房玄齡撰：《晉書》（臺北：臺灣商務印書館，1937年1月初版1刷，
　　　　　2010年6月臺2版1刷，《百衲本二十四史》），卷五十六，列傳第二十六，
　　　　　江統傳，頁408。

西晉武帝、惠帝之時，傅玄、江統、郭欽等人認為戎狄外族生性強悍，恐成禍患，提出將其遷於塞外的建議：

> 戎狄疆獷，歷古為患。魏初人寡，西北諸郡皆為戎居。今雖服從，若百年之後有風塵之警，胡騎自平陽、上黨不三日而至孟津，北地、西河、太原、馮翊、安定、上郡盡為狄庭矣。……裔不亂華，漸徙平陽、弘農、魏郡、京兆、上黨雜胡，峻四夷出入之防，明先王荒服之制，萬世之長策也。〔註126〕

然而此一論點提出，並未付諸實行，西晉諸王針鋒相對，反利用遊牧民族以助戰，匈奴、烏桓、遼西鮮卑等族之兵，即曾為成都王穎、東瀛公騰、幽州刺史王浚、東海王越等人引以加入征戰，亦使外族見及西晉政權之衰弱，予其可乘之機，釀成晉懷帝永嘉五年（A.D.311）的「永嘉之亂」；建興四年（A.D.316），長安再陷，愍帝降，從此，中國江北進入「五胡十六國時代」（A.D.304～439），直至鮮卑族拓跋部建立北魏（A.D.439，南方為宋文帝元嘉十六年），始再度統一。北魏變亂（A.D.534，梁武帝中大通六年）後分為東、西魏，又為北齊、北周所取代，北周為隋所篡，才又歸於一統。

六朝志怪筆記《搜神記》卷6第21則中，「趙王悖亂」，「外結匈奴」，其後「卒伏其辜」，「兵革失眾」，道出了邊患對國家政治造成的不良影響。

二、生計屢遭困頓

六朝志怪筆記中，屢見動物怪象之描述，或有動物身上毛髮可化為許多分身者，或見動物突作人語，或以精魅之姿作祟人間、擾攘人世者，如此異狀，關聯至當時民生狀況，或為生計堪憂的表徵。漢朝末年，天災屢見，旱災、水災、蝗災、飢荒等接踵而至，百姓亦因生存所需，有被迫流離遷徙者，長期處於困頓的生活中。

（一）自然災害不斷

《金樓子·志怪》第33則，敘晉寧縣內之鼠「狀如牛」，其「散落其毛，悉成小鼠，盡耗五稼」；《搜神記》卷7第31則，云西晉懷帝永嘉五年（A.D.311），張林家一「狗」言「天下人俱餓死」。二則俱言及百姓在糧食上的嚴重缺乏，六朝志怪筆記之記載，道出了當時百姓所遇的自然災害。

〔註126〕 （唐）房玄齡撰：《晉書》（臺北：臺灣商務印書館，1937年1月初版1刷，2010年6月臺2版1刷，《百衲本二十四史》），卷九十七，列傳第六十七，四夷，北狄，頁695。

　　東漢後半期，華北地區災害不斷，安帝（A.D.107～125）之後，自然災害愈趨頻繁，如於永初三年（A.D.109），「京師」及「并涼二州」皆出現「大飢」至「民相食」〔註127〕；順帝陽嘉二年（A.D.133），「吳郡、會稽」發生「饑荒」〔註128〕；獻帝（A.D.190～220）即位之初，「百姓飢荒」〔註129〕，不久又有蝗災；魏明帝（A.D.227～239）時，旱災、疾疫、地震接連發生；西晉武帝（A.D.265～290）時則屢見水災；惠帝（A.D.290～306）、懷帝（A.D.307～313）、東晉元帝（A.D.317～322）時，疾疫、水災、旱災、飢荒皆有之；明帝（A.D.322～325）時，大火致使「萬五千人」喪命；成帝（A.D.325～342）、穆帝（A.D.345～361）、廢帝（A.D.365～371）、孝武帝（A.D.373～396）、安帝（A.D.397～418）在位之時，大旱、大疫、大水、飢荒等也屢見不鮮。〔註130〕

　　在長期天災的蹂躪下，人民生活疾苦，《金樓子・志怪》第 33 則，即以鼠「盡耗五稼」，揭示百姓糧食嚴重短缺的現象；藉《搜神記》卷 7 第 31 則張林家的「狗」，明白道出天災連年中人民缺乏食物，甚而發生「相食」的慘狀。歷史記載中，東漢靈帝建寧三年（A.D.170），確有河內、河南大饑：

　　　　三年春正月，河內人婦食夫，河南人夫食婦。〔註131〕

漢獻帝興平元年（A.D.197）七月，三輔地區大旱：

　　　　三輔大旱，自四月至于是月。帝避正殿請雨，遣使者洗囚徒，原
　　　　輕繫。是時穀一斛五十萬，豆麥一斛二十萬，人相食噉，白骨委
　　　　積。帝使侍御史矦汶出太倉米豆，為飢人作糜粥，經日而死者無
　　　　降。〔註132〕

〔註127〕（南朝宋）范曄撰；（唐）章懷太子李賢注：《後漢書・帝紀第五卷・孝安皇帝》（臺北：臺灣商務印書館，1937 年 1 月初版 1 刷，2010 年 11 月臺 2 版 1刷，《百衲本二十四史》），頁 100。

〔註128〕（南朝宋）范曄撰；（唐）章懷太子李賢注：《後漢書・帝紀第六卷・孝順皇帝》，同前註，頁 118。

〔註129〕（南朝宋）范曄撰；（唐）章懷太子李賢注：《後漢書・列傳第五十七卷・黨錮列傳・張儉傳》，同註127，頁 1006。

〔註130〕張仁青：《魏晉南北朝文學思想史》（臺北：文史哲出版社，1978 年 12 月初版），頁 220～225。

〔註131〕（南朝宋）范曄撰；（唐）章懷太子李賢注：《後漢書・帝紀第八卷・孝靈皇帝》（臺北：臺灣商務印書館，1937 年 1 月初版 1 刷，2010 年 11 月臺 2 版 1刷，《百衲本二十四史》），頁 142。

〔註132〕（南朝宋）范曄撰；（唐）章懷太子李賢注：《後漢書・帝紀第九卷・孝獻皇帝》，同前註，頁 156。

即使在上位者試圖解決飢餓問題，仍不能減少死亡人數。漢獻帝建安二年（A.D.197），蝗災、水災、飢荒不斷：

> 夏五月，蝗。秋九月，漢水溢。是歲飢，江淮間民相食。〔註133〕

西晉惠帝永興元年（A.D.304）長安「軍中大餒，人相食」；晉懷帝永嘉五年（A.D.311）五月，京師「饑甚，人相食，百官流亡者十八九」；愍帝建興四年（A.D.197）十月，「京師饑甚，米斗金二兩，人相食，死者太半」〔註134〕。南朝宋文帝元嘉（A.D.424～453）末年，「青州飢荒，人相食」〔註135〕；梁武帝太清三年（A.D.549）七月，「九江大饑，人相食十四五」，梁簡文帝大寶元年（A.D.550），「自春迄夏，大飢，人相食，京師尤甚」〔註136〕。

水、旱、饑饉等天災造成食物嚴重缺乏，甚或產生人餓死，「婦食夫」、「夫食婦」，情何以堪的慘狀，其不得已而相食之況，明顯可見當時百姓遭遇的困厄。

（二）人民遷徙流離

六朝志怪筆記，常見動物以精魅形象，在人間造成無數擾亂之況，如《異苑》卷8第1則〈趙晃劾蛇妖〉中，「大白蛇」化為「衣白衣，冠白冠」的男子，與其身邊「黿鼉之屬」所化的「從者六七人」，「遍擾居民」；《搜神記》卷18第14則，「南陽西郊」「一亭」有「老狐」作祟；《搜神記》卷18第27則，「老狸」、「老狢」化為「部郡」及「府君」，對宿於「廬陵郡都亭重屋」的人進行襲擊；《幽明錄》第236則、《搜神記》卷18第15則，分別見「蝙蝠」及「狐」「髡人髮」。諸如此等動物精魅害人之行，正如漢魏六朝百姓遭遇的變動政局、連年的戰爭與天災人禍，人民不堪其擾，甚有百姓為求生計，飽受流離遷徙之苦。

〔註133〕　（南朝宋）范曄撰；（唐）章懷太子李賢注：《後漢書・帝紀第九卷・孝獻皇帝》（臺北：臺灣商務印書館，1937年1月初版1刷，2010年11月臺2版1刷，《百衲本二十四史》），頁158。

〔註134〕　（唐）房玄齡撰：《晉書》（臺北：臺灣商務印書館，1937年1月初版1刷，2010年6月臺2版1刷，《百衲本二十四史》），卷四，帝紀第四，惠帝，頁32；卷五，帝紀第五，懷帝，頁36～37；卷五，帝紀第五，孝愍帝，頁38。

〔註135〕　（南朝梁）蕭子顯：《南齊書》（臺北：臺灣商務印書館，1937年1月初版1刷，2010年11月臺2版1刷，《百衲本二十四史》），卷二十八，列傳第九，劉善明，頁280。

〔註136〕　（唐）姚思廉：《梁書》（臺北：臺灣商務印書館，1937年1月初版1刷，2010年8月臺2版1刷，《百衲本二十四史》），卷第四，本紀第四，簡文帝，頁63、64。

　　東漢桓帝在位的二十一年期間（A.D.147～167），接連有日蝕、地震、蝗災、黃河氾濫、民飢、疫疾等發生。〔註137〕永嘉變亂前，西晉各地發生旱災，使漢族及其他民族大規模移動，謂之「流民」，覓食、安頓若皆無法解決，則易造成變亂。田村實造在《中國史上的民族移動期》一書中指出：「三世紀以來『五胡』遊牧民族潛居華北，四世紀的漢族移居江南——晉室南渡，都是遠勝過日耳曼民族在歐洲的大移動」，「自四世紀到六世紀，約有一千萬人的匈奴、烏丸（桓）、鮮卑、氐、羌等等民族移動，潛居華北；其人口之多、規模之雄偉，在中國史以及『東亞世界』所具有的歷史意義之重要性，凌駕歐洲史上日耳曼民族的大移動。」〔註138〕永嘉之亂後，北方呈現混亂之局，也出現避難之民遷徙到江南，東晉劉宋之時，即有七次較大的移民潮，永嘉元年（A.D.307）司馬睿移鎮江東、太興四年（A.D.321）祖逖北伐失敗、永和五年（A.D.349）後趙政權崩潰促使桓溫出兵關中、太元八年（A.D.383）淝水之戰、宋元嘉二十七年（A.D.450）北魏勢力南侵、宋泰始二年（A.D.466）南方受挫，皆引起人民避徙江南。〔註139〕在長途跋涉為求一安身處所時，常因旅途勞頓，路程艱險，使老弱婦孺死於途中：

> 世路戈夷，禍亂遂合，……浮涉滄海，南至交州。經歷東甌、閩、越之國，行經萬里，不見漢地，漂薄風波，絕糧茹草，饑殍荐臻，死者太半。……前到此郡，計為兵害及病亡者，十遺一二。生民之艱，辛苦之甚，豈可具陳哉！〔註140〕

路程艱辛，糧食取之不易，跋涉於廣漠境內為求生存的漂泊者，或因體弱無力撐持到目的地，成為餓莩。

　　永嘉年間（A.D.307～313），頻起的戰爭、飢荒、疾病，促成百姓離開安定之所，尋求得以生存的環境，過程中也造成人口銳減：

〔註137〕　鄭欽仁、吳慧蓮、呂春盛、張繼昊編著：《魏晉南北朝史·第二章　漢王朝的崩潰》（增訂本）（臺北：里仁書局，2007 年 9 月 10 日增訂 1 版），頁 42。

〔註138〕　〔日〕田村實造：《中國史上的民族移動期》（創元社，1985 年），轉引自鄭欽仁、吳慧蓮、呂春盛、張繼昊編著：《魏晉南北朝史》（增訂本）（臺北：里仁書局，2007 年 9 月 10 日增訂 1 版），頁 15。

〔註139〕　鄭欽仁、吳慧蓮、呂春盛、張繼昊編著：《魏晉南北朝史·第五章　東晉的政治與社會》（增訂本）（臺北：里仁書局，2007 年 9 月 10 日增訂 1 版），頁 134。

〔註140〕　（西晉）陳壽撰；（南朝宋）裴松之注：《三國志·蜀書卷第八·許靖傳》（臺北：臺灣商務印書館，1937 年 1 月初版 1 刷，2010 年 11 月臺 2 版 1 刷，《百衲本二十四史》），頁 475～476。

> 雍州以東，人多飢乏，更相鬻賣，奔迸流移，不可勝數。幽、并、
> 司、冀、秦、雍六州大蝗，草木及牛馬毛皆盡。又大疾疫，兼以飢
> 饉。百姓又爲寇賊所殺，流尸滿河，白骨蔽野。劉曜之逼，朝廷議
> 欲遷都倉垣。人多相食，飢疫揔至，百官流亡者十八九。〔註 141〕

飢荒、蝗災、疾疫相繼產生，加上寇賊橫行，人民流亡、相食的景象，道出
存活於亂世中之困頓。人口頓減，土地也因之荒蕪：

> 懷愍不逮，淪胥秦京，遂令胡戎交侵，神州絕綱，土崩之釁，誠由
> 道喪。然中夏蕩蕩，一時橫流。百郡千城，曾無完郭者。〔註 142〕

漢魏六朝內憂外患的交錯影響下，人民成了最大的受害者。

六朝志怪筆記，動物之怪異現象，實也反映了當代的不尋常，精魅的變
幻猶如政局、戰爭、水旱災等之不時出現，使企求安定的黎民，生活陷入困
境，物質層面處於長期缺乏的情形，求生在六朝時期，成爲最根本的冀望，
同時也成了無望的奢求。

綜觀動物故事「反映亂世社會之象」一節，六朝志怪筆記中的動物，以
妖異形象呈現，或異角異足、或多頭之異常現象，正有隱喻當時朝政連年政
爭或外患之意，以動物的異象，表徵朝代分分合合、不斷變化的政局。政治
的變動旁及戰爭，也可能間接引發飢荒，加之漢魏六朝天災頻仍，受到最直
接衝擊的，則是當代的百姓。水、旱災、蝗災等自然災害接踵發生，人民食
物來源成了問題，戰爭、天災又迫使黎民走上遷徙流離之途，更使其生活陷
入困厄，添加於黔首生活的困境，猶如動物精魅予人的困擾及傷害，人民於
亂世生活中遭遇的苦楚，所遇非比尋常之處境，亦藉由志怪中的精魅比況而
出。

總覽六朝志怪筆記之動物，出現於奇遠異境，或具奇特外形，或能變幻
形體，此類動物之奇異描述，多含有對神仙方術之忻羨心情，道教汲取道家、
巫覡、陰陽五行等特色，加以揉合，建構出可長生爲仙的樂園；仙人能飛行、
能登仙的形象，也渲染及於一般動物，呈現能飛之樣態；羌族火葬風俗衍生
而出的人與動物間能互相轉換的觀念、氣化宇宙論的發展形成，影響幻化之

〔註 141〕　（唐）房玄齡撰：《晉書》（臺北：臺灣商務印書館，1937 年 1 月初版 1 刷，
2010 年 6 月臺 2 版 1 刷，《百衲本二十四史》），卷二十六，志第十六，食貨
志，頁 200。

〔註 142〕　（唐）房玄齡撰：《晉書》，同前註，卷五十六，列傳第二十六，孫楚，孫綽，
頁 411。

說產生。因此，六朝志怪呈現出嚮往神仙世界的方術色彩，幻化的情節也充斥其中，此乃道教思想影響所及。

　　六朝志怪有動物徵狀怪異者，顯現出不尋常現象，也見休徵、咎徵等徵驗之情形，此其受陰陽讖緯之說，認為人事作為與自然相應，強調天人之間有所感，不可逆天而行，否則將有災異之事生發。雜揉陰陽五行及儒學等的天人感應災異思想，建構出讖緯神學，動物反常現象，對應國家政局之異、個人命運之變，在陰陽讖緯的思想中，提倡了有德為吉，為害則遭災的觀念。

　　西來的佛教，以三世因緣之因果報應，倡導勸善之念，中國原已存在果報觀，如周之天報、儒家之德報、道教之承負說，為善觀念已固植人心，當佛教業報思想傳入，影響更鉅，六朝志怪出現前朝所無的動物報恩故事，善惡皆有果報，展現佛教業報觀念，更使居於戰亂苦境中的人民得到心靈的安慰。

　　道教、佛教思想在六朝志怪中盛行，當時政經社會之環境，更為關鍵因素。六朝政治變動不定，政爭不斷、戰事頻仍、天災時見，此一大時代中的百姓，處於流離失所、物質匱乏的環境，道教、佛教思想便成為心靈寄託。神仙之鄉、涅槃之域無苦無痛的境界，成了此中人民迫切的冀求，也因此在亂世社會中，神仙方術的追求、因果報應觀念下對來世美好生活的冀盼、讖緯神學下為惡鑄下災異之後果，便藉六朝志怪筆記動物故事，傳達了現實生活之苦、追求仙鄉或美好來世的心境，而有關動物之敘事，即蘊含了此一時代人民真切之感受及嚮往。

第七章　六朝志怪筆記動物故事在後世的流傳與影響

　　故事經長久時間仍得流傳必有其特出之處，因情節有趣，或再經組合安排而成另一個精彩故事，則使故事的生命力源源不絕。有一些六朝志怪筆記動物故事，正足以說明這種現象，以下六者是較特出的影響。

第一節　老虎報恩

　　前述第五章第一節，論及六朝已有 ATK156B「虎求助產並報恩」型故事，另一 ATK156「老虎求醫並報恩」型故事亦在六朝即可見，二者於後世皆仍見流傳，故事中報恩的動物皆爲老虎，故本節以「老虎報恩」名之，一併討論於後。

一、報助產之恩

　　中國 ATK156B「虎求助產並報恩」故事，最早見載於《搜神記》卷 20 第 2 則，動物表達助產之感謝方式，《搜神記》以送食爲饋，其後則見贈金、守護之況。

（一）送食

　　蘇易爲牝虎助產，牝虎感念蘇易幫其脫離「不得解，匍匐欲死」之況，除產畢即「負易還」，還「再三送野肉」。元朝《湖海新聞夷堅續志・虎謝老娘》〔註1〕，吳老娘爲虎「收生」，虎以「豬肉一邊，牛肉一腳」以爲答謝；

〔註1〕　（元）不著撰人：《重刊湖海新聞夷堅續志・後集・卷二・精怪門・狐虎・虎謝老娘・二百三十三》（臺北板橋：藝文印書館，《四部分類叢書集成續編》第 6 冊，《適園叢書》第 13 冊，據「民國烏程張氏刊初編印十六集本」影印），卷二，葉 60。

至現當代，江蘇民間仍見「虎求助產並報恩」型故事，〈五狼神路〉〔註2〕中，女齋公爲狼接生，狼則銜「雞」送「鴨」作爲回饋。上述故事皆承襲《搜神記》以食物回報助產恩之情節。

（二）贈金

宋朝《夷堅志・趙汝醫》〔註3〕，則見回饋之物由送野肉改爲贈金。故事中的虎化爲人形，求人助產，並作人語，告知趙汝醫牝虎「臨蓐危困」，且言事後當「以黃金五兩謝」，然而贈金乃由虎告知地點，須人前往自取。

近當代流傳於民間的故事中，亦見北京〈收生婆〉〔註4〕回饋助產的物品是「金豆」，可見情節承贈金而來。

（三）守護

江蘇〈五狼神路〉中，狼以「雞」「鴨」贈予幫忙助產的女齋公，但女齋公不收，狼於是「天天到庵門口來看大門」，直到女齋公過世爲止。狼受助產之恩，欲送食不被接受，則換以護衛方式表達誠摯之感恩情，狼守護至女齋公離開人世，又透露出感激情懷的綿延久長。

後世見及的「虎求助產並報恩」故事，在發生時間上承襲《搜神記》的夜晚時刻，求助動物以虎爲多，表達感謝的方式，有新出之贈金及守護，也見原已有之送食者；〈收生婆〉中，老太太對接生對象的身分感到疑惑，與〈虎謝老娘〉中吳老娘不知前往何人之家的狐疑狀態，如出一轍，可見故事無論在情節、細節上，皆有所承接及發展。

二、報拔刺之恩

中國之「老虎求醫並報恩」故事，最早見載於《異苑》卷3第21則〈大客〉，敘及象因人爲其除去腳上之刺，承諾恩人不毀其「田稼」，含有「B381.3.象報爲拔腳刺之恩（送象牙，不踏田禾）」的情節單元。AT156、ATU156「獅爪上拔刺」型故事，即包含此一動物報拔刺之恩的情節單元。西文資料中，見載於第二世紀古羅馬帝國時期作家格利烏斯（Aulus Gellius〔ca. A.D.123～

〔註2〕 《中國民間故事集成・江蘇卷・五狼神路》（北京：中國 ISBN 中心出版，1998年12月北京第1版，1998年12月北京第1次印刷），頁343～344。

〔註3〕 （南宋）洪邁：《夷堅志補・卷第四・趙汝醫》（臺北：新興書局，1975年9月版，《筆記小說大觀》8編第5冊），頁2454～2455。

〔註4〕 《中國民間故事集成・北京卷・收生婆》（北京：中國 ISBN 中心出版，1998年11月北京第1版，1998年11月北京第1次印刷），頁766～768。

170〕）所撰《雅典之夜》（*Noctes Atticae〔Attic Nights〕*）〔註5〕，其第五卷第
十四節，提及獅子爲報非洲奴隸安周克利斯（Androcles）爲其除腳刺之恩，
除贈食物，更在人獸廝殺的場合中和善待之的故事。歐洲如愛沙尼亞、拉脫
維亞、立陶宛、瑞典、蘇俄，及美洲印地安、非洲等地也可見及此型故事作
品〔註6〕。比較東、西方此一型故事，可發現時代、地域不同，報恩的動物也
有所變異，而在中國，「這動物通常是老虎」〔註7〕。金榮華教授則將 ATK156
名爲「老虎求醫並報恩」：

> 老虎或其他猛獸求人爲牠治病，或解除致命的困境，在病癒或脫困
>
> 後銜物報答。〔註8〕

此外，同屬老虎報恩之主題下，《異苑》出現於第五世紀，《搜神記》則在第
四世紀，中文資料中，AT156B 虎報助產恩顯然比 AT156 虎報拔刺恩之見載資
料爲早。

　　自唐朝至近當代所見的 ATK156「老虎求醫並報恩」故事，求醫的動物、
項目可見些許變化，動物回報的方式也見變異，且情節有趨於複雜，與其他
故事複合的情形產生。

（一）求醫動物由象轉以虎居多

　　六朝之後所見文人筆記中敘及動物求醫報恩的故事，除唐《朝野僉載·
象報恩》〔註9〕、《廣異記·閬州莫徭》〔註10〕承襲報恩動物爲象之情形外，

〔註 5〕　Aulus Gellius , *The Attic Nights of Aulus Gellius* (with an English translation by
　　　　John C. Rolfe)(Cambridge, Mass., Harvard Univ. Press; London, W. Heinemann,
　　　　1927), Book V, xiv, p.421～427.

〔註 6〕　Antti Aarne's *Verzeichnis der Märchentypen* (FF communications no. 3);
　　　　Translated and Enlarged by Stith Thompson, *The types of the folktale : a
　　　　classification and bibliography* (Helsinki : Academia Scientarum Fennica, 1964,
　　　　2nd rev), Preface to the Second Revision, p.56.

〔註 7〕　〔美〕丁乃通編著：《中國民間故事類型索引》（北京：中國民間文藝出版社，
　　　　1986 年 7 月第 1 版，1986 年 7 月第 1 次印刷），頁 29。

〔註 8〕　金榮華：《民間故事類型索引》（第一冊）（增訂本）（新北市新店：中國口傳
　　　　文學學會，2014 年 4 月再版），頁 175。

〔註 9〕　（唐）張鷟：《朝野僉載·卷五·象報恩》（臺北：臺灣商務印書館，1966 年
　　　　3 月臺 1 版，《叢書集成簡編》第 142 冊），頁 70。

〔註 10〕　（唐）戴孚：《廣異記·閬州莫徭》，收錄於史仲文主編：《中國文言小說百部
　　　　經典》（第 7 冊）（北京：北京出版社，2000 年 3 月第 1 版，2000 年 3 月第 1
　　　　次印刷），頁 2237～2238。

唐之《廣異記・張魚舟》〔註 11〕、《神仙拾遺・郭文》〔註 12〕、《靈應錄・長興嫗》〔註 13〕、《唐語林・補遺》老嫗所遇之事〔註 14〕、宋之《太平廣記・李大可》〔註 15〕、《夷堅志・海門虎》〔註 16〕、明之《醒世恆言・大樹坡義虎送親》〔註 17〕、及清之《影談・虎變》〔註 18〕，出現在人面前、央求協助的動物，都為虎。流傳於現當代的民間故事，四川、吉林、河南、湖南、江西、河北、貴州、廣東、黑龍江、山東、安徽、山西、陝西、甚至如滿族、鄂溫克族、鄂倫春族、赫哲族、土家族，及臺灣桃竹苗地區，求醫的動物也皆見虎。中國所見求醫的動物以虎為多，不難發現與虎崇拜及圖騰信仰不無關聯，深植於民間的思維信念，在民間故事中自然流露而出。

唐朝開始見及求醫報恩的動物，除大部分仍以虎為多之外，也見其他動物，如四川羌族〈義狼案〉〔註 19〕及青海〈毛達先生和狼〉〔註 20〕，向醫生求救的是狼；陝西〈澇河灘上的「聚寶盆」〉〔註 21〕到老中醫診間的，是一隻

〔註 11〕　（唐）戴孚：《廣異記・張魚舟》，收錄於史仲文主編：《中國文言小說百部經典》（第 7 冊）（北京：北京出版社，2000 年 3 月第 1 版，2000 年 3 月第 1 次印刷），頁 2224。

〔註 12〕　（唐）《神仙拾遺・郭文》，收錄於（北宋）李昉編：《太平廣記・卷十四・神仙十四・郭文》，《叢書集成三編》第 69 冊（臺北：新文豐出版公司，1997 年 3 月臺 1 版），頁 246。

〔註 13〕　（唐）傅亮：《靈應錄・長興嫗》（臺北：新興書局，1979 年 10 月版，《筆記小說大觀》三十編第 10 冊），頁 6422。

〔註 14〕　（宋）王讜：《唐語林・卷六・補遺》，《景印文淵閣四庫全書》第 1038 冊（臺北：臺灣商務印書館，1986 年 3 月初版），頁 156。

〔註 15〕　（北宋）李昉編：《太平廣記・卷四百三十一・虎六・李大可》第 1 則，《叢書集成三編》第 70 冊（臺北：新文豐出版公司，1997 年 3 月臺 1 版），頁 475。

〔註 16〕　（南宋）洪邁：《夷堅志・支庚卷第四・海門虎》，《續修四庫全書》第 1265 冊（上海：上海古籍出版社，2002 年 3 月第 1 版，2002 年 3 月第 1 次印刷），頁 673。

〔註 17〕　（明）馮夢龍編；顧學頡校注：《醒世恆言・卷五・大樹坡義虎送親》（臺北：里仁書局，1996 年 5 月出版），頁 97～111。

〔註 18〕　（清）管世灝：《影談・卷一・虎變》（臺北：新興書局，1973 年 4 月版，《筆記小說大觀正編》第 8 冊，據稻江市隱慶蔡毓齋氏家藏文明本影印），頁 5147～5148。

〔註 19〕　《中國民間故事集成・四川卷（下冊）》（北京：中國 ISBN 中心出版，1998 年 3 月北京第 1 版，1998 年 3 月北京第 1 次印刷），頁 1188～1189。

〔註 20〕　《中國民間故事集成・青海卷》（北京：中國 ISBN 中心出版，2007 年 4 月北京第 1 版，2007 年 4 月北京第 1 次印刷），頁 936～937。

〔註 21〕　陳慶浩、王秋桂主編：《中國民間故事全集・28・陝西民間故事集》（臺北：遠流出版事業股份有限公司，1989 年 6 月初版），頁 476～480。

小青猴，淚眼懇求「老神仙」爲石洞中癱軟在床上的猴王治病。

（二）求醫項目多樣化

六朝之後的 ATK156「老虎求醫並報恩」型故事，在求醫項目方面，不論在文人筆記或現當代的民間故事，大多仍承「拔腳刺」的情節。自唐《神仙拾遺・郭文》起，則見「除喉中物」之情節出現，在現當代民間故事中，廣東、黑龍江、山西、四川、吉林等地，即敘人爲虎除喉中骨或竹籤、鐵釘，甚至有女子的髮簪、金釵等。宋朝《夷堅志・海門虎》及鄂倫春族〈受氣的媳婦回娘家〉〔註22〕中的虎，則因受「箭傷」而求助，清《影談・虎變》中的虎則因「悞中獵者飛銃」，以「槍傷」求助。

流傳於近當代的民間故事，動物求醫項目有求「救幼獸」者，加入親情因素，更添變化。黑龍江鄂倫春族〈古善和老虎〉〔註23〕中，古善打獵時，見兩隻猛虎「大聲吼叫」，先是向古善「躥跳著跑過來」，卻又「掉頭向回跑了兩步」，如此反覆幾次，原來是「一棵倒樹壓著兩個小虎崽」，小虎崽慘叫求救，兩隻大虎聽到，便發瘋地急蹦亂跳。古善於是趕緊上岸，「搬開倒樹」，抱起兩個小虎崽，放到大虎跟前，可惜一隻已被壓死。

（三）形成複合故事

「老虎求醫並報恩」一型故事，自唐朝起，故事情節在動物對人之感恩回饋上漸見衍伸，動物奉獻財寶者常使恩人被誤爲偷盜，常須動物出面加以澄清或揪出眞正偷盜之賊。動物以「守護」、「贈妻」、「獻財」方式回報恩人者，有與其他故事結成複合故事者，「猛虎感恩常隨侍」、「老虎報恩　搶親作媒」及「聚寶盆」等故事皆見連結。

1. ATK156「老虎求醫並報恩」與 ATK156A「猛虎感恩常隨侍」結合

唐《神仙拾遺・郭文》中，郭文將「出山」，虎即隨侍在側，「在城市眾人之中」，更是「俯首隨行，不敢肆暴」，若有物品，老虎也擔任負載之責，此篇結合了「老虎求醫並報恩」及「猛虎感恩常隨侍」〔註24〕兩型故事，形

〔註22〕　《中華民族故事大系》第十五卷（上海：上海文藝出版社，1995 年 12 月第 1版，1995 年 12 月第 1 次印刷），頁 911～913。

〔註23〕　《中國民間故事集成・黑龍江卷》（北京：中國 ISBN 中心出版，2005 年 9 月北京第 1 版，2005 年 9 月北京第 1 次印刷），頁 1118～1120。亦見於《中華民族故事大系》第十五卷，同註 22，頁 993～996。

〔註24〕　ATK156A「猛虎感恩常隨侍」故事提要爲：「老虎之類的猛獸，因爲人替牠取

成複合故事。宋《太平廣記‧李大可》中，虎於「野外」遇見恩人，「則隨行」，也見隨侍現象，唯隨侍時間並不如民間故事所載的長。

　　吉林〈威烈三台〉〔註 25〕中的老虎，和徐老大、姜二結拜，同住一處；姜二的孩子出生，哭鬧時，老虎便「把他馱在背上，上山去玩」；妻子小翠要帶孩子回娘家，老虎幫母子背負「人參、鹿茸、貂皮等山物」，同時也當他們的坐騎；小翠兒子和小翠嫂子的小孩小柱子因玩而打起來，老虎爲維護小翠兒子，還用爪子拉了小柱子，在徐老大、姜二的家庭中，老虎皆與他們共同面對生活上的各個層面。廣東〈義虎〉〔註 26〕中，老虎當謝子良的坐騎，隨謝子良巡田，「一到田裡，便見蟲子紛紛從禾葉上自動跌下來，並且很快就死去」，幫眾人免於蟲害；謝子良到鄰村參加宴會，也騎虎前往，回程卻遇暴雨，橋被淹沒，老虎越過河時，謝子良因酒醉，不及抓住虎鬃，竟跌下河，老虎心急，「用前爪搭救主人」，不慎「抓傷了主人的心臟」，謝子良不久「氣絕身亡」，從此老虎終日守候，沒多久，也「死在謝子良墳前」。不論巡田、赴宴，老虎都跟在謝子良身旁，甚至出於救主卻不慎傷主。生，隨主服侍，死，亦如同陪葬之形式，顯見老虎對謝子良的恩情感懷之深。

　　2. ATK156「老虎求醫並報恩」與 ATK156E「老虎報恩　搶親作媒」
　　　　銜接

　　「老虎求醫並報恩」與 ATK156E「老虎報恩　搶親作媒」〔註 27〕故事相銜接見於明朝。《醒世恆言‧大樹坡義虎送親》中，老虎在勤自勵從軍期間，對勤自勵未婚妻林潮音被迫嫁予他人之事仗義相幫，維護了勤家、林家長輩爲其訂定的婚姻，在林潮音父親哄騙女兒上轎的迎親隊伍中，老虎「從半空中跳將下來」，以搶親方式突擊，把「正待尋死」的林潮音劫走，送到衣錦還鄉的「都指揮」勤自勵面前，報答勤自勵「破穽放虎」的恩情。

　　　　出卡在喉嚨裡的骨頭，或醫好了牠的病而隨侍此人左右，供他坐騎。」金榮華：《民間故事類型索引》（第一冊）（修訂本）（新北市新店：中國口傳文學學會，2014 年 4 月再版），頁 176。

〔註 25〕《中國民間故事集成‧吉林卷》（北京：中國 ISBN 中心出版，1992 年 11 月北京第 1 版，1992 年 11 月北京第 1 次印刷），頁 220～222。

〔註 26〕《中國民間故事集成‧廣東卷》（北京：中國 ISBN 中心出版，2006 年 5 月北京第 1 版，2006 年 5 月北京第 1 次印刷），頁 883～884。

〔註 27〕ATK156E「老虎報恩　搶親作媒」故事提要爲：「老虎報人解救之恩，搶救或馱來一女，媒介恩人成婚。」金榮華：《民間故事類型索引》（第一冊）（修訂本）（新北市新店：中國口傳文學學會，2014 年 4 月再版），頁 178。

民間故事中的搶親作爲，多爲老虎聽聞恩人或恩人的親朋好友言及，才進行搶親之事。如吉林〈威烈三台〉，徐老大關心姜二的婚事，老虎「眨巴眼睛聽著」，次日一早便出門，好幾天後，幫姜二找了個媳婦小翠。安徽〈老虎報恩〉〔註28〕中，王小和老虎對飲時道出尙未娶妻之事，老虎聽了，「酒也不喝了」，十幾天後，帶回了深山裡送親隊伍中的新娘，助王小成其婚事。陝西〈三十八萬老虎下山來〉〔註29〕中的老虎，聽了虎虎母親家貧無力爲兒子娶妻之憾，便不見蹤影，一段時間後，卻又背回了將被逼嫁到知縣家的新娘，圓了虎虎母親的心願。

〈大樹坡義虎送親〉中老虎的搶親之舉，乃爲主動出擊，與民間故事中人先出聲作言，老虎玉成其事的情形有所差異，明朝文人小說表現虎的神媒特性，民間故事則更顯得合於眞實生活而有情。

3. ATK156「老虎求醫並報恩」與 ATK597「聚寶盆」串聯

動物以獻財寶報恩者，有與 ATK597「聚寶盆」〔註30〕串接之複合故事。陝西〈澇河灘上的「聚寶盆」〉〔註31〕，猴王爲表達對老中醫爲其診脈之恩，贈予老中醫「石缸」，老中醫發現石缸原是「聚寶盆」後，又藉以幫助窮人。此事使縣官起貪念，「誣陷」老中醫「盜竊國寶」，老中醫被活活打死。縣官搶來聚寶盆，找了父母妻兒來看，縣官父親爲撿石缸中的金子，鑽進石缸，使縣官要拉出父親，卻「怎麼拉也拉不完」，最後，只得拿大錘往聚寶盆砸。老中醫行善，得到猴王的寶物回饋，不幸遭貪圖富貴者謀財害命，然而珍寶終不爲行不義之人所獨有，寶物取之不盡的特質，正令不義之人付出代價。

「老虎求醫並報恩」型故事，自唐始，求醫者不再爲象，而爲虎，報恩之物，多數反而與 ATK156B 早期所見送食現象居多。唐宋之時，開始可見與 ATK156A「猛虎感恩常隨侍」故事相複合；明朝起，則見故事轉向 ATK156E「老虎報恩　搶親作媒」之送妻情節，民間故事則又有 ATK597「聚寶盆」之新

〔註28〕　《中國民間故事集成・安徽卷》（北京：中國 ISBN 中心出版，2008 年 10 月北京第 1 版，2008 年 10 月北京第 1 次印刷），頁 927～929。

〔註29〕　陳慶浩、王秋桂主編：《中國民間故事全集・28・陝西民間故事集》（臺北：遠流出版事業股份有限公司，1989 年 6 月初版），頁 508～511。

〔註30〕　ATK597「聚寶盆」故事提要爲：「聚寶盆是一件放任何東西進去都會取之不盡的寶物。三兄弟爭財產，不小心把父親推落盆中，於是一個接一個地拉出了許多父親，直到把寶盆打破爲止。」金榮華：《民間故事類型索引》（第二冊）（修訂本）（新北市新店：中國口傳文學學會，2014 年 4 月再版），頁 440。

〔註31〕　陳慶浩、王秋桂主編：《中國民間故事全集・28・陝西民間故事集》，同註 29，頁 476～480。

情節產生，顯見故事之變異。

　　綜觀「老虎報恩」一節，「虎求助產並報恩」一型故事之見載，早於「老虎求醫並報恩」，「報助產之恩」由動物以原形出現，贈送野肉，其後也見動物化爲人形，能作人語與人溝通者，頗有六朝志怪之遺風，而動物種類也出現爲狼者；報答之形式除贈食物外，又有贈金錢財寶者，也見以守護代替者。六朝後可見及之「虎求助產並報恩」故事，承原有發生於夜晚之時間，求助產之動物仍以虎爲多見，報恩方式有原已見之致贈野物，也衍生出贈以金錢財物，或守護大門之舉，在發生時間、求助動物、報恩方式上，皆見承襲及衍變。

　　「老虎求醫並報恩」一型故事，中國最早之見載資料由象報拔刺之恩始，其後則多見老虎求人拔刺，而後報恩，求醫動物也見狼及猴等。求醫之項目，原有拔腳刺之情節仍多見，而除喉中物、療槍箭傷、出檻穽、醫病或救幼獸等，逐漸產生。報恩方式，送食物野肉之情節仍見流傳，也見奉送財物、護衛隨侍、贈予妻室者。六朝之後，頗見故事趨於複雜、形成複合故事者，「猛虎感恩常隨侍」、「老虎報恩　搶親作媒」及「聚寶盆」皆見與「老虎求醫並報恩」相銜接，促成故事更增精彩度。

　　受恩報恩的動物，在此類故事中，仍以老虎爲多。素爲猛獸的老虎，在求人之助後，顯現出感恩之情，予人之回饋，有長時間送野肉的感激、贈與妻子的行爲，獸性在此全然未見，反而展現出情眞意摯的感懷。

第二節　羽衣仙女

　　前述第五章第三節，論及六朝《玄中記》、《搜神記》之「鳥妻」故事，已形成一故事類型，至後世，故事不斷流傳甚見衍伸發展。六朝之後文人筆記之「鳥妻」故事，見於唐朝句道興《搜神記》〔註 32〕、明彭大翼《山堂肆考》〔註 33〕、及明張岱《夜航船》〔註 34〕等，而《山堂肆考》、《夜航船》所

〔註32〕　（唐）句道興：《搜神記》，收於潘重規編著：《敦煌變文集新書・卷八》（臺北：中國文化大學中文研究所敦煌學研究會，1984 年 1 月初版），頁 1230～1233。

〔註33〕　（明）彭大翼撰：（明）張幼學編：《山堂肆考・宮集・卷二十四・浴仙》（臺北：藝文印書館，1977 年版，據梅墅石渠閣藏版影印），葉 2。

〔註34〕　（清）張岱：《夜航船・卷十七・四靈部，飛禽・化鶴》，《續修四庫全書》第 1135 冊（上海：上海古籍出版社，2002 年 3 月第 1 版，2002 年 3 月第 1 次印刷），頁 748。

載皆同且簡約，與六朝故事相較，僅將鳥妻故事再賦予風物名稱之傳說，且由《夜航船》之載錄，可知此說宋洪芻《職方乘》即已言及。在民間故事方面，更見後續情節之增生，形成複合故事之況者，不在少數。六朝後之「鳥妻」角色，爲仙女身分者多，故以「羽衣仙女」名之，今將其衍變特色敘之於後。

一、鳥妻角色變異：女子由原形爲鳥，多衍爲仙女身分

　　六朝《玄中記》、干寶《搜神記》鳥妻之飛翔經過了「衣毛爲飛鳥，脫毛爲女人」的幻化階段，後世故事仍可見及，雲南〈召樹屯和蘭吾羅娜〉〔註35〕中，孔雀「卸下孔雀氅」後，變成「年輕的姑娘」；外國如冰島〈海豚的皮衣〉〔註36〕，當「海豚」失去「皮衣」，即以「美麗的少女」現形，與《玄中記》、干寶《搜神記》之「鳥妻」以原形爲「飛鳥」形象出現，「脫毛」始成爲「女人」的形象如出一轍。而印度尼西亞〈青鳩和納勞〉〔註37〕中，青鳩被「大竹罩子」罩住，變爲「美若天仙」的「姑娘」，當女子唱歌，則又逐漸回復青鳩原形；塞爾維亞〈天鵝姑娘〉〔註38〕中，飛到湖邊沐浴的天鵝，其脫下的毛衣一旦落入老人手中，則變成「美麗的姑娘」，此二則外國故事，也見動物變爲人的幻化過程，可謂和六朝鳥妻故事情節類同。

　　唐句道興《搜神記・田崑崙》中的女子，鳥妻角色出現變異，其羽衣衍爲「天衣」，女子不具鳥之原形，而爲「仙女」身分，當她披上天衣，即可起飛，顯現「飛翔而不變形」的特色〔註39〕。女子雖轉爲仙女身分，卻也見幻化爲動物或雲彩者，句道興《搜神記・田崑崙》、明《山堂肆考・浴仙》及《夜航船・化鶴》等故事中的仙女，離池「就衣」即化爲「白鶴」；雲南、遼寧、內蒙古、新疆、廣西等省的鳥妻故事，則見「天鵝」變成「漂亮的姑娘」，她

〔註35〕《中國民間故事集成・雲南卷（上冊）》（北京：中國 ISBN 中心出版，2003年 5 月北京第 1 版，2003 年 5 月北京第 1 次印刷），頁 549～558。

〔註36〕許義宗主編：《小野鴨》（臺北：黎明文化事業股份有限公司，1983 年 2 月出版，世界民間故事精選⑦），頁 127～129。

〔註37〕許友年譯：《印度尼西亞民間故事・蘇拉威西島區故事》（北京：中國民間文藝出版社，1983 年 5 月第 1 版，1983 年 5 月第 1 次印刷），頁 289～293。

〔註38〕黃玉山、鮑浦誠、莉良娜、王志冲譯：《金色的皮毛：南斯拉夫篇・塞爾維亞民間故事》（上海：少年兒童出版社，1982 年 1 月第 1 版，1982 年 1 月第 1次印刷），頁 23～34。

〔註39〕參〔日〕君島久子撰；劉曄原譯：〈羽衣故事的背景〉，《民間文藝集刊》第 8集（1986 年 1 月），頁 285～286。

們實爲「仙女」身分，即便如阿拉伯〈天鵝仙女〉〔註40〕，「神王的女兒」以「天鵝」之形飛到湖裡，脫去「羽衣」後，就變成「美麗的姑娘」；廣西、新疆則見仙女幻爲「白鴿」者；亦見水族〈九仙與銅鼓〉〔註41〕中，由「白雲」中飛下湖裡洗澡的「九隻金鳳凰」，其實是「天王的九個公主」變的；另有新疆〈放牛娃和仙女〉〔註42〕，「美麗的彩雲」「落到湖邊」後，就變成「仙女」，一旦穿上「仙衣」，就能變做彩雲，飛上藍天。此外，義大利〈鴿子姑娘〉〔註43〕中，停落在魔法師薩維諾王宮花園池塘中的鴿子，入水後變成「如陽光般美麗的姑娘」，其眞正身分是「西班牙國王的女兒」，因魔法之故，人化爲鴿子，也列於女子、鳥類幻化之屬。

鳥妻故事中，也見無幻化過程，直揭女子爲仙女者，如雲南、廣西、遼寧等地，故事中的仙女只須衣裳、羽衣或翅膀即可飛翔，毋須經過幻化。朝鮮族〈牧童和仙女〉〔註44〕，則見仙女踏著「彩虹」來去自如；巴爾幹〈水晶玻璃山〉〔註45〕，則爲「地美人」從「房頂的孔裡」飛進房間，她們只須繫上「腰帶」即可飛行。

大抵而言，六朝之後所見鳥妻故事，以承仙女一角流傳而下，然幻爲鳥形者仍居多數，顯見六朝「脫毛爲飛鳥，衣毛爲女人」情節影響及於後世。

二、情節增益

唐至清朝所見之鳥妻故事，女子身分已由鳥轉爲天女、仙女，當其飛天，則化爲白鶴；故事結局，大多在女子離開後，便不再有下文，僅唐句道興《搜

〔註40〕 任泉、萬日林、劉謙、徐平譯：《櫻桃樹——阿拉伯民間故事》（北京：中國民間文藝出版社，1982 年 6 月第 1 版，1982 年 6 月第 1 次印刷），頁 76～84。

〔註41〕 《中華民族故事大系》第九卷（上海：上海文藝出版社，1995 年 12 月第 1 版，1995 年 12 月第 1 次印刷），頁 92～100。

〔註42〕 《中國民間故事集成·新疆卷（上冊）》（北京：中國 ISBN 中心出版，2008 年 2 月北京第 1 版，2008 年 2 月北京第 1 次印刷），頁 647～655。

〔註43〕 〔義〕伊塔羅·卡爾維諾（Italo Calvino）編著；倪安宇、馬箭飛等譯：《義大利童話》（第 4 冊）（臺北：時報文化出版企業股份有限公司，2003 年 5 月初版 1 刷），頁 68～72。

〔註44〕 裴永鎮整理：《金德順故事集》（上海：上海文藝出版社，1983 年 6 月第 1 版，1983 年 6 月第 1 次印刷），頁 24～34。

〔註45〕 和志寬、徐永平譯：《巴爾幹民間童話》（臺北：小知堂文化事業有限公司，2002 年 8 月初版 1 刷），頁 77～96。

神記・田崑崙》故事呈現延展性，以田章故事接續在鳥妻情節之後，已有複合故事型態。近當代民間故事中，則見鳥妻故事在中國廣為流傳，臺灣澎湖、甚至外國如亞洲、歐洲、非洲也有此型故事，除內蒙古〈霍里土默特〉〔註46〕、新疆〈耶迪蓋勇士〉〔註47〕、澎湖〈七仙女的故事〉〔註48〕、冰島〈海豚的皮衣〉與《玄中記》、干寶《搜神記》故事雷同，具較簡略之情節，其餘故事則皆在主題之前鋪排前置情節，唯阿拉伯〈天鵝仙女〉開門見山即進入鳥妻故事主要情節，屬唯一的例外；而在鳥妻故事主體之後，多有男子尋妻、難題考驗等情節延伸，則明顯可見存有句道興《搜神記》情節之影響，卻又見多方變化。

　　自唐句道興《搜神記・田崑崙》至後世可見之鳥妻故事，可見情節增益之況，有「故事主體前鋪排情節」者，及「結合其他型故事」者，形成由多個情節單元組成、情節結構較為繁複的複合故事。

（一）故事主體前鋪排情節

　　近當代民間故事之羽衣仙女故事，情節漸趨延展，有在主體前鋪排情節，再推衍至主體故事者。

　　有以動物或人受惠報恩為題銜接至主體者，遼寧〈夠不著，夠不著〉〔註49〕，狍子為回報男子的救命恩情，向男子透露可在池子邊找到媳婦的方法；新疆、朝鮮族、韓國可見小鹿報恩；而巴爾幹民間故事所見〈水晶玻璃山〉，則是一個小伙子幫牧羊的老頭兒醫好失明的雙眼，老人於是把鑰匙交給小伙子，讓他可自由進出，發現了有池水的房間。塞爾維亞〈天鵝姑娘〉亦屬此類。

　　有因男子之工事屢遭破壞，調查之下，發現乃源於仙女到凡間沐浴之故者，如廣西、雲南多見及此類情節，印度尼西亞亦見類似型態之故事，〈青鳩和納勞〉中，納勞到山裡「伐木開荒」，卻見「砍倒的大樹和矮樹叢，好像又一棵棵重新站立起來」，暗中觀察，發現是青鳩唱歌所造成。

〔註46〕　《中國民間故事集成・內蒙古卷》（北京：中國 ISBN 中心出版，2007 年 11 月北京第 1 版，2007 年 11 月北京第 1 次印刷），頁 42～43。

〔註47〕　《中國民間故事集成・新疆卷（上冊）》（北京：中國 ISBN 中心出版，2008 年 2 月北京第 1 版，2008 年 2 月北京第 1 次印刷），頁 666～669。

〔註48〕　金榮華整理：《澎湖縣民間故事》（臺北縣新店市：中國口傳學會，2000 年 10 月初版），頁 158～161。

〔註49〕　《中國民間故事集成・遼寧卷》（北京：中國 ISBN 中心出版，1994 年 9 月第 1 版，1994 年 9 月第 1 次印刷），頁 428～431。

此外，亦有受迫之弱者在逆境下出走，發生奇遇者；或見如新疆〈王子佳尼俠〉〔註50〕，王子爲追求理想，到外周遊，曾鑽進母馬腹中、被禿鷹帶到山上，有奇異之際遇，進而發現漂亮姑娘。而柬埔寨〈吳哥的傳說〉〔註51〕中，一位名叫黛帕蘇達占的仙女，摘了六朵萊姆塞花園的花，被天神因陀羅懲罰，須「到人間與萊姆塞爲妻六年」，對萊姆塞而言，則爲天降之奇遇。

在鳥妻故事主體前之情節，多以報恩、調查工事、處逆境、尋理想等內容，巧妙銜接至男子與女子偶然的相遇，更添曲折。

（二）結合其他型故事

「鳥妻」角色既由鳥變而爲仙女，則天女升天，凡夫上天尋天女之情節因此得見發展。仙女美貌遭人覬覦，或凡人登天尋天女，難題考驗之情節也油然而生。

1.「子尋母」型態

鳥妻故事之女子，在人間與男子共同生活、育有兒女後，常因思念娘家家人而回歸至原生地，故事經流傳、擴充，衍生如〈田崑崙〉故事「鳥子尋母」的亞型，以兒輩無依無靠，或思母心切爲延展，將故事重心轉移到後一代身上。現當代民間故事中，雲南、廣西可見及「子尋母」型態之情節，柬埔寨〈吳哥的傳說〉，亦見仙女黛帕蘇達占和凡人萊姆塞所生之子布列貝斯諾卡，在母親返回天宮後，倍極思母，便前往天宮尋母，並在天宮學建築工藝。而廣西更見鳥妻故事和 ATK301A「妖洞救美（尋找失蹤的公主）」型故事相銜接者。

ATK400A「鳥妻」與 ATK301A「妖洞救美（尋找失蹤的公主）」串連

在「子尋母」的衍生情節中，當仙女之子下凡，常見人間出現妖魔，仙女之子此時扮演降魔伏妖的角色，以仙女所贈寶物爲輔，扭轉了人間亂象，並娶得美人，形成 ATK301A「妖洞救美」〔註52〕故事。廣西〈水車

〔註50〕 《中國民間故事集成·新疆卷（上冊）》（北京：中國 ISBN 中心出版，2008年 2 月北京第 1 版，2008 年 2 月北京第 1 次印刷），頁 661～666。

〔註51〕 李艾譯：左毅校：《吳哥的傳說——柬埔寨民間故事》（重慶：新華出版社，1985 年 4 月第 1 版，1985 年 4 月重慶第 1 次印刷，根據金邊佛教學會出版社1963 年版本譯出），頁 29～50。

〔註52〕 ATK301A「妖洞救美（尋找失蹤的公主）」故事提要爲：「少女被妖怪劫走，男主角進入妖洞，殺死妖怪，救出少女。後來雖遭算計，又被冒功，但終於與少女相見，並娶她爲妻。」金榮華：《民間故事類型索引》（第一冊）（修訂本）（新北市新店：中國口傳文學學會，2014 年 4 月再版），頁 257。

郎）〔註53〕及廣西毛南族〈朗追和朗錘〉〔註54〕，皆敘仙女的兩個兒子回到人間，得知有妖怪來犯，便使用母親所贈武器對付妖怪，初時「不分勝負」，繼而探知妖怪的致命傷，終將妖怪殺死，雙雙娶妻。

由鳥妻故事過渡到 ATK301A「妖洞救美」故事，其重心落在第二代的敘述，頗見受到唐句道興《搜神記·田崑崙》子尋母之情節影響，而再作引伸延展。

2.「夫尋妻」型態

近當代流傳的民間故事，見有鳥妻飛去，「丈夫尋妻」之型態產生。其尋妻途徑，東北地區如遼寧、朝鮮族、韓國等地，有沿葫蘆蔓上達天宮者；內蒙古、新疆地區，有循鹿角或通天梯而上者；水族、上海等地，則是和兄弟分家的弟弟相依為命的牛，顯現升天能力，幫助弟弟尋妻；新疆、巴爾幹、塞爾維亞、義大利地區，則見男子為至妻子所住的不知名國度，再度回到當初發現女子的地方求援，再經千里跋涉才與妻團聚。夫尋妻的途徑或過程，類似情節見於地區接近的省分或國家，或存有地域性的關聯。

以「夫尋妻」之型態呈現者，更見有與 ATK465C「天宮娶天女」、ATK313A「父女鬥法救郎君」、ATK1049「巨桶提井水　大斧砍森林」、及 ATK1144A「群魔爭法寶」故事相接者。

（1）ATK400A「鳥妻」與 ATK465C「天宮娶天女」結合

六朝之後的鳥妻故事，女子多為仙女身分，女子離開，衍生「丈夫尋妻」的後續情節，因此，男子到天宮娶天女的情節單元多見，形成 ATK465C「天宮娶天女」〔註55〕故事，與原鳥妻故事結合。凡人進入天宮，欲娶天帝之女，天帝則以難題為難，此型故事與鳥妻故事銜接之現象最為多見。

〔註53〕《中國民間故事集成·廣西卷》（北京：中國 ISBN 中心出版，2001 年 12 月北京第 1 版，2001 年 12 月北京第 1 次印刷），頁 510～512。

〔註54〕《中國民間故事集成·廣西卷》，同前註，頁 587～591。亦見於陳慶浩、王秋桂主編：《中國民間故事全集·4·廣西民間故事集（一）》（臺北：遠流出版事業股份有限公司，1989 年 6 月初版），頁 390～399；《中華民族故事大系》第十二卷（上海：上海文藝出版社，1995 年 12 月第 1 版，1995 年 12 月第 1 次印刷），頁 671～678。

〔註55〕ATK465C「天宮娶天女」故事提要為：「一個年輕人進入天庭，要娶天帝的女兒。天帝給他出了一些難題，如在極短時間內開墾一大片荒地等，但都由天女幫他一一解決，最後天帝只好把女兒嫁給他，讓他回去。」金榮華：《民間故事類型索引》（第一冊）（修訂本）（新北市新店：中國口傳文學學會，2014 年 4 月再版），頁 362。

遼寧〈夠不著，夠不著〉之異文〔註56〕、內蒙古〈天鵝仙女〉〔註57〕、朝鮮族〈牧童和仙女〉、韓國〈仙女和樵夫〉〔註58〕，皆見男子上天宮，求天帝允其娶天女，男子通過天帝的難題考驗後，得與天女成親。雲南〈召樹屯和蘭吾羅娜〉，則見召樹屯通過魔王所要求用錘敲碎磐石、辨別裝米裝穀子的飯盒、在黑暗中辨認蘭吾羅娜的手指頭等三項考驗，魔王表面答應讓召樹屯帶妻子離開，暗地裡卻有加害之意，蘭吾羅娜知情，只好教召樹屯以魔針除去魔王，再與召樹屯相偕回夫家。塞爾維亞〈天鵝姑娘〉，考驗男子的，則爲女性角色：老太太要王子從三百個面貌一模一樣的天鵝姑娘中找到自己的妻子，又要將山岡搬到玻璃山、把樹林砍光再鋸成劈柴、收割麥子再磨成麵粉、看守牲畜，關關都在天鵝姑娘的幫助下順利通過，最後挑選了神馬，和妻子一起回到故鄉。

而新疆〈放牛娃和仙女〉中，放牛娃到天宮拜見岳母，一一達成岳母的三項要求：取得「潔白的寶石」、「牡丹花」及「金鐘」「國寶」，岳母仍心有不甘，以玉簪劃開爲「滔滔大江」，隔開了恩愛夫妻。

ATK465C「天宮娶天女」故事，爲天帝所刁難的年輕人，多在天女的巧慧協助下，順利通過天帝考驗，使天帝同意凡人與天女結爲夫妻，僅新疆〈放牛娃和仙女〉中的天神爲女性角色，凡人、天女之結合受到阻礙，乃爲此型故事中以兩地相隔的結局收場者，其餘男性角色之天神，則促成有情人終成眷屬的喜劇團圓場面。而西方塞爾維亞故事中的長輩，爲女性角色，也以團聚情節作結。

（2）ATK400A「鳥妻」與 ATK313A「父女鬥法救郎君」連接

登上天宮的男子，天女之父多對女婿有刁難之舉，除仙女幫助丈夫之情節出現，亦見男子在天神給予的考驗中，須以法術相鬥者，故又見 ATK313A「父女鬥法救郎君」〔註59〕故事產生。

〔註56〕《中國民間故事集成・遼寧卷》（北京：中國 ISBN 中心出版，1994 年 9 月第 1 版，1994 年 9 月第 1 次印刷），頁 431～434。亦見於裴永鎮整理：《金德順故事集》（上海：上海文藝出版社，1983 年 6 月第 1 版，1983 年 6 月第 1 次印刷），頁 153～159。

〔註57〕《中國民間故事集成・內蒙古卷》（北京：中國 ISBN 中心出版，2007 年 11 月北京第 1 版，2007 年 11 月北京第 1 次印刷），頁 869～872。

〔註58〕林鄉編譯：《虎哥哥：朝鮮民間故事集》（北京：中國民間文藝出版社，1984 年 8 月第 1 版，1984 年 8 月第 1 次印刷），頁 112～116。

〔註59〕ATK313A「父女鬥法救郎君」故事提要爲：「青年向術士學法術，術士要其先完成所交付之工作，幸得術士女兒指點，工作得以完成，青年也因此與術士之女相戀。後來青年想回家，術士則要考驗其法術，又因得到術士之女的暗

廣西壯族〈阿刀和七仙女〉〔註60〕中，阿刀爬上天宮，岳父要求女婿去向「人熊婆」「借鑼鼓」，又要他到西山捉一隻活的老虎，仙女擔心阿刀的安危，送他「一把短尖刀」，要他暫時離開，到村莊去；阿刀沿溪水走，以智慧勝而刺死人熊婆，又用人熊婆家中的「寶貝拐杖」，指死了人熊婆的兒子，救活了村莊中的人和動物；之後，阿刀帶七仙女回地上，也利用「神杖」指死黃萬、將父親變回爲人，一家團圓。

此型故事續接於鳥妻故事之後，〈阿刀和七仙女〉雖非主動之「夫尋妻」之情節，然男子爲避外力威脅，前往天宮，亦堪屬夫尋妻之途徑，衍生出「父女鬥法救郎君」之故事。

（3）ATK400A「鳥妻」與 ATK1049「巨桶提井水　大斧砍森林」串連

鳥妻故事夫尋妻的後續情節中，亦見刁難者爲女子兄長者，男子面對難題，反以智慧令女子兄長知難而退，形成 ATK1049「巨桶提井水　大斧砍森林」〔註61〕故事。

巴爾幹〈水晶玻璃山〉中，小夥子找到地美人並要帶走她，地美人的十二個哥哥——吃人的野人——卻要求小伙子扛的柴火捆比他們的大，抬的水桶比他們重，小伙子則以「用繩子把整座森林都纏住帶回家」、「把整池泉水都挖出來抬回家」回應，證明力氣大於野人；小伙子「摘到核桃」，「也捉到兔子」，使野人認爲小伙子較機靈，終於同意小伙子和小地美人結婚。小伙子用虛張聲勢的做法，唬住野人，化解了刁難。

示，乃得通過試驗回家。或是青年取術士之女爲妻，但每晚新娘皆從床上消失，後得新娘姊妹之助，得眞成夫婦，於是新娘助青年逃返，以免遭術士殺害。逃返途中，青年向身後拋擲若干物品，讓追者拾起以延緩其速度；或在頭上置一籃，術士以飛劍來襲，殺雞染血後，誤信青年已死；或是新娘藏身雨傘或小盒，讓青年攜帶，囑其不可半途打開，但術士乘疾風暴雨來追，青年慌忙中打開雨傘；或應眾人要求，過早打開小盒，致新娘跌出，嫁妝盡失。最後逃亡成功，夫婦相偕歸里；或逃亡雖成，術士之女則氣憤離去。」金榮華：《民間故事類型索引》（第一冊）（修訂本）（新北市新店：中國口傳文學學會，2014 年 4 月再版），頁 271～272。

〔註60〕　《中國民間故事集成・廣西卷》（北京：中國 ISBN 中心出版，2001 年 12 月北京第 1 版，2001 年 12 月北京第 1 次印刷），頁 512～516。

〔註61〕　ATK1049「巨桶提井水　大斧砍森林」故事提要爲：「巨魔叫一個人去打一桶井水，或是去林中砍些木柴，這人虛張聲勢，反問說：『爲什麼不做個大桶把井水一次都提回來？』或是『爲什麼不打一把大斧一斧頭把整座森林砍回來？』巨魔一聽竟被唬住了。」金榮華：《民間故事類型索引》（第三冊）（修訂本）（新北市新店：中國口傳文學學會，2014 年 4 月再版），頁 794。

ATK1049「巨桶提井水　大斧砍森林」型故事見於外國，襯顯出男子之智慧，與中國所見被刁難之男子呈現老實個性之形象，截然不同，西方故事更見反將他人一軍之智取退敵風格。

（4）ATK400A「鳥妻」與 ATK1144A「群魔爭法寶」銜接

在夫尋妻的過程中，途中有男子遇人爭吵，為其排解，並以智巧之法反將物品轉為己有，形成 ATK1144A「群魔爭法寶」〔註62〕故事。

義大利〈鴿子姑娘〉中的小夥子，在尋妻途中，遇到三個強盜為三件東西無法均分而爭吵，一為裡面只要打開便滿是銅幣的包，一為能行走如飛的靴子，一為穿上便使人看不見的披風，小夥子被要求當裁判，便以試驗強盜所說的寶貝是否具神奇功能為由，「穿上靴子，拿上背包，最後披上披風」，將強盜的東西轉換到自己手中，反令自己得利。

尋妻過程所遇，義大利童話展現了男子機敏的反應，卻又使強盜偷得的東西無法遂其心願，和東方男子呈現忠厚的性格迥異。

3. 外力介入型態

鳥妻故事中女子具美貌，常為外人所慕，因而招來刁難之事，故又見鳥妻故事或繼以因丈夫老實而遭難題，或純粹凸顯女子智慧之情節。

（1）ATK400A「鳥妻」與 ATK465「神奇妻子美而慧，老實丈夫受刁難」銜接

凡人所娶的美貌仙女，常為有權勢地位之人所覬覦，鳥妻故事中的女子，呈現貌美聰慧形象，因此故事常繼以凡人為權勢之人所刁難，形成 ATK465「神奇妻子美而慧，老實丈夫受刁難」〔註63〕故事。

〔註62〕ATK1144A「群魔爭法寶」故事提要為：「三個鬼怪或巨魔為了三件法寶在爭吵，那是一隻要什麼有什麼的袋子，一根百戰百勝的棍子，一雙穿了可以飛行的鞋子。一人經過，問知爭吵的原因後，願意為他們公平處理。他提出的辦法是賽跑，跑得最快的可以先選所要的，或是獲得全部。待眾魔跑遠，他便穿上鞋子，拿起袋子和棍子飛走了。」金榮華：《民間故事類型索引》（第三冊）（修訂本）（新北市新店：中國口傳文學學會，2014年4月再版），頁812。

〔註63〕ATK465「神奇妻子美而慧，老實丈夫受刁難」故事提要為：「一個農夫娶了龍王的公主或其他動植物變成的美女，他去耕田時帶著妻子的畫像以解時時刻刻的思念。一日，畫像被風吹走，落入縣官或財主手中。縣官或財主垂涎龍女美色，意圖霸佔，便對農夫多方刁難，但都被龍女化解。最後縣官或財主要一個暗謂為「無名」的東西，或提出交換房屋妻子的要求，龍女終於給了對方致命的懲罰。常見的刁難如下：①在短時間之內完成極困難的工作，

遼寧〈夠不著，夠不著〉之異文中，獵人到王松家討涼水，發現仙女用紙和剪刀，就能變出活的野雞，此事傳至國王耳中，國王更爲王松媳婦具美貌所誘，以王松沒採來長生不老藥爲由，要求找來「會笑的花」和「能說話的水」，結果仙女幫王松化解難題，同時也藉「能說話的水」反將國王淹死，王松則順勢當上了國王。新疆〈孤兒和仙女〉〔註64〕中，國王爲奪得塔則妻子，以將山上的「花斑石頭」搬到宮殿前「立起來」、活捉西邊森林裡的大老虎、找來「好於一切」的東西三事爲難塔則，塔則一一覆命，國王卻要砍塔則的頭，塔則於是依仙女提示，打開「白口袋」，許多士兵由袋中衝出，殺了國王、大臣和劊子手，塔則反被擁爲王，領導國家。

受刁難的凡人，在美而慧的妻子幫助下，利用權勢者的刁難，採取以其人之道還治其人之身的策略，故事中的國王欲打壓平凡的王松及塔則，卻命喪在自己要求的「能說話的水」和「好於一切」之下，王松及塔則因此登上王位，正可謂善惡有報。

（2）ATK400A「鳥妻」與 ATK875B.5「巧姑娘以難制難」串接

外人刁難的考驗中，有藉以襯顯女子機巧之智慧者，在鳥妻故事之後銜接 ATK875B.5「巧姑娘以難制難」〔註65〕故事。

廣西彝族〈阿扎〉〔註66〕中，族王有意拆散阿扎和金竹姑娘，以「一天能鋤幾塊土」、「三天」內交出「九條火灰索」和「九條螞蟻繩」、砍田塊上邊的大樹等三事刁難。金竹姑娘請族王先回答「一天騎馬能走幾步路」；用碎布搓十八條繩子，一用火燒，一浸豬油，做出「火灰索」和「螞蟻繩」；要族王

如築高牆、建高樓、砍山柴等。②作不公平的比賽。③找不合時令的水果或鳥類。④回答不易解的問題。」金榮華：《民間故事類型索引》（第一冊）（增訂本）（新北市新店：中國口傳文學學會，2014 年 4 月再版），頁 354～355。

〔註64〕 《中國民間故事集成‧新疆卷（上冊）》（北京：中國 ISBN 中心出版，2008年 2 月北京第 1 版，2008 年 2 月北京第 1 次印刷），頁 655～660。

〔註65〕 ATK875B.5「巧姑娘以難制難」故事提要爲：「姑娘反制對方所出的難題，給對方出了完成其難題必須先解決的難題。如：①對方要河水一樣多的酒，像山一樣重的豬肉，像天一樣寬或像路一樣長的布。姑娘給對方一個斗、一個秤和一把尺，要對方先掏一掏河水有多少斗，秤一秤山有多少重，量一量天有多少寬或路有多少長，好讓她去準備。②公公要媳婦煮一鍋鴛鴦飯（半鍋米，半鍋水：一半爛，一半焦），媳婦要公公先給她一株鴛鴦竹箍鍋蓋（半株青，半株紅）。」金榮華：《民間故事類型索引》（第二冊）（修訂本）（新北市新店：中國口傳文學學會，2014 年 4 月再版），頁 591～592。

〔註66〕 《中國民間故事集成‧廣西卷》（北京：中國 ISBN 中心出版，2001 年 12 月北京第 1 版，2001 年 12 月北京第 1 次印刷），頁 553～559。

親自砍樹，在次日所砍缺口不見的情況下，建議族王將床鋪安在大樹平斧口，頭伸進當天砍的大樹缺口等回應，解決了族王出的難題，也令族王因大樹合攏，「頭壓成骨肉漿，溶在樹心裡」而亡。金竹姑娘以反制之法，將對方所出難題須先解決的難題丟回給對方。故事即以難題反制型態，凸顯女子之聰穎，塑造其巧慧形象。

4. 著重第二代之故事

鳥妻故事衍至後世，有以第二代兒輩身上發生的故事為延展者，見有 ATK920A.4「男童巧智解難題」〔註67〕及 ATK926「孩子到底是誰的」〔註68〕故事。

（1）ATK400A「鳥妻」與 ATK920A.4「男童巧智解難題」接榫

新疆〈耶迪蓋勇士〉中，哈再孜的兒子耶迪蓋十五歲時即已多才多藝，曾遇到兩人為一隻駝羔起糾紛，耶迪蓋建議將兩隻駱駝分別牽到兩座山岡，駝羔叫喚時放開駱駝，判定來到駝羔身邊者為其父母。耶迪蓋用簡易方法解決看似無解的問題，屬 ATK920A.4「男童巧智解難題」型故事。

（2）ATK400A「鳥妻」與 ATK926「孩子到底是誰的」串接

新疆〈耶迪蓋勇士〉中，巴依的兩個妻子嫉妒對方，一位懷孕，另一位則以假亂真，將對方生下的孩子偷來，「說孩子是自己生的」，雙方各執一詞，鬧得不可開交，最後找來耶迪蓋評斷，耶迪蓋要兩人抓住孩子，準備「用刀把孩子分成兩半」，親生母親隨即寧願退讓，也要孩子「活著平安」，耶迪蓋於是判定願意用刀分孩子的是「誹謗者」，退讓的才是親生母親。耶迪蓋以真情考驗，判出生母，屬 ATK926「孩子到底是誰的」型故事。

仙女之子多呈現聰穎之稟賦，此與唐句道興《搜神記・田崑崙》中的田

〔註67〕 ATK920A.4「男童巧智解難題」故事提要為：「故事裡的主角被要求用灰做一條繩子，他用草繩浸油後燒之成灰而成灰繩；或被要求辨認一根木棍的哪一端是樹根部分，他將木棍放在池水上，指出比較下沉的一端為樹根部分，因為這部分的木質比較緊密而較重。」金榮華：《民間故事類型索引》（第二冊）（修訂本）（新北市新店：中國口傳文學學會，2014年4月再版），頁654。

〔註68〕 ATK926「孩子到底是誰的（灰闌記）（所羅門式的判決）」故事提要為：「兩婦爭奪一個男嬰，縣官在地上用石灰畫一界欄，置嬰其中，命兩婦左右各持男嬰一臂外拉，勝者得嬰。嬰兒被左右拉扯而痛叫，生母不忍而放手。縣官因此判定輸者得嬰。或是判官建議將嬰兒一劈為二，各得其半。生母放棄，真情即顯，於是嬰兒判歸生母。」金榮華：《民間故事類型索引》（第二冊）（修訂本），同前註，頁667。

章聰明廣識，如出一轍，可見情節影響之所及。

綜觀「羽衣仙女」一節，繼六朝《玄中記》、《搜神記》豫章男子與毛衣女婚配生女之故事產生後，到唐朝，毛衣女身分由女鳥轉為仙女，其外衣不具變形功能，但轉換為具有飛天作用的天衣，神仙世界的幻想成分趨於濃厚；所生子女，由披上羽衣可飛天的女兒，轉為凡人身分；女子詢問羽衣，已由兒女代為詢問的間接方式，轉為自己探聽，顯出女子自主性的增強。六朝至清朝的鳥妻故事，女主角最後都離開了男主角，唐朝句道興《搜神記》增益子尋母、停留天界之情節，突出親子深情，也透顯時人對仙鄉世界的嚮往；天公對其孫的教導，具有溫馨祖孫情，也促成田章日後回到人間得以拜官任職，顯出人類對於官爵富貴理想的追求；除此之外，並見受習難、解難題的情節，增加故事的趣味性〔註69〕。此後，民間故事益發興盛，女子身分不只侷限於鳥或白鶴，更見其他如天鵝、鴿、孔雀等化身為女仙身分，後續情節增生「夫尋妻」之發展，主體故事之前也見故事情節之鋪排，而故事類型則由單純型走向複合型，結合難題考驗類主題，由「子尋母」之情節衍伸「妖洞救美」故事，增生之「夫尋妻」情節，促成「天宮娶天女」、「父女鬥法救郎君」、「巨桶提井水　大斧砍森林」及「群魔爭法寶」故事；男子因忠厚招來外力之介入，遂生「神奇妻子美而慧，老實丈夫受習難」及「巧姑娘以難制難」故事，而亦有就仙女之子著重發揮者，「男童巧智解難題」及「孩子到底是誰的」即以兒輩故事為重心。自六朝而後，此一型故事漸見衍生發展，情節愈趨複雜且曲折引人，「羽衣仙女」故事也因此更添多元樣貌，益增動人情節。

第三節　田螺妻子

前述第五章第四節，論及〈白水素女〉之敘事最早見載於《發蒙記》，至誤輯入之《搜神後記》，情節拓展，故事成型，六朝之時「田螺姑娘」一型故事，以「謝端」系統為主，晚唐皇甫氏《原化記》，則見另一「吳堪」系統〔註70〕，且至後世，仍見流傳，今敘述如後。

〔註69〕　參顏慧琪：《六朝志怪小說異類姻緣故事研究》（臺北：文津出版社，1994年5月初版），頁220。

〔註70〕　劉魁立：〈論中國螺女型故事的歷史發展進程〉，《民族文學研究》2003年第2期（總第89期）（2003年5月），頁3。

一、「謝端」系統

「謝端」系統源自西晉束皙《發蒙記》，輯入《搜神後記》之〈白水素女〉則凸顯謝端的孤苦身分，以懸疑手法鋪排田螺姑娘出場，推展《發蒙記》中白水素女所言「天矜卿貧」之說，卻又悖離《發蒙記》中爲其妻的敘述，在女子被揭穿爲螺之時，留下螺殼而去。至任昉《述異記》，謝端角色由「躬耕力作」者轉爲書生，見白水素女現形，卻以其爲「妖」，「呵責遣之」，呈現拒絕怪力亂神之書生岸然形象。

宋朝之後所見謝端與田螺姑娘的故事，如宋《錦繡萬花谷》引《坡詩注》〔註71〕、清張岱《夜航船・螺女》〔註72〕，多簡要敘及謝端置螺於家，女子現形後留螺殼而去，不脫《搜神後記》的主要情節。

二、「吳堪」系統

唐《原化記》載〈吳堪〉故事，與〈白水素女〉故事有重疊處，卻又有所增益，故另立一系統。〈吳堪〉故事男主角之名以吳堪取代謝端，故事原型可溯自《幽明錄》。

（一）六朝吳龕故事：石變爲女

南朝宋劉義慶《幽明錄》第166則敘吳龕自溪中取回五色浮石，至夜間，石化爲女〔註73〕；《異苑》卷2第23則亦載此事，然更簡而化之〔註74〕；南朝梁任昉《述異記》則敘浮石至夜化爲女，日間則回復爲石〔註75〕；祖沖之《述異記》則言化爲女子之浮石，與吳龕成夫妻〔註76〕。

〔註71〕　（南宋）不著撰人：《錦繡萬花谷・前集卷五・螺女廟》，《景印文淵閣四庫全書》第924冊（臺北：臺灣商務印書館，1986年3月初版），頁71。

〔註72〕　（清）張岱：《夜航船・卷十七・四靈部・鱗介・螺女》，《續修四庫全書》第1135冊（上海：上海古籍出版社，2002年3月第1版，2002年3月第1次印刷），頁757。

〔註73〕　（南朝宋）劉義慶：《幽明錄》，收於魯迅輯錄：《古小說鈎沉》（濟南：齊魯書社，1997年11月第1版，1997年11月第1次印刷），頁180。

〔註74〕　（南朝宋）劉敬叔：《異苑》，《叢書集成新編》第82冊（臺北：新文豐出版股份有限公司，1985年元月初版），頁523。

〔註75〕　（南朝梁）任昉：《述異記・卷下》第148則，《叢書集成新編》第82冊，同前註，頁41。

〔註76〕　（南朝齊）祖沖之：《述異記》第86則，收於魯迅輯錄：《古小說鈎沉》，同註73，頁120。

　　唐朝之前所敍吳龕故事，皆爲「石化爲女」情節，唐朝吳堪與女成婚故事，祖沖之《述異記》或有推進之效。

（二）唐以後吳堪故事：螺變為女

　　自唐而後，文人筆記及民間故事，皆可見及吳堪故事，文人筆記中多已爲螺變爲女之情節，民間故事則仍以螺爲主，僅少數爲其他動物。

　　唐皇甫氏《原化記・吳堪》，男主角名爲吳堪，故事與六朝吳龕拾物而回之情節類似，卻承〈白水素女〉之主要情節結構，敍螺變爲女之事〔註77〕，與「謝端」系統女子離開之結局則又相異，女子留下與吳堪婚配，且增益縣宰提出「蛤蟆毛」、「鬼臂」及「禍斗」之難題考驗情節。

　　唐朝之後，元、明、清皆可見「吳堪」系統之螺變爲女故事。元無名氏編撰《湖海新聞夷堅續志》後集卷二〈井神現身〉，敍「吳湛」得「白螺」歸，螺變爲女，亦承《原化記》故事，然結局卻類同謝端系統，女子離去，二者並未結爲夫妻〔註78〕。

　　明小說《別有香》第十五回〈大螺女巧嘗歡樂債〉中，張姓男子拾得螺殼帶回，螺變爲女，爲其「代庖」，張姓男子發現，出其不意抱住女子，遂爲夫妻，卻因鄰人小习騷擾，螺女與張姓男子因此而別〔註79〕。馮夢龍《情史・白螺天女》〔註80〕及周清源《西湖二集》第二十九卷〈祖統制顯靈救駕〉〔註81〕，故事主體及情節亦與《原化記・吳堪》同，唯〈祖統制顯靈救駕〉中知

〔註77〕　（唐）皇甫氏：《原化記・吳堪》，收錄於（北宋）李昉編：《太平廣記・卷八十三・異人三・吳堪》，《叢書集成三編》第69冊（臺北：新文豐出版公司，1997年3月臺1版），頁370。

〔註78〕　（元）不著撰人：《重刊湖海新聞夷堅續志・後集・卷二・神靈・井神現身第一六十七》（臺北板橋：藝文印書館，《四部分類叢書集成續編》第6冊，《適園叢書》第13冊，據「民國烏程張氏刊初編印十六集本」影印），卷二，葉34。

〔註79〕　（明）桃源醉花主人編：《別有香・第十五回・大螺女巧嘗歡樂債》，收於陳慶浩、王秋桂主編：《思無邪匯寶》第8冊（臺北：臺灣大英百科股份有限公司，1994年11月初版），頁281～310。

〔註80〕　（明）詹詹外史評輯：《情史類略・卷十九・情疑類・白螺天女》，收錄於域外漢籍珍本文庫出版委員會編：《域外漢籍珍本文庫》第2輯子部第19冊（重慶：西南師範大學出版社；北京：人民出版社，2011年5月第1版，2011年5月第1次印刷），頁152。

〔註81〕　（明）周清源著；劉耀林、徐元校注：《西湖二集》（杭州：浙江文藝出版社，1985年6月新1版，1985年6月第1次印刷），頁546～551。

縣相公爲奪吳堪美妻，初次以「升大雞蛋」、「有毛蝦蟆」、「鬼臂膊一隻」爲難，其次則以「蝸斗」相刁，與《原化記・吳堪》文相較，除文字增潤外，知縣爲難之物僅多出「升大雞蛋」，餘則皆同，顯見其文承《原化記・吳堪》而來。

清人程麟（程趾祥）《此中人語》卷二「田螺妖」，則言及「勤儉」孤苦之「小本經紀」者衛福，「日中」返家，「見飯已熟」，窺探之下，發現乃「田螺妖」「爲之執爨」，故事則見以倒敘手法安排田螺女出場，融合〈白水素女〉女子爲其炊爨情節，又採《別有香》男子攬住女子之強烈作風，促成衛福與田螺女生下二子，後則因雙方發生口角，田螺女一去不返，致衛福「懊喪欲絕」，「不復娶」。〔註82〕

自六朝起，文人筆記或小說中的田螺妻子故事，「謝端」系統中的田螺姑娘，其身分被揭露後，皆以留下螺殼而離去之結局收場；「吳堪」系統則以田螺姑娘留下與男子爲夫妻的情況爲多，相對螺殼的留下與否則不顯重要，而田螺姑娘留下後，亦有因外人之擾、或夫妻口角，導致男女分離。《原化記・吳堪》並見難題考驗情節，顯見情節之變化發展。

六朝至元、明的〈白水素女〉、〈吳堪〉故事，螺女乃依天命而助男子炊爨，爲其理家，自清朝起，田螺妻子故事已不具奉天命而行之因素，純以男女之遇合爲題。直至近當代，田螺妻子故事仍在民間流傳，福建、廣東、廣西、浙江、江蘇、海南、江西、湖南、湖北、安徽、四川、雲南、貴州、山東、遼寧、臺灣等地皆可見及。近當代的田螺姑娘故事，除「田螺」之化形外，也出現螺獅、烏龜、蚌、蜆等外形；女子除爲男子炊烹，也見補衣、洗衣、打掃、做鞋者；女子多留下與男子結爲夫婦，也有因女子貌美而遇難題之考驗，也見外力介入，使田螺妻子不得不離開，在情節上見及更多變化。

三、衍變發展

自六朝起，「田螺姑娘」型故事「謝端」、「吳堪」兩大系統明顯可見之發展，計有「女子與男子共組家庭」、「形成複合故事」及「女子因外力阻撓而離開男子」等，分別述之於後。

〔註82〕 （清）程趾祥：《此中人語・卷二・田螺妖》（臺北：新興書局，1973年4月版，《筆記小說大觀正編》第6冊，據稻江市隱廔蔡毓齋氏家藏文明本影印），頁 3648～3649。

（一）女子與男子共組家庭

〈白水素女〉之女子爲謝端窺見後，僅留下螺殼離去，〈吳堪〉中的白螺女，則主動與吳堪爲夫妻。明清筆記或小說所見螺女故事，僅元《湖海新聞夷堅續志》之螺女，言明實情後不見；明《情史・白螺天女》、《西湖二集・祖統制顯靈救駕》中所敍螺女，沿《原化記・吳堪》情節，與男子相敬如賓，成爲夫婦；明《別有香》及清《此中人語》之螺女，則在爲男子發現、從後摟抱，遂留下與男子共同度日。

民間流傳之故事所見，則皆循〈吳堪〉故事男女共建家庭之模式而下，男子雖多爲孤苦之農作者、漁獵者或做短工者，卻能與田螺或螺獅所幻化的女子共度一生，過著平實卻又堪稱幸福的生活。其遇合方式，有一般遇合者、報恩者、自行尋覓婚姻者，及親長周旋婚姻者。

男子與田螺女的相遇，以一般遇合爲多，並未特別解釋基於何種原由而遇，或爲天命安排，抑或是純然的巧遇。福建、山東、江西、四川等地的故事，皆爲男子慰留女子，女子與男子共度一生之情節。而浙江〈蚌姑娘〉〔註83〕、遼寧〈田螺姑娘〉〔註84〕皆承《別有香・大螺女巧嘗歡樂債》及《此中人語・田螺妖》男子抱住女子之大膽行徑，令蚌精、龍宮裡的田螺姑娘同意嫁予王小、農夫爲妻；福建〈田螺姑娘〉〔註85〕中，則在鄰人四嬸媽作媒之下，田螺女子與羅漢生結爲夫妻。

田螺妻子故事中之男女相遇相守，有出於報恩者。如安徽〈河蚌姑娘〉〔註86〕中，不願爲龍王嬪妃的河蚌被鸕鶿「啄得遍體傷痕」，幸吳孩相救，便化爲

〔註83〕 《中國民間故事集成・浙江卷》（北京：中國 ISBN 中心出版，1997 年 9 月北京第 1 版，1997 年 9 月北京第 1 次印刷），頁 610～611。

〔註84〕 《中國民間故事集成・遼寧卷》（北京：中國 ISBN 中心出版，1994 年 9 月第 1 版，1994 年 9 月第 1 次印刷），頁 411～415。亦見於《中國民間故事集成・黑龍江卷》（北京：中國 ISBN 中心出版，2005 年 9 月北京第 1 版，2005 年 9 月北京第 1 次印刷），頁 743～747；陳慶浩、王秋桂主編：《中國民間故事全集・34・吉林民間故事集（二）》（臺北：遠流出版事業股份有限公司，1989 年 6 月初版），頁 247～256；裴永鎮整理：《金德順故事集》（上海：上海文藝出版社，1983 年 6 月第 1 版，1983 年 6 月第 1 次印刷），頁 137～144。

〔註85〕 《中國民間故事集成・福建卷》（北京：中國 ISBN 中心出版，1998 年 12 月北京第 1 版，1998 年 12 月北京第 1 次印刷），頁 591～592。

〔註86〕 《中國民間故事集成・安徽卷》（北京：中國 ISBN 中心出版，2008 年 10 月北京第 1 版，2008 年 10 月北京第 1 次印刷），頁 857～858。

女子來到吳孩家洗碗、做飯、洗衣，與其相守。而廣東〈田螺姑娘〉〔註87〕，則敘呆古曾在自顧不暇時，捨錢予一婦女給孩子買藥治病，女嬰仍不幸病逝，卻死後投胎，化為田螺姑娘出現，為呆古理家，乃是為了報恩而來。

田螺女有因不滿婚事為家人所安排，或對生活環境不滿，自行外出找到心繫之人者，如貴州〈漁郎與螺獅〉〔註88〕中的螺獅為「龍神的胞妹」，因不願龍神幫其安排婚事，自行來到清水江尋夫，發現「勤勞、樸實、善良、忠實」的漁郎水生；布朗族〈螺獅姑娘〉〔註89〕中，螺獅看不慣王宮內的「驕淫腐化」，但看出艾甘帕是個「勤勞、誠實而善良的人」，於是由大江轉至「國王花園內的湖池」，再讓艾甘帕用繩線把她牽到家中，只為了要成為艾甘帕的妻子。

田螺妻子故事中，除男女主角外，亦見增加男子親長之角色，為兒孫輩婚事擔憂。吉林〈母子情深〉〔註90〕中，元吉的母親擔心自己死後兒子無依靠，向河伯「央求三天三夜」，河伯便派女兒變成烏龜到元吉家，與元吉結為夫妻，關照窮苦又失恃的元吉。〈母子情深〉加入元吉母親一角，以母死仍掛念兒子，請求河伯照顧，深化了母子間親情。

（二）形成複合故事

田螺妻子常因貌美，引來權勢者希圖搶得美妻，如福建〈田螺姑娘〉中，地主劉萬四鑒於田螺姑娘「姿色超群」，胡亂對羅漢生冠以欠債之由，強搶田螺姑娘以抵債，而田螺姑娘則要羅漢生將螺殼帶至地主家，螺殼噴出火焰，將劉萬四燒死，田螺姑娘則躲入螺殼平安脫險。民間故事中，田螺妻子多見外來權力之人的刁難，情節有所衍伸，而形成複合故事，有與 ATK465「神奇妻子美而慧，老實丈夫受刁難」相接者，有與 ATK742「百鳥衣」〔註91〕串聯

〔註87〕《中國民間故事集成・廣東卷》（北京：中國 ISBN 中心出版，2006 年 5 月北京第 1 版，2006 年 5 月北京第 1 次印刷），頁 849～850。

〔註88〕 陳慶浩、王秋桂主編：《中國民間故事全集・14・貴州民間故事集（三）》（臺北：遠流出版事業股份有限公司，1989 年 6 月初版），頁 401～407。

〔註89〕《中華民族故事大系》第十二卷（上海：上海文藝出版社，1995 年 12 月第 1 版，1995 年 12 月第 1 次印刷），頁 166～173。

〔註90〕 陳慶浩、王秋桂主編：《中國民間故事全集・34・吉林民間故事集（二）》（臺北：遠流出版事業股份有限公司，1989 年 6 月初版），頁 320～328。

〔註91〕 ATK742「百鳥衣」故事提要為：「小伙子娶了美貌的姑娘（非凡人）整日依戀不幹活，姑娘便畫了自己的肖像讓他帶著去工作。不料大風將畫像吹進皇宮，皇帝見了畫像，垂涎姑娘美色，強取姑娘進宮。姑娘與丈夫約好，百日

者，也有與 ATK875B.5「巧姑娘以難制難」串接者。

1. ATK400C「田螺姑娘」結合 ATK465「神奇妻子美而慧，老實丈夫受刁難」型故事

《原化記・吳堪》故事中，縣宰欲圖吳堪之妻，以「蛤蟆毛」、「鬼臂」、「禍斗」〔註92〕等幾乎不存在的事物為難吳堪，吳堪因「人間無此物」而「顏色慘沮」，螺妻卻是「少頃」即納，縣宰最終也因螺女所獻的禍斗而葬身。〈吳堪〉故事已具有 ATK465「神奇妻子美而慧，老實丈夫受刁難」之故事情節，之後流傳的民間故事，浙江〈蚌姑娘〉、山東〈蚌精〉、遼寧朝鮮族〈田螺姑娘〉、吉林朝鮮族〈母子情深〉、湖北〈張百中〉等亦可見及此類結合 ATK465 型的複合故事。

浙江〈蚌姑娘〉中，大官發現王小的妻子極具姿色，要王小「在三天內造好一座屋」，「三日」內「在屋四周砌一道一丈五尺高的花崗石圍牆」，還要「在這圍牆外面開條河，河裡要有魚，牆內要有許多樹，樹上要有鳥」，蚌姑娘用「玉簪」、剪紙，一一達到大官的要求，大官又執意要住在新屋裡，每天見到蚌姑娘，蚌姑娘便用手掌對著大官額角頭一拍，將大官變作「門神」，「永遠貼在門上」。為奪美妻而刁難老實丈夫的權力之人，最後多自取其禍，山東〈蚌精〉〔註93〕中的縣官，反被鐵雞蛋及鋼雞蛋碰死而送命；遼寧〈田螺姑娘〉中的國王，被紅瓶子擲出的火燒成灰燼；湖北〈張百中〉中的縣官，因「窩羅害」點火吃烟的特性被燒，明顯可見與《原化記・吳堪》中的「禍斗」情節，有異曲同工之妙。

後穿了以百鳥羽毛縫製的衣服，或挑賣形狀特別的蔬菜，進宮見她。丈夫依計而行，姑娘設法將龍袍和小伙子的百鳥衣換穿，然後叫侍衛殺死穿百鳥衣或簑衣的皇帝，換穿了龍袍的小伙子則登上了皇位。」金榮華：《民間故事類型索引》（第二冊）（修訂本）（新北市新店：中國口傳文學學會，2014 年 4 月再版），頁 354～355。

〔註92〕「禍斗」借鑑佛經故事「禍母」情節而來。三國康僧會所譯《舊雜譬喻經》第 22 篇，提及某一國王突然要求臣下買進能吃鐵針的怪物「禍母」，買來後「積薪燒之」，卻因「身體赤如火」，「便走出，過里燒里，過市燒市，入城燒城」，最後，王宮、都城都為「禍母」所毀。國王本欲刁難臣民，反害自己。（吳）康僧會譯：《舊雜譬喻經・卷上》，收錄於《大正新修大藏經》第 4 冊（修訂版）（臺北：新文豐出版股份有限公司，1983 年 1 月修訂版 1 版，1998 年 2 月修訂版 1 版 3 刷），頁 514。

〔註93〕《中國民間故事集成・山東卷》（北京：中國 ISBN 中心出版，2007 年 4 月北京第 1 版，2007 年 4 月北京第 1 次印刷），頁 745。

2. ATK400C「田螺姑娘」複合 ATK742「百鳥衣」型故事

田螺姑娘故事除與 ATK465 型故事結合外，亦有複合 ATK742「百鳥衣」型故事者，海南黎族〈孤兒與螺女〉、臺灣高山族〈螺獅變人〉、遼寧〈海螺女〉，可見及此類複合型故事。

海南〈孤兒與螺女〉〔註 94〕、遼寧〈海螺女〉〔註 95〕中，女子誘引皇帝與男子交換服裝，當皇帝換上珍奇的翡翠衣，男子穿上皇帝服，便藉機殺掉皇帝。臺灣〈螺獅變人〉〔註 96〕中，則是農民將妻子首飾賣給頭目，換得快刀，趁提議互相敬禮，表交易成功的機會，砍下頭目的頭，再與妻子團圓，凸顯農民的機智。

有關「百鳥衣」的記載，《舊唐書》卷 37〈五行志〉即見〔註 97〕，其衣須採「奇禽異獸毛羽」，「合百鳥毛」而成，因其衣服珍貴，故而在民間故事中，往往為在上位者希冀獲得之珍物，也藉百鳥衣使平民與在上位者交換角色。平民正可藉交換物品的機會，趁勢將劣勢轉為優勢，爭取勝算之機。

3. ATK400C「田螺姑娘」串接 ATK875B.5「巧姑娘以難制難」型故事

外來的權勢者為得女子，有以難題刁難，卻又為女子循其問題邏輯反制對方，與 ATK875B.5「巧姑娘以難制難」型故事接連。

廣西壯族〈孤兒和龍女〉〔註 98〕中，土司老爺要求孤兒夫婦交出「路一樣長的布，山一樣重的豬」，又以「一斤螞蚜毛」予以為難；龍女則以「路不知有幾多長，山不知有幾多重」、「世間上哪個見過螞蚜這怪物有毛」反問，土司老爺均無言以對，其後，更要龍女拿「怪物」來，孤兒「連夜編織十二隻豬仔龍」，裡面裝木炭，點火後，則將土司老爺燒死了。「螞蚜毛」，即如《原化記‧吳堪》中的「蝦蟆毛」，而「怪物」及湖北〈張百中〉提及的「窩羅害」，又與《原化記‧

〔註 94〕《中國民間故事集成‧海南卷》（北京：中國 ISBN 中心出版，2002 年 9 月北京第 1 版，2002 年 9 月北京第 1 次印刷），頁 389～392。

〔註 95〕陳慶浩、王秋桂主編：《中國民間故事全集‧30‧遼寧民間故事集（一）》（臺北：遠流出版事業股份有限公司，1989 年 6 月初版），頁 436～439。

〔註 96〕陳慶浩、王秋桂主編：《中國民間故事全集‧1‧台灣民間故事集》，同前註，頁 579～584。亦見於《中華民族故事大系》第八卷（上海：上海文藝出版社，1995 年 12 月第 1 版，1995 年 12 月第 1 次印刷），頁 491～494。

〔註 97〕（後晉）劉昫等撰：《舊唐書》（臺北：臺灣商務印書館，1937 年 1 月初版 1刷，2010 年 11 月臺 2 版 1 刷，《百衲本二十四史》），卷三十七，志第十七，五行，頁 402。

〔註 98〕藍鴻恩搜集整理：《神弓寶劍》（北京：中國民間文藝出版社，1985 年 10 月第 1 版，1985 年 10 月第 1 次印刷），頁 116～121。

吳堪》中的「蝸斗」如出一轍，顯見故事不無受到《原化記‧吳堪》的影響。

不論「神奇妻子美而慧，老實丈夫受刁難」、「百鳥衣」或「巧姑娘以難制難」接續在田螺姑娘故事之後，皆顯現田螺妻子的慧黠，戰勝強權者的勇敢形象，強權之人為貪婪之心所蒙蔽，反屈居弱勢，自取滅亡。

（三）女子因外力阻撓而離開男子

民間流傳的故事，幾乎全是田螺妻子留下與男子共組家庭的情節，但在其後的情節中，有因言語攻訐、暴力介入造成女子離開者。

1. 言語攻訐

清《此中人語‧田螺妖》，因夫妻發生口角，田螺妖「姣啼慘哭」，要求衛福還其「窠巢」，衛福不僅將殼擲於地下，又言「豈和氏連城」，使田螺妖不悅，「與殼俱失所在」，此後之民間故事，亦見類似之況。

臺灣〈蜆女〉〔註99〕、湖南〈田螺姑娘〉〔註100〕、浙江〈田螺姑娘〉〔註101〕及上海〈田螺精〉異文〔註102〕，皆見女子原形被揭穿的言語，或含有禁忌之觸犯，故而田螺妻子雖與男子共度了幾年夫妻生活，仍因言詞使人產生不悅，或顧及兒女受到委屈，心中產生沒有外婆的缺憾、或母親是精怪的異象，選擇離去。

除原形被揭穿產生禁忌或不悅，亦有因傷人如刀割的惡言，促使田螺妻子離去者。福建〈田螺娘子〉異文〔註103〕，兄嫂以惡言毀謗，使身為龍王女兒的蚌姑娘「忍無可忍」，只好拋夫棄子而去。言語的挑釁，更使苗族〈孤兒和龍女〉〔註104〕中的孤兒，對「大頭人」稱龍女是狐狸精、偷吃雞的說詞信以為真，將龍女趕出家門，致龍女收回田地、房屋及牲口，無奈地離開孤兒。

〔註99〕 吳瀛濤：《臺灣民俗‧民間故事》（臺北：眾文圖書股份有限公司，1984 年 1月再版），頁 452～453。

〔註100〕《中國民間故事集成‧湖南卷》（北京：中國 ISBN 中心出版，2002 年 12 月北京第 1 版，2002 年 12 月北京第 1 次印刷），頁 549～550。

〔註101〕《中國民間故事集成‧浙江卷》（北京：中國 ISBN 中心出版，1997 年 9 月北京第 1 版，1997 年 9 月北京第 1 次印刷），頁 609～610。

〔註102〕《中國民間故事集成‧上海卷》（北京：中國 ISBN 中心出版，2007 年 5 月北京第 1 版，2007 年 5 月北京第 1 次印刷），頁 852～853。

〔註103〕《中國民間故事集成‧福建卷》（北京：中國 ISBN 中心出版，1998 年 12 月北京第 1 版，1998 年 12 月北京第 1 次印刷），頁 588～590。

〔註104〕《中華民族故事大系》第二卷（上海：上海文藝出版社，1995 年 12 月第 1版，1995 年 12 月第 1 次印刷），頁 943～954。

2. 暴力介入

除言語的刺激迫使田螺妻子離開之外，亦有外來的暴力介入，將田螺妻子強搶而去，或田螺女恐家人遭連累，被迫離去者。安徽〈河蚌姑娘〉、江蘇〈蚌殼精〉〔註105〕中的蚌精爲龍王所敗，無法再回到男子身邊。上海〈田螺精〉〔註106〕中，田螺姑娘算準老道士有心報復，卻又怕丈夫及兒子受連累，於是忍痛離開。更甚者，如苗族〈孤兒和龍女〉，龍女因外人挑釁，被孤兒趕出家門，回到龍宮，不忍兒子思母的悲慘哭喊，又回到孤兒身邊，豈料龍宮丈夫趁龍女到江邊洗衣，將其拉進江裡，關入黑牢，施以鞭烙之刑，後來，龍女好不容易利用節日逃出，和孤兒父子見面，龍宮丈夫接到消息，追了上來，龍女爲鐵叉所傷，化爲血水，孤兒父子也因悲傷，變成柳條和蝦鳥。

不論田螺妻子因他人言語攻擊，或外力入侵而離開男子，田螺妻子的仁心善性仍明顯可見。

綜觀「田螺妻子」故事之流傳，大抵分爲西晉《發蒙記》、〈白水素女〉之「謝端」系統，及唐《原化記》之「吳堪」系統，〈白水素女〉因具螺女離男子而去之情節，因此故事無法再發展，「吳堪」系統溯自六朝吳龕所遇之浮石變爲女之敘事，汲取〈白水素女〉螺變爲女之情節，並加以顛覆結局，令二人共組家庭，有一般遇合者、出於報恩者、自行尋覓婚姻者，及親長周旋婚姻而結合者，使「田螺姑娘」故事有所變化；田螺妻子具貌美之形，繼而延展出難題考驗情節，續接以 ATK465「神奇妻子美而慧，老實丈夫受刁難」型故事，增加故事精彩度，又有使用 ATK742「百鳥衣」、ATK875B.5「巧姑娘以難制難」銜接者，使故事呈現趣味及變化，形成複合故事。而故事之後續情節也加入他人言語或外力之因素，促使故事除承唐《原化記·吳堪》之團圓結局外，另呈現二人被迫分別的感人悲劇，賦予「田螺姑娘」多姿多彩的故事內容。此外，再觀敦煌古藏文寫卷中有〈金波晶基兄弟倆和增格巴辛姊妹倆〉及〈白噶白喜和金波晶基〉，故事中的女子爲孔雀所變，且爲男子做飯〔註107〕，兩則故事亦屬「田螺姑娘」型故事；

〔註105〕 《中國民間故事集成·江蘇卷》（北京：中國 ISBN 中心出版，1998 年 12 月北京第 1 版，1998 年 12 月北京第 1 次印刷），頁 552～555。

〔註106〕 《中國民間故事集成·上海卷》（北京：中國 ISBN 中心出版，2007 年 5 月北京第 1 版，2007 年 5 月北京第 1 次印刷），頁 851～852。

〔註107〕 中央民族學院《藏族文學史》編寫組編著：《藏族文學史》（成都：四川民族出版社，1985 年 9 月第 1 版，1994 年 9 月第 1 次印刷），頁 74～75。

程從周之明代傳奇作品《青螺記》，本事出於《搜神後記‧白水素女》，《青螺記》今並無傳本〔註108〕，然取螺女素材入傳奇，亦可見「田螺姑娘」一型故事之影響。而福建閩江下游有螺女江，螺洲更有螺女廟屢圮屢修〔註109〕，螺女顯然已爲人民心靈之依託，可見故事深入人心；朝鮮半島亦見有「螺女譚」之異文流傳〔註110〕，故而可知「田螺姑娘」故事已影響及於人民的生活及文化。

第四節　蛇鬥

前述第五章第五節，論及六朝志怪筆記已有ATK738「蛇鬥」型故事見載於《搜神後記》卷10第5則，其後，亦於唐朝見及此型故事，民間故事亦見流傳，可知蛇鬥故事有其趣味存在。

六朝後，蛇鬥故事在唐《續玄怪錄‧臨海射人》中可見，文字與《搜神後記》所載大同小異〔註111〕，而唐《廣異記‧海州獵人》〔註112〕則見異文。前者出現動物幻爲人形，以言語直抒所求，後者則以原形現身，將人及其「弓矢」銜到二蛇相鬥之「高岩」，使人有所會意小蛇之求；前者以射獵人生活所需爲饋，後者則以「數斗」「大眞珠」之寶物致意。而六朝故事，更多出白蛇提出別再回來的警示、黃蛇之子尋獵人報仇的情節，較唐朝故事，益添曲折。

近當代流傳於民間的故事，仍可見「蛇鬥」故事，雲南、四川、甘肅、廣東、河北、湖北、內蒙古、黑龍江、北京皆見此型故事，甚至阿拉伯也得見流傳。相鬥的動物方面，除內蒙古〈獵人海力布〉〔註113〕爲白蛇及灰鶴外，

〔註108〕　齊森華、陳多、葉長海主編：《中國曲學大辭典》（杭州：浙江教育出版社，1997年12月第1版，1997年12月第1次印刷），頁391。

〔註109〕　林如求：〈螺女廟〉，《福建鄉土》2002年第2期（2002年），頁32～33。

〔註110〕　畢樺主編：《民間文學概論》（北京：民族出版社，2004年10月第1版，2004年10月北京第1次印刷），頁66。

〔註111〕　（唐）不著撰人：《續玄怪錄‧臨海射人》（臺北：藝文印書館，1969年版，《百部叢書集成初編》第32函，《龍威秘書》），葉1～2。

〔註112〕　（唐）戴孚：《廣異記‧海州獵人》，收錄於史仲文主編：《中國文言小說百部經典》（第7冊）（北京：北京出版社，2000年3月第1版，2000年3月第1次印刷），頁2273。

〔註113〕　《中國民間故事集成‧內蒙古卷》（北京：中國ISBN中心出版，2007年11月北京第1版，2007年11月北京第1次印刷），頁83～85。

餘皆爲顏色深淺各異的蛇或龍同類間的戰爭。報恩回饋物方面，黑龍江〈徽宗湯〉〔註114〕贈實際所須，普米族〈白龍鬥黑龍〉〔註115〕中白龍提醒木匠要小心黑龍的報復，與六朝《搜神後記》卷10第5則回饋實物及忠告的情節相承，〈白龍鬥黑龍〉饋以金銀財寶，亦類《廣異記·臨海射人》中蛇對人的餽贈模式，其餘故事則見回饋之物有所變化。

六朝志怪筆記之後的「蛇鬥」故事，在人之助戰方式、動物回饋之贈物及情節變異上，有所延展。助戰方式除以射箭、斧頭、寶劍等，也見促成雙方勢力懸殊的食物及石頭出現。回饋物品多著重在寶石或贈以動物化成的妻子，情節則增生動物妻子或神奇異事，結合成複合故事。

一、助戰方式：有隨手取得之具，也見事先準備之物

蛇鬥之時，人對於動物之助戰方式，多以助戰者隨手可得之物品執行，其後並見事先準備的食物、石頭或鐵甲。

（一）隨手取得之具

《搜神後記》中，射獵人採「引弩」射箭之法，助白蛇一臂之力；《廣異記·海州獵人》中，射獵之海州人「傅藥矢」，射大蛇之目，使其斃命，救了「首尾俱碎」的小蛇。近當代的民間故事，亦見內蒙古〈獵人海力布〉、納西族〈龍女和樵哥〉〔註116〕，男子承射箭之助戰方式，主動助戰；而如廣東〈鐵弓李貴〉〔註117〕中的李貴，則應白蛇之請，在黑蛇「正準備一口咬斷白蛇的咽喉」時，「趕忙搭上利箭，用盡全力拉開鐵弓」，「一箭射瞎了黑蛇的左眼」，又一箭，射瞎右眼，第三箭，則射穿咽喉，使黑蛇癱死沙灘。文人筆記及民間流傳的蛇鬥故事，助蛇戰者多藉射箭技術制敵於死，使居於弱勢者翻轉局面，居於上風。

人在無意間見動物相鬥，也見以樹杈或石頭爲動物助戰者，如黑龍江〈徽宗湯〉，徽宗以「樹杈」驅打「以大欺小」的白蛇，解除了黑蛇被刁住頭頂的

〔註114〕 《中國民間故事集成·黑龍江卷》（北京：中國 ISBN 中心出版，2005 年 9 月北京第 1 版，2005 年 9 月北京第 1 次印刷），頁 156～158。

〔註115〕 《中華民族故事大系》第十四卷（上海：上海文藝出版社，1995 年 12 月第 1 版，1995 年 12 月第 1 次印刷），頁 321～323。

〔註116〕 雲南省麗江地委宣傳部編：《納西族民間故事——阿一旦的故事》（上海：上海文藝出版社，1961 年第 1 版），頁 93～101。

〔註117〕 《中國民間故事集成·廣東卷》（北京：中國 ISBN 中心出版，2006 年 5 月第 1 版，2006 年 5 月第 1 次印刷），頁 878～883。

危機；阿拉伯〈哈里發何魯納‧拉施德和懶漢的故事〉〔註118〕，艾博‧穆罕默德‧克斯遼尼在野外看見「兩條搏鬥的蟒蛇」，便「隨手拾起一個石頭」擲去，打死褐蛇，救了白蛇。而四川〈吉哈與蛇女〉〔註119〕、湖北〈白花蛇〉〔註120〕中的吉哈和樵夫，見動物間的強欺弱，則以斧頭、砍柴刀朝凶惡的黑蛇砍去，救了勢弱的白蛇。

此外，甘肅〈晏公斬妖龍〉〔註121〕中的將軍為解決蘭州城的水患，「手執寶劍，催馬躍入水中」，幫助「河內住的白龍」大戰外來襲擊的黑龍，終於「把妖怪斬為兩段」，退了洪水。

（二）事先準備之物

民間故事中，更出現動物請求人類費心準備戰鬥所須的雙方物品，以造成兩方實力懸殊，奪得勝算。普米族〈白龍鬥黑龍〉、黑龍江漢族〈禿尾巴老李〉〔註122〕中求人助戰的一方，皆請求為其準備如「飯糰」、「饅頭」等食物，對於敵方，則以「石頭」餵食；雲南白族〈小黃龍和大黑龍〉〔註123〕，除以「麵包子」、「鐵包子」備戰，更有「銅龍頭」、「鐵爪子」、「尖刀」助戰，使黑龍氣力耗弱，傷重而逃；白族〈雕龍記〉〔註124〕，則見楊師傅刻出「木龍」，加上趙師傅替木龍「裝上鐵甲、鐵牙、鐵爪」，成為具有戰鬥力的「銀龍」，終於將殺害楊師傅之子的母豬龍「鎮壓在洱海底下」。

大致而言，人對動物的助戰方式，多與人的身分相關聯，射獵者使用弓

〔註118〕 納訓譯：《一千零一夜》（二）（北京：人民文學出版社，1957 年 12 月北京第 1 版，1983 年 6 月湖北第 1 次印刷），頁 175～191。

〔註119〕 陳慶浩、王秋桂主編：《中國民間故事全集‧16‧四川民間故事集（二）》（臺北：遠流出版事業股份有限公司，1989 年 6 月初版），頁 262～276。

〔註120〕 陳慶浩、王秋桂主編：《中國民間故事全集‧19‧湖北民間故事集》，同前註，頁 398～400。

〔註121〕 甘肅人民出版社編：《甘肅民間故事選》（蘭州：甘肅人民出版社，1962 年 9 月第 1 版，1980 年 9 月第 2 版，1980 年 9 月第 2 次印刷），頁 79～80。

〔註122〕 中國民間文藝研究會黑龍江分會編：《黑龍江民間故事選》（哈爾濱：黑龍江人民出版社，1983 年 11 月第 1 版，1983 年 11 月第 1 次印刷），頁 2～4。亦見於祁連休編：《中國民間故事選——風物傳說專輯》（北京：中國少年兒童出版社，1983 年 10 月北京第 1 版，1984 年 3 月西安第 2 次印刷），頁 67～70。

〔註123〕 中國作家協會雲南分會編：《雲南民族民間故事選》（昆明：雲南人民出版社，1960 年 4 月第 1 版，1981 年 10 月第 2 版第 2 次印刷），頁 140～144。

〔註124〕 大理白族自治州文化局編：《白族民間故事選》（上海：上海文藝出版社，1984 年 1 月第 1 版，1984 年 1 月第 1 次印刷），頁 120～128。

箭，樵夫則用斧頭，將軍使用寶劍；而欲使相鬥之雙方產生力量之懸殊，則以補充體力的饅頭或麵食類供給所須，相對之敵方則供以石頭，以耗弱其力，或加強自身裝備，如配以尖刀、鐵器以充實戰力，取得致勝之機。

二、形成複合故事

六朝「蛇鬥」故事，以蛇求人助戰為主要情節，待蛇贏得勝利，則以食物為饋，其後之此型故事，在其回饋方式中增添變化，有以寶物回贈以表感激者；有輾轉以傘、花為動物妻子的化身，待回到恩人家中，幻為人形，為其打理家中生活、共度難關者；也有如阿拉伯〈哈里發何魯納‧拉施得和懶漢的故事〉〔註125〕，幫男子找回妻子者。在贈寶物及幻為動物妻子方面，並見與其他故事結合，有與「聽懂禽獸語　洩密救眾人」、「龍宮得寶或娶妻」、「動物變成的妻子」故事銜接者，亦有因妻子貌美之故，再串聯至「神奇妻子美而慧，老實丈夫受刁難」、「百鳥衣」等故事者，顯現故事之延展性。

（一）贈予寶物──ATK738「蛇鬥」與 ATK670A.1「聽懂禽獸語　洩密救眾人」故事結合

《廣異記‧海州獵人》中，動物以寶物回饋恩人助戰，近當代流傳於民間的故事，廣東〈鐵弓李貴〉中，李貴救了白蛇，得「水火珠」為饋，使李貴後來在營救妻子桃花卻被皇帝置於熱氣滾滾的油鍋中之時，因含「水火珠」得以不死，並進而以鍋中有美女計誘皇帝，使「貪心的皇帝」「跳進滾油」而變成「黑炭」，救出桃花，此乃承蛇鬥故事贈寶石之情節而來。此外，亦見有進而衍生「聽懂禽獸語　洩密救眾人」之故事者。

內蒙古〈獵人海力布〉中，海力布救了龍王女兒，龍王以能聽懂各種動物語言的寶石為贈禮，此後海力布「在山中打獵更方便」，也因聽見飛鳥議論將有山崩洪水之難，海力布不顧自身洩密將變成石頭的詛咒，道出事情原委，讓眾人信服他的說法而舉家遷移，避開災難，而自己則因此喪生。此乃「蛇鬥」故事再續接「聽懂禽獸語　洩密救眾人」故事，較之六朝及唐朝所見，更見延伸。

〔註125〕《一千零一夜》約於西元 8 世紀中到 9 世紀中，以手抄本之形式流傳於社會，又經幾百年「搜集、整理、加工、補充」，約於 16 世紀定型，18 世紀初則以法文出版，後又有不同國家之譯本。李燕：〈評《一千零一夜》〉，《商業文化》（下半月）2010 年第 11 期（2010 年 11 月），頁 156。

（二）動物幻為妻子報恩

為回報人之助戰，動物有致贈寶物甚或變成妻子以報恩情者。

1. ATK738「蛇鬥」與 ATK555D「龍宮得寶或娶妻」故事結合

民間故事中可見及之「蛇鬥」故事，多為蛇王之女或龍王為人所救，因此，蛇王或龍王為表感激之情，助戰之人多有機會得入蛇王、龍王的宮殿，衍生出 ATK555D「龍宮得寶或娶妻」〔註126〕故事。

四川〈吉哈與蛇女〉中，彩雲山的蛇王感謝吉哈救了女兒一命，除將其接到家中熱情款待之外，並欲致贈金銀珠寶，吉哈僅向蛇王要了一把傘，吉哈回到家後，傘則變成蛇姑娘，幫吉哈備好「熱氣騰騰的洗臉水」及「香噴噴的飯菜」，和吉哈成了夫妻，相依為命。納西族〈龍女和樵哥〉、耿村〈小三和龍女〉〔註127〕，則是龍王的女兒感念樵哥、小三救了她們的父親，變成白母雞、小貓，讓男子帶回家，以妻子身分照顧恩人以報恩情。

「龍宮得寶」故事，實則在印度佛經中即可見，東晉法顯所譯《摩訶僧祇律》卷三十二中，敘及一商人發現一條龍將被殺，於心不忍，以八頭牛作為交換，救了那條龍。之後被救的龍女化為人，帶商人入龍宮，以食物款待，之後又贈商人「龍金」，足夠商人的「父母眷屬」「終身用不盡」〔註128〕。

四川〈吉哈與蛇女〉、納西族〈龍女和樵哥〉及耿村〈小三和龍女〉，蛇王、龍王本欲贈吉哈、樵哥、小三寶物，與「龍宮得寶」故事之情節有所承接，卻又轉以蛇女化為傘、龍女則變為白母雞、小貓，分別與吉哈、樵哥、小三共同生活，吉哈、樵哥、小三則成了蛇王、龍王的女婿。

〔註126〕ATK555D「龍宮得寶或娶妻」故事提要為：「一個年輕人救了一條魚或一條小蛇，實際上這魚或蛇是龍宮的太子或公主，因此龍王邀請這人去遊龍宮。當他要回家時，龍王的太子或公主告訴他，龍王會送他禮物，但只要一個看起來不值錢的箱子或一隻小動物就好。結果箱子是一個要什麼有什麼的寶物，或者小動物乃是龍女的化身，使他成了龍王的女婿。在有些故事中，寶物後來被存心不良的朋友或兄弟借去，於是失靈或被龍王收回。」金榮華：《民間故事類型索引》（第二冊）（修訂本）（新北市新店：中國口傳文學學會，2014年4月再版），頁407～408。

〔註127〕袁學駿、李寶祥主編：《耿村民間文化大觀》（北京：北京圖書館出版社，1999年8月第1版，1999年8月第1次印刷），頁1756～1760。

〔註128〕（東晉）佛陀跋陀羅共法顯譯：《摩訶僧祇律》，收錄於《大正新修大藏經》第22冊（修訂版）（臺北：新文豐出版股份有限公司，1983年1月修訂版1版，1996年12月修訂版1版3刷），頁488～489。

2. ATK738「蛇鬥」與 ATK400D「動物變成的妻子」故事結合

動物為人所助，而對人產生情意、親自報恩者，或以動物化為妻子以照顧恩人生活而行之，如湖北〈白花蛇〉中，白花蛇為樵夫所救，白花蛇除助恩人避開黑蛇的為害，並變成白花，出現在樵夫家中，變身為姑娘，為其整理家務，準備飯菜，及至為樵夫識破，才道出自己實乃白花蛇，願與樵夫一起生活。在「蛇鬥」故事之後，續接以 ATK400D「動物變成的妻子」型故事，情節更見延展。

（三）妻子貌美

蛇鬥故事中，因動物化為妻子而引人欣羨者，常衍生出「神奇妻子美而慧，老實丈夫受刁難」及「百鳥衣」故事。

1. ATK738「蛇鬥」與 ATK465C「神奇妻子美而慧，老實丈夫受刁難」故事結合

耿村〈小三和龍女〉中，龍女隨小三回到家，不僅讓其食無虞，連房屋也翻新重蓋，引來縣官發現龍女美貌，有心刁難，遂要求「大堂前」要栽「一般高，一般粗」的「二十四棵小柏樹」、「二十四匹」「渾身漆黑」「白頭、白蹄、白肚皮」的「小叫驢」，且須有「一樣的彎頭，一樣的鞍子」、一隻「八丈高，五丈長，會吃草，會吃料」的「大母羊」，龍女皆用柏靈、驢毛、紙糊的小羊一一完成，之後縣官又要求小三要換媳婦，龍女於是親自面見縣官，趁縣官喝醉，「一掌就把他打出了屋門」，到「豬圈」後變成「人面豬身」，再也無法為難小三。

2. ATK738「蛇鬥」與 ATK742「百鳥衣」故事結合

納西族〈龍女和樵哥〉中，領主要挑美女為妻，龍女即使「用灶灰塗烏了臉，穿著爛衣服」，卻還是在淌下汗珠時，閃出金光引人發現，龍女離去前交代樵哥在前往領主的路途中沿路「打鳥」以留下「鳥皮」，讓自己的衣服成為「花花綠綠的羽衣」，最後樵哥進到領主的宮廷，領主見龍女看到羽毛衣笑逐顏開，便應龍女要求，和樵哥交換服裝，一旦樵哥換上龍袍，樵哥便命將官將「穿著羽毛衣的瘋子」殺了，遂與龍女逃出了宮。

綜觀六朝志怪筆記之後出現的「蛇鬥」故事，動物對於人相與助戰所給予的回饋，由顧慮恩人實際所需提供實物，轉而出現珍珠財寶，有時卻又在恩人日後出現的遭遇中，適時為其解決困境。故事有的在前置情節部分有所鋪排，也有與其他故事相結合，成為複合故事者，如由龍王感恩衍生「龍宮

得寶或娶妻」故事，也見「動物變成的妻子」親自奉侍恩人，也因人娶了美妻，延展出「神奇妻子美而慧，老實丈夫受刁難」及「百鳥衣」故事，而動物贈予的寶物，再繫連至眾人生命安危時，則又生發出「聽懂禽獸語　洩密救眾人」一型故事。可見，蛇鬥故事在後世的變化，故事更見延展，情節趨於複雜多變，也因此更吸引人，造成流傳。

第五節　龍蛇探母

　　六朝志怪筆記，除「老虎報恩」、「羽衣仙女」、「田螺妻子」及「蛇鬥」故事後世可見流傳，亦見情節於後世仍廣為流播者，本節取「蛇哭喪」情節觀察之，傳至後世，「哭喪」之情節有衍為祭母者，亦見探母者，而探母之動物除蛇外，亦多見為龍者，故本節以「龍蛇探母」名之以作探討。

　　六朝志怪筆記中，記載人產下動物，動物在其母身亡時，前來哭喪，流露血濃於水的親情，《搜神記》卷 14 第 8 則載竇奉妻生下竇武及一蛇，竇氏將蛇放生野外，及竇氏卒，大蛇「徑來棺下，委地俯仰。以頭擊棺，血涕並流，狀若哀慟」〔註 129〕。此則本事，見《後漢書·竇何列傳》〔註 130〕，有生育之恩的母親離世而去，蛇亦「哀泣」至「以頭擊柩，血涕皆流」，顯現摯情。其後，《搜神後記》卷 10 第 1 則，載人與蛟歷生養、生別、死別之親情，長沙女「浣衣」後有孕而生「蛟子」，道出人生蛟之異事；當「天欲雨」時，長沙女「出望」蛟子，盼能相見；蛟子出現，則亦「舉頭望母，良久方去」；女子去世，三蛟則「俱至暮所哭之，經日乃去」，凸顯蛟子與母親的親情。〔註131〕《幽明錄》第 197 則，亦載人生蛇，蛇於女子亡後到靈柩前哭喪之事〔註132〕，此則所述，與《搜神記》竇氏蛇有異曲同工之妙。

　　以上敘事皆出現女子生下蛇或魚，女子卒後，其所生之動物來至棺前，

〔註129〕　（東晉）干寶撰：胡懷琛點校：《搜神記》（臺北：鼎文書局，1978 年 8 月初版），頁 103。

〔註130〕　（南朝宋）范曄撰：（唐）章懷太子李賢注：《後漢書·列傳第五十九卷·竇何列傳》（臺北：臺灣商務印書館，1937 年 1 月初版 1 刷，2010 年 11 月臺 2 版 1 刷，《百衲本二十四史》），頁 1020～1021。

〔註131〕　（東晉）陶潛撰：汪紹楹校注：《搜神後記》（臺北：木鐸出版社，1982 年 2 月初版），頁 65。

〔註132〕　（南朝宋）劉義慶：《幽明錄》，收錄於魯迅輯錄：《古小說鉤沉》（濟南：齊魯書社，1997 年 11 月第 1 版，1997 年 11 月第 1 次印刷），頁 186。

異常哀痛，含有「B299.11.2.蛇哭喪」情節單元，女子與動物間具親生之血緣關係，生下的動物非蛇即蛟，女子去世，其所生蛇、蛟皆至靈前哀痛擊棺，或到墓所哭至「經日」乃去。

一、六朝以後「蛇哭喪」情節敘事

六朝之後可見及之「蛇哭喪」情節敘事，在文人筆記方面頗為多見，近當代民間故事中亦見廣泛流傳。

（一）唐至清朝文人筆記

六朝之後，「蛇哭喪」情節單元仍流傳，在唐至清朝的文人筆記方面，其增益變化，列表如下：

朝代	書名篇名	女子、動物間關係			生養動物	斷尾	探母	惡墳	移墓	祭母	結果
		生	養	感生							
晉	《廣州記・龍母》〔註133〕		✓		龍	裂斷其尾					見龍則土境大豐、川利涉
南朝宋	《南越志・掘尾龍》〔註134〕		✓		龍	誤斷其尾	✓	✓			
唐	《道家雜記・張魯女》〔註135〕			✓	龍子一雙	×				✓	
晚唐	《集異志・產龍子》〔註136〕	✓			一龍	×					常就母乳
晚唐	《嶺表錄異・溫媼》〔註137〕		✓		×	×			✓		

〔註133〕（東晉）顧微：《廣州記・龍母》，收錄於（宋）樂史：《太平寰宇記・卷一百五十七》，《景印文淵閣四庫全書》第470冊（臺北：臺灣商務印書館，1986年3月初版），頁469。

〔註134〕（東晉）沈懷遠：《南越志・掘尾龍》，收錄於（宋）樂史：《太平寰宇記・卷一百六十四》，《景印文淵閣四庫全書》第470冊，同前註，頁519～520。

〔註135〕作者未詳：《道家雜記・張魯女》，收錄於（唐）徐堅等撰：《初學記・卷八・州郡部・山南道第七・龍蹊牛道》，《景印文淵閣四庫全書》第890冊，同註133，頁131。

〔註136〕（唐）陸勳：《集異志・卷二》（臺北：新興書局，1974年7月版，《筆記小說大觀》四編第2冊，據民國11年刊本影印），頁1171。

〔註137〕（唐）劉恂：《嶺表錄異・卷上・溫媼》，收錄於魯迅、楊偉群點校：《歷代嶺南筆記八種》（廣州：廣東人民出版社，2011年3月第1版，2011年3月第1次印刷），頁55。

朝代	篇目			動物	情節				備註
五代	《稽神錄·史氏女》〔註138〕		✓	鯉魚	人誤斷其尾			✓	
宋	〈永濟行宮記〉〔註139〕	✓		龍	誤揮刀,斬其尾	✓		✓	
宋	《測幽記·龍母墓》〔註140〕		✓	兩鮎魚	×			✓	
金	《續夷堅志·產龍》〔註141〕	✓		一龍	×				龍從婦身飛去
明	《涌幢小品·小龍祭墓》〔註142〕		✓	二小龍	×			✓	
明	《名勝志·龍母墳》〔註143〕		✓	一龍	×			✓	
明	《棗林雜俎·龍出拇甲》〔註144〕		✓	龍	×				龍騰空而去
清	《觚賸·產龍》〔註145〕	✓		一龍	×				不三日驟長數丈

〔註138〕（北宋）徐鉉：《稽神錄·卷三·史氏女》,《景印文淵閣四庫全書》第 1042 冊（臺北：臺灣商務印書館,1986 年 3 月初版）,頁 873～874。

〔註139〕（北宋）張維：〈永濟行宮記〉,收錄於（明）陸鳌、陳烜奎纂修：《崇禎肇慶府志·卷 28·藝文三·記碑一·永濟行宮記》（北京：北京圖書館出版社,2003 年 8 月第 1 版,2003 年 8 月第 1 次印刷,《日本藏中國罕見地方志叢刊續編》第 15 冊,據明崇禎六年至十三年〔1633～1640〕刻本影印）,葉 24～25。

〔註140〕（北宋）呂灌園：《測幽記·龍母墓》,收錄於（明）徐應秋輯：《玉芝堂談薈·卷二十四·龍母墳》（臺北：新興書局,1973 年 7 月版,《筆記小說大觀續編》第 5 冊）,頁 2868。

〔註141〕（金）元好問：《續夷堅志·前卷·產龍》（臺南：莊嚴文化事業有限公司,1995 年 9 月初版 1 刷,《四庫全書存目叢書》子部第 246 冊,據北京圖書館藏清鈔本影印）,頁 218。

〔註142〕（明）朱國禎：《涌幢小品·卷三十一·龍》,《叢書集成三編》第 72 冊（臺北：新文豐出版公司,1997 年 3 月臺 1 版）,頁 89。

〔註143〕不著撰人：《名勝志·龍母墳》,見（明）徐應秋輯：《玉芝堂談薈·卷二十四·龍母墳》,同註140,頁 2868。

〔註144〕（明）談孺木：《棗林雜俎·中集·賾動·龍》（臺北：新興書局,1973 年 4 月版,《筆記小說大觀正編》第 3 冊,據稻江市隱廔蔡毓齋氏家藏文明本影印）,頁 1741。

〔註145〕（清）鈕琇：《觚賸·卷五·產龍》,《續修四庫全書》第 1177 冊（上海：上海古籍出版社,2002 年 3 月第 1 版,2002 年 3 月第 1 次印刷）,頁 58～59。

清	〈孝通廟舊志〉〔註146〕	✓		龍	揮刀誤中一尾	✓		✓	女得疾殂，龍化爲秀才，乘輂東來，如報親喪
清	《溫州府志·龍母》〔註147〕		✓	龍	×				女見己產龍，驚死
清	《高淳縣志·望娘灣》〔註148〕		✓	一蛇	✓，蛇變龍			✓	嫗亡，龍繞葬處
清	《文登縣志·龍母廟》〔註149〕		✓	蛇	✓		✓		郭姓妻亡，神龍遷葬
清	《子不語·禿尾龍》〔註150〕		✓	一小龍	✓		✓		畢氏婦亡，龍葬之
清	《子不語·龍母》〔註151〕	✓		小龍	×			✓（哭喪）	婦卒，龍來哀號
清	《里乘·產蛇》〔註152〕	✓		蛇	×	✓			蛇三餐須斗米，農人家道漸落
清	《札記小說·龍·龍泉》〔註153〕		✓	蛇	✓				每將大雨，龍或隱約掉尾雲中
清	《睢寧縣志·白龍祭母》〔註154〕		✓	白龍	×			✓	女卒，龍盤旋墓上悲鳴，此後，龍每歲祭母

〔註146〕 （清）程鳴重刊：〈孝通祖廟舊誌〉（揚州：廣陵書社，2004年10月版，《中國道觀志叢刊續編》第25冊），《悦城龍母廟志》，頁31～40。

〔註147〕 （清）李琬修、齊召南等纂：《溫州府志·卷三十·龍母》（臺北：成文出版社，1983年3月臺1版，《中國方志叢書》華中地方第480冊），頁2661。

〔註148〕 《高淳縣志·望娘灣》，見《古今圖書集成·方輿彙編·職方典·卷六百六十八》。（清）陳夢雷撰；（清）蔣廷錫奉敕纂：《古今圖書集成》第74冊（臺北：鼎文書局，1985年4月再版），頁6104。

〔註149〕 （清）李祖年修；（清）于霖逢纂：《文登縣志·卷一上·山川》（臺北：成文出版社有限公司，1976年臺1版，《中國方志叢書》華北地方第368號，清光緒廿三年修，民國廿二年鉛印本），頁60。

〔註150〕 （清）袁枚：《子不語·卷八·禿尾龍》（臺北：新興書局，1973年7月版，《筆記小説大觀續編》第9冊），頁5564。

〔註151〕 （清）袁枚：《子不語·卷十七·龍母》，同前註，頁5609。

〔註152〕 （清）許奉恩：《里乘·卷六·產蛇》，《續修四庫全書》第1270冊（上海：上海古籍出版社，2002年3月第1版，2002年3月第1次印刷），頁293～294。

〔註153〕 （清）吳趼人：《札記小説·龍·龍泉》，收錄於盧叔度輯校：《我佛山人短篇小説集》（廣州：花城出版社，1984年9月第1版，1984年9月第1次印刷），頁287。

〔註154〕 （清）侯紹瀛修；（清）丁顯纂：《光緒睢寧縣志·卷十八·雜錄志·白龍祭母》（臺北：成文出版社，1974年6月臺1版，《中國方志叢書》華中地方第134冊），頁968。

由表可知，自唐起具「蛇哭喪」情節的敘事，出現了「感生而孕」、「養者爲母」、及「斷尾」等情節；所生動物，由原可見的「蛇」、「蛟子」，轉爲「龍」、「魚」及「蛇」，又以「龍」之爲數較多；「哭喪」情節除《子不語・龍母》及《睢寧縣志・白龍祭母》尚見保留，餘多轉生爲「探母」、「聚墳」、「移墓」與「祭母」，已見變異。

（二）近當代民間故事

　　「斷尾」情節在《廣州記》、《南越志》、《稽神錄》、〈永濟行宮記〉、〈孝通廟舊志〉、《高淳縣志》等文中出現，敘事之發生地多在廣東、江蘇等江南地方；自清雍正《文登縣志・龍母廟》、《子不語・禿尾龍》起，山東亦可見斷龍尾的情節，《札記小說・龍泉》中，更見「禿尾老李」之名，此後，流傳於遼寧、北京、黑龍江、河北、安徽、浙江、湖南、江蘇、甚至越南等地的現當代民間故事中，保存「蛇哭喪」情節者，多以禿尾龍形象出現，六朝後至清朝間所見文人筆記中，女子將動物帶回飼養之「養者爲母」現象，已不再出現，母子呈現的是親生關係，而出生之物非龍即蛇，即便是蛇，也多在經過苦修後，變而爲龍；「斷尾」情節大多每篇皆可見，然斷尾而後化龍之情形則不多；六朝至清朝可見的「祭母」情節尚存，「探母」情節則較前一時期更甚。

二、衍變特色

　　六朝志怪筆記可見及之「蛇哭喪」情節，衍至後世，在「生養關係」上出現變異，「斷尾化龍」情節有所增添，在「情深繫母」方面，也見發展。

（一）生養關係

　　六朝時期所見「蛇哭喪」情節，除《搜神後記》中的女子以「感生」方式生下動物，餘皆爲正常懷孕生子之況，六朝之後，「感生而孕」之態多見，又有「養者爲母」現象顯深情。

1. 感生而孕

　　自《後漢書・竇何列傳》、《搜神記》所載具「蛇哭喪」情節之敘事，由女子產蛇，衍至後代，以產龍爲數居多；《高淳縣志・望娘灣》、《文登縣志・龍母廟》、《里乘・產蛇》、《札記小說・龍泉》仍承生蛇之情節；《稽神錄・史氏女》、《測幽記・龍母墓》則所產爲魚。而女子生下動物，以感生而孕的方式爲多，其懷孕之特異情況，堪爲多樣。

　　女子爲外物所據而有孕，展現人獸婚之現象者，如南唐《稽神錄‧史氏女》及宋《測幽記‧龍母墓》，一爲「鱗角爪距可畏」之物所據，一則「浴於溪」，「遇黃犬迫之」而「有孕」。而明《涌幢小品‧小龍祭墓》，「龍神」「化爲男」，使女子有娠；安徽〈小龍探母〉〔註155〕亦爲龍王之子敖閬化爲書生，與桃花結緣，生下銀龍，與〈小龍祭墓〉頗見龍化人形與女子交之情節相承淵源。

　　女子有身處雲霧繚繞瀰漫之境因而有娠，產下龍子者，如唐《初學記》所引《道家雜記》中的張魯女，「白霧蒙身」後即有孕；徐應秋《玉芝堂談薈》引明《名勝志‧龍母墳》，傭婦「入山」「爲龍所據，陰雲罩幕」，歲餘後，產下一「胞中無血」之龍；河北耿村〈秃尾巴老張〉〔註156〕中的張大嫂，在電閃雷鳴下雨之際，出了屋門，「見天上一團黑雲直沖她懷裡撲來」，便懷了孕，生下一條「小黑長蟲」。

　　亦有因吞卵、食李竟而有孕者，如《溫州府志‧龍母》中的周氏女、浙江〈秃尾龍〉〔註157〕中的樓龍隱、《子不語》中的畢氏。也見接觸水而有娠者，如《高淳縣志‧望娘灣》中的虞嫗飲了「驟雨」流至「檐間」的水、《棗林雜俎》中的未婚女子「以手掬簷溜」之「年餘」後「龍出拇甲」、江蘇〈龍人河螃蟹〉〔註158〕中的金妹子因在「河邊」青石上「洗腳」而「肚子卻漸漸大起來」。

　　不論女子爲動物所據、或身處霧中、吞卵、食李、或掬水而致孕，此等因接觸、吞食而懷孕生子之感生現象，源於上古母系社會「知其母」「不知其父」〔註159〕，對繁衍生育觀念不明，加之圖騰崇拜觀念興起，遂將圖騰信仰與感生神話密切相連。其後，天命思想產生，又見感生神話依附於天命觀念，作爲推崇帝王權位之媒介，如《後漢書‧南蠻西南夷列傳》中，明顯可見。沙壹捕魚時，「觸沈木若有感」，因此而「懷妊」，所產「子男十人」中，因九

〔註155〕《中國民間故事集成‧安徽卷》（北京：中國 ISBN 中心出版，2008 年 10 月北京第 1 版，2008 年 10 月北京第 1 次印刷），頁 314～316。

〔註156〕袁學駿、李保祥主編：《耿村民間文化大觀》（北京：北京圖書館書版社，1999 年 8 月第 1 版，1999 年 8 月第 1 次印刷），頁 1103～1104。

〔註157〕《中國民間故事集成‧浙江卷》（北京：中國 ISBN 中心出版，1997 年 9 月北京第 1 版，1997 年 9 月北京第 1 次印刷），頁 444～446。

〔註158〕王一奇、涼汀編：《中國水生動物故事集》（北京：中國民間文藝出版社，1984 年 10 月第 1 版，1984 年 10 月第 1 次印刷），頁 216～217。

〔註159〕（戰國）商鞅等著；章詩同注：《商君書‧第二卷‧開塞第七》（上海：上海人民出版社，1974 年 5 月第 1 版，1974 年 5 月第 1 次印刷），頁 30。

隆「背龍而坐」「爲父所舐」事，故被推爲王。〔註160〕漢代以後蘊含感生說
的記載，多見於政治領導者或一族之創始者，如〈南蠻西南夷列傳〉中，沙
壹因感生而產龍子，其後，種人刻畫圖案爲「龍文」之形，且「衣皆著尾」，
即結合感生說及對龍圖騰之崇拜，敘哀牢夷一族之繁衍。再觀具「蛇哭喪」
情節之敘事演變，則見其以感生思想帶出人產龍，致生女子爲龍母之傳說，
並形成廣爲流傳的悅城龍母信仰，影響中國南方甚深。〔註161〕

　　女子感生情節之記載，多發生在水域，也見女子生下者多爲水族動物者，
如《札記小說・龍泉》李氏婦「浣磯上」，「有鰍繞磯」，遂有感而娠；《稽神
錄・史氏女》中的女子產下「鯉魚」；《睢寧縣志・白龍祭母》陳姓女「用雨
水洗手」而有孕等。諸如此類感生之說，女子所接觸的環境多與水相關，或
存有「水」所蘊含之生命力意涵。

2. 養者為母

　　具「蛇哭喪」情節之敘事，有述及感生而孕者，亦有因畜養而生深厚感
情者，如《廣州記》敘龍母「養龍」，知爲畜養狀態；《南越志・掘尾龍》言
溫媼將水邊所見「大如斗」的「卵」帶回，當其「穿卵而出」，溫媼「任其去
留」，及其長，常「縈迴媼側」，可知龍與溫媼已有視其如母的依附深情。

　　至唐劉恂《嶺表錄異》，更見溫媼自「野岸」「沙草」中拾回「五卵」，「收
歸置績筐中」，已見其慈心；待卵變爲蛇，溫媼加以放生，使蛇能在適宜空間
中自然成長；其後，當溫媼「濯浣於江邊」，則有魚「出水跳躍，戲於媼前」。
可知溫媼雖爲嫗婦身分，卻富愛心慈性，故水族動物將溫媼視如母親一般，
在其面前顯得自在安適，溫媼對其陪伴、呵護的恩情等同於生育之恩，存有
照顧之情分。

〔註160〕（南朝宋）范曄撰；（唐）章懷太子李賢注：《後漢書・列傳第七十六卷・南
　　　　蠻西南夷列傳》（臺北：臺灣商務印書館，1937 年 1 月初版 1 刷，2010 年 11
　　　　月臺 2 版 1 刷，《百衲本二十四史》），頁 1302。

〔註161〕「秦始皇時代，有兩個傳說故事，對後代的神話傳說說來，是有著比較普遍
　　　　的代表性質的：一個是關於陷湖的傳說，另一個是關於龍母的傳說。」悅城
　　　　孝通廟祀「龍母神」，龍母「創於秦，勅封於漢，而盛於宋明」，爲往來商旅
　　　　信奉，歷時久遠。袁珂：《中國神話傳說》（下）（北京：中國民間文藝出版社，
　　　　1984 年 9 月第 1 版，1984 年 9 月第 1 次印刷），頁 707；（清）程起周纂；王
　　　　士瀚重修：《悅城龍母廟志・重修悅城孝通龍母神廟誌序》（揚州：廣陵書社，
　　　　2004 年 10 月版，《中國道觀志叢刊續編》第 25 冊），頁 1～3；劉守華：《中
　　　　國民間故事史》（北京：商務印書館，2012 年 4 月第 1 版，2012 年 4 月北京
　　　　第 1 次印刷），頁 133～140。

（二）增添斷尾化龍情節

繼《搜神記》、《搜神後記》之後具「蛇哭喪」情節的敘事，出現「斷尾」情節，乃為六朝所未見。有誤斷者、也有刻意斷尾者，不論有意或無意之舉，唐至清代文人筆記，多見有化龍現象產生。

1. 斷尾

晉《廣州記・龍母》中，出現龍之尾為龍母「裂斷」之情節，此後，有因工作之時誤斷龍尾者，如《南越志・掘尾龍》中，龍子遭溫媼「誤斷其尾」；《稽神錄・史氏女》中，「鯉魚」及長，為「刈草」之人「誤斷其尾」，皆非出於有意之作為。

除工作上之失誤外，尚有因厭惡或害怕而誤斷龍尾者。如《高淳縣志・望娘灣》中的虞媼、安徽〈白龍探母〉〔註162〕中的二娘，因厭惡蛇就乳，「乳亦湧射，蛇以咽承之」之況，心緒煩亂下，不慎劃斷龍尾；又如《札記小說・龍泉》中的李氏夫婦、河北耿村〈禿尾巴老張〉中的張大嫂，見及蛇離母腹即暴長等怪狀，產生害怕之情，遂以刀、鍬或關門予以反擊，恰巧斷其尾。

清朝起，出現男子力擊而斷龍尾者。《文登縣志・龍母廟》、《子不語・禿尾龍》中的蛇及龍，每日來「就乳」，遂致「父惡」，持刀逐之，遂「斷其尾」。近當代民間故事，亦見如安徽〈禿尾巴烏龍〉異文〔註163〕，男子發現妻子生下「一條有一米多長的烏蛇」，拿了「大鍬」，想將蛇扎死；或如遼寧〈禿尾巴老李〉〔註164〕及其異文〔註165〕，李爹爹發現妻子身旁出現怪物，為顧及妻子安危，在面對怪物的當下，隨手拿起可用的工具，剁下怪物的一截尾巴。

《文登縣志》及《子不語》為載於清朝書籍之故事，可發現對女子產出之異物予以驅逐而下重手者，漸由女子轉為男子，母性慈愛的角色漸被保留，男性則儼然成為除怪的執行者。

2. 斷尾化龍

斷尾過程也見促成化龍現象者，《南越志・掘尾龍》中，原「如守宮」之物遭溫媼「誤斷其尾」，「逡巡而去」，數年後還，則見「輝色炳耀」，成為「龍

〔註162〕 《中國民間故事集成・安徽卷》（北京：中國 ISBN 中心出版，2008 年 10 月北京第 1 版，2008 年 10 月北京第 1 次印刷），頁 310～311。

〔註163〕 《中國民間故事集成・安徽卷》，同前註，頁 313。

〔註164〕 《中國民間故事集成・遼寧卷》（北京：中國 ISBN 中心出版，1994 年 9 月第 1 版，1994 年 9 月第 1 次印刷），頁 156～158。

〔註165〕 《中國民間故事集成・遼寧卷》，同前註，頁 158～160。

子」；《稽神錄・史氏女》中，鯉魚之尾爲刈草之人誤斷，「魚即奮躍而去，風雨隨之」，已具有如龍一般呼風喚雨之能力；《高淳縣志・望娘灣》中，蛇爲虞嫗斷其尾後，「忽變頭角，巨軀絳章」，由蛇變爲龍。蛇斷尾而成龍之事，在清吳趼人《札記小說・禿尾龍》中，亦見載及〔註166〕。

　　近當代民間故事中，也見斷尾化龍情節。北京〈禿尾巴老李的傳說（二）〉〔註167〕中的怪物及安徽〈白龍爲什麼沒有尾巴〉〔註168〕中的蛇，尾巴被剁後，變成了龍；安徽〈禿尾巴烏龍〉〔註169〕、湖南〈椿巴龍祭母〉〔註170〕中的蛇，則在尾巴被砍一截後，經「苦煉修行」，「成了一條龍」。浙江〈百葉龍〉〔註171〕中「似人非人，似蛇非蛇」的「怪胎」，在「荷花池中」一年後，漸現龍形，當其龍尾被砍，則有蝴蝶「用自己的身子接在它的尾巴上」，「變成了一條美麗的龍尾巴」，之後，則「一下子長到十幾丈長」，從池中躍起，「身上插滿了荷花花瓣，直向天空飛騰而去」。

　　大自然生物界中，有幼時有尾而長成卻無尾的動物，如蛙蟾類便是其中之例，《古今注》言「蝦蟇子曰蝌蚪」，「形圓而尾大，尾脫即腳生」〔註172〕，《爾雅翼》也云「蝌蚪」「始出有尾而無足，稍大足生而尾脫」〔註173〕，蛙蟾類動物由幼而長的過程，產生形體上變異再生現象，甚至在《抱朴子》中，有「川蛙翩飛」〔註174〕之說。再者，蛙亦曾被以爲是龍的異形，如《廣莊・

〔註166〕（清）吳趼人：《札記小說・龍・禿尾龍》，收錄於盧叔度輯校：《我佛山人短篇小說集》（廣州：花城出版社，1984 年 9 月第 1 版，1984 年 9 月第 1 次印刷），頁 286。

〔註167〕《中國民間故事集成・北京卷》（北京：中國 ISBN 中心出版，1998 年 11 月北京第 1 版，1998 年 11 月北京第 1 次印刷），頁 134～135。

〔註168〕《中國民間故事集成・安徽卷》（北京：中國 ISBN 中心出版，2008 年 10 月北京第 1 版，2008 年 10 月北京第 1 次印刷），頁 311～312。

〔註169〕《中國民間故事集成・安徽卷》，同前註，頁 312～313。

〔註170〕《中國民間故事集成・湖南卷》（北京：中國 ISBN 中心出版，2002 年 12 月北京第 1 版，2002 年 12 月北京第 1 次印刷），頁 256。

〔註171〕中國民間文藝研究會浙江分會編：《浙江風物傳說》（杭州：浙江人民出版社，1981 年 1 月第 1 版，1981 年 1 月第 1 次印刷），頁 225～226。

〔註172〕（西晉）崔豹：《古今注・卷中・魚蟲第五》，《景印文淵閣四庫全書》第 850 冊（臺北：臺灣商務印書館，1986 年 3 月初版），頁 108。

〔註173〕（南宋）羅願撰；（元）洪焱祖音釋：《爾雅翼・卷三十・科斗》，《景印文淵閣四庫全書》第 222 冊（臺北：臺灣商務印書館，1986 年 3 月初版），頁 497～498。

〔註174〕（東晉）葛洪：《抱朴子・內篇・卷二・論仙》（臺北：臺灣商務印書館，1979 年 11 月臺 1 版，《四部叢刊正編》第 27 冊），頁 7。

人間世》中見「龍」能爲「蛙」〔註 175〕之說，劉堯漢在《中國文明源頭新探
——道家與彝族虎宇宙觀》中言「有些漢族以蛇或蛙爲龍」〔註 176〕；《三秦記》
亦且言及魚經過燒尾過程會「化爲龍」〔註 177〕。不論是蝌蚪或魚，當其經過
尾脫或天火燒尾過程，則進入重生階段，由此觀之，自然界蛙蟾類動物經形
變而成長的現象，加之流傳於民間之信仰觀念，遂使守宮、魚、蛇等故事出
現化爲龍的情節，其斷尾過程，正是向新生命推進之摧毀進而再生的象徵。
〔註 178〕

（三）情深繫母

六朝「蛇哭喪」情節之敘事，重在「哭喪」片刻之描述，六朝之後延展
而下的敘事，則見「探母」、「祭母」之發展。

1. 探母

《搜神後記》中，三蛟離去後，遇「天欲雨」則再出現，且「舉頭望母，
良久方去」，呈現緊密繫連的親子情；《南越志・掘尾龍》中，如「守宮」之
物在溫氏媼「誤斷其尾」「逡巡而去」後，經「數年」「乃還」，且「蟠旋遊戲，
親馴如出」；〈永濟行宮記〉中的如「守宮」之物，誤爲溫氏斬尾，則以「遍
身生鱗，文有五色，頭有兩角」的「龍」之形態去後復來。「蛟」、「守宮」在
暴雨或被斷尾時離去，其後又再度出現在女子面前，顯現出動物對於女子存
有情感，不忍遽而離去。

現當代民間故事，「探母」情節更爲多見，有被父母逐出無法回家，卻又
思念母親者，如安徽〈白龍探母〉中，「似蛇非蛇的怪物」被趕出後，常藉二
娘「到河邊洗衣淘米」時前往探望。有被斷尾不敢回家，卻又思念親人者，
如遼寧〈禿尾巴老李〉的大黑龍，每到李大媽生下他的五月端午時節，便會

〔註 175〕（明）袁宏道：《袁中郎全集・袁中郎文鈔・廣莊・人間世》（上海：世界書
　　　　　局，1935 年 11 月初版，1936 年 2 月再版），頁 65。

〔註 176〕劉堯漢：《中國文明源頭新探——道家與彝族虎宇宙觀・附錄　中華民族龍虎
　　　　　文化論》（昆明：雲南人民出版社，1985 年 8 月第 1 版，1993 年 6 月第 2 次
　　　　　印刷），頁 248。

〔註 177〕「龍門之下，每歲季春有黃鯉魚，自海及諸川爭來赴之。……初登龍門，即
　　　　　有雲雨隨之，天火自後燒其尾，乃化爲龍矣。」（東漢）辛氏：《三秦記》，收
　　　　　錄於（北宋）李昉編：《太平廣記・卷四百六十六・水族三・龍門》，《叢書集
　　　　　成三編》第 70 冊（臺北：新文豐出版公司，1997 年 3 月臺 1 版），頁 558。

〔註 178〕參姚立江、邵非：〈解讀龍母故事的斷尾母題〉，《寧夏大學學報》（人文社會
　　　　　科學版）第 23 卷第 3 期（2001 年 5 月），頁 66～68。

飛到李大哥家，「沖著李大哥家門口望」；而安徽〈禿尾巴烏龍〉異文中的烏蛇，到第三年的生日時，「回家探望多年不見的母親」，才發現母親因對他「思念成疾」而死了，「頓時淚如雨下，哭得死去活來」。

有錯殺父親，心中存有愧疚，無顏返家卻又擔憂母親者，如遼寧〈禿尾巴老李〉異文中的黑龍，「一年裡要回兩趟家」，只因惦記母親的食物是否充足，病痛是否須照顧。有母親受困或孤單一人，予以探視者，如浙江〈禿尾龍〉中，禿尾龍母親為西山寺和尚「鎮在潭底」，禿尾龍無力救出母親，每逢清明便來看親娘一次，以解其思母之情。

民間故事中的龍、蛇，皆與女子存有骨肉親情，故對於其母的繫念，更具有無可斬斷的情感。

2. 哭喪祭母

《搜神記》竇奉妻卒，大蛇「徑來棺下，委地俯仰，以頭擊棺」；《搜神後記》長沙女亡，三蛟子「俱至墓所哭之，經日乃去」；《幽明錄》謝祖之婦終老之時，蛇「入屋造靈座」，「至柩所，繞數匝，以頭打柩，目血淚俱出，良久而去」，蛟、蛇在女子身亡之時，前來哭喪，哀慟至極，此一情節在之後篇章由哭喪衍為祭母者多，顯出動物長久的追懷之情。

述及哭喪者，如安徽〈小龍探母〉中的銀龍知曉母親死去，「來到母親墳前，痛哭不止」，此即承六朝《搜神後記》、《幽明錄》「至墓所哭」至「目血淚俱出」之情節。以風雨大作，傳達為人子感於母亡之悲情者，亦可見及，如《測幽記·龍母墓》之游踐妻卒，則見「連日溪雨漲，兩魚游繞墓，所行處地輒陷」；江蘇〈龍人河螃蟹〉中，金妹子跳河自盡，其所生的蛋，入河則裂開，不久「就變成了一條身長數丈的巨龍」，在水裡翻滾，「掀起幾丈高的浪頭」，「把金妹子屍體托上了河岸」，將母親送回岸邊。也有離開母親前頻頻回顧以表戀戀不捨者，如《高淳縣志·望娘灣》，虞嫗不幸葬身於「風雨大作」中，此時蛇雖化龍「出溪」，猶不斷「回首顧」達二十四回。亦見以下雪傳達穿孝意象者，如河北耿村〈禿尾巴老張〉中，禿尾巴老張的母親出殯那天，下了大雪，就如「小黑長蟲為娘穿孝」之意。

亦見移墓者如《文登縣志·龍母廟》郭姓妻亡，神龍將其墳塚遷葬至山上；聚墳者如《子不語·禿尾龍》畢氏婦亡，「殯於村中」之時，龍葬其棺「成一大墳」。不論為移墓或聚墳，皆顯現龍子對其母亡故慎終之孝心。

敘及祭母者，則有《道家雜記·張魯女》中，張魯之女卒而殯其於山，

「數有龍至，其墓前成蹊」；《名勝志・龍母墳》之傜婦卒後，「龍常飛繞其居」；河北耿村〈禿尾巴老張〉中，禿尾巴老張得知母親被自己長相嚇死後，「天天趴在墳上給娘守孝」。亦見龍子每年出現於固定時日以祭母者，如《稽神錄・史氏女》、《涌幢小品・小龍祭墓》、《高淳縣志・望娘灣》、安徽〈白龍探母〉、安徽〈禿尾巴烏龍〉異文、安徽〈小龍探母〉、江蘇〈龍人河螃蟹〉等故事中，龍或於寒食、或於母去世之日、或於自己生日之時，總定期回來「祭奠生母」。

女子所產下或撫養照顧有加之龍、蛇，在其母身卒之後，或於殯殮之時將其埋葬，或將其遷葬他地，也有在葬處徘徊流連，每年固定時間前來祭掃，致使墓地成蹊，顯現其對女子深厚的感懷思念之情；雖說龍、蛇與女子或為親生血肉，或有非親生的畜養關係，皆見不可割捨、斬斷的關懷深情，龍、蛇等藉由埋葬、聚墳、祭墓等實際行動，比起世人用言語傳情，更見深刻。

（四）與「蛇鬥」故事結合

現當代民間故事，有與「蛇鬥」故事結合者，且多銜接在禿尾巴老李故事之後。北京〈禿尾巴老李的傳說（一）〉〔註179〕及黑龍江〈禿尾巴老李〉〔註180〕，皆為女子生下黑龍，男子砍了龍尾後，黑龍便離開了家，為求一安身之所，和白龍對抗，黑龍便向姥姥或老頭提出助戰之求，以備好的「饅頭和石頭」擊敗害水傷人的白龍，打了勝利的一仗。

此外，越南有一蛇母故事，其內容敘及夜裡有一神與女子桃花交，桃花因而有孕，產二蛇，桃花養之，二蛇長大離家，「三、四日返回母家」，一日，二蛇出遊方回，一蛇「纏遶母身」，不慎為母「執一大箸打於蛇尾」而「斷尾」，「自此二蛇變失」，桃花「思愁甚其至死」，此後，「民社人物不安」，立廟「事二蛇與蛇母」，「人物方安吉」。此故事敘人生蛇，具「感生而孕」、「斷尾」及「探母」情節，與中國「蛇哭喪」情節敘事如出一轍，可謂此類故事在越南亦見流傳演變。〔註181〕

〔註179〕 《中國民間故事集成・北京卷》（北京：中國 ISBN 中心出版，1998 年 11 月北京第 1 版，1998 年 11 月北京第 1 次印刷），頁 133～134。
〔註180〕 中國民間文藝研究會黑龍江分會編：《黑龍江民間故事選》（哈爾濱：黑龍江人民出版社，1983 年 11 月第 1 版，1983 年 11 月第 1 次印刷），頁 2～4。
〔註181〕 參林珊妏：〈中國龍母與越南蛇母故事初探〉，《彰化師大國文學誌》第 21 期（2010 年 9 月），頁 111～134。

綜觀「龍蛇探母」一節，六朝時已見「蛇哭喪」情節，人生獸的怪象，在其後以「感生而孕」主題呈現者多，且其情景多發生於水域環境或情境與水相關，呈顯出古來圖騰觀念及生命力之意涵。「哭喪祭母」亦爲六朝既有之主題，其由原具有的哭喪，延展至祭母祭墓，將「愼終」之表現情感，推展至「追遠」之恆久感念，凸顯出動物對於母親的深切感懷。六朝之後，「養者爲母」及「斷尾化龍」乃爲衍生而出的情節。母子情誼並不侷限於親生之情，畜養照護亦不亞於生養之情，時日長久之陪伴照顧，與生命骨血之相連，都存有無可割捨的深厚感情。基於大自然界中的生物存有形變而再生的奧妙現象，加上古有燒尾化龍之說，在自然及信仰的融合因素下，「斷尾化龍」又爲「蛇哭喪」情節增添主題。是以，原「蛇哭喪」情節，在「感生而孕」、「養者爲母」、「斷尾化龍」、「探母」及「哭喪祭母」之情節增衍，故事更顯神秘奧妙，也更富有摯情。

第六節　動物救人出坎

人不愼墮入深坎，不但沒有成爲動物的飽餐之食，反爲動物所救，此一動物救人出坎之情節敘事，始見載於《搜神後記》卷9第3則〔註182〕，射鹿人墮於「深絕」之熊穴，爲「大熊」所見，初時大熊「瞪視此人」，久之，則「出藏果」，在大熊「分與諸子」之後，又留「一分」予此人，此後，人與熊「轉相狎習」。及至熊子大，熊母「負之而出」，待熊子皆出坎，熊母又復入洞將人帶出，可見熊母對人之善意及照顧，其母性亦及於人。

動物救人出坎之情節，至後世仍見流傳，唐、元、明、清之文人筆記中，皆可見及，近當代民間故事，也見此情節出現，今敘述於後。

一、六朝以後「動物救人出坎」情節敘事

六朝之後具「動物救人出坎」之情節敘事，自唐朝起即見記載，近當代民間故事中，也得見及。

（一）唐至清朝文人筆記

自唐而後，此類動物救人的情節單元仍舊可見，其敘事之要點列表如下：

〔註182〕　（東晉）陶潛撰；汪紹楹校注：《搜神後記》（臺北：木鐸出版社，1982年2月初版），頁58。

朝代	書名篇名	人	動物	坎中獸	動物供食	停留穴中時間	人求動物救出坎	人求動物送人至特定地	後續情節
唐	《廣異記·蒲州人》〔註183〕	蒲州人	蛇	蟄蛇如覆舟	人效蛇吸氣療饑	累月	人抱蛇項出坑		
唐	《廣異記·虎恤人》〔註184〕	李將軍	虎	二三子	✓	十餘日	✓	✓（送回家）	虎來探李，李求虎勿再來
元	《輟耕錄·誤墮龍窟》〔註185〕	商人	蛇→龍	大蛇無數	人效龍舔石療饑		人挽蛇尾		
明	《涌幢小品·義虎橋》〔註186〕	商人	虎	×	✓	月餘	✓	✓（送回道中）	獵人縛虎，商人贖虎放生
清	《虞初新志·義虎記》〔註187〕	樵者	虎	兩小虎	✓	彌月	✓	✓（送回至中衢）	人與虎期，虎遭擒，人救之
清	《夜雨秋燈錄·穀於菟》〔註188〕	小女子	虎母	兩乳虎	✓	月餘	✓		翁媼閉女子於室，虎母救之
清	《右台仙館筆記·龍洞歷險》〔註189〕	周如三	蛇→龍	×	人求蛇允其餂石療饑	數日	✓		趙某棄周如三而去，後悔之

唐代至清代的文人筆記中，救人出坎的動物，由六朝的「熊」轉而出現「虎」、「蛇」及「龍」，人顯現出主動性，有求動物將其送至特定地點者，並有後續情節之發展，在情節上更趨繁複。

〔註183〕 （唐）戴孚：《廣異記·蒲州人》，收錄於史仲文主編：《中國文言小說百部經典》（第7冊）（北京：北京出版社，2000年3月第1版，2000年3月第1次印刷），頁2274。

〔註184〕 （唐）戴孚：《廣異記·虎恤人》，收錄於史仲文主編：《中國文言小說百部經典》（第7冊）（北京：北京出版社，2000年3月第1版，2000年3月第1次印刷），頁2228。

〔註185〕 （明）陶宗儀：《輟耕錄·卷二十四·誤墮龍窟》，《景印文淵閣四庫全書》第1040冊（臺北：臺灣商務印書館，1986年3月初版），頁678。

〔註186〕 （明）朱國禎：《涌幢小品·卷三十一·虎》，《叢書集成三編》第72冊（臺北：新文豐出版公司，1997年3月臺1版），頁86。

〔註187〕 （清）張潮輯：《虞初新志·卷之四·義虎記》，《續修四庫全書》第1783冊（上海：上海古籍出版社，2002年3月第1版，2002年3月第1次印刷），頁213。

〔註188〕 （清）宣鼎：《夜雨秋燈錄·卷五·穀於菟》，《續修四庫全書》第1789冊，同前註，頁356～357。

〔註189〕 （清）俞樾：《右台仙館筆記·卷五·龍洞歷險》，《續修四庫全書》第1270冊，同註187，頁488。

（二）近當代民間故事

近當代民間故事，在陝西、吉林、江蘇、甘肅、西藏、海南、天津、安徽、青海等地，錫伯、鄂溫克等民族，甚至外國如伊朗，亦可見及動物救人出坎之情節敘事，此情節多爲一人入內有妖物之深坎，救出被妖物所刼之人，後爲坎外人所棄，被困洞中，卻遇義獸將其救出。「動物救人出坎」之情節，大抵出現於 ATK301「雲中落繡鞋」故事中，人入深坎救人，洞外接應幫助者卻因貪婪心起，棄洞內之人於不顧，居於坎中之人又因動物之助，得出洞外，顯現奇趣。

二、延展特點

六朝之後含有「動物救人出坎」情節之敘事，大抵表現出「人求動物救出坎」、「動物展現情義」、「動物落難，人奮力搭救」，亦有出現在 ATK301「雲中落繡鞋」故事者，敘述如後。

（一）人求動物救出坎

《搜神後記》中，射鹿人見熊母負熊子而出，「分死坎中，窮無出路」，幸熊母「尋復還入，坐人邊」，射鹿人才得出穴。文中的射鹿人處於純然被動之姿態，擔心自己將死穴中；六朝後文人筆記所見動物救人出坎的情節，人轉而化被動爲主動，或以言語、或以動作，積極爲自己求生而奮鬥。

《廣異記·蒲州人》中，蒲州人「墮深坑」「累月」，利用蛇「散去」，「出復入」之時，前抱蛇項而到地面。《輟耕錄·誤墮龍窟》中，商人墮入「險峻」「不可攀緣」之蛇穴，見蛇「伸展」「騰升」，「遂挽蛇尾得出」。二篇故事中的人物，困於穴中，能把握住蛇將離去的時機，主動攀援，藉機求生，頗具果斷的積極性。

《廣異記·虎恤人》中，李將軍見虎負子出窟，忙抱住虎求其「相引」，虎遂「垂尾」助其「出窟」。《涌幢小品·義虎橋》中，「迷失故道」的商人主動向虎提出欲仗其力出穴，以見「父母妻子」。《虞初新志·義虎記》中，樵者見虎欲負「漸壯」的小虎出穴，急忙「仰天大號」，欲虎相救，虎則「復入」，「拳雙足俛首」就之，樵者因此離開深穴。《右台仙館筆記·龍洞歷險》中，周如三被困洞中，見蛇「騰躍欲上」，周如三攀其長出之角求「龍王偕出」，龍王遂「挾周俱上」，回返村莊。

落於深坎、受困其中者多爲男子，而《夜雨秋燈錄·穀於菟》卻見一「年

十二」的「山家小女子」，在母虎負「長成」之「乳虎」「出洞」之時，「大號」，虎母「俯瞰」「良久」後「躍下」，再負女子躍至「高處」，引女子至「通衢」，女子終得歸家。

　　自唐之後，落於深坎中的人顯出主動積極性格，在與動物相處的時日中，逐漸明瞭動物實則具有善性，甚有如《涌幢小品》中的樵者，與虎趨於狎暱；《夜雨秋燈錄》中的女子，則以天眞的孩童性格，向虎母求乳止飢，虎母甚亦將其視同己子一般，「舐乳虎」外，又「兼以蛇輕舐女面」；《右台仙館筆記》中的周如三，先以敬謹之心相待，再向蛇求宿，並求其分予可餂之石。六朝之後文人筆記中的人物，在落入深坎初時，或有求助無門的害怕之心，然在穴中，卻又逐漸顯出爲動物所助之後的安適心情，原於六朝志怪中見及之畏縮心態，已爲積極尋求出路之奮鬥所取代。

（二）動物展現情義

　　六朝以後動物救人出深坎的故事，更見動物與人之互動，動物有通曉人語給予回應者，也見動物救人出深坎後，發現人落於災難，動物再前來相救者。

1. 動物通曉人語，與人密切互動

　　《廣異記·虎恤人》中，虎帶李將軍出虎窟後，「每三日」即至李家探看，「二十日」中出現「五六度」，卻引起「村人恐懼」，李將軍因此白於虎，「經月餘，復一來，自爾乃絕」。虎先前取走李將軍，「彌耳如喜狀」，送李將軍回家後又數度探視，直至李將軍提出懇求，僅再出現一次，顯出虎對李將軍的不捨離情，也見其體恤村人害怕而不再現身之情義。

　　《虞初新志·義虎記》中，樵者求虎救其出穴，虎由外復入，「拳雙足俛首就樵」，讓樵者「騎虎」而騰出壁上，其後，樵者再次求虎將其導至「中衢」，虎「頷之」以示意，「前至中衢」後還「反立視樵」，而樵者爲踐履先前所提「導我中衢」，「死不忘報」之承諾，與虎約定於「西關三里外郵亭之下」備「豚」以候之，虎則「點頭」回應，分離時，「樵泣，虎亦泣」。樵者每於穴中提出懇求，或出穴後對虎言語，虎皆以動作回應，明白可見虎通曉樵者之言。虎在此表現出慈心及靈性，與一般凶猛之形象大異其趣。

2. 動物見人落難，再度出手相助

　　《夜雨秋燈錄·穀於莬》中的女子由虎窟回到家後，反遭翁媼誤以爲「倀」，女子「辨莫能白」，被閉於室，「不與以餐」，致「轉餓將斃」，「號救」「無應」。翁媼當夜則夢一「黃衣婆子」對其怒斥，若女子餓斃，翁媼當亦見

殺，驚愕之餘，遂將女子釋放而出。虎母在「虎窟」中，不僅「分乳」以救女子之飢，女子睡時，曾「以舌輕舐女面」，若晚歸虎窟，也「銜果餌置女側」，及至虎母帶女子出虎窟，離別之時，虎母「猶回顧頻頻而後去」，處處展現出為母護子的天性；而當女子為翁嫗誤解，有「餓斃」之虞，虎母則化為「黃衣婆子」入「翁嫗」之夢，此時，又顯出其為虎之獸性，以其威猛震懾翁嫗，務使女子得到應有的照護，虎母對女子之情，並未因女子離開虎窟而結束，在女子遭困厄之時，虎母再度出現，為女子解危，彰顯出自然流露、力可撼人的母性。

（三）人救動物以報恩：動物落難，人奮力搭救

《涌幢小品·義虎橋》中，虎送商人出穴，數年後，虎為獵人所縛，遭到「將獻之官」的命運，卻為商人認出，虎見商人，「回眄」，商人則「感泣」，「亟出重貲贖之」，縱之於「深山之曲」。商人當年「誤墮虎穴」，虎不但「不加噬」，白晝「出取物食之」，夜晚為之守護，又送其回返家中，在商人生命或許存續無望之時，反受到虎在食物、安全等生活上的照顧，虎待商人存有恩義，故商人亦以感恩之心回報義虎，在其落難之時伸予援手，即使花費「重貲」，也要為其爭取自由。

《虞初新志·義虎記》中，樵者出虎穴後，與虎約於某日以「豚」候之為饋，虎先至，卻為人所擒，將以「獻邑宰」，樵者知之，忙奔走相救，央求眾人「毋傷」，隨虎追至縣衙，「擊鼓大呼」，「具告前事」，和虎不斷以言語溝通，終使眾人信服此虎乃當年救樵者，而今前來赴約，待真相釐清，二者則相擁而泣。樵者落於「丈許」深的虎穴中，在食物、生命上卻皆未受到威脅，虎以義待樵者，樵者亦待之以義，人、虎相救，顯出人性的光輝，也見動物的善行。

（四）人與動物對比：出現在 ATK301「雲中落綉鞋」型故事中

《右台仙館筆記·龍洞歷險》中，周如三在洞中與蛇相處，跪而求「寄宿」、求分食、求偕其出洞，蛇皆「若頷之」，終使周如三擺脫為同伴趙某所棄、不得出澗之命途。反觀趙某，當初覷覬周如三「衣巾藏白金十餘兩」，遂將「衣及巾」帶走，全然不顧周如三入澗，便棄其而去。蛇遇陌生的周如三，令其食宿皆無虞；趙某身為周如三友人，卻置其生死於不顧。蛇出於善意，處處救助未曾謀面之人；人卻為一己之利，罔顧他人性命。蛇與人之不同作為並列，正顯出強烈對比，為慾所蔽、心存貪念的人，反不如動物對人伸出援手，動物與人之對照敘寫，無異含有諷刺之意。

　　《右台仙館筆記‧龍洞歷險》人入洞中，爲洞外人棄之不顧，入洞之人爲動物所救，得而到達地面之情節痕跡，在 ATK301「雲中落繡鞋」型故事中，依然可見。

1. 仗義相幫

　　現當代故事之坎中義獸，純出於仗義相幫者，如吉林〈獵人與公主〉〔註190〕中的「小白鼠」，在阿古拉摔落洞底昏迷之時來咬他的耳朵，其後又有「大海國王的兒子」以「小蛇」之形出現，「變成一個漂亮的小伙子」，「把阿古拉馱出洞」，「帶他到大海國」，送給他「一匹鐵驪大馬」，讓阿古拉往回家的路上前進。甘肅〈王恩和石義〉異文〔註191〕中的「白蛇」，化爲「白鬍子老漢」，先要黃恩打「一百隻」「水鳥」，再以「上一個臺階」就「吃一個水鳥」的方式，背黃恩「上一百個臺階」後出了洞。而黃恩曾效法白蛇「舔白石頭」解了飢餓，安徽〈王二小娶皇姑〉〔註192〕中，王二小在洞中學著「兩條小白蛇」「舔一塊小魔刀石」，解除飢餓之苦，此等故事承襲了《右台仙館筆記‧龍洞歷險》人效動物舔物療饑之法得以存活，也見動物對人相助的義氣。

2. 受助報恩

　　另有男子被困洞穴，曾受男子主動幫助的動物，出面爲其解危者，如天津〈花蝴蝶認轎〉〔註193〕、鄂溫克族〈阿格迪〉〔註194〕中，劉順、阿迪格被困於洞中，則見先前曾救起的「花蝴蝶」、「黑狐狸」出現在身邊，爲他們帶路，得以出洞。又如海南〈老鷹精〉〔註195〕，帕糾將「廚壁上」吊著的「金魚乾」浸泡在泉水中，使金魚復活，「變成一個年輕美麗的少女」，令「南海龍王的小女兒」獲救，龍女遂將帕糾帶離洞穴，送其回家。伊朗〈三王子和

〔註190〕《中國民間故事集成‧吉林卷》（北京：中國文聯出版公司，1992 年 11 月第 1 版，1992 年 11 月第 1 次印刷），頁 531～534。

〔註191〕《中國民間故事集成‧甘肅卷》（北京：中國 ISBN 中心出版，2001 年 6 月北京第 1 版，2001 年 6 月北京第 1 次印刷），頁 435～438。

〔註192〕《中國民間故事集成‧安徽卷》（北京：中國 ISBN 中心出版，2008 年 10 月北京第 1 版，2008 年 10 月北京第 1 次印刷），頁 873～874。

〔註193〕《中國民間故事集成‧天津卷》（北京：中國 ISBN 中心出版，2004 年 11 月北京第 1 版，2004 年 11 月北京第 1 次印刷），頁 594～597。

〔註194〕《中華民族故事大系》第十四卷（上海：上海文藝出版社，1995 年 12 月第 1 版，1995 年 12 月第 1 次印刷），頁 883～894。

〔註195〕《中國民間故事集成‧海南卷》（北京：中國 ISBN 中心出版，2002 年 9 月北京第 1 版，2002 年 9 月北京第 1 次印刷），頁 502～507。

大鵬鳥）〔註196〕，則因三王子將想吞食鸐鳥的巨蟒「斬爲兩截」，「大鵬鳥」感念其救子恩情，便要三王子準備七頭牛的牛肉和皮囊，帶三王子穿過「七層地」，飛回到地面。甘肅〈無稽山降妖〉〔註197〕、錫伯族〈誠實的眞肯巴圖〉〔註198〕，亦見老鷹、大鳥報男子救子之恩，載男子飛出洞穴之情節。

在現當代民間故事中，動物救人出坎之情節，多發生在動物爲妖物所刧，男子入洞救女子之時，或因出於主動幫忙，或因爲男子所搭救，於是助男子離開洞穴，顯出情義，對比當時陷男子於洞中的人而言，亦具有人不如動物之諷刺意。

綜觀「動物救人出深坎」之情節敘事，六朝之時，救人的動物僅止於「熊」，且人處於被動之姿，所見及者，以熊的善性爲主。及至唐朝，救人動物有蛇、虎，亦見蛇變爲龍者，而以虎較爲多見。蛇救人之情節較爲簡略，或承熊救人出深坎的情節而來，而人已呈現出主動積極脫險的作爲；虎救人出深坎之主題，在細節上則可見擴展，除了人向虎主動求救外，更進一步懇求虎送其歸家，而人虎間的情感，在人虎相幫解圍的情境中更見深刻，也強化出虎之靈性；蛇能變爲龍者，至清朝更加入人與動物對比之敘述，藉映襯之法，諷刺人性之貪，頗見警世作用。至現當代的民間故事，則見與 ATK301 故事相結合，將人入洞穴，爲動物所救，在情節之前銜接人入洞救女子之事，對比人及動物的貪婪及善行，可見故事與清朝文人筆記相較，有所承接及發展。

總覽六朝志怪筆記動物故事情節單元在後世的流傳及影響，「老虎報恩」合併探討「老虎求醫並報恩」及「虎求助產並報恩」，此二型故事分別由「象報爲拔腳刺之恩」及「虎報助產之恩」之情節而來。「虎求助產並報恩」之故事，六朝後，求助產的動物亦有爲狼者；其報恩方式，除贈野物，也見贈財物，後世更見守護之舉。六朝後，「象報爲拔腳刺之恩」情節所形成之「老虎求醫並報恩」故事，則見動物多轉爲老虎；受傷情形有由自身及於子輩者；其報恩方式，也由象不毀田稼，轉爲虎送野肉、送財寶、送妻子，或護衛隨

〔註196〕 元文琪譯編：《三王子與大鵬鳥》（伊朗民間故事選）（北京：中國民間文藝出版社，1984 年 10 月第 1 版，1984 年 10 月第 1 次印刷），頁 38～59。

〔註197〕 《中國民間故事集成・甘肅卷》（北京：中國 ISBN 中心出版，2001 年 6 月北京第 1 版，2001 年 6 月北京第 1 次印刷），頁 424～430。

〔註198〕 《中華民族故事大系》第十三卷（上海：上海文藝出版社，1995 年 12 月第 1 版，1995 年 12 月第 1 次印刷），頁 484～490。亦見於《中國民間故事集成・新疆卷（下冊）》（北京：中國 ISBN 中心出版，2008 年 2 月北京第 1 版，2008 年 2 月北京第 1 次印刷），頁 1120～1124。

侍在旁者，更進而形成複合故事，情節更見衍伸。

　　「鳥妻」情節衍至後代，呈現「羽衣仙女」之形，並見複合型故事，增生子尋母、夫尋妻、難題考驗的情節，衍伸出「妖洞救美」，或男子與岳父、祖父與孫子之智慧較量，或有外人刁難，顯現羽衣仙女過人之機智，或見兒輩能巧解難題，刻劃出英雄出少年的卓越形象，使故事趨於複雜且引人。

　　「螺變爲女」之情節造成「田螺姑娘」的故事類型，六朝之後，除原有之「謝端」系統，又增衍出「吳堪」系統，螺所變的女子有與吳堪結爲夫妻者，且見難題考驗情節，形成複合型態，出現「神奇妻子美而慧，老實丈夫受刁難」、「百鳥衣」等故事類型，使故事情節顯得樣貌多變而有趣；亦有女子爲外力阻撓而離開男子之情節。此外，民間亦有螺女廟之建造，顯出文化融合於生活之況。

　　「蛇互鬥」、「蛇報仇」、「蛇報助戰之恩」之情節形成「蛇鬥」故事，六朝時期，動物報恩之回饋以實物爲主，至唐朝，轉而見珍珠寶物，衍至民間故事，除贈以稀世寶物並助其解決日後危難外，也見動物變爲人妻，照顧恩人生活。在人助戰的層面，除隨手可取之武器或工具外，也出現須事先準備、以贏勝戰之具，更見變化。在故事的延展上，也見形成複合故事，促使情節更爲複雜、更趨多變。

　　《搜神記》中「蛇哭喪」情節出現人產龍、蛇哭喪之主題，六朝後，人產龍之特異情形增生「感生而孕」、「養者爲母」之情節，生、養之情皆被同等看重。「斷尾化龍」亦爲此型故事六朝後增衍而生者。「哭喪祭母」則承六朝已有之「蛇哭喪」情節，將「慎終」情感推展至「追遠」情懷。至民間故事，則見「人生獸」繼以「探母」情節，凸顯人、獸間不容斬斷的母子情。

　　《搜神後記》中已見「熊救人出深坎」之情節，其後的文人筆記，救人的動物則轉爲蛇、龍、虎等，而以虎爲多，民間故事則以龍爲多。此一故事在唐至清朝的文人筆記方面，人展現較積極的主動性，與六朝動物顯現主動的情形有所不同，且有人回饋動物的感恩之舉，使情節增益，在動物救人之後，又生發出換動物遇險，人反救之的情節，也見人返家後遭困，動物再度仗義相助之情形，使動物通曉人語、給予回應產生強化作用，展現動物的情義，同時也凸顯出人與動物間相處日久、患難與共的情誼。亦有敘動物的良善之性，與人之貪婪作對比，此一情節衍至現當代民間故事，多與 ATK301「雲中落繡鞋」故事結合，藉此諷諭爲貪念所蒙蔽的人性，在貪之慾望下，人反

而不如動物之眞情相對。

　　總之，六朝志怪筆記動物故事，至後世仍見情節單元或故事類型之流傳，在動物種類上有所變化，在情節上有所增生，並見與其他故事銜接，以延展擴張情節之變化，促使故事更爲有趣引人。

第八章　結　論

　　本論文以六朝志怪筆記動物故事爲探討範疇，自題目之選定、研究方法之探究，漸而對六朝志怪筆記中之動物故事觀察箇中特色，並進一步深入及於其所涉及之背景，發現此一時期之動物故事有其意義存在。

一、情節單元特色

　　魏《列異傳》有擾人之蛇魅、狐狸魅；鳥、鯉可變化爲石及女子；鸜、鼠能通人語，展現特殊能力；也見馬能通人性，具靈性。

　　晉朝志怪中，《博物志》出現殺禽獸之人受懲罰、雄性動物與人生子的情節；《玄中記》見動物妻子情節；《搜神記》含有動物情節的敘事則居六朝志怪筆記之冠，增生動物能示警、報恩、哭喪、生人之情節，也見動物形體怪異者，並增加更多如蟬、鹿、狗、蝎、雞、豬、魚、鼠等動物精魅，開拓動物於「外形」、「神奇能力」及「人類特性」上的特異表現。《搜神後記》出現動物能退賊、救主、報恩、哭墓，多見報應之主題。《拾遺記》展現動物之奇能異徵，具獨特仙道色彩。綜言之，晉朝志怪筆記，在精怪層面的表現有所拓展，動物具人性的特質也多所突出。

　　南朝志怪筆記，承前朝志怪情節者，較晉朝多，卻也見新情節產生。《異苑》出現鼠能知人禍福、孔雀示警、雞入火不傷、雞作人語、鸚鵡漬水救火、鸚鵡說人善惡、象報恩，並見蟻、蜘蛛、獺能變成魅，鶴、蚯蚓能幻爲人。《幽明錄》則見蝙蝠魅、螻蛄魅出現，牛能通人語、會哭喪，鳥會報恩。南朝宋之志怪，在動物報恩及宗教果報情節上，有增加趨勢，可見此時期宗教之影響力。齊之志怪筆記，則多爲動物對人提出預告，或馴服於佛法之情節，在

因果觀念方面多所強調。梁之志怪筆記，承前朝情節者占多數，卻也見新情節單元，如《述異記》增生鹿生人、鹿變為人、魚作人語情節；《小說》有鳩救人、野豬為人築塘等新主題；《金樓子》出現鴨大如鵝、龜四足各攝一龜、小鳥大如鷺等獨特之情節。大致而言，梁之志怪，仍多見動物幻形、作人語、報恩於人之情節。此外，尚有作者不明的《續異記》，蚱蜢變為人乃為特出之情節；《雜鬼神志怪》有前承的敘事，卻也見其情節上再作發展。綜觀南北朝時期的志怪筆記，雖承襲前朝作品的情況較多，卻在故事性方面有所增強，已呈現唐傳奇描摹故事的細膩痕跡。

就六朝志怪動物故事之情節單元觀之，在「奇貌殊能」方面，動物幻化之情節最為多見，次有徵狀怪異者、有神奇能力者、懂人語者，及巨型動物。「人情互動」方面，可見動物擾人、助人、報恩、報仇、與人成婚，及具人類特性者。能幻化為人的動物，害人者多屬精魅，當其作為失敗，則恢復為動物；不害人者，則甚至助人成就美事。整體而言，六朝志怪中的動物，顯現奇思異想的怪誕形貌，卻也見愈發與人存有互動的良善靈性。

二、可見及之故事類型

六朝志怪筆記動物故事，已見故事類型形成，因其彌足珍貴，故闢章節討論之，有「虎求助產並報恩」、「義犬捨命救主」、「鳥妻」、「田螺姑娘」、及「蛇鬥」等。

「虎求助產並報恩」，在西方為蛇求助產，中國則為虎求助產；西方動物報恩以金錢回饋，中國則贈野肉以謝，顯現中國民情，蘊含虎崇拜之圖騰信仰，並因佛教報恩觀念之影響，使虎報恩之敘事在中國顯其獨特性。

「義犬捨命救主」在西方亦可見，中國則在儒家已具的仁愛忠義觀念、及佛經動物故事影響下，道出人照護犬、犬護衛人的情感聯繫，強化了仁義善報的觀念。

「鳥妻」為國際型故事，唯中國以鳥為主要角色，蘊藏有鳥崇拜觀念；女子在水際出現，衣物為男子所藏，則含有中國祭高禖求子儀式，及禁忌、穿衣禮之設置，男子得衣、失衣，為得妻、失妻之表徵，蘊有中國文化；而平凡男子得與女子為夫婦，又隱含六朝亂世中百姓對家庭建立之企求，也見出動盪社會人民之苦境。

「田螺姑娘」故事乃中國所獨有，故事發生點多為水域之地，男子則為

孤苦又且能自守之升斗小民，田螺姑娘之出現，涵蘊了男子對脫離貧苦之企盼、及嚮往擁有仙妻之情結，而窺視之禁忌，則促使女子離去，又透顯出動亂社會中物質生活改善願望之幻滅。

　　「蛇鬥」故事，中、西方有差異，西方所見，爲蛇將人負於背，一起前往應戰，事成後，以黃金爲酬。中國則見動物幻化爲人，與人接觸，蘊有圖騰之信仰；蛇之報恩，則以獲一年之獵豐爲饋，符合獵人所需，也漸融入佛教報恩思想；而被人殺死的動物後代，在人重返舊地時，幻化爲人，向獵人索命，則具中國血親復仇的傳統信念，顯現中國特色。和西方故事相較，中國「蛇鬥」故事較富於情節。

三、對後世之影響

　　六朝志怪動物故事之情節，至唐、宋、元、明、清，及近當代，可見故事之流傳及增衍，也由此顯出故事情節之受人青睞。

　　「老虎報恩」故事，後代可見流傳者有兩型，一爲出現較早之「虎求助產並報恩」，至唐朝，虎多化爲人形，或甚至能作人語向人求助，至近當代，則有狼求助產者；另一型「老虎求醫並報恩」，六朝之後，報恩動物由象轉爲以老虎爲多，也見狼、猴、龍等，情節則除拔腳刺外，尚見去喉骨、除爪籤、拔勒間箭等。其報恩方式及衍生的故事，約可圖示如下：

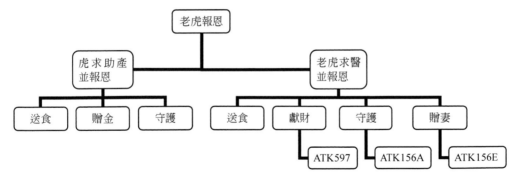

其回饋報恩之物，由六朝可見的野肉，增生財物、妻室，或在恩人身邊守護隨侍，進而發展出 ATK597、ATK156A 及 ATK156E 型故事，顯現動物純然感念之舉，具有深長情義，也使故事趨於複雜精彩。

　　「鳥妻」之情節及故事，羽衣本爲女子幻化之媒介，衍至唐朝，幻化情節爲仙女著天衣所取代，並結合田章故事，增加子尋母、難題考驗情節，至後代，更有夫尋妻、妻助夫等情節之接榫，使原本鳥妻情節愈益多元曲折而

精彩，圖示則如下：

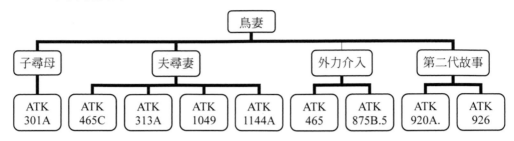

原 ATK400A 之鳥妻故事，可接以「子尋母」、「夫尋妻」、「外力介入」或由第二代爲故事敘述之重心，再續接上其他型故事，形成複合型故事，促使鳥妻故事在情節上再作開展，顯現變化多端的趣味。

「螺變爲女」而生之「田螺姑娘」故事，由六朝以男女主角分開爲結局之「謝端」系統，演變至唐朝，增生由「石變爲女」衍至「螺變爲女」、男女主角共組家庭、因妻美而生難題考驗之「吳堪」系統，其衍變流傳情形，大致如下：

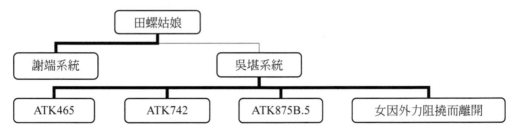

女子留下與男子共同生活之「吳堪」系統情節，在外力介入下，又可再開展出第二階段的分合現象，其與 ATK465、ATK742 及 ATK875B.5 型故事，結合成複合型故事，造就團圓結局；女子因外力阻撓而離開，則使故事呈現合而又分的曲折情節，又見另一番氣象。而元曲中也見《青螺記》作品取材自〈白水素女〉，甚至朝鮮半島也有「螺女譚」之異文流傳，顯見「田螺姑娘」一型故事影響及於後世。

「蛇鬥」故事由「蛇互鬥」、「蛇報仇」、「蛇報助戰之恩」之情節構成，六朝之後，互鬥者除蛇外，亦有龍鬥；人助戰之方式，除取隨身武器或隨手可得之具，亦見事先備好雙方所須，以操勝算者。由動物的回饋方式觀之，則可見及故事流傳之衍變情形：

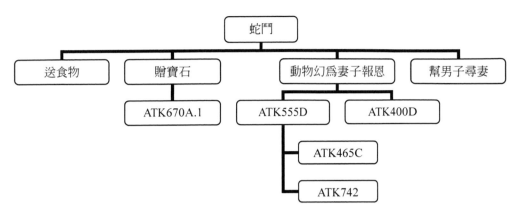

動物回饋之途，由六朝送食物，增生贈寶石、化爲動物妻子報恩、或幫男子尋妻等方式，傳至後世，有與 ATK670A.1、ATK555D 及 ATK400D 形成複合型故事者，而 ATK555D 更見與 ATK465C 或 ATK742 形故事再作接合，使故事情節多所變化擴展，更添精彩。

　　六朝「蛇哭喪」情節多銜接於「人產蛇」之後，此敘事情節在後代持續流傳，動物除蛇之外，更多爲龍者，其衍變情形如下所示：

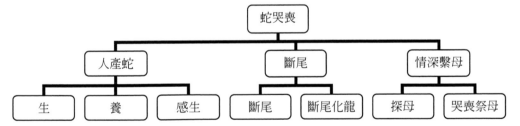

六朝「人產蛇」情節，漸次發展出人養蛇、感生而孕之情節，在唐至清朝文人筆記階段，人生動物之異象，由「感生而孕」加以調和銜接；現當代民間故事，則承「人產蛇」情節轉而爲「人生龍」情節。六朝所見哭喪情節，文人筆記中擴展爲祭母，民間故事則見「龍探母」情節。而「斷尾」情節爲前所未見，甚有將斷尾作爲化龍之象徵，爲感生而孕增添神異性者。由其衍變情形觀之，「探母」情節凸顯親生之情，「祭母」情節則見綿長的追遠情思，形塑出骨肉相連的孝心。

　　六朝「熊救人出深坎」之敘事情節，至後代仍見流傳，動物則由熊轉爲虎、蛇及龍，其衍變情形如下所示：

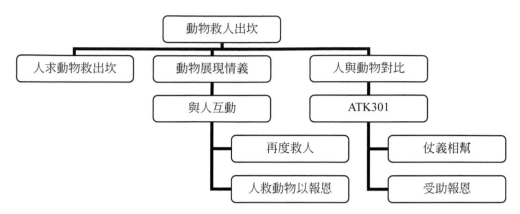

六朝之時，救人之動物較爲主動，人則處於較消極之狀態，自唐而後，人主動求救之現象明顯增加，更因主動提出懇求，致使動物與人有進一步互動，又增生動物受困或人遇困厄，促使在坎穴中共患難的人及動物，對再度落難者拔刀相助，使敘事情節又作衍伸，強化了人與動物間的情感，此間亦見人與動物之表現形成對比者，藉此勸喻爲貪所惑的人類，勿因貪婪而失了人與人間相待的眞情，其諷諭之意，正蘊於動物故事之中。

四、動物故事之呈現意義

就情節單元對六朝志怪筆記之動物故事加以觀察，動物有出現於荒遠異境、壽命以千百計者、也見受傷卻能自體復原者；尚有不能飛的動物卻顯現飛天本領；動物能變換形體，則更爲多見。六朝志怪呈現如此之敘述，與道教神仙思想、仙鄉樂園，及靈魂不死之說有所淵源。神仙不死之說，促進求仙風氣；仙境樂園之企求，吸引帝王及百姓；由羌族火葬風俗所衍生的靈魂不死觀念、加之先秦以來氣化宇宙論說法盛行，促使人與動物可互爲轉化的說法深植人心，因此，動物故事透顯出「忻羨神仙方術之說」的思想，受道教影響甚深。

六朝志怪筆記之動物，有表現異於常情，爲日後具有帝王、聖人身分之人趨吉避凶者；有顯現異角異足，也見同類相殘、異類相鬥，或有動物生人、異類相交，或見性別變換、變生異類，或能作人語，或有處在異常環境中者，在在呈現反常狀態。諸如此類異常現象之敘述，又常附以徵應之驗證，或提出解說、預言，此類志怪常與史實相爲結合對照，呈現休徵、咎徵之述，自然、天象、人事出現互爲關連之況，動物變怪又存有符應災異之說，可見動物故事「蘊含陰陽讖緯之學」，道教思想之深固，明顯易見。

　　六朝志怪，動物有因遭難受人之恩給予回報者，也有己身、親族或恩人受人之害，向人報仇者，亦見動物自身因前世行爲不當，致使後世須自食惡果者。此類敘事，存有中國周朝天報觀念、儒家德報思想、道教承負說法，自佛教業報思想傳入，三世因果之輪迴觀念亦普及人心，是以，六朝志怪筆記動物故事，有報應及於家人之況，此種情形之惡報多於善報，多爲道教承負思想之影響；有報應及於自身之況，則見善報多於惡報，此種情形除可見承負說外，亦有爲佛教業報思想所致者。因此可見，六朝志怪筆記，有藉動物與人之互動，「傳達因果報應之觀」，宣揚行善去惡之念。

　　六朝動物故事常見動物肢體顯現異狀、動物之間發生爭鬥、或動物突作人語、或出現異類動物相交、精魅不時出現人間作亂爲祟，此類怪異現象之書寫，影射政治現象者不在少數。實則當時之生活實景，六朝正處變亂紛起、政爭不斷的時代，不但朝廷內部屢見分合之勢，邊患對中原的覬覦之心也蠢蠢欲動，因之政局變動迭起，動盪不安。此外，自然災害對百姓也造成莫大影響，旱災、水災、蝗災、飢荒等接連發生，黎民被迫流離遷徙，生命備受威脅。動物故事，正「反映亂世社會之象」，人民處於動盪時代，社會亂象亦如呈顯異狀之動物般出現，安居樂業的願景在此一時代中，僅爲奢望。

　　百姓身處亂世，流離無依，物質上的極度匱乏，促使心中滋生嚮往安定的意念，道教建構了仙鄉樂園、佛教闢築出涅槃世界，其無苦痛的境地，正爲這大時代的人民提供了心靈的庇護之所。生活中所遇的災異，在陰陽讖緯觀念中，明顯可知乃因爲惡所鑄成，因此要到達免於痛苦之境遇，須要存有善心善德。佛教之三世因果，成爲百姓寄託希望所在，今生雖受苦，然於善行的實踐中，便有機會促成將自己導向於來世的美好，六朝志怪筆記動物故事，實則道出了該時代黎民內心的體悟及感受。

五、研究展望

　　六朝志怪筆記動物故事之研究方法，以「情節單元」及「故事類型」之向度加以探析，且採用國際公認的 AT 分類法，有其意義存在。鍾敬文以故事之比較角度寫就〈中國民間故事型式〉，能顯現出較大格局，月朗曾評述鍾敬文、楊志成等人合譯〈印歐民間故事型式表〉，採用相同故事的比較研究，「把故事的演變與社會風俗、人類思維的進化聯繫起來」，「指出了各地相似故事

間的某些聯繫，初步揭示了故事演變的一般規律」〔註1〕，有其科學價值和歷史意義。以主體結構研探故事異同，可將存在異文的同型故事加以比較，其所觀範圍則可不僅止於同一時代、同一地區，在將時代、地區擴展比較之同時，也易於觀察出相似故事之間的關連，或透露民情，或涵蓋特定之信仰觀念，如此之比較法，能顯出其價值及意義。

　　金榮華教授在《民間故事類型索引》中，也曾言使用 AT 系統型號的功能：

> 使用 AT 系統，是因為許多國家的民間故事編目者在使用它，經由它的型號，可以超越各國語文的障礙，取得其它國家同型故事的資訊，有比較寬廣的世界觀。〔註2〕

由上可知，以 AT 分類法就「情節單元」及「故事類型」探究故事，有利於跨國性之比較研究。因此，六朝志怪筆記動物故事研究，若欲從事與國際接軌之觀察研究，具有其延展性，AT 分類法之研究方式，即為其主題、範疇延伸之重要關鍵。

〔註 1〕月朗：〈中國人類學派故事學比較研究發微〉，《民間文學論壇》1986 年第 4 期（總第 21 期）（1986 年，未標月份），頁 63。

〔註 2〕金榮華：《民間故事類型索引》（第一冊）（增訂本）（新北市新店：中國口傳文學學會，2014 年 4 月再版），前言。

引用文獻

一、**專書**（古籍依朝代先後及撰人姓氏筆劃順序排列，今著依撰人姓氏筆劃順序排列）

（一）研究文本與輯錄

1. （周）左氏傳，（西晉）杜預注，（唐）孔穎達疏，《春秋左傳正義》，臺北：藝文印書館，據清嘉慶二十年（1815 年）江西南昌府學阮元校刊本影印。

2. （魏）曹丕等撰，鄭學弢校注，《列異傳等五種》，北京：文化藝術出版社，1988 年 12 月北京第 1 版，1988 年 12 月北京第 1 次印刷。

3. （西晉）張華撰，（宋）周日用等注，《博物志》，臺北：臺灣中華書局，1966 年 3 月臺 1 版，《四部備要》本第 421 冊，連江葉氏本，據士禮居本校刊。

4. （西晉）陸機，《陸氏要覽》，收於《筆記小說大觀》第 19 編第 1 冊，臺北：新興書局，1997 年 8 月版，馬國翰《玉函山房輯佚書》本，頁 179 ～184。

5. （東晉）干寶撰，胡懷琛點校，《搜神記》，臺北：鼎文書局，1978 年 8 月初版。

6. （東晉）王嘉撰，（梁）蕭綺錄，齊治平校注，《拾遺記》，臺北：木鐸出版社，1982 年 2 月初版。

7. （東晉）陶潛撰，汪紹楹校注，《搜神後記》，臺北：木鐸出版社，1982 年 2 月初版。

8. （南朝宋）劉敬叔，《異苑》，明萬曆間 1573 胡震亨刊崇禎間毛氏汲古閣印《秘冊彙函》本。

9. （南朝宋）劉義慶撰，鄭晚晴輯注，《幽明錄》，北京：文化藝術出版社，1988 年 12 月北京第 1 版，1988 年 12 月北京第 1 次印刷。

10. （南朝梁）任昉，《述異記》，清光緒至民國間南陵徐氏刊本，據宋太廟前尹家刊本。

11. （南朝梁）吳均，《續齊諧記》，收於（明）吳琯輯，《古今逸史》，板橋：藝文印書館，1967 年，嚴一萍選輯《百部叢書集成》第 9 冊。

12. （南朝梁）殷芸撰，王根林校點，《殷芸小説》，收於王根林、黃益元、曹光甫校點，《漢魏六朝筆記小説大觀》，上海：上海古籍出版社，1999 年 12 月第 1 版，1999 年 12 月第 1 次印刷。

13. （南朝梁）梁元帝，《金樓子》，臺北：新文豐出版股份有限公司，1985 年元月初版，《叢書集成新編》第 21 冊，《知不足齋叢書》本。

14. 李劍國，《唐前志怪小説輯釋》（修訂本），上海：上海古籍出版社，2011 年 10 月第 1 版，2011 年 10 月第 1 次印刷。

15. 魯迅輯錄，《古小説鈎沉》，濟南：齊魯書社，1997 年 11 月第 1 版，1997 年 11 月第 1 次印刷。

（二）情節單元暨民間故事專書

1. 〔美〕丁乃通編著，《中國民間故事類型索引》，北京：中國民間文藝出版社，1986 年 7 月第 1 版，1986 年 7 月第 1 次印刷。

2. 大理白族自治州文化局編，《白族民間故事選》，上海：上海文藝出版社，1984 年 1 月第 1 版，1984 年 1 月第 1 次印刷。

3. 中國民間文學集成全國編輯委員會主編，《中國民間故事集成・上海卷》，北京：中國 ISBN 中心出版，2007 年 5 月北京第 1 版，2007 年 5 月北京第 1 次印刷。

4. 中國民間文學集成全國編輯委員會主編，《中國民間故事集成・山東卷》，北京：中國 ISBN 中心出版，2007 年 4 月北京第 1 版，2007 年 4 月北京第 1 次印刷。

5. 中國民間文學集成全國編輯委員會主編，《中國民間故事集成・內蒙古卷》，北京：中國 ISBN 中心出版，2007 年 11 月北京第 1 版，2007 年 11 月北京第 1 次印刷。

6. 中國民間文學集成全國編輯委員會主編，《中國民間故事集成・天津卷》，北京：中國 ISBN 中心出版，2004 年 11 月北京第 1 版，2004 年 11 月北京第 1 次印刷。

7. 中國民間文學集成全國編輯委員會主編，《中國民間故事集成・北京卷》，北京：中國 ISBN 中心出版，1998 年 11 月北京第 1 版，1998 年 11 月北京第 1 次印刷。

8. 中國民間文學集成全國編輯委員會主編，《中國民間故事集成・甘肅卷》，北京：中國 ISBN 中心出版，2001 年 6 月北京第 1 版，2001 年 6 月北京第 1 次印刷。

9. 中國民間文學集成全國編輯委員會主編,《中國民間故事集成・四川卷》,北京:中國 ISBN 中心出版,1998 年 3 月北京第 1 版,1998 年 3 月北京第 1 次印刷。

10. 中國民間文學集成全國編輯委員會主編,《中國民間故事集成・吉林卷》,北京:中國 ISBN 中心出版,1992 年 11 月北京第 1 版,1992 年 11 月北京第 1 次印刷。

11. 中國民間文學集成全國編輯委員會主編,《中國民間故事集成・安徽卷》,北京:中國 ISBN 中心出版,2008 年 10 月北京第 1 版,2008 年 10 月北京第 1 次印刷。

12. 中國民間文學集成全國編輯委員會主編,《中國民間故事集成・江西卷》,北京:中國 ISBN 中心出版,2002 年 12 月北京第 1 版,2002 年 12 月北京第 1 次印刷。

13. 中國民間文學集成全國編輯委員會主編,《中國民間故事集成・江蘇卷》,北京:中國 ISBN 中心出版,1998 年 12 月北京第 1 版,1998 年 12 月北京第 1 次印刷。

14. 中國民間文學集成全國編輯委員會主編,《中國民間故事集成・青海卷》,北京:中國 ISBN 中心出版,2007 年 4 月北京第 1 版,2007 年 4 月北京第 1 次印刷。

15. 中國民間文學集成全國編輯委員會主編,《中國民間故事集成・浙江卷》,北京:中國 ISBN 中心出版,1997 年 9 月北京第 1 版,1997 年 9 月北京第 1 次印刷。

16. 中國民間文學集成全國編輯委員會主編,《中國民間故事集成・海南卷》,北京:中國 ISBN 中心出版,2002 年 9 月北京第 1 版,2002 年 9 月北京第 1 次印刷。

17. 中國民間文學集成全國編輯委員會主編,《中國民間故事集成・湖南卷》,北京:中國 ISBN 中心出版,2002 年 12 月北京第 1 版,2002 年 12 月北京第 1 次印刷。

18. 中國民間文學集成全國編輯委員會主編,《中國民間故事集成・雲南卷》,北京:中國 ISBN 中心出版,2003 年 5 月北京第 1 版,2003 年 5 月北京第 1 次印刷。

19. 中國民間文學集成全國編輯委員會主編,《中國民間故事集成・黑龍江卷》,北京:中國 ISBN 中心出版,2005 年 9 月北京第 1 版,2005 年 9 月北京第 1 次印刷。

20. 中國民間文學集成全國編輯委員會主編,《中國民間故事集成・新疆卷》,北京:中國 ISBN 中心出版,2008 年 2 月北京第 1 版,2008 年 2 月北京第 1 次印刷。

21. 中國民間文學集成全國編輯委員會主編,《中國民間故事集成・福建卷》,

北京：中國 ISBN 中心出版，1998 年 12 月北京第 1 版，1998 年 12 月北京第 1 次印刷。

22. 中國民間文學集成全國編輯委員會主編，《中國民間故事集成‧廣西卷》，北京：中國 ISBN 中心出版，2001 年 12 月北京第 1 版，2001 年 12 月北京第 1 次印刷。

23. 中國民間文學集成全國編輯委員會主編，《中國民間故事集成‧廣東卷》，北京：中國 ISBN 中心出版，2006 年 5 月北京第 1 版，2006 年 5 月北京第 1 次印刷。

24. 中國民間文學集成全國編輯委員會主編，《中國民間故事集成‧遼寧卷》，北京：中國 ISBN 中心出版，1994 年 9 月第 1 版，1994 年 9 月第 1 次印刷。

25. 中國民間文藝研究會浙江分會編，《浙江風物傳說》，杭州：浙江人民出版社，1981 年 1 月第 1 版，1981 年 1 月第 1 次印刷。

26. 中國民間文藝研究會黑龍江分會編，《黑龍江民間故事選》，哈爾濱：黑龍江人民出版社，1983 年 11 月第 1 版，1983 年 11 月第 1 次印刷。

27. 中國作家協會雲南分會編，《雲南民族民間故事選》，昆明：雲南人民出版社，1960 年 4 月第 1 版，1981 年 10 月第 2 版第 2 次印刷。

28. 中華民族故事大系編委會編，《中華民族故事大系》，上海：上海文藝出版社，1995 年 12 月第 1 版，1995 年 12 月第 1 次印刷。

29. 元文琪譯編，《三王子與大鵬鳥》（伊朗民間故事選），北京：中國民間文藝出版社，1984 年 10 月第 1 版，1984 年 10 月第 1 次印刷。

30. 王一奇、涼汀編，《中國水生動物故事集》，北京：中國民間文藝出版社，1984 年 10 月第 1 版，1984 年 10 月第 1 次印刷。

31. 甘肅人民出版社編，《甘肅民間故事選》，蘭州：甘肅人民出版社，1962 年 9 月第 1 版，1980 年 9 月第 2 版，1980 年 9 月第 2 次印刷。

32. 任泉、萬曰林、劉謙、徐平譯，《櫻桃樹──阿拉伯民間故事》，北京：中國民間文藝出版社，1982 年 6 月第 1 版，1982 年 6 月第 1 次印刷。

33. 〔義〕伊塔羅‧卡爾維諾（Italo Calvino）編著，倪安宇、馬箭飛等譯，《義大利童話》（第 4 冊），臺北：時報文化出版企業股份有限公司，2003 年 5 月初版 1 刷。

34. 〔德〕艾伯華（Wolfram Eberhard）著，王燕生、周祖生譯，《中國民間故事類型》，北京：商務印書館，1999 年 2 月第 1 版，1999 年 2 月北京第 1 次印刷。

35. 吳瀛濤，《臺灣民俗》，臺北：眾文圖書，1984 年 1 月再版。

36. 李艾譯，左毅校，《吳哥的傳說──柬埔寨民間故事》，重慶：新華出版社，1985 年 4 月第 1 版，1985 年 4 月重慶第 1 次印刷，根據金邊佛教學

會出版社 1963 年版本譯出。

37. 和志寬、徐永平譯，《巴爾幹民間童話》，臺北：小知堂文化事業有限公司，2002 年 8 月初版 1 刷。

38. 林鄉編譯，《虎哥哥：朝鮮民間故事集》，北京：中國民間文藝出版社，1984 年 8 月第 1 版，1984 年 8 月第 1 次印刷。

39. 祁連休，《中國古代民間故事類型研究》，石家莊：河北教育出版社，2007 年 5 月第 1 版，2007 年 5 月第 1 次印刷。

40. 祁連休編，《中國民間故事選——風物傳說專輯》，北京：中國少年兒童出版社，1983 年 10 月北京第 1 版，1984 年 3 月西安第 2 次印刷。

41. 金榮華，《中國民間故事與故事分類》，臺北縣新店市：中國口傳文學學會，2007 年 9 月再版 1 刷，增訂本。

42. 金榮華，《六朝志怪小說情節單元分類索引》（甲編）（校訂本），臺北縣新店市：中國口傳文學學會出版，2007 年 9 月再版一刷。

43. 金榮華，《六朝志怪小說情節單元分類索引》（乙編），臺北縣新店市：中國口傳文學學會，2008 年 3 月初版 1 刷。

44. 金榮華，《民間故事類型索引》（增訂本），新北市新店：中國口傳文學學會，2014 年 4 月再版。

45. 金榮華整理，《澎湖縣民間故事》，臺北縣新店市：中國口傳學會，2000 年 10 月初版。

46. 納訓譯，《一千零一夜》（二），北京：人民文學出版社，1957 年 12 月北京第 1 版，1983 年 6 月湖北第 1 次印刷。

47. 袁學駿、李寶祥主編，《耿村民間文化大觀》，北京：北京圖書館出版社，1999 年 8 月第 1 版，1999 年 8 月第 1 次印刷。

48. 許友年譯，《印度尼西亞民間故事》，北京：中國民間文藝出版社，1983 年 5 月第 1 版，1983 年 5 月第 1 次印刷。

49. 許義宗主編，《小野鴨》，臺北：黎明文化事業股份有限公司，1983 年 2 月出版，世界民間故事精選⑦。

50. 陳慶浩、王秋桂主編，《中國民間故事全集》，臺北：遠流出版事業股份有限公司，1989 年 6 月初版。

51. 雲南省麗江地委宣傳部編，《納西族民間故事——阿一旦的故事》，上海：上海文藝出版社，1961 年第 1 版。

52. 黃玉山、鮑浦誠、莉良娜、王志冲譯，《金色的皮毛：南斯拉夫篇·塞爾維亞民間故事》，上海：少年兒童出版社，1982 年 1 月第 1 版，1982 年 1 月第 1 次印刷。

53. 楊志成、鍾敬文譯，《印歐民間故事型式表》，廣東：國立中山大學語言歷史學研究所，1928 年 3 月初版。

54. 裴永鎮整理，《金德順故事集》，上海：上海文藝出版社，1983 年 6 月第 1 版，1983 年 6 月第 1 次印刷。

55. 劉守華，《中國民間故事史》，北京：商務印書館，2012 年 4 月第 1 版，2012 年 4 月北京第 1 次印刷。

56. 鍾敬文，《鍾敬文民間文學論集》（下冊），上海：上海文藝出版社，1985 年 6 月第 1 版。

57. 藍鴻恩搜集整理，《神弓寶劍》，北京：中國民間文藝出版社，1985 年 10 月第 1 版，1985 年 10 月第 1 次印刷。

（三）一般專書

1. 古籍

1. （周）尸佼，《尸子》，臺北板橋：藝文印書館，1967 年版，《百部叢書集成》第 49 函，《湖海樓叢書》本。

2. （周）列禦寇撰，（東晉）張湛注，（唐）殷敬慎釋文，《列子》，臺北：臺灣商務印書館，1986 年 3 月初版，《景印文淵閣四庫全書》第 1055 冊，據國立故宮博物院藏本影印。

3. （周）李耳撰，（西漢）河上公章句，《老子》，臺北：臺灣商務印書館，1979 年 11 月臺 1 版，《四部叢刊正編》第 27 冊，據上海涵芬樓借常熟瞿氏鐵琴銅劍樓藏宋刊本景印。

4. （周）辛鈃，《文子》，臺北：臺灣商務印書館，1986 年 3 月初版，《景印文淵閣四庫全書》第 1058 冊，據國立故宮博物院藏本影印。

5. （周）師曠撰，（西晉）張華注，《禽經》，臺北，新興書局，1974 年 7 月版，《筆記小說大觀》4 編第 1 冊。

6. （周）荀況撰，（唐）楊倞注，（清）王先謙集解，《荀子集解》，臺北：世界書局，1955 年 11 月初版 1 刷，2007 年 9 月 2 版 3 刷。

7. （周）莊周撰，（清）王先謙，《莊子集解》，臺北：世界書局，1957 年 7 月初版，2006 年 8 月 2 版 3 刷。

8. （春秋）左氏撰，（吳）韋昭注，《國語》，臺北：臺灣商務印書館，1986 年 3 月初版，《景印文淵閣四庫全書》第 406 冊，據國立故宮博物院藏本影印。

9. （戰國）孟軻撰，（東漢）趙岐注，（北宋）孫奭疏，《孟子注疏》，臺北：藝文印書館，2007 年 8 月初版 15 刷，《十三經注疏》本，嘉慶二十年〔1815〕江西南昌府學開雕重栞宋本《孟子注疏》。

10. （戰國）商鞅等著，章詩同注，《商君書》，上海：上海人民出版社，1974 年 5 月第 1 版，1974 年 5 月第 1 次印刷。

11. （戰國）墨翟撰，（清）畢沅校注，《墨子》，臺北：臺灣商務印書館，1966

年 3 月臺 1 版,《叢書集成簡編》第 36 冊。

12. （秦）呂不韋,《呂氏春秋》,臺北：臺灣商務印書館,1979 年 11 月臺 1 版,《四部叢刊正編》第 22 冊,據上海涵芬樓藏明宋邦五等刊本影印。

13. （西漢）孔安國傳,（唐）陸德明音義,（唐）孔穎達等疏,張鈞衡校勘,《尚書註疏》,臺北：新文豐出版公司,1989 年 7 月臺 1 版,《叢書集成續編》第 265 冊,吳興張氏景撫宋元善本彙刊。

14. （西漢）毛公注,（東漢）鄭玄箋,（唐）孔穎達疏,李學勤主編,龔抗雲等整理,《毛詩正義》,臺北：臺灣古籍出版有限公司,2001 年 10 月初版 1 刷。

15. （西漢）司馬遷撰,（南朝宋）裴駰集解,《史記》,臺北：藝文印書館,2005 年 2 月初版 4 刷,據清乾隆武英殿刊本景印。

16. （西漢）東方朔,《神異經》,臺北：新文豐出版公司,1985 年元月初版,《叢書集成新編》第 26 冊,《漢魏叢書》本。

17. （西漢）桓寬撰,《鹽鐵論》,臺北：臺灣商務印書館,1979 年 11 月臺 1 版,《四部叢刊正編》第 17 冊,據上海涵芬樓借印長沙葉氏觀古堂藏明弘治涂氏江陰刊本影印。

18. （西漢）浮丘公,《相鶴經》,收於（明）周履靖輯,《夷門廣牘》,板橋：藝文印書館,1968 年,嚴一萍選輯《百部叢書集成》第 13 函。

19. （西漢）焦延壽,《焦氏易林》,臺北：臺灣商務印書館,1979 年 11 月臺 1 版,《四部叢刊正編》第 21 冊,據上海涵芬樓借印北京圖書館藏元刊殘本烏程蔣氏密韻樓藏影元寫本影印。

20. （西漢）榮氏解,《遁甲開山圖》,臺北縣板橋：藝文印書館,1972 年版,《四部分類叢書集成三編》,《黃氏逸書考》,據清道光中甘泉黃氏刊民國十四年王鑒修補印本影印。

21. （西漢）劉向,《說苑》,臺北：臺灣商務印書館,1979 年 11 月臺 1 版,《四部叢刊正編》第 17 冊,據上海涵芬樓借印平湖葛氏傳樸堂藏明鈔本影印。

22. （西漢）劉向校定,（東漢）高誘註,《戰國策》,臺北：藝文印書館,2009 年 11 月初版 4 刷,剡川姚氏本戰國策,讀未見書齋重雕。

23. （西漢）劉向撰,何垂遠校,《洪範五行傳》,收於（清）王謨,《漢魏遺書鈔》,上海：上海古籍出版社,2002 年 3 月第 1 版,2002 年 3 月第 1 次印刷,《續修四庫全書》第 1199 冊,據復旦大學圖書館藏清嘉慶三年刻本影印。

24. （西漢）劉安,《淮南子》,臺北：臺灣商務印書館,1979 年 11 月臺 1 版,《四部叢刊正編》第 22 冊,據上海涵芬樓景印劉泖生影寫北宋本影印。

25. （西漢）韓嬰，《韓詩外傳》，臺北：臺灣商務印書館，1965 年 12 月臺 1 版，《叢書集成簡編》第 33 冊。

26. （東漢）不著撰人，《太平經》，上海：上海古籍出版社，1993 年 4 月第 1 版，1993 年 4 月第 1 次印刷，《諸子百家叢書》，明《正統道藏》本。

27. （東漢）王充，《論衡》，臺北：臺灣商務印書館，1979 年 11 月臺 1 版，《四部叢刊正編》第 22 冊，據上海涵芬樓藏明通津草堂本影印。

28. （東漢）桑欽撰，（北魏）酈道元注，《水經注》，臺北：臺灣商務印書館，1979 年 11 月臺 1 版，《四部叢刊正編》第 16 冊，據上海涵芬樓景印武英殿聚珍版本影印。

29. （東漢）班固撰，（唐）顏師古注，（清）王先謙補注，《漢書補注》，臺北：藝文印書館，1996 年 8 月初版 4 刷。

30. （東漢）班固撰，《白虎通德論》，臺北：臺北：臺灣商務印書館，1979 年 11 月臺 1 版，《四部叢刊正編》第 22 冊，據上海涵芬樓借印江安傅氏藏元大德覆宋監本影印。

31. （東漢）荀悅，《前漢紀》，臺北：臺灣商務印書館，1979 年 11 月臺 1 版，《四部叢刊正編》第 5 冊，據上海涵芬樓用梁溪孫氏小綠天藏明嘉靖本影印本影印。

32. （東漢）許慎撰，（清）段玉裁注，《說文解字注》，臺北：藝文印書館，2005 年 10 月初版，經韻樓藏版。

33. （東漢）趙曄，《吳越春秋》，臺北：臺灣商務印書館，1979 年 11 月臺 1 版，《四部叢刊正編》第 15 冊，據上海涵芬樓景印明弘治鄺璠刻本影印。

34. （東漢）劉珍等撰，《東觀漢記》，臺北：臺灣商務印書館，1986 年 3 月初版，《景印文淵閣四庫全書》第 370 冊，據國立故宮博物院藏本影印。

35. （東漢）劉熙撰，（清）吳志忠校，《釋名》，臺北：臺灣商務印書館，1979 年 11 月臺 1 版，《四部叢刊正編》第 3 冊，據上海涵芬樓借江南圖書館藏明嘉靖翻宋本景印。

36. （東漢）鄭玄注，（唐）孔穎達疏，（唐）陸德明音義，《禮記注疏》（臺北：臺灣商務印書館，1986 年 3 月初版，《景印文淵閣四庫全書》第 115 冊，據國立故宮博物院藏本影印。

37. （東漢）應劭，《風俗通義》，臺北：臺灣商務印書館，1979 年 11 月臺 1 版，《四部叢刊正編》第 23 冊，上海涵芬樓借印古里瞿氏鐵琴銅劍樓藏元大德刊本。

38. （東漢）應劭撰，（清）錢大昕纂，《風俗通義逸文》，臺北：新文豐出版公司，1997 年 3 月臺 1 版，《叢書集成三編》第 5 冊。

39. （魏）何晏集解，（北宋）邢昺疏，（清）阮元校勘，《論語注疏》，臺北：藝文印書館，2007 年 8 月初版 15 刷，重刊宋本論語注疏附校勘記，嘉

慶二十年南昌府學開雕。

40. （吳）康泰撰，許雲樵輯註，《康泰吳時外國傳輯註》，新加坡：東南亞研究所，1971 年 3 月初版。

41. （吳）康僧會譯，《六度集經》，臺北：新文豐出版股份有限公司，1983 年 1 月修訂版 1 版，1998 年 4 月修訂版 1 版 3 刷，《大正新修大藏經》第 3 冊（修訂版）。

42. （吳）康僧會譯，《舊雜譬喻經》，臺北：新文豐出版股份有限公司，1983 年 1 月修訂版 1 版，1998 年 2 月修訂版 1 版 3 刷，《大正新修大藏經》第 4 冊（修訂版）。

43. （吳）萬震，《南州異物志》，收於陳直夫校釋，《萬震：南州異物志輯稿》，香港：陳直夫教授九秩榮慶門人祝賀委員會，1987 年 1 月 18 日出版。

44. （西晉）崔豹，《古今注》，臺北：臺灣商務印書館，1986 年 3 月初版，《景印文淵閣四庫全書》第 850 冊，據國立故宮博物院藏本影印。

45. （西晉）張華撰，（明）張溥輯，《張司空集》，明崇禎間（1628～1644）太倉張氏原刊本，《漢魏六朝百三家集》。

46. （西晉）陳壽撰，（南朝宋）裴松之注，《三國志》，臺北：臺灣商務印書館，1937 年 1 月初版 1 刷，2010 年 11 月臺 2 版 1 刷，《百衲本二十四史》，上海涵芬樓景印中華學藝社借照日本帝室圖書寮藏宋紹熙刊本，原闕魏志三卷，以涵芬樓藏宋紹興刊本配補。

47. （西晉）陸機著，劉運好校注整理，《陸士衡文集校注》，南京：鳳凰出版社，2007 年 12 月第 1 版，2007 年 12 月第 1 次印刷。

48. （西晉）釋竺法護譯，《生經》，臺北：新文豐出版股份有限公司，1983 年 1 月修訂版 1 版，1998 年 4 月修訂版 1 版 3 刷，《大正新修大藏經》第三冊（修訂版）。

49. （東晉）干寶，《晉紀》，臺北：藝文印書館，1972 年版，《四部分類叢書集成三編》，《黃氏逸書考·子史鈎沉》，據「清道光中甘泉黃氏刊民國十四年王鑒修補印本」影印。

50. （東晉）不著撰人，《蓮社高賢傳》，臺北板橋：藝文印書館，1968 年版，《百部叢書集成》第 19 函，《漢魏叢書》。

51. （東晉）王羲之，《萬歲通天帖》，香港：翰墨軒出版有限公司，臺北：聯經出版事業股份有限公司總經銷，1997 年 7 月出版，《中國名家法書全集》5，遼寧省博物館藏。

52. （東晉）王隱撰，（清）黃奭輯，《晉書》，臺北板橋：藝文印書館，1972 年版，《四部分類叢書集成三編》，《黃氏逸書考·子史鈎沉》，據「清道光中甘泉黃氏刊民國十四年王鑒修補印本」影印。

53. （東晉）佛陀跋陀羅共法顯譯，《摩訶僧祇律》，臺北：新文豐出版股份

有限公司，1983 年 1 月修訂版 1 版，1996 年 12 月修訂版 1 版 3 刷，《大正新修大藏經》第 22 冊（修訂版），。

54. （東晉）袁宏，《後漢紀》，臺北：臺灣商務印書館，1979 年 11 月臺 1 版，《四部叢刊正編》第 5 冊，據上海涵芬樓借用無錫孫氏小綠天藏明嘉靖本影印本景印。

55. （東晉）郭璞注，《山海經》，臺北：臺灣商務印書館，1979 年 11 月臺 1 版，《四部叢刊正編》第 24 冊，據上海涵芬樓借江安傅氏雙鑑樓藏明成化戊子刊本影印。

56. （東晉）郭璞注，《爾雅》，臺北：臺灣商務印書館，1979 年 11 月臺 1 版，《四部叢刊正編》第 2 冊，據上海涵芬樓借古虞鐵琴銅劍樓瞿氏宋刊本影印。

57. （東晉）郭璞撰，（明）張溥輯，《郭弘農集》，明崇禎間（1628～1644）太倉張氏原刊本。

58. （東晉）陶淵明，《陶淵明集》，臺北：臺灣商務印書館，1986 年 3 月初版，《景印文淵閣四庫全書》第 1063 冊，據國立故宮博物院藏本影印。

59. （東晉）葛洪，《抱朴子》，臺北：臺灣商務印書館，1979 年 11 月臺 1 版，《四部叢刊正編》第 27 冊，據上海涵芬樓借江南圖書館藏明魯藩刊刊本景印。

60. （東晉）劉欣期撰，（清）曾釗輯，《交州記》，臺北：臺灣商務印書館，1966 年 6 月臺 1 版，《叢書集成簡編》第 157 冊，據《嶺南遺書》本排印。

61. （苻秦）僧伽跋澄等譯，《僧伽羅刹所集經》，臺北：新文豐出版股份有限公司，1983 年 1 月修訂版 1 版，1998 年 2 月修訂版 1 版 3 刷，《大正新修大藏經》第 4 冊（修訂版）。

62. （後秦）鳩摩羅什譯，《妙法蓮華經》，臺北：新文豐出版股份有限公司，1983 年 1 月修訂版 1 版，1996 年 9 月修訂版 1 版 3 刷，《大正新修大藏經》第 9 冊（修訂版）。

63. （後秦）鳩摩羅什譯，《金剛般若波羅蜜經》，臺北：新文豐出版股份有限公司，1983 年 1 月修訂版 1 版，1995 年 11 月修訂版 1 版 3 刷，《大正新修大藏經》第 8 冊（修訂版）。

64. 〔印〕龍樹著，（後秦）鳩摩羅什譯，《大智度論》，臺北：新文豐出版股份有限公司，1983 年 1 月修訂版 1 版，1997 年 10 月修訂版 1 版 4 刷，《大正新修大藏經》第 25 冊（修訂版）。

65. （南朝宋）求那跋陀羅譯，《雜阿含經》，臺北：新文豐出版股份有限公司，1983 年 1 月修訂版 1 版，1997 年 5 月修訂版 1 版 4 刷，《大正新修大藏經》第 2 冊（修訂版）。

66. （南朝宋）范曄撰，（唐）章懷太子李賢注，《後漢書》，臺北：臺灣商務印書館，1937 年 1 月初版 1 刷，2010 年 11 月臺 2 版 1 刷，《百衲本二十四史》，上海涵芬樓景印宋紹興本，原闕五卷，半借北平圖書館藏本配補。

67. （南朝宋）臨川王義慶撰，（梁）劉孝標注，《世說新語》，臺北：臺灣商務印書館，1979 年 11 月臺 1 版，《四部叢刊正編》第 24 冊，據上海涵芬樓景印明袁氏嘉趣堂刊本影印。

68. （南朝梁）沈約，《宋書》，臺北：臺灣商務印書館，1937 年 1 月初版 1 刷，2010 年 9 月臺 2 版 1 刷，《百衲本二十四史》，上海涵芬樓借北平圖書館吳興劉氏嘉業堂藏宋蜀大字本景印，闕卷以涵芬樓藏元明遞修本補配。

69. （南朝梁）宗懍撰，（明）項琳之編次，（明）陳犀謨校，《荊楚歲時記》，臺北：新文豐出版股份有限公司，1985 年元月初版，《叢書集成新編》第 91 冊。

70. （南朝梁）陸杲，《繫觀世音應驗記》，收錄於董志翹，《「觀世音應驗記三種」譯注》，南京：江蘇古籍出版社，2002 年 1 月第 1 版第 1 次印刷。

71. （南朝梁）蕭子顯，《南齊書》，臺北：臺灣商務印書館，1937 年 1 月初版 1 刷，2010 年 11 月臺 2 版 1 刷，《百衲本二十四史》，上海涵芬樓借江安傅氏雙鑑樓藏宋蜀大字本景印。

72. （南朝梁）蕭統編，（唐）李善注，《文選》，臺北：藝文印書館，2007 年 8 月初版 15 刷，宋淳熙本重雕鄱陽胡氏藏版。

73. （南朝梁）鍾嶸，《詩品》，臺灣：臺灣商務印書館，1986 年 3 月初版，《景印文淵閣四庫全書》第 1478 冊，據國立故宮博物院藏本影印。

74. （南朝梁）釋僧旻、釋寶唱等撰集，《經律異相》，臺北：新文豐出版股份有限公司，1983 年 1 月修訂版 1 版，1994 年 5 月修訂版 1 版 2 刷，《大正新修大藏經》第 53 冊（修訂版）。

75. （南朝梁）釋慧皎，《高僧傳》，臺北：新文豐出版股份有限公司，1983 年 1 月修訂版 1 版，1996 年 9 月修訂版 1 版 3 刷，《大正新修大藏經》第 50 冊（修訂版）。

76. （元魏）釋吉迦夜、釋曇曜同譯，《雜寶藏經》，臺北：古亭出版事業股份有限公司，1993 年 3 月初版，《佛藏輯要》第 7 冊。

77. （後魏）賈思勰，《齊民要術》，臺北：臺灣商務印書館，1979 年 11 月臺 1 版，《四部叢刊正編》第 18 冊，據上海涵芬樓借江寧鄧氏羣碧樓明鈔本影印。

78. （隋）杜臺卿撰，（清）楊守敬校訂，《玉燭寶典》，上海：上海古籍出版社，2002 年 3 月第 1 版，2002 年 3 月第 1 次印刷，《續修四庫全書》第 885 冊，據清光緒十年黎庶昌日本東京使署影刻《古逸叢書》本影印。

79. （唐）不著撰人，《瑂玉集》，臺北：臺灣商務印書館，1965 年 12 月臺 1 版，《叢書集成簡編》第 11 冊。

80. （唐）不著撰人，《續玄怪錄》，臺北：藝文印書館，1969 年版，《百部叢書集成初編》第 32 函，《龍威秘書》。

81. （唐）句道興，《搜神記》，收於潘重規編著，《敦煌變文集新書》（下），臺北：中國文化大學中文研究所敦煌學研究會，1984 年 1 月初版。

82. （唐）白居易，（宋）孔傳，《白孔六帖》，臺北：臺灣商務印書館，1986 年 3 月初版，《景印文淵閣四庫全書》第 891 冊，據國立故宮博物院藏本影印。

83. （唐）李延壽，《南史》，臺北：臺灣商務印書館，1937 年 1 月初版 1 刷，2010 年 9 月臺 2 版 1 刷，《百衲本二十四史》，上海涵芬樓影印北平圖書館及自藏元大德刻本。

84. （唐）杜佑，《通典》，臺北：臺灣商務印書館，1986 年 3 月初版，《景印文淵閣四庫全書》第 603～605 冊，據國立故宮博物院藏本影印。

85. （唐）房玄齡，《晉書》，臺北：臺灣商務印書館，1937 年 1 月初版 1 刷，2010 年 6 月臺 2 版 1 刷，《百衲本二十四史》，上海涵芬樓影印海寧蔣氏衍芬艸堂藏送本，原闕載記三十卷以江蘇省立國學圖書館藏宋本配補。

86. （唐）姚思廉，《梁書》，臺北：臺灣商務印書館，1937 年 1 月初版 1 刷，2010 年 8 月臺 2 版 1 刷，《百衲本二十四史》，上海涵芬樓借北平圖書館藏宋蜀大字本景印，闕卷以涵芬樓藏元明遞修本配補。

87. （唐）封演，《封氏聞見記》，臺北板橋：藝文印書館，1967 年版，《百部叢書集成》第 94 函，《畿輔叢書》。

88. （唐）段公路撰，（唐）崔龜圖註，《北戶錄》，臺北：臺灣商務印書館，1986 年 3 月初版，《景印文淵閣四庫全書》第 589 冊，據國立故宮博物院藏本影印。

89. （唐）唐臨，《冥報記》，上海：上海古籍出版社，2002 年 3 月第 1 版，2002 年 3 月第 1 次印刷，《續修四庫全書》第 1264 冊，據民國十三年上海商務印書館鉛印涵芬樓秘笈本影印。

90. （唐）徐堅等撰，《初學記》，臺北：臺灣商務印書館，1986 年 3 月初版，《景印文淵閣四庫全書》第 890 冊，據國立故宮博物院藏本影印。

91. （唐）張鷟，《朝野僉載》，臺北：臺灣商務印書館，1966 年 3 月臺 1 版，《叢書集成簡編》第 142 冊。

92. （唐）許嵩撰，張忱石點校，《建康實錄》，北京：中華書局，1986 年 10 月第 1 版，2009 年 2 月北京第 2 次印刷。

93. （唐）陸勳，《集異志》，臺北：新興書局，1974 年 7 月版，《筆記小說大觀》四編第 2 冊，據民國 11 年刊本影印。

94. （唐）傅亮，《靈應錄》，臺北：新興書局，1979 年 10 月版，《筆記小說大觀》三十編第 10 冊。

95. （唐）虞世南輯，《北堂書鈔》，上海：上海古籍出版社，2002 年 3 月第 1 版，2002 年 3 月第 1 次印刷，《續修四庫全書》第 1212～1213 冊，據清光緒十四年孔氏三十三萬卷堂刻本影印。

96. （唐）歐陽詢等奉敕撰，《藝文類聚》，臺北：臺灣商務印書館，1986 年 3 月初版，《景印文淵閣四庫全書》第 887～888 冊，據國立故宮博物院藏本影印。

97. （唐）戴孚，《廣異記》，收錄於史仲文主編，《中國文言小說百部經典》（第 7 冊），北京：北京出版社，2000 年 3 月第 1 版，2000 年 3 月第 1 次印刷。

98. （唐）罽賓國三藏般若奉詔譯，《大乘本生心地觀經》，臺北：新文豐出版股份有限公司，1983 年 1 月修訂版 1 版，1998 年 4 月修訂版 1 版 3 刷，《大正新修大藏經》第三冊（修訂版）。

99. （唐）魏徵，《隋書》，臺北：臺灣中華書局，1966 年 3 月臺 1 版，《四部備要》第 154 冊，據武英殿本校刊，，。

100. （唐）魏徵等撰，《隋書》，臺北：臺灣商務印書館，1937 年 1 月初版 1 刷，2010 年 7 月臺 2 版 1 刷，《百衲本二十四史》，上海涵芬樓影印元大德刻本並借北平圖書館江蘇省立國學圖書館藏本配補。

101. （唐）釋法琳，《破邪論》，臺北：新文豐出版股份有限公司，1983 年 1 月修訂版 1 版，1994 年 11 月修訂版 1 版 2 刷，《大正新修大藏經》第 52 冊（修訂版）。

102. （唐）釋義淨譯，《根本說一切有部毗奈耶藥事》，臺北：新文豐出版股份有限公司，1983 年 1 月修訂版 1 版，1997 年 3 月修訂版 1 版 3 刷，《大正新修大藏經》第 24 冊（修訂版）。

103. （唐）釋道世，《法苑珠林》，臺北：臺灣商務印書館，1979 年 11 月臺 1 版，《四部叢刊正編》第 26 冊，據上海涵芬樓景印明徑山寺本影印。

104. （唐）釋道宣，《集神州三寶感通錄》，臺北：新文豐出版股份有限公司，1983 年 1 月修訂版 1 版，1994 年 11 月修訂版 1 版 2 刷，《大正新修大藏經》第 52 冊（修訂版）。

105. （唐）釋辯機撰，（唐）釋玄奘譯，《大唐西域記》，臺北：臺灣商務印書館，1986 年 3 月初版，《景印文淵閣四庫全書》第 593 冊，據國立故宮博物院藏本影印。

106. （後晉）劉昫等撰，《舊唐書》，臺北：臺灣商務印書館，1937 年 1 月初版 1 刷，2010 年 11 月臺 2 版 1 刷，《百衲本二十四史》，上海涵芬樓影印常熟瞿氏鐵琴銅劍樓藏宋刊本，闕卷以明聞人詮覆宋本配補。

107. （北宋）王堯臣等編次，錢東垣等輯釋，《崇文總目》，臺北：臺灣商務印書館，1965 年 12 月臺 1 版，《叢書集成簡編》第 3 冊。

108. （北宋）王欽若，楊億等奉敕撰，《冊府元龜》，臺北：臺灣商務印書館，1986 年 3 月初版，《景印文淵閣四庫全書》第 911 冊，據國立故宮博物院藏本影印。

109. （北宋）王讜，《唐語林》，臺北：臺灣商務印書館，1986 年 3 月初版，《景印文淵閣四庫全書》第 1038 冊，據國立故宮博物院藏本影印。

110. （北宋）司馬光，《資治通鑑》，臺北：臺灣商務印書館，1979 年 11 月臺 1 版，《四部叢刊正編》第 6～7 冊，據上海涵芬樓景印宋刊本影印。

111. （北宋）李昉等奉敕撰，《太平御覽》，臺北：臺灣商務印書館，1986 年 3 月初版，《景印文淵閣四庫全書》第 893～901 冊，據國立故宮博物院藏本影印。

112. （北宋）李昉編，《太平廣記》，臺北：新文豐出版公司，1997 年 3 月臺 1 版，《叢書集成三編》第 69～70 冊。

113. （北宋）沈括，《夢溪筆談》，臺北：臺灣商務印書館，1976 年 6 月臺 2 版，《四部叢刊續編》第 25 冊，據上海涵芬樓影印明刊本重印。

114. （北宋）徐鉉撰，《稽神錄》，臺北：臺灣商務印書館，1986 年 3 月出版，《景印文淵閣四庫全書》第 1042 冊，據國立故宮博物院藏本影印。

115. （北宋）張君房，《雲笈七籤》，臺北：臺灣商務印書館，1986 年 3 月初版，《景印文淵閣四庫全書》第 1061 冊，據國立故宮博物院藏本影印。

116. （北宋）陳彭年、丘雍等奉敕撰，《重修廣韻》，臺北：臺灣商務印書館，1986 年 3 月初版，《景印文淵閣四庫全書》第 236 冊，據國立故宮博物院藏本影印。

117. （北宋）樂史，《太平寰宇記》，臺北：臺灣商務印書館，1986 年 3 月出版，《景印文淵閣四庫全書》第 470 冊，據國立故宮博物院藏本影印。

118. （北宋）歐陽修、宋祁，《新唐書》，臺北：臺灣中華書局，1966 年 3 月臺 1 版，《四部備要》第 178 冊，據武英殿本校刊。

119. （北宋）歐陽修、宋祁，《新唐書》，臺北：臺灣商務印書館，1937 年 1 月初版 1 刷，2010 年 9 月臺 2 版 1 刷，《百衲本二十四史》，上海涵芬樓影印中華學藝社借照日本岩崎氏靜嘉文庫藏北宋嘉祐刊本，闕卷以北平圖書館江安傅氏雙鑑樓藏宋本配補。

120. （南宋）不著撰人，《錦繡萬花谷》，臺北：臺灣商務印書館，1986 年 3 月初版，《景印文淵閣四庫全書》第 924 冊，據國立故宮博物院藏本影印。

121. （南宋）尤袤，《遂初堂書目》，臺北：臺灣商務印書館，1986 年 3 月初版，《景印文淵閣四庫全書》第 674 冊，據國立故宮博物院藏本影印。

122. （南宋）王應麟，《玉海》，臺北：臺灣商務印書館，1986 年 3 月初版，

《景印文淵閣四庫全書》第 944 冊，據國立故宮博物院藏本影印。

123. （南宋）朱勝非，《紺珠集》，臺北：臺灣商務印書館，1986 年 3 月初版，《景印文淵閣四庫全書》第 872 冊，據國立故宮博物院藏本影印。

124. （南宋）朱熹，《詩經集傳》，臺北：臺灣商務印書館，1986 年 3 月初版，《景印文淵閣四庫全書》第 72 冊，據國立故宮博物院藏本影印。

125. （南宋）洪邁，《夷堅志》，上海：上海古籍出版社，2002 年 3 月第 1 次印刷，《續修四庫全書》第 1265～1266 冊，據上海圖書館藏清影宋抄本影印。

126. （南宋）洪邁，《夷堅志補》，臺北：新興書局，1975 年 9 月版，《筆記小說大觀》8 編第 5 冊。

127. （南宋）晁公武，《郡齋讀書志》，收錄於李學勤主編，《中華漢語工具書書庫》第 83 冊，合肥：安徽教育出版社，2002 年 1 月第 1 版，2002 年 1 月第 1 次印刷，據嘉慶二十四年黃丕烈序刊本影印。

128. （南宋）祝穆，《古今事文類聚》，臺北：臺灣商務印書館，1986 年 3 月初版，《景印文淵閣四庫全書》第 926 冊，據國立故宮博物院藏本影印。

129. （南宋）陳振孫撰，《直齋書錄解題》，臺北：臺灣商務印書館，1986 年 3 月初版，《景印文淵閣四庫全書》第 674 冊，據國立故宮博物院藏本影印。

130. （南宋）陳葆光，《三洞羣仙錄》，臺南：莊嚴文化事業有限公司，1995 年 9 月初版 1 刷，《四庫全書存目叢書》子部第 258 冊，據涵芬樓影印明正統刻道藏本影印。

131. （南宋）陳騤等撰，趙士煒輯，《中興館閣書目》，收錄於嚴靈峯編輯：《書目類編》（二），臺北：成文出版社有限公司，1978 年 7 月版，據民國四十六年排印本影印。

132. （南宋）曾慥，《類說》，臺北：臺灣商務印書館，1986 年 3 月初版，《景印文淵閣四庫全書》第 873 冊，據國立故宮博物院藏本影印。

133. （南宋）潘自牧，《記纂淵海》，臺北：臺灣商務印書館，1986 年 3 月初版，《景印文淵閣四庫全書》第 932 冊，據國立故宮博物院藏本影印。

134. （南宋）鄭樵，《通志》，臺北：臺灣商務印書館，1986 年 3 月初版，《景印文淵閣四庫全書》第 374 冊，據國立故宮博物院藏本影印。

135. （南宋）謝維新編，（明）三衢夏相校刻，《古今合璧事類備要》，臺北：新興書局，1971 年 3 月 1 版，據明嘉靖丙辰年（1556）摹宋刻本影印。

136. （南宋）羅泌著，羅苹註，（明）喬可傳校，《路史發揮》，臺北：臺灣中華書局，1966 年 3 月臺 1 版，《四部備要》第 296 冊，據原刻本校刊。

137. （南宋）羅願撰，（元）洪焱祖音釋，《爾雅翼》，臺北：臺灣商務印書館，《景印文淵閣四庫全書》第 222 冊，據國立故宮博物院藏本影印。

138. （金）元好問，《續夷堅志》，臺南：莊嚴文化事業有限公司，1995 年 9 月初版 1 刷，《四庫全書存目叢書》子部第 246 冊，據北京圖書館藏清鈔本影印。

139. （元）不著撰人，《重刊湖海新聞夷堅續志》，臺北板橋：藝文印書館，《四部分類叢書集成續編》第 6 冊，《適園叢書》第 13 冊，據「民國烏程張氏刊初編印十六集本」影印。

140. （元）王鎣編，《羣書類編故事》，臺北：臺灣商務印書館，1981 年 10 月初版，《宛委別藏》第 90 冊。

141. （元）徐碩，《至元嘉禾志》，臺北：臺灣商務印書館，1986 年 3 月初版，《景印文淵閣四庫全書》第 491 冊，據國立故宮博物院藏本影印。

142. （元）馬端臨，《文獻通考》，臺北：臺灣商務印書館，1986 年 3 月初版，《景印文淵閣四庫全書》第 614 冊，據國立故宮博物院藏本影印。

143. （元）脫脫等撰，《宋史》，臺北：臺灣商務印書館，1937 年 1 月初版 1 刷，2010 年 12 月臺 2 版 1 刷，《百衲本二十四史》，上海涵芬樓影印北平圖書館藏元至正刊本，闕卷以明成化刊本配補。

144. （元）陶宗儀，《輟耕錄》，臺北：臺灣商務印書館，1986 年 3 月出版，《景印文淵閣四庫全書》第 1040 冊，據國立故宮博物院藏本影印。

145. （明）朱國禎，《涌幢小品》，臺北：新文豐出版公司，1997 年 3 月臺 1 版，《叢書集成三編》第 72 冊。

146. （明）周清源著，劉耀林、徐元校注，《西湖二集》，杭州：浙江文藝出版社，1985 年 6 月新 1 版，1985 年 6 月第 1 次印刷。

147. （明）胡應麟，《少室山房筆叢》，臺北：世界書局，2009 年 2 月 1 版 2 刷，與（明）周嬰《厄林》合刊。

148. （明）胡應麟，《詩藪》，上海：上海古籍出版社，2002 年 3 月第 1 版，2002 年 3 月第 1 次印刷，《續修四庫全書》第 1696 冊，據明刻本影印。

149. （明）胡應麟著，顧頡剛校點，《四部正譌》，北京：樸社，1929 年 9 月初版。

150. （明）徐應秋輯，《玉芝堂談薈》，臺北：新興書局，1973 年 7 月版，《筆記小說大觀續編》第 5 冊，據稻江市隱慶蔡毓齋氏家藏文明本影印。

151. （明）桃源醉花主人編，《別有香》，收於陳慶浩、王秋桂主編，《思無邪匯寶》第 8 冊，臺北：臺灣大英百科股份有限公司，1994 年 11 月初版。

152. （明）袁宏道，《袁中郎全集》，上海：世界書局，1935 年 11 月初版，1936 年 2 月再版。

153. （明）陸鰲、陳烜奎纂修，《崇禎肇慶府志》，北京：北京圖書館出版社，2003 年 8 月第 1 版，2003 年 8 月第 1 次印刷，《日本藏中國罕見地方志叢刊續編》第 15 冊，據明崇禎六年至十三年〔1633～1640〕刻本影印。

154. （明）彭大翼撰，（明）張幼學編，《山堂肆考》，臺北：藝文印書館，1977年版，據梅墅石渠閣藏版影印。

155. （明）馮夢龍編，顧學頡校注，《醒世恆言》，臺北：里仁書局，1996年5月出版。

156. （明）董斯張，《廣博物志》，臺北：臺灣商務印書館，1986年3月初版，《景印文淵閣四庫全書》第 981 冊，據國立故宮博物院藏本影印。

157. （明）詹詹外史評輯，《情史類略》，收錄於域外漢籍珍本文庫出版委員會編，《域外漢籍珍本文庫》第 2 輯子部第 18～19 冊，重慶：西南師範大學出版社，北京：人民出版社，2011 年 5 月第 1 版，2011 年 5 月第 1 次印刷，據日本東京大學東洋文化研究所雙紅堂文庫藏明末立本堂刊本影印。

158. （明）談孺木，《棗林雜俎》，臺北：新興書局，1973 年 4 月版，《筆記小說大觀正編》第 3 冊，據稻江市隱屢蔡毓齋氏家藏文明本影印。

159. （清）丁國鈞，《補晉書藝文志》，收於王承略、劉心明主編，《二十五史藝文經籍志考補萃編》（第十卷），北京：清華大學出版社，2012 年 4 月第 1 版，2012 年 4 月第 1 次印刷。

160. （清）尹會一、程夢星等纂修，《揚州府志》，臺北：成文出版社有限公司，1975 年臺 1 版，《中國方志叢書》華中地方第 146 號，據清雍正十一年刊本影印。

161. （清）尹繼善等修，（清）黃之雋等纂，《江南通志》，臺北：華文書局，1967 年 8 月初版，《中國省志彙編》之一，清乾隆二年重修本。

162. （清）文廷式，《補晉書藝文志》，收於王承略、劉心明主編，《二十五史藝文經籍志考補萃編》（第十卷），北京：清華大學出版社，2012 年 4 月第 1 版，2012 年 4 月第 1 次印刷。

163. （清）毛扆編，《汲古閣珍藏秘本書目》，臺北：臺灣商務印書館，1965 年 12 月臺 1 版，《叢書集成簡編》本，據士禮居叢書本排印。

164. （清）王仁俊輯，《經籍佚文》，上海：上海古籍出版社，2002 年 3 月第 1 版，2002 年 3 月第 1 次印刷，《續修四庫全書》第 1211 冊，據上海圖書館稿本影印。

165. （清）王謨輯，《漢唐地理書鈔》，北京：中華書局，1961 年 9 月第 1 版，1961 年 9 月北京第 1 次印刷，影印清嘉慶年間王謨刻本。

166. （清）永瑢、紀昀等撰，《欽定四庫全書總目》，臺北：臺灣商務印書館，1986 年 3 月初版，《景印文淵閣四庫全書》第 3 冊，據國立故宮博物院藏本影印。

167. （清）吳趼人，《札記小說》，收錄於盧叔度輯校：《我佛山人短篇小說集》，廣州：花城出版社，1984 年 9 月第 1 版，1984 年 9 月第 1 次印刷。

168. （清）李祖年修，（清）于霖逢纂，《文登縣志》，臺北：成文出版社有限公司，1976 年臺 1 版，《中國方志叢書》華北地方第 368 號，清光緒廿三年修，民國廿二年鉛印本。

169. （清）李琬修、齊召南等纂，《溫州府志》，臺北：成文出版社有限公司，1983 年 3 月臺 1 版，《中國方志叢書》華東地方第 480 冊，據民國 3 年溫州東山書院重輯補刻清乾隆二十五年刊本影印。

170. （清）周中孚，《鄭堂讀書記》，北京：北京圖書館出版社，2007 年 8 月第 1 版，2007 年 8 月第 1 次印刷。

171. （清）和邦額著，王一工、方正耀點校，《夜譚隨錄》，上海：上海古籍出版社，1988 年 12 月第 1 版，1988 年 12 月第 1 次印刷。

172. （清）侯紹瀛修，（清）丁顯纂，《光緒睢寧縣志》，臺北：成文出版社有限公司，1974 年 6 月臺 1 版，《中國方志叢書》華中地方第 134 冊，據清光緒十二年刊本影印。

173. （清）俞樾，《右台仙館筆記》，上海：上海古籍出版社，2002 年 3 月第 1 版，2002 年 3 月第 1 次印刷，《續修四庫全書》第 1270 冊，據清光緒二十五年刻春在堂全書本影印。

174. （清）姚振宗，《隋書經籍志考證》，上海：上海古籍出版社，2002 年 3 月第 1 版，2002 年 3 月第 1 次印刷，《續修四庫全書》第 915 冊，據浙江圖書館藏開明書店鉛印師石山房叢書本影印。

175. （清）宣鼎，《夜雨秋燈錄》，上海：上海古籍出版社，2002 年 3 月第 1 版，2002 年 3 月第 1 次印刷，《續修四庫全書》第 1789 冊，據清光緒鉛印申報館叢書本影印。

176. （清）孫馮翼輯，《皇覽》，北京：北京圖書館出版社，2001 年 11 月第 1 版，2001 年 11 月第 1 次印刷，，收錄於鍾肇鵬編，《古籍叢殘彙編》（第一冊），據《問經堂叢書》本排印。

177. （清）徐珂編撰，《清稗類鈔》（第一冊），北京：中華書局，2010 年 1 月第 1 版，2010 年 1 月北京第 1 次印刷。

178. （清）秦榮光，《補晉書藝文志》，收於王承略、劉心明主編，《二十五史藝文經籍志考補萃編》（第十一卷），北京：清華大學出版社，2012 年 4 月第 1 版，2012 年 4 月第 1 次印刷。

179. （清）袁枚，《子不語》，臺北：新興書局，1973 年 7 月版，《筆記小說大觀續編》第 9 冊。

180. （清）郝懿行，《山海經箋疏》，臺北：藝文印書館，2009 年 11 月初版 4 刷。

181. （清）張岱，《夜航船》，上海：上海古籍出版社，2002 年 3 月第 1 版，2002 年 3 月第 1 次印刷，《續修四庫全書》第 1135 冊，據寧波市天一閣

博物館藏清抄本影印。

182. （清）張潮輯，《虞初新志》，上海：上海古籍出版社，2002 年 3 月第 1 版，2002 年 3 月第 1 次印刷，《續修四庫全書》第 1783 冊，據清康熙三十九年刻本影印。

183. （清）許奉恩，《里乘》，上海：上海古籍出版社，2002 年 3 月第 1 版，2002 年 3 月第 1 次印刷，《續修四庫全書》第 1270 冊，據復旦大學圖書館藏清光緒五年常熟抱芳閣刻蘭茗館外史本影印。

184. （清）陳夢雷撰，（清）蔣廷錫奉敕纂，《古今圖書集成》，臺北：鼎文書局，1985 年 4 月再版。

185. （清）嵇曾筠等監修，沈翼機等編纂，《浙江通志》，臺北：臺灣商務印書館，1986 年 3 月初版，《景印文淵閣四庫全書》第 525 冊，據國立故宮博物院藏本影印。

186. （清）惠棟，《易漢學》，臺北：臺灣商務印書館，1986 年 3 月初版，《景印文淵閣四庫全書》第 52 冊，據國立故宮博物院藏本影印。

187. （清）程起周纂，王士瀚重修，《悅城龍母廟志》，揚州：廣陵書社，2004 年 10 月版，《中國道觀志叢刊續編》第 25 冊。

188. （清）程趾祥，《此中人語》，臺北：新興書局，1973 年 4 月版，《筆記小說大觀正編》第 6 冊，據稻江市隱屢蔡毓齋氏家藏文明本影印。

189. （清）鈕琇，《觚賸》，上海：上海古籍出版社，2002 年 3 月第 1 版，2002 年 3 月第 1 次印刷，《續修四庫全書》第 1177 冊，據天津圖書館藏清康熙臨野堂刻本影印。

190. （清）管世灝，《影談》，臺北：新興書局，1973 年 4 月版，《筆記小說大觀正編》第 8 冊，據稻江市隱屢蔡毓齋氏家藏文明本影印。

191. （清）趙翼，《二十二史箚記》，臺北：中華書局，1966 年 3 月臺 1 版，《四部備要》本第 339 冊，據江寧局刻本校刊。

192. （清）劉熙載，《藝概》，上海：上海古籍出版社，1978 年 12 月第 1 版，1978 年 12 月第 1 次印刷。

193. （清）錢熙祚輯，（清）錢培讓、（清）錢培杰同續輯，《指海》，臺北：藝文印書館，1968 年，《百部叢書集成》第 54 函。

194. （清）繆荃孫，《藝風堂文續集》，上海：上海古籍出版社，2002 年 3 月第 1 版，2002 年 3 月第 1 次印刷，《續修四庫全書》第 1574 冊，據中國科學院圖書館藏清宣統二年刻民國二年印本影印。

195. （清）嚴可均校輯，《全上古三代秦漢三國六朝文》，上海：上海古籍出版社，2002 年 3 月第 1 版，2002 年 3 月第 1 次印刷，《續修四庫全書》第 1603～1608 冊，據民國十九年影印清光緒二十年黃岡王氏刻本影印。

2. 今著

1. 中央民族學院《藏族文學史》編寫組編著,《藏族文學史》,成都:四川民族出版社,1985 年 9 月第 1 版,1994 年 9 月第 1 次印刷。

2. 〔日〕中野美代子著,何彬譯,《中國的妖怪》,鄭州:黃河文藝出版社,1989 年 2 月第 1 版,1989 年 2 月第 1 次印刷。

3. 〔日〕中野美代子著,劉禾山譯,《從中國小說看中國人的思考方式》,臺北:成文出版社有限公司,1977 年 7 月初版。

4. 方立天,《佛教哲學》(增訂本),北京:中國人民大學出版社,1991 年 3 月第 2 版,1997 年 1 月第 2 次印刷。

5. 王世舜、王翠葉譯注,《尚書》,北京:中華書局,2012 年 1 月北京第 1 版,2012 年 1 月北京第 1 次印刷。

6. 王邦維選譯,《佛經故事選》,重慶:重慶出版社,1985 年 9 月第 1 版。

7. 王明編,《太平經合校》,北京:中華書局,1960 年 2 月第 1 版,1979 年 12 月北京第 2 次印刷。

8. 王枝忠,《漢魏六朝小說史》,杭州:浙江古籍出版社,1997 年 6 月第 1 版,1997 年 6 月第 1 次印刷。

9. 王重民,《中國目錄學史論叢》,北京:中華書局,1984 年 12 月第 1 版,1984 年 12 月北京第 1 次印刷。

10. (南朝齊)王琰原著,王國良研究,《冥祥記研究》,臺北:文史哲出版社,1999 年 12 月初版。

11. 王國良,《搜神後記研究》,臺北:文史哲出版社,1978 年 6 月初版。

12. 王國良,《魏晉南北朝志怪小說研究》,臺北:文史哲出版社,1984 年 7 月初版。

13. 〔蘇〕弗‧柯爾涅夫著,高長榮譯,《泰國文學簡史》,北京:外國文學出版社,1981 年 9 月北京第 1 版,1981 年 9 月北京第 1 次印刷,據蘇聯科學出版社 1971 年版譯出。

14. 弘學編著,《佛經故事》,成都:四川民族出版社,2002 年 4 月第 1 版,2002 年 4 月第 1 次印刷。

15. 〔日〕伊藤政顯著,朱佩蘭譯,《動物的超能力》,臺北:新理想出版社,1976 年 3 月初版。

16. 何星亮,《龍族的圖騰》,臺北:臺灣中華書局,1993 年 8 月第 1 版第 1 次印刷。

17. 余嘉錫,《四庫提要辯證》,北京:科學出版社,1958 年 10 月第 1 版,1958 年 10 月第 1 次印刷。

18. 吳志達,《中國文言小說史》,濟南:齊魯書社,1994 年 9 月第 1 版,1994

年 9 月第 1 次印刷。

19. 吳承洛，《中國度量衡史》，上海：上海書店，1984 年 5 月第 1 版。

20. 吳曾祺編，《舊小說》，臺北：臺灣商務印書館，1965 年 11 月臺 1 版。

21. 李宗侗註譯，葉慶炳校訂，中華文化復興運動總會、國立編譯館中華叢書編審委員會主編，《春秋公羊傳今註今譯》，臺北：臺灣商務印書館，1973 年 5 月初版第 1 次印刷，1994 年 6 月校訂版第 1 次印刷。

22. 李劍國，《唐前志怪小説史》（修訂本），天津：天津教育出版社，2005 年 1 月第 1 版，2006 年 1 月第 2 次印刷。

23. 周次吉，《六朝志怪小説研究》，臺北：文津出版社，1990 年 9 月出版。

24. 孟瑤，《中國小説史》，臺北：文星書店，1966 年 3 月 25 日初版。

25. 季羨林，《中印文化關係史論文集》，北京：三聯書店，1982 年 5 月第 1 版，1982 年 5 月第 1 次印刷。

26. 林太，《《梨俱吠陀》精讀》，上海：復旦大學出版社，2008 年 12 月第 1 版第 1 次印刷。

27. 俞士玲，《陸機陸雲年譜》，北京：人民文學出版社，2009 年 2 月北京第 1 版，2009 年 2 月第 1 次印刷。

28. 姚聖良，《先秦兩漢神仙思想與文學》，濟南：齊魯書社，2009 年 8 月第 1 版，2009 年 8 月第 1 次印刷。

29. 姜亮夫，《陸平原年譜》，上海：古典文學出版社，1957 年 7 月第 1 版，1957 年 7 月第 1 次印刷。

30. 姜亮夫纂定，陶秋英校，《歷代人物年里碑傳綜表》，臺北：文史哲出版社，1985 年 2 月再版。

31. 胡懷琛，《中國小説論》，臺北：清流出版社，1971 年 11 月初版。

32. 卿希泰，《中國道教》（第三卷），上海：東方出版中心，1994 年 1 月第 1 版，1996 年 5 月第 2 次印刷。

33. 卿希泰，《中國道教史》（第一卷）（修訂本），成都：四川人民出版社，1996 年 12 月第 2 版。

34. 卿希泰主編，《中國道教思想史》（第一卷），北京：人民出版社，2009 年 12 月第 1 版，2009 年 12 月北京第 1 次印刷。

35. 徐德明，《民間禁忌》，廣州：廣東教育出版社，2003 年 7 月第 1 版，2003 年 7 月第 1 次印刷。

36. 徐震堮選注，《漢魏六朝小説選注》，臺北：洪氏出版社，1975 年 4 月初版。

37. 徐興無，《讖緯文獻與漢代文化構建》，北京：中華書局，2003 年 3 月第 1 版，2003 年 3 月北京第 1 次印刷。

38. 袁珂，《中國神話傳説》（下），北京：中國民間文藝出版社，1984 年 9

月第 1 版，1984 年 9 月第 1 次印刷。

39. 常任俠選註，郭淑芬點校，《佛經文學故事選》，上海：上海古籍出版社，1987 年 9 月新 2 版，1987 年 9 月第 1 次印刷。

40. 張仁青，《魏晉南北朝文學思想史》，臺北：文史哲出版社，1978 年 12 月初版。

41. 戚志芬，《中國的類書政書與叢書》，臺北：臺灣商務印書館，1994 年 9 月初版第 1 次印刷。

42. 梁啓超撰，張品興主編，《梁啓超全集》（第 7 冊），北京：北京出版社，1999 年 7 月第 1 次版，1999 年 7 月第 1 次印刷。

43. 梅新林，《仙話──神人之間的魔幻世界》，上海：生活・讀書・新知三聯書店上海分店，1992 年 6 月第 1 版，1992 年 6 月第 1 次印刷。

44. 清水搜錄，《海龍王的女兒》，臺北：東方文化，1988 年，《國立中山大學民俗叢書》第 8 冊。

45. 畢樗主編，《民間文學概論》，北京：民族出版社，2004 年 10 月第 1 版，2004 年 10 月北京第 1 次印刷。

46. 章巽，《法顯傳校注》，上海：上海古籍出版社，1985 年 2 月第 1 版。

47. 郭重威、孔新芳，《道教文化叢談》，哈爾濱：黑龍江人民出版社，2005 年 4 月第 1 版，2005 年 4 月第 1 次印刷。

48. 郭箴一，《中國小說史》，臺北：臺灣商務印書館，1999 年 4 月臺 1 版第 9 次印刷。

49. 陳啓天，《增訂韓非子校釋》，臺北：臺灣商務印書館，1969 年 5 月初版，1985 年 12 月 5 版。

50. 傅桐生、高瑋、宋榆鈞編，《鳥類分類及生態學》，北京：高等教育出版社，1987 年 9 月第 1 版，1987 年 10 月第 1 次印刷。

51. 〔日〕森安太郎著，王孝廉譯，《中國古代神話研究》，臺北：地平線出版社，1974 年元月初版，1979 年 2 月 2 版。

52. 湯一介，《魏晉南北朝時期的道教》，臺北：東大圖書，1988 年 12 月初版，1991 年 4 月再版。

53. 楊俊峰，《圖騰崇拜文化》，北京：大眾文藝出版社，2000 年 1 月北京第 1 版，2000 年 1 月北京第 1 次印刷。

54. 葉慶炳，《漢魏六朝小說選》，臺北：弘道文化事業有限公司，1977 年 10 月 10 日再版。

55. 董素芝，《偉哉羲皇》，北京：中華書局，2004 年 10 月北京第 1 版，2004 年 10 月北京第 1 次印刷。

56. 聞一多，《聞一多全集》第 1 冊，北京：生活・讀書・新知三聯書店，1982

年 8 月第 1 版。

57. 聞一多著，李定凱編校，《聞一多學術文鈔・神話研究》，成都：巴蜀書社，2002 年 12 月第 1 版，2002 年 12 月第 1 次印刷。

58. 趙景深，《童話學 ABC》，上海：ABC 叢書社，1929 年 2 月出版。

59. 劉兆祐，《中國目錄學》，臺北：五南圖書出版有限公司，1998 年 7 月初版 1 刷。

60. 劉守華，《比較故事學》，上海：上海文藝出版社，1995 年 9 月第 1 版。

61. 劉苑如，《身體・性別・階級──六朝志怪的常異論述與小說美學》，臺北：中央研究院中國文哲研究所，2002 年 12 月初版。

62. 劉堯漢，《中國文明源頭新探──道家與彝族虎宇宙觀》，昆明：雲南人民出版社，1985 年 8 月第 1 版，1993 年 6 月第 2 次印刷。

63. 劉毓慶，《圖騰神話與中國傳統人生》，北京：人民出版社，2002 年 4 月第 1 版，2002 年 4 月北京第 1 次印刷。

64. 劉葉秋，《歷代筆記概述》，臺北：木鐸出版社，1987 年 7 月初版。

65. 劉滌凡，《唐前果報系統的建構與融合》，臺北：臺灣學生書局，1999 年 8 月初版）。

66. 劉緯毅，《漢唐方志輯佚》，北京：北京圖書館出版社，1997 年 12 月第 1 版，1997 年 12 月第 1 次印刷。

67. 劉錫誠，《20 世紀中國民間文學學術史》，開封：河南大學出版社，2006 年 12 月第 1 版。

68. 蔣述卓，《佛經傳譯與中古文學思潮》，南昌：江西人民出版社，1990 年 9 月第 1 版，1993 年 9 月第 2 次印刷。

69. 鄧安生，《陶淵明年譜》，天津：天津古籍出版社，1991 年 8 月第 1 版，1991 年 8 月第 1 次印刷。

70. 鄭欽仁、吳慧蓮、呂春盛、張繼昊編著，《魏晉南北朝史》（增訂本），臺北：里仁書局，2007 年 9 月 10 日增訂 1 版。

71. 魯迅，《集外集》，上海：魯迅全集出版社，1947 年 10 月版。

72. 魯迅，《魯迅小說史論文集──《中國小說史略》及其他》，臺北：里仁書局，1992 年 9 月初版，2000 年 10 月增訂 1 版。

73. 魯迅、楊偉群點校，《歷代嶺南筆記八種》，廣州：廣東人民出版社，2011 年 3 月第 1 版，2011 年 3 月第 1 次印刷。

74. 魯長虎、費榮梅編，《鳥類分類與識別》，哈爾濱：東北林業大學出版社，2003 年 3 月第 1 版，2005 年 7 月第 2 次印刷。

75. 蕭兵，《中國文化的精英──太陽英雄神話比較研究》，上海：上海文藝出版社，1989 年 5 月第 1 版。

76. 鍾仕倫，《《金樓子》研究》，北京：中華書局，2004 年 12 月北京第 1 版，2004 年 12 月北京第 1 次印刷。

77. 鍾肇鵬，《讖緯論略》，臺北：洪葉文化事業有限公司，1994 年 9 月初版 1 刷。

78. 顏慧琪，《六朝志怪小說異類姻緣故事研究》，臺北：文津出版社，1994 年 5 月初版。

79. 魏世民，《魏晉南北朝小說史》，合肥：安徽大學出版社，2011 年 6 月第 1 版，2011 年 6 月第 1 次印刷。

80. 羅傑・卡拉斯（Roger A. Caras）著，陳慧雯譯，《完美的和諧：動物與人的親密關係》（The Intertwining Lives of Animals and Humans throughout History），臺北：天下遠見出版股份有限公司，1998 年 11 月 10 日第 1 版第 1 次印行。

81. 〔日〕藤原佐世，《日本國見在書目錄》，臺北：新文豐出版股份有限公司，1985 年元月初版，《叢書集成新編》第 1 冊，《古逸叢書》本。

82. 〔日〕關敬吾編著，《日本昔話大成》第 6 卷，東京：角川書店，1978 年 11 月初版。

（四）外語書籍

1. Antti Aarne's *Verzeichnis der Märchentypen* (FF communications no. 3) Translated and Enlarged by Stith Thompson *The types of the folktale : a classification and bibliography* Helsinki:Suomalainen Tiedeakatemia, Academia Scientarum Fennica 1964, 2nd rev.。

2. Aulus Gellius *The Attic Nights of Aulus Gellius* with an English translation by John C. Rolfe Cambridge, Mass. Harvard University Press London, W. Heinemann 1927。

3. Dennys Nicholas Belfield The Folk-lore of China, and its affinities with that of the Aryan and Semitic races London: Trubner 1876。

4. Hans-Jörg Uther *The Types of International Folktales:* a classification and bibliography, based on the system of Antti Aarne and Stith Thompson Helsinki: Suomalainen Tiedeakatemia Academia Scientiarum Fennica c2004。

5. Nai-Tung Ting A type index of Chinese folktales : in the oral tradition and major works of non-religious classical literature Helsinki: Suomalainen Tiedeakatemia, Academia Scientiarum Fennica 1978。

6. Stith Thompson Motif-Index of Folk-Literature: a Classification of Narrative Elements in Folktales, Ballads, Myths, Fables, Mediaeval Romances, Exempla, Fabliaux, Jest-Books, and Local Legends Copenhagen: Rosenkilde and Bagger 1955〜58 6 Volumes。

7. Stith Thompson　*The Folktale*　New York: The Dryden Press　Second Printing January　1951。

8. Wolfram Eberhard　*Typen Chinesischer Volksmärchen*　FF Communications Edited for the Folklore Fellows No.120　Helsinki: Suomalainen Tiedeakatemia, Academia Scientiarum Fennica　1937。

二、學位論文（依年代先後順序排列）

1. 李豐楙，《魏晉南北朝文士與道教之關係》，臺北：國立政治大學中國文學研究所博士論文，1978 年 6 月。

2. 全寅初，《魏晉南北朝志怪小說研究》，臺北：國立臺灣師範大學國文研究所博士論文，1978 年 9 月。

3. 呂春明，《異苑校證》，臺北：中國文化大學中國文學研究所碩士論文，1985 年 6 月。

4. 蔡雅薰，《六朝志怪妖故事研究》，臺北：國立臺灣師範大學國文研究所碩士論文，1990 年 5 月。

5. 洪瑞英，《中國人虎變形故事研究》，臺中：逢甲大學中國文學研究所碩士論文，1991 年 5 月。

6. 林翠萍，《《搜神記》與《嶺南摭怪》之比較研究》，臺南：國立成功大學中國文學研究所碩士論文，1996 年 1 月。

7. 蔡蕙懋，《猿猴搶親故事研究》，臺中：國立中興大學中國文學系碩士論文，2000 年 12 月。

8. 漆凌雲，《中國天鵝處女型故事研究》，湘潭：湘潭大學中文系碩士學位論文，2001 年 4 月。

9. 林淑珍，《論《搜神記》的民間童話質素》，臺南：國立臺南師範學院國民教育研究所碩士論文，2002 年 5 月。

10. 林貞瑤，《從「貴博尚通」到「疾妄求實」──以「興治」為主線》，高雄：國立中山大學中國文學系碩士論文，2003 年 6 月。

11. 王雅榮，《「猴玃搶婦」故事的源流及演變──兼論魏晉志怪中的「異類婚媾」故事》，南京：南京師範大學古代文學碩士論文，2005 年 4 月。

12. 陳佩玫，《《搜神記》的民間故事類型研究──以「地陷為湖」及「羽衣仙女」型故事的演變為主之考察》，臺北：國立政治大學中國文學系國文教學碩士班九十三學年度碩士論文，2005 年 7 月。

13. 劉惠卿，《佛經文學與六朝小說母題》，西安：陝西師範大學中國古代文學博士學位論文，2006 年 4 月。

14. 李巧玲，《范陽祖氏家族的文化傳統及其古小說創作》，重慶：西南大學中國古代文學碩士學位論文，2008 年 4 月。

15. 楊艾甄，《中國人蛇婚戀故事研究》，臺南：國立成功大學中國文學研究所在職專班碩士論文，2009 年 2 月。

16. 陳麗娜，《中國民間故事類型研究》，花蓮：國立東華大學民間文學研究所博士論文，2009 年 6 月。

17. 張瑞芳，《先唐動物故事研究》，南京：南京師範大學中國文學與文化博士學位論文，2010 年 5 月。

18. 林綏傑，《《舊唐書・文苑傳》研究》，臺北：國立政治大學中國文學系碩士班九十九學年度第二學期碩士學位論文，2011 年 7 月。

三、單篇論文 （依時間先後順序排列）

1. 朱東潤，〈陸機年表〉，《國立武漢大學文哲季刊》第 1 卷第 1 號，1930 年 4 月，收於《國立武漢大學文哲季刊》，臺北：臺灣學生書局，1970 年 8 月景印初版，頁 173～187。

2. 鍾敬文，〈中國民間故事類型〉，《民俗學專號》（即《民俗學集鐫》）第一輯，1931 年 6 月，頁 353～374。

3. 〔德〕愛伯哈特，〈關於民間文學的一封信〉，《藝風月刊》第 1 卷第 9 期，1933 年 11 月，收於婁子匡編，孫福熙等著，《藝風・民間專號》，《國立北京大學中國民俗學會民俗叢書》第 6 輯第 108 冊，臺北：東方文化書局，1981 年，據民 22 年版本複印，頁 134～135。

4. 嚴懋垣，〈魏晉南北朝志怪小說書錄附考證〉，《文學年報》第 6 期，1940 年 11 月，頁 45～72。

5. 傅惜華，〈六朝志怪小說之存佚〉，《漢學》第 1 輯，1944 年 9 月，頁 169～210。

6. 范寧，〈論魏晉志怪小說的傳播和知識份子思想分化的關係〉，《北京大學學報》（人文科學版）1957 年第 2 期（總 8 期），1957 年 6 月，頁 75～88。

7. 〔美〕丁乃通，〈民間故事類型第二次修訂版的介紹及評價〉，《清華學報》新 7 卷第 2 期，1969 年 8 月，頁 233～238。

8. 游信利，〈郭璞年譜初稿〉，《中華學苑》第 10 期，1972 年 9 月，頁 79～110。

9. 樂蘅軍，〈中國原始變形神話試探〉（上），《中外文學》第 2 卷第 8 期，1974 年 1 月，頁 10～21。

10. 樂蘅軍，〈中國原始變形神話試探〉（下），《中外文學》第 2 卷第 9 期，1974 年 2 月，頁 24～40。

11. 李甲孚，〈侯、猴、玃〉，《婦女雜誌》第 137 期，1980 年 2 月，頁 33～35。

12. 〔日〕前野直彬著；前田一惠譯，〈評《古小說鉤沉》——兼論有關六朝小說的資料〉，《中外文學》第 8 卷第 9 期（總第 93 期），1980 年 2 月，頁 84～99。

13. 李豐楙，〈六朝精怪傳說與道教法術思想〉，《中國古典小說研究專集》3，1981 年 6 月，頁 1～36。

14. 逯耀東，〈魏晉志異小說與史學的關係〉，《食貨月刊》復刊第 12 卷第 4、5 期，1982 年 8 月，頁 134～146。

15. 汪玢玲，〈天鵝處女型故事研究概觀〉，《民間文學論壇》1983 年第 1 期（總第 4 期），1983 年 1 月，頁 40～51。

16. 李佳俊，〈孔雀公主型民間故事的起源和發展〉，《思想戰線》1985 年第 2 期（總第 62 期），1985 年 4 月，頁 43～50。

17. 〔日〕君島久子撰，劉曄原譯，〈羽衣故事的背景〉，收錄於中國民間文藝研究會上海分會編，《民間文藝集刊》第 8 集，上海：上海文藝出版社，1986 年 1 月第 1 版，頁 285～299。

18. 石興邦，〈我國東方沿海和東南地區古代文化中鳥類圖像與鳥祖崇拜的有關問題〉，收錄於田昌五、石興邦主編，《中國原始文化論集——紀念尹達八十誕辰》，北京：文物出版社，1986 年 6 月第 1 版，頁 234～266。

19. 月朗，〈中國人類學派故事學比較研究發微〉，《民間文學論壇》1986 年第 4 期（總第 21 期），1986 年，頁 61～65、51。

20. 王國良，〈列異傳研究〉，《東吳文史學報》第 6 號，1988 年 1 月，頁 29～44。

21. 劉敦願，〈中國古俗中的虎崇拜〉，《民間文學論壇》1988 年第 1 期（總第 30 期），1988 年 1 月，頁 45～53。

22. 林琳，〈虎圖騰崇拜〉，《文史雜誌》1988 年第 2 期，1988 年，頁 42～45。

23. 謝明勳，〈唐人小說「白螺精」故事源流考論〉，《中國書目季刊》第 22 卷第 1 期，1988 年 6 月，頁 26～32。

24. 東方既曉，〈〈召樹屯〉〈朗退罕〉淵源新證〉，《雲南社會科學》1989 年第 1 期（總第 47 期），1989 年 2 月，頁 111～114。

25. 胡萬川，〈邛都老姥與歷陽嫗故事之研究〉，《中央研究院第二屆國際漢學會議論文集》（文學組）（上冊），1989 年 6 月，頁 375～393。

26. 姚立江，〈狐狸精怪故事別解——兼與龔維英先生、何新先生商榷〉，《民間文學論壇》1990 年第 5 期（總第 46 期），1990 年 9 月，頁 43～46。

27. 周愛明，〈論狐妻故事的生成與發展〉，《民間文學論壇》1990 年第 5 期（總第 46 期），1990 年 9 月 15 日，頁 39～42。

28. 鄭土有，〈中國古代神話仙話化的演變軌跡〉，《民間文學論壇》1992 年第 1 期（總第 54 期），1992 年 1 月，頁 3～13。

29. 方克強，〈現代動物小說的神話原型〉，收於氏著，《文學人類學批評》，上海：上海社會科學院出版社，1992 年 4 月第 1 版，1992 年 4 月第 1 次印刷，頁 191～207。

30. 萬建中，〈禁忌主題型故事的原始崇拜觀念〉，收於上海民間文藝家協會編，《中國民間文化——民間文學研究》（總第六集），上海：學林出版社，1992 年 6 月第 1 版，1992 年 6 月第 1 次印刷，頁 100～111。

31. 洪順隆，〈六朝異類戀愛小說芻論〉，《文化大學中文學報》創刊號，1993 年 2 月 17 日，頁 25～81。

32. 呂靜，〈上巳節沐浴消災習俗探研〉，《史林》1994 年第 2 期（總第 34 期），1994 年，頁 9～10、53。

33. 羅國威，〈任昉年譜〉，《四川大學學報》（哲學社會科學版）1994 年第 1 期（總第 80 期），1994 年 1 月，頁 69～77。

34. 張志榮，〈動物的感恩圖報和報復行為〉，《少年月刊》1994 年第 3 期，1994 年 3 月，頁 44～45。

35. 陳建憲，〈論中國天鵝仙女故事的類型〉，《民族文學研究》1994 年第 2 期（總第 52 期），1994 年 5 月，頁 62～68。

36. 洪瑞英，〈中國人虎婚姻故事類型研究〉，收錄於國立清華大學人文社會學院中國語文學系主編，《小說戲曲研究》第 5 集，臺北：聯經出版事業公司，1995 年 2 月初版，頁 1～26。

37. 傅光宇，〈〈召樹屯〉源流辨析〉，《民族文學研究》1996 年第 3 期（總第 61 期），1996 年 8 月，頁 23～30。

38. 王泉根，〈論圖騰感生與古姓起源〉，《民間文學論壇》1996 年第 4 期（總第 75 期），1996 年 11 月，頁 19～24。

39. 段致成，〈《太平經》中的承負說〉，《宗教哲學》第 3 卷第 4 期，1997 年 10 月，頁 94～103。

40. 吳曉東，〈論幻化母題與圖騰崇拜的起源〉，《民族文學研究》1997 年第 4 期（總第 66 期），1997 年 11 月，頁 49～53。

41. 周楞伽遺作，周允中整理，〈試讀魯迅整理的《古小說鉤沉》及其不足〉，《魯迅研究月刊》2000 年第 6 期（總第 228 期），2000 年 6 月，頁 53～54、78。

42. 萬建中，〈一場關於人與自然關係的深刻對話——從禁忌母題角度解讀天鵝處女故事〉，《北京師範大學學報》（人文社會科學版）2000 年第 6 期（總第 162 期），2000 年 11 月，頁 42～50。

43. 普慧、張進，〈佛教故事——中國五朝志怪小說的一個敘事源頭〉，《中國文化研究》2001 年春之卷（第 1 期）（總第 31 期），2001 年 2 月，頁 110～114。

44. 謝明勳，〈《搜神記》之民間文學特性試論〉，《第二屆通俗文學與雅正文學全國學術研討會論文集》，臺中：國立中興大學中國文學系出版，臺北：新文豐出版股份有限公司發行，2001 年 2 月，頁 399～426。

45. 李劍國，〈干寶考〉，《文學遺產》2001 年第 2 期，2001 年 3 月，頁 14～29、142（英文提要）。

46. 金榮華，〈「情節單元」釋義──兼論俄國李福清教授之「母題」說〉，《華岡文科學報》第 24 期，2001 年 3 月，頁 173～181。

47. 劉守華，〈從〈白水素女〉到〈田螺姑娘〉──一個著名故事類型的解析〉，《古典文學知識》2001 年第 3 期（總第 68 期），2001 年 3 月，頁 71～80。

48. 姚立江、邵非，〈解讀龍母故事的斷尾母題〉，《寧夏大學學報》（人文社會科學版）第 23 卷第 3 期，2001 年 5 月，頁 66～68。

49. 李道和，〈女鳥故事的民俗文化淵源〉，《文學遺產》2001 年第 4 期，2001 年 7 月，頁 4～18。

50. 黃兆漢，〈中國古代的猴神崇拜〉，收於氏著，《中國神仙研究》，臺北：臺灣學生書局，2001 年 11 月初版，頁 353～433。

51. 林如求，〈螺女廟〉，《福建鄉土》2002 年第 2 期，2002 年，頁 32～34。

52. 孫正國，〈中國義虎型故事的文化傳承〉，《西南民族學院學報》（哲學社會科學版）總 23 卷第 1 期，2002 年 1 月，頁 84～88。

53. 李南暉，〈《新唐書‧藝文志》著錄唐國史辨疑〉，《文史》2002 年第 1 輯（總第 58 輯），2002 年 3 月，頁 139～147。

54. 張進德，〈殷芸簡論〉，《河南社會科學》第 10 卷第 5 期，2002 年 9 月，頁 62～64。

55. 章海鳳，〈試論古典詩詞中水意象的原型內涵──兼談水與時間對應的意義〉，《瀋陽師範學院學報》（社會科學版）第 26 卷第 5 期，2002 年 9 月，頁 13～16。

56. 孫正國，〈人虎情緣──「義虎」故事解析〉，收於劉守華主編，《中國民間故事類型研究》，武昌：華中師範大學出版社，2002 年 10 月第 1 版，2002 年 10 月第 1 次印刷，頁 131～140。

57. 王青，〈論中古志怪作品在民間故事類型學中的價值──以《搜神記》為中心〉，《南京師大學報》（社會科學版）2003 年第 2 期，2003 年 3 月，頁 154～160。

58. 熊明，〈劉向《列士傳》佚文輯校〉，《文獻》2003 年第 2 期，2003 年 4 月，頁 18～24。

59. 劉魁立，〈論中國螺女型故事的歷史發展進程〉，《民族文學研究》2003 年第 2 期（總第 89 期），2003 年 5 月，頁 3～15。

60. 程俊松，〈動物的報仇與報恩〉，《三月風》2003 年第 7 期，2003 年 7 月，頁 47～48。

61. 劉守華，〈中國民間故事類型研究的方法論探索〉，《思想戰線》第 29 卷第 5 期，2003 年 7 月，頁 119～123。

62. 張冠梓，〈初民的審判——神判〉，《東南文化》2003 年第 9 期（總第 173 期），2003 年 9 月，頁 55～58。

63. 于欣，〈先秦儒家人學思想探析〉，《蘭州學刊》2004 年第 6 期（總第 141 期），2004 年，頁 286～289。

64. 林南，〈動物的報復心〉，《思維與智慧》2004 年第 11 期，2004 年，頁 45。

65. 王青，〈天鵝處女型故事淵源再探——兼談〈召樹屯〉的情節來源及其流播渠道〉，《民族文學研究》2004 年第 1 期（總第 92 期），2004 年 2 月，頁 54～59。

66. 王青，〈敦煌本《搜神記》與天鵝處女型故事〉，《漢學研究》第 22 卷第 1 期，2004 年 6 月，頁 81～96。

67. 李慎成，〈韓中「義狗説話」比較研究〉，《杭州師範學院學報》（社會科學版）2004 年第 4 期，2004 年 7 月，頁 77～82。

68. 李傳江，〈魏晉南北朝志怪小説中的龍文化探析〉，《重慶工商大學學報》（社會科學版）第 21 卷第 5 期，2004 年 10 月，頁 110～113。

69. 彭松喬，〈禁忌藏「天機」——中國天鵝處女型故事意蘊的生態解讀〉，《民族文學研究》2004 年第 4 期（總第 95 期），2004 年 11 月，頁 59～63。

70. 林富士，〈釋「魅」：以先秦至六朝時期的文獻資料為主的考察〉，收入蒲慕州主編，《鬼魅神魔：中國通俗文化側寫》，臺北：麥田出版社，2005 年 6 月 1 日初版一刷，頁 109～134。

71. 劉守華，〈佛經故事傳譯與中國民間故事的演變〉，《外國文學研究》2005 年第 3 期（總第 113 期），2005 年 6 月，頁 131～135、175。

72. 王立，〈中國古代傳説中通達禽獸語母題的佛經文獻淵源〉，《世界文學評論》2006 年第 1 期，2006 年（臺灣未見紙本收藏，出版月不詳），頁 206～211。

73. 盧芳、湯穎儀，〈獨立的準備——魯迅輯校的《古小説鈎沉》初考〉，《焦作師範高等專科學校學報》第 22 卷第 1 期，2006 年 3 月，頁 12～15。

74. 胡立新，〈從動物感恩故事看自然的「內在價值」問題〉，《江漢大學學報》（人文科學版）第 25 卷第 2 期，2006 年 4 月，頁 39～43。

75. 翁頻，〈大小傳統之間：兩漢魏晉之際的讖緯之學〉，《山西師大學報》（社會科學版）第 33 卷第 3 期，2006 年 5 月，頁 93～97。

76. 孔令梅，〈道教承負説淺析〉，《安徽電氣工程職業技術學院學報》第 11

卷第 4 期，2006 年 12 月，頁 15～18。

77. 林富士，〈人間之魅——漢唐之間「精魅」故事析論〉，《中央研究院歷史語言研究所集刊》第 78 本第 1 分，2007 年 3 月，頁 107～182。

78. 吳俐雯，〈「田螺姑娘」故事的產生及演變〉，《耕莘學報》第 5 期，2007 年 6 月，頁 25～42。

79. 胡國鋒，〈夏族魚圖騰析〉，《藝術與設計》（理論）2007 年第 7 期，2007 年 7 月，頁 159～160。

80. 趙生軍，〈中國古代蛇圖騰崇拜芻議〉，《思茅師範高等專科學校學報》第 23 卷第 4 期，2007 年 8 月，頁 59～62。

81. 徐明生，〈「承負」與「輪迴」——道教與佛教兩種果報理論的比較〉，《江蘇科技大學學報》（社會科學版）第 8 卷第 2 期，2008 年 6 月，頁 10～14。

82. 劉戈、郭平梁，〈「大宛汗血天馬」揭秘——兼說中國家畜家禽閹割傳統〉，《敦煌學輯刊》2008 年第 2 期（總第 60 期），2008 年 6 月，頁 83～92。

83. 王利鎖，〈論六朝志怪中的異犬狗怪描寫〉，《河南大學學報》（社會科學版）第 48 卷第 5 期，2008 年 9 月，頁 128～133。

84. 楊帆，〈中國民間社會的動物觀念〉，《海南師範大學學報》（社會科學版）第 21 卷第 6 期（總 98 期），2008 年 11 月 30 日，頁 110～118。

85. 謝明勳，〈臺灣地區近三十年（自 1980 年起）六朝志怪小說研究策略之省思〉，《中正大學中文學術年刊》2008 年第 2 期（總第 12 期），2008 年 12 月，頁 241～258。

86. 鄭先興，〈漢畫的螺女神話〉，收於氏著，《漢畫像的社會學研究》，開封：河南大學出版社，2009 年 2 月第 1 版，2009 年 9 月第 2 次印刷，頁 53～82。

87. 李春梅，〈中原民間虎崇拜風俗解讀〉，《藝術教育》2009 年第 3 期，2009 年 3 月，頁 143。

88. 楊玉祥整理，〈鷺科鳥類辨識〉，《鳥語》第 290 期，2009 年 5 月，頁 20～23。

89. 胡文娣、張雷，〈《異苑》佚文補正〉，《書目季刊》第 43 卷第 1 期，2009 年 6 月，頁 31～58。

90. 孫芳芳，〈道教長生思想對魏晉南北朝志怪小說的影響〉，《咸寧學院學報》第 30 卷第 2 期，2010 年 2 月，頁 41～42。

91. 林淑貞，〈窮究天人之際——六朝志怪「災異書寫」示現的人文心靈〉，《漢學研究集刊》第 10 期，2010 年 6 月，頁 1～54。

92. 劉運好，〈陸機籍貫與行迹考論〉，《南京師大學報》（社會科學版）2010 年第 4 期，2010 年 7 月，頁 125～131。

93. 林珊妏，〈中國龍母與越南蛇母故事初探〉，《彰化師大國文學誌》第 21 期，2010 年 9 月，頁 111～134。

94. 李燕，〈評《一千零一夜》〉，《商業文化》（下半月）2010 年第 11 期，2010 年 11 月，頁 156。

95. 黃夏年，〈報恩思想的現代意義〉，《傳承》2011 年第 16 期，2011 年，頁 48～49。

96. 張莉，〈殷芸交遊考〉，《古籍整理研究學刊》2011 年第 2 期，2011 年 3 月，頁 40～48。

97. 孫蓉蓉，〈讖緯與漢魏六朝的志怪小說〉，《中國文化研究》2011 年夏之卷（第 2 期）（總第 72 期），2011 年 5 月，頁 47～58。

98. 王丹丹、王玉潔，〈《搜神記》「動物報恩」故事來源與演變〉，《柳州師專學報》第 26 卷第 3 期，2011 年 6 月，頁 14～16、34。

99. 朱成華，〈魯迅《古小說鉤沉‧甄異傳》輯佚一則〉，《魯迅研究月刊》2011 年第 7 期，2011 年 7 月，頁 94～95。

100. 子房，〈古蜀人的魚圖騰〉，《文史雜誌》2012 年第 1 期（總第 157 期），2012 年 1 月，頁 51～53。

101. 陳俊吉，〈本生故事的善財童子對於亞洲文藝影響之初探：兼談中國此類造像藝術未發展之成因〉，《書畫藝術學刊》第 13 期，2012 年 12 月，頁 259～298。

102. 楊穎詩，〈從《老子》到《河上公注》的詮釋轉向——以工夫形態為討論核心〉，《新竹教育大學人文社會學報》第 8 卷第 1 期，2015 年 3 月，頁 1～25。

四、網路資料

1. CALIS 連機合作編目中心，北京：高等教育文獻保障系統，網址：http://lhml.calis.edu.cn/calis/lhml/lhml.asp?fid=FA0321&class=2。

附錄：六朝志怪筆記動物故事情節單元分析表

凡例：

1. 本表就六朝志怪筆記含動物情節之敘事列表，分就各書卷次則次、湯普遜分類編號、情節單元名稱等列表之。若其文字前有所承，則於「溯源」項標示之；若其後之書籍亦見記載者，則於「影響」項標之。

2. 簡稱說明：除《祖台之志怪》、《孔氏志怪》、《搜神後記》、祖沖之《述異記》、任昉《述異記》、《續異記》分以《祖志》、《孔志》、《後記》、祖《述》、任《述》、《續異》為別以稱之外，其餘各書則以首字簡稱之。

3. 標示說明：本表格以《六朝志怪小說情節單元分類索引》為本，若該書未列，而筆者補入，則於編號後以「(*)」標示之；原未有編號，筆者新增者，則於編號前再以「*」標示之。若卷數資料有所更動者，則以「(#)」標示之，以作區別。

序號	書名	卷次	則次	編號	情節單元名稱	溯源	影響
1	《列》		7	B212.9.	鵲通曉人語	西漢《列士傳》	
2	《列》		8	B881.2. B881.2.1.	蛇魅 蛇魅以人形出現		
3	《列》		12	B881.2.（＊）〔註1〕	蛇魅		
4	《列》		14	B291.2.1.	馬引人報主人之喪	漢《廬江七賢傳》	晉《益部耆舊傳》、劉宋《後漢書·獨行傳》

〔註1〕 《列異傳》此則亦見於《搜神記》卷2第1則，該則以「B881.2.」標之，故筆者據以添增。

5	《列》		15	B881.1.	龜（鼈、鼃）魅		
6	《列》		25	B41.2.	飛馬（行於雲間）		
7	《列》		43	B885.2.	狐狸魅	東漢《風俗通義》	
8	《列》		44	D423.0.2.	鳥變爲玉		
9	《列》		45	D372.	鯉變爲女		
10	《列》		47	B211.2.9. B299.16.1.	鼠作人語 鼠著衣冠		
11	《列》		49	B299.1.2.	鵝報仇		
1	《博》	2	16	B754.6.1.3. B754.6.1.3.1.	鷂，雌雄相視成孕 雄鵙鳴上風，雌鵙受孕	（周）禽經	
2	《博》	2	17	B754.6.1.2. B754.7.3.	兔望月舐毛而孕 兔吐小兔	（漢）論衡	
3	《博》	3	17	B727.1.	馬汗血	（漢）神異經	
4	《博》	3	18	D1652.1.9.3	牛體之肉割復生		
5	《博》	3	22	B15.1.2.1.1.	雙頭蛇	孫子兵法	
6	《博》	8	22	Q211.6. Q451.7.7.	殺禽獸而受懲罰（殺蛟、龍） 雷眇人左目，以懲其殺一龍二蛟	韓詩外傳	
7	《博》	8	24	B15.3.4.5.（＊）〔註2〕 B15.7.7.2.（＊） D419.1.3.（＊）	狗生角 狗九尾 龍變爲狗	（周）尸子	
8	《博》	8	25	D423.0.3.	鳥變爲石		
9	《博》	9	9	B14.4. B60.0.1.	牛體魚 魚有毛		
10	《博》	9	13	B81.13.13. B81.13.14.	鮫人泣淚爲珠 鮫人織績	（漢）洞冥記	
11	《博》	9	14	B631.10.	猿與人生子	（漢）焦氏易林	
12	《博》	10	15	B91.8.	蛇六足四翼 大旱之兆	山海經	
13	《博》	10	16	B15.7.17.	鳥一足一翼一目	山海經	
14	《博》	10	25	B14.4. B60.0.1.	牛體魚 魚有毛		
15	《博》	逸文	125	F911.2.2.	蛇吞象（三年而吐其骨）		

〔註2〕 按：《博物志》此則情節有同《搜神記》卷14第4則者，該則以「B15.3.4.5.」、「B15.7.7.2.」、「D419.1.3.」等標之，筆者依兩則情節同者補上。

1	《要》	4	B15.3.4.3. *B99.3.（＊） 〔註3〕 *B177.1.1.（＊） 〔註4〕 *B177.1.2.（＊） 〔註5〕	蟾蜍生角 蟾蜍頷下有丹書（甲編） 蟾蜍以足畫地即有水（甲編） 蟾蜍能辟兵（甲編）	（周）文子	抱朴子
2	《要》	7	B731.18.	五色龜	玉策記	抱朴子
1	《玄》	6	B601.2.1.（＊） 〔註6〕	狗娶女	（漢）風俗通義	
2	《玄》	22	B876.2.1.（＊） 〔註7〕	蟹螯如山	山海經	
3	《玄》	24	B874.（＊） 〔註8〕	大魚（一日逢魚頭，七日逢魚尾）		

〔註3〕 按：《六朝志怪小說情節單元分類索引》（甲編）將此則情節單元題爲「蟾蜍頷下有丹書」，然「乙編」並未將此情節單元列入編號，筆者將其新增爲「B99.3.」。見金榮華：《六朝志怪小說情節單元分類索引》（甲編）（臺北縣新店市：中國口傳文學學會出版，2007年9月再版一刷（校訂本）），頁92。

〔註4〕 按：《六朝志怪小說情節單元分類索引》（甲編）將此則情節單元題爲「蟾蜍以足畫地即有水」，然「乙編」並未將此情節單元列入編號，湯普遜《民間文學情節單元索引》已有B177.1.“Magic toad”「奇異的蟾蜍」，筆者將此情節單元新增爲「B177.1.1.」。見金榮華：《六朝志怪小說情節單元分類索引》（甲編），同前註，頁92。

〔註5〕 按：《六朝志怪小說情節單元分類索引》（甲編）將此則情節單元題爲「蟾蜍能辟兵」，然「乙編」並未將此情節單元列入編號，湯普遜《民間文學情節單元索引》已有B177.1.“Magic toad”「奇異的蟾蜍」，筆者將此情節單元新增爲「B177.1.2.」。見金榮華：《六朝志怪小說情節單元分類索引》（甲編），同註3，頁92。

〔註6〕 按：此則與《搜神記》卷14第2則，皆具「狗娶女」之情節，《六朝志怪小說情節單元分類索引》（乙編）將《搜神記》該則標於B601.2.1.「狗娶女」情節單元中，筆者據以增補。金榮華：《六朝志怪小說情節單元分類索引》（乙編）（臺北縣新店市：中國口傳文學學會，2008年3月初版1刷），頁21。

〔註7〕 按：《金樓子·志怪》第7則敘及北海之蟹，「舉其螯能加山焉」，《玄中記》此則亦言北海之蟹，「舉一螯能加於山，身故在水中」，《六朝志怪小說情節單元分類索引》（乙編）將《金樓子·志怪》第7則列於B876.2.1.「蟹螯如山」中，《玄中記》則未見，筆者據以增補之。金榮華：《六朝志怪小說情節單元分類索引》（乙編），同前註，頁25。

〔註8〕 按：《金樓子·志怪》第7則所敘大魚，海燕飛時「一日逢魚頭，七日遇魚尾」，《玄中記》此則之大魚，「行海者一日逢魚頭，七日逢魚尾」，《六朝志怪小說情節單元分類索引》（乙編）將《金樓子·志怪》第7則列於B874.「大魚」中，《玄中記》則未見，筆者據以增補之。金榮華：《六朝志怪小說情節單元分類索引》（乙編），同註6，頁25。

4	《玄》		36	D1652.1.9.3.（＊）〔註9〕	牛體之肉割復生	博物志	
5	《玄》		46	B602.0.1. B631.11. D350.	鳥妻 鳥與人所生之女亦能飛 鳥變爲人		
6	《玄》		47	D313.1.	狐變爲人		
7	《玄》		48	D315.1.1.	鼠變爲神		
8	《玄》		49	D411.6.3.	鼠變爲蝙蝠		
9	《玄》		50	D1346.17.	服百歲之蝙蝠使人成神仙		
10	《玄》		51	D1345.15.	服千歲之蝙蝠使人壽萬歲		
11	《玄》		54	B211.7.3.	鼃作人語		
12	《玄》		55	B211.7.3.	鼃作人語		
13	《玄》		56	B15.3.4.3. D1345.16.	蟾蜍生角 食千歲蟾蜍壽千歲		
1	《搜》	1	12	B211.3.7. B731.13.3.	雀作人語 朱雀	（漢）列仙傳	
2	《搜》	1	25	B293.6. B293.7. B293.9.	鳥應節而舞 蝦蟆應節而舞 蟲應節而舞	（魏）汝南先賢傳	
3	《搜》	1	27	B190.1.2. B731.21. B876.3.1.1.	蠶食香草 蛾五色 巨繭（大如甕）	（漢）列仙傳	
4	《搜》	2	1	B881.2.	蛇魅	（魏）列異傳	
5	《搜》	2	11	B274.1. B274.2.	虎定人罪 鱷魚定人罪	（吳）吳時外國傳	
6	《搜》	2	17	E3.	動物死後復活（馬）		
7	《搜》	3	3	B886.2.	狗魅	（漢）風俗通義	
8	《搜》	3	11	B521.2.2.	狐救眾人於危屋		
9	《搜》	3	14	E3.	動物死後復活（馬）		（唐）獨異志
10	《搜》	3	15	B299.1.4.	蛇報仇		
11	《搜》	3	16	B731.4.0.1. D2161.1.4.	白牛 妙治傷寒（使病者驚見白牛而病癒）		

〔註9〕 按：《六朝志怪小說情節單元分類索引》（乙編）「D1652.1.9.3.」「牛體之肉割復生」中，含《金樓子・志怪》第7則，及《博物志》卷3第18則，《玄中記》此則所言亦屬「牛體之肉割復生」之事，筆者據以增補入。金榮華：《六朝志怪小說情節單元分類索引》（乙編）（臺北縣新店市：中國口傳文學學會，2008年3月初版1刷），頁56。

12	《搜》	3	19	B885.2.	狐狸魅（使人病）		
13	《搜》	3	21	B91.9. B91.10. B176.1.4.	蛇眼無瞳 蛇逆鱗 蛇出白瘡中	華佗別傳	
14	《搜》	4	16	F401.3.7. B884.（*） 〔註10〕	精怪如鳥 鳥魅（甲編）	廣州先賢傳	
15	《搜》	6	3	B15.3.4.1. B94.3.3.	兔生角 龜生毛		
16	《搜》	6	4	D412.4.2.	馬變爲狐	汲塚紀年	
17	《搜》	6	7	T566.2.	豬生人		
18	《搜》	6	10	B264.9.	蛇互鬥	左傳、漢書	
19	《搜》	6	11	B11.6.14. B264.8.	龍互鬥 龍互鬥	左傳、漢書	
20	《搜》	6	13	T566.1.	馬生人	史記、漢書	
21	《搜》	6	15	B15.6.3.0.2.	牛五足	漢書	
22	《搜》	6	17	B11.4.2.1.	龍見於井中爲惡兆	漢書	
23	《搜》	6	18	B15.3.4.4.	馬生角	漢書	
24	《搜》	6	19	B15.3.4.5.	狗生角	漢書	
25	《搜》	6	21	B754.0.1.1.	狗與彘交	漢書	
26	《搜》	6	22	B264.6. B266.3.	烏與鵲鬥 群鳥互鬥（白頸烏與 黑烏群鬥）	漢書	
27	《搜》	6	23	B15.6.4.2.	牛足出背上	漢書	
28	《搜》	6	24	B264.9.	蛇互鬥	漢書	
29	《搜》	6	25	B293.8.	鼠舞	漢書	
30	《搜》	6	29	D413.5.	雌雞變爲雄雞	漢書	
31	《搜》	6	33	B183.1.4. *B172.13.（*） 〔註11〕	鼠築巢樹上 鳶自焚其巢（甲編）	漢書	
32	《搜》	6	34	D341.	狗變爲人	漢書、前漢 紀	

〔註10〕 按：《六朝志怪小說情節單元分類索引》（甲編）將此則情節單元題爲「鳥魅」，然「乙編」並未將此情節單元列入編號，筆者將其增補入「B884.」中。見金榮華：《六朝志怪小說情節單元分類索引》（甲編）（臺北縣新店市：中國口傳文學學會出版，2007 年 9 月再版一刷（校訂本）），頁 93。

〔註11〕 按：《六朝志怪小說情節單元分類索引》（甲編）將此則情節單元題爲「鳶自焚其巢」，然「乙編」並未將此情節單元列入編號，筆者將其新增爲「B172.13.」。見金榮華：《六朝志怪小說情節單元分類索引》（甲編），同前註，頁 97。

33	《搜》	6	35	*B172.13.（*）〔註12〕	鳶自焚其巢（甲編）	漢書	
34	《搜》	6	38〔註13〕	B15.3.4.4.（#）	馬生角	漢書	
35	《搜》	6	39	T567.3.	燕生雀	漢書	
36	《搜》	6	40	B15.6.1.1.	馬三足	漢書、前漢紀	
37	《搜》	6	47	B15.6.3.4.	烏三足	東觀漢記	
38	《搜》	6	51	B30.2.1.	雞兩頭四足		
39	《搜》	6	57	D413.5.	雌雞變爲雄雞		
40	《搜》	6	62	B266.2.	群雀互鬥	（漢）風俗通義	
41	《搜》	6	70	B184.1.3.	馬出自河中	三國志	
42	《搜》	6	71	T567.2.	燕生巨鷇似鷹		
43	《搜》	7	4	D419.3. D419.3.1.	蟹變爲鼠 蟛蚑變爲鼠		
44	《搜》	7	5	B11.4.2.1.	龍見於井中爲惡兆		
45	《搜》	7	6	B15.3.1. B15.6.3.5.	獸四角 虎兩足		
46	《搜》	7	7	B211.1.5.0.1.	死牛之頭說話		
47	《搜》	7	14	B15.3.4.4.	馬生角		
48	《搜》	7	26	B211.1.5. B299.15.1.	牛作人語 牛人立而行		
49	《搜》	7	31	B211.1.7.	狗作人語		
50	《搜》	7	34	T566.2.	豬生人（雙頭）		
51	《搜》	7	39	B15.1.2.1.6.	牛雙頭		
52	《搜》	7	41	B15.7.9.2. B15.7.9.3.	牛一足三尾 連體牛（兩頭、八足、兩尾、共一腹）		
53	《搜》	7	42	B15.1.2.1.5.	馬雙頭		
54	《搜》	8	5	B13.1.	麟吐書，有所預言	（漢）琴操、（魏）孝經右契	
55	《搜》	9	2	B731.11.2.	赤蛇	（漢）風俗通義	

〔註12〕 按：《六朝志怪小說情節單元分類索引》（甲編）將此則情節單元題爲「鳶自焚其巢」，然「乙編」並未將此情節單元列入編號，筆者將其新增爲「B172.13.」。見金榮華：《六朝志怪小說情節單元分類索引》（甲編）（臺北縣新店市：中國口傳文學學會出版，2007年9月再版一刷（校訂本）），頁97。

〔註13〕 按：《六朝志怪小說情節單元分類索引》（乙編）「B15.3.4.4.」「馬生角」中言《搜神記》卷6第49則屬此一情節單元，然檢視該則，係言「雨肉」之事，而「馬生角」之情節，卻在卷6第38則可見，故筆者據此而改。參金榮華：《六朝志怪小說情節單元分類索引》（乙編）（臺北縣新店市：中國口傳文學學會，2008年3月初版1刷），頁6。

56	《搜》	9	3	D423.0.3.	鳥變爲石	博物志	
57	《搜》	9	4	B212.8. D423.6.	鳩通曉人語 鳩變爲金帶鉤	（漢）三輔決錄	
58	《搜》	9	10	B141.4.2.	狗示警	三國志	
59	《搜》	9	14	*B174.1.（*）〔註14〕	蟲蒸炒不死，因火愈壯（甲編）		
60	《搜》	11	11	B299.1.9.	蝗避賢官	（後漢）謝承後漢書	
61	《搜》	11	12	B576.4.1.	虎爲刺史守靈	（魏）陳留耆舊傳	
62	《搜》	11	16	Q65.	孝行獲報（獲雀供母，冬日獲鯉以供母）		
63	《搜》	11	17	Q65.	孝行獲報（冬日獲魚以供母）		
64	《搜》	11	24	B521.2.3.	驚夢免難：夢虎齧足，驚起出屋，屋塌，因免於難		
65	《搜》	12	1	B176.1.3. B177.6. B211.7.3. D413.1.1. D413.3. D413.4. D415.3.	千歲之蛇，斷而復續 食龜肉而腹中有小龜 黿作人語 鷹變爲鳩 鳩變爲鷹 雉變爲蜃 蟋蟀（蛩）變爲蝦	禮記 禮記、國語	
66	《搜》	12	9	B631.10.	猿與人生子	博物志	
67	《搜》	12	11	D350.	鳥變爲人	博物志	
68	《搜》	12	12	B81.13.13. B81.13.14.	鮫人泣淚爲珠 鮫人織績	（漢）洞冥記、博物志	
69	《搜》	12	19	D1419.4.1.	蛇蠱之家，蛇亡人亡		
70	《搜》	13	9	B599.4.	馬示城界，城乃建成		
71	《搜》	13	13	B210.4.5.	蟹通夢於人		
72	《搜》	14	2	B601.2.1. D415.0.1.	狗娶女 蟲變爲犬	魏略	
73	《搜》	14	3	B555.2.	魚鱉爲橋	論衡	
74	《搜》	14	4	B15.3.4.5. B15.7.7.2. D419.1.3.	狗生角 狗九尾 龍變爲狗	博物志	
75	《搜》	14	5	B535.0.8.	虎乳小兒	左傳	

〔註14〕 按：《六朝志怪小說情節單元分類索引》（甲編）將此則情節單元題爲「蟲蒸炒不死，因火愈壯」，然「乙編」並未將此情節單元列入編號，筆者將其新增補爲「B174.1.」。見金榮華：《六朝志怪小說情節單元分類索引》（甲編）（臺北縣新店市：中國口傳文學學會出版，2007 年 9 月再版一刷（校訂本）），頁88。

76	《搜》	14	6	B535.0.15. B538.1.1.	狸乳小兒 鸛翼護小兒		
77	《搜》	14	8	B299.11.2.	蛇哭喪		
78	《搜》	14	9	B599.4.1.	蛇示城界，城乃建成		
79	《搜》	14	11	A2182.1. B212.4.	馬皮捲女而成蠶 馬通曉人語		（唐）杜光庭 仙傳拾遺
80	《搜》	14	15	B602.0.1. B631.11. D350.	鳥妻 鳥與人所生之女亦能飛 鳥變爲人	玄中記	
81	《搜》	17	5	B883.1.1.	蟬魅		
82	《搜》	17	13	B176.1.5.	蛇經人鼻出入活人之腦		
83	《搜》	18	9〔註15〕	B211.2.5.（＊）〔註16〕 D313.1.（#）	狐狸作人語 狐變爲人		
84	《搜》	18	10	B885.2.1. D313.5.	狐狸魅以人形出現（冒人父之形） 狸變爲人		
85	《搜》	18	11	D313.5.（＊）〔註17〕	狸變爲人		
86	《搜》	18	12	B211.2.5. B885.2.	狐狸作人語 狐狸魅（啖羊肝）		
87	《搜》	18	13	D313.1.	狐變爲人		
88	《搜》	18	14	B885.2.1.	狐狸魅以人形出現		
89	《搜》	18	15	B885.2.	狐狸魅（髡人髮）	（漢）風俗通義、列異傳	
90	《搜》	18	16	D313.1.	狐變爲人		
91	《搜》	18	17	B211.2.1. B885.1.	鹿作人語 鹿魅		
92	《搜》	18	18	D336.1.	豬變爲人（女）		
93	《搜》	18	19	B211.1.2. B299.6.	羊作人語 羊爲人治病		

〔註15〕按：《六朝志怪小說情節單元分類索引》（乙編）「D313.1.」「狐變爲人」中言《搜神記》卷18第19則屬此一情節單元，然檢視該則，未見狐之角色，「狐變爲人」之情節，卻在卷18第9則可見，或有誤植，筆者據此而改。參金榮華：《六朝志怪小說情節單元分類索引》（乙編）（臺北縣新店市：中國口傳文學學會，2008年3月初版1刷），頁33。

〔註16〕按：卷18第9則言斑狐幻爲書生，與張華對話之事，筆者將此則增補入B211.2.5.「狐狸作人語」及D313.1.「狐變爲人」兩情節單元。

〔註17〕按：卷18第11則言黃審以長鐮斫隨婦之婢，「婦化爲狸」，而婢乃「狸尾」，其後，並有人見「狸」無尾。筆者將此則增補入D313.5.「狸變爲人」中。

94	《搜》	18	20	D341.	狗變爲人		
95	《搜》	18	21	B886.2.1.	狗魅以人形出現（冒人祖之形）	（漢）新論 （漢）風俗通義	
96	《搜》	18	22	D341.（＊） 〔註18〕	狗變爲人		
97	《搜》	18	23	B229.15.2. B299.17.1.	狗人立而行 狗蓄灶火	（漢）風俗通義	
98	《搜》	18	24	D327.1.	獺變爲人		
99	《搜》	18	25	B211.2.9. B299.16.1.	鼠作人語 鼠著衣冠	列異傳	
100	《搜》	18	26	B883.6.1. B884.1.1. B886.1.1.	蝎魅 雞魅 豬魅		
101	《搜》	18	27	B885.2.1. B886.1.1. D313.5.	狐狸魅以人形出現 豬魅 狸變爲人		
102	《搜》	19	1	B881.2. F399.5.	蛇魅 神人藉夢向凡人示意（蛇妖索童女）		
103	《搜》	19	3	D391.	蛇變爲人		
104	《搜》	19	4	D393.	龜（鼈、黿）變爲人		
105	《搜》	19	5	B211.7.3. B731.18.1. B881.1.	黿作人語 白黿 龜（鼈、黿）魅		
106	《搜》	19	6	B882.1.1.	魚魅		
107	《搜》	19	7	B885.4.1. D315.1.	鼠魅 鼠變爲人		
108	《搜》	20	1	B11.6.1.3. B11.7. D399.2.	龍報恩（開井） 龍主雨 龍變爲人		
109	《搜》	20	2	B365.1.1.	虎報解牝虎難產之恩（送肉）		
110	《搜》	20	3	＊B360.4.（＊） 〔註19〕	鶴報療傷救命之恩（送珠）		

〔註18〕 按：卷18第22則，載「老狗」「至閣」「便爲人」之情節，筆者將其增補入D341.「狗變爲人」中。

〔註19〕 按：《六朝志怪小說情節單元分類索引》（乙編）B360有「動物報救命之恩」一類，B360.1.爲「蛇報療傷救命之恩」，《搜神記》卷20第3則載鶴爲人射傷，喻參「療治其瘡」，「愈而放之」後，鶴「銜明珠以報參」之事，筆者據以新增 B360.4.「鶴報療傷救命之恩」一項。金榮華：《六朝志怪小說情節單元分類索引》（乙編）（臺北縣新店市：中國口傳文學學會，2008年3月初版1刷），頁17。

111	《搜》	20	4	B360.3. D351.1.	雀報救命之恩（送玉環） 雀變爲人		
112	《搜》	20	5	B360.1.	蛇報療傷救命之恩（送珠）		
113	《搜》	20	6	B375.8.	龜報放生之恩（增爵）		
114	《搜》	20	7	B874. D399.2.	大魚（重萬斤） 龍變爲人	（漢）淮南子	
115	《搜》	20	8	B210.4.7. B362.1.	蟻通夢於人 蟻報拯溺之恩（救獄）		
116	《搜》	20	9	B526.0.1.	義犬救主於火		
117	《搜》	20	10	B524.1.1.2.（＊）〔註20〕	義犬殺蛇救主		
118	《搜》	20	11	B391.5.（＊）〔註21〕	螻蛄報餵食之恩（助人越獄）		
119	《搜》	20	12	Q211.6.	殺禽獸而受懲罰（殺猴）		
120	《搜》	20	13	B211.2.1.	鹿作人語		
121	《搜》	20	14	B210.4.3. B299.1.4.	蛇通夢於人 蛇報仇		
122	《搜》	20	15	B299.1.4.	蛇報仇		
1	《祖志》		11	D336.1.	豬變爲人（女）	搜神記	
2	《祖志》		13	B744.1.	牛日行千里		
1	《孔志》		1	B872.6.	巨鵬，雛者翅廣數十里		
2	《孔志》		9	B636.2. D393.	龜女與人生龜 龜（鼈、鼇）變爲人		
1	《後記》	2	6	Q211.6.（＊）〔註22〕	殺燕遭報（甲編）		

〔註20〕 按：《六朝志怪小說情節單元分類索引》（乙編）B524有「動物助人克敵」一類，B524.1.1.2.爲「義犬殺蛇救主」，《搜神記》卷20第10則載華龍被蛇「盤繞」而「悶絕」，快犬的尾「咋蛇」致蛇死之事，筆者將此則補入「義犬殺蛇救主」中。金榮華：《六朝志怪小說情節單元分類索引》（乙編）（臺北縣新店市：中國口傳文學學會，2008年3月初版1刷），頁19。

〔註21〕 按：《六朝志怪小說情節單元分類索引》（乙編）B391.5.「螻蛄報餵食之恩（助人越獄）」一類，標《幽明錄》第158則屬之，然《搜神記》此則故事與之同，故筆者據以補。金榮華：《六朝志怪小說情節單元分類索引》（乙編），同前註，頁18。

〔註22〕 按：此則情節同《宣驗記》第12則，《宣驗記》該則隸屬Q211.6.「殺禽獸而受懲罰（殺燕）」一類，卻未見《搜神後記》此則列入，故筆者據以補入。金榮華：《六朝志怪小說情節單元分類索引》（乙編），同註20，頁129。

2	《後記》	2	11	E3.	動物死後復活（馬）	搜神記	
3	《後記》	3	6	B524.2.1. Q221.1.	群蜂退盜賊 侵犯神靈遭懲（掠佛寺而遭蜂螫）		
4	《後記》	3	8	*B727.2.（*） 〔註23〕	馬尿消自鱉爲水（甲編）		
5	《後記》	5	1	D398.	螺變爲女	發蒙記	
6	《後記》	7	7	B211.1.7.	狗作人語		
7	《後記》	7	9	D412.5.8.	狗變爲怪物(似人似方相)		
8	《後記》	9	3	B531.6. B547.5.	熊以果給跌落深坎之人充飢 熊救人出深坎		
9	《後記》	9	4	D314.1.3.	鹿變爲女		
10	《後記》	9	5	B631.10. D318.1.	猿與人生子 猴變爲人		
11	《後記》	9	6	B212.6. B524.1.1.1.	狗通曉人語 義犬殺敵救主		
12	《後記》	9	7	B212.6. B526.0.1. B547.6.	狗通曉人語 義犬救主於火 義犬救主出井		
13	《後記》	9	10	D341.（*） 〔註24〕	狗變爲人		
14	《後記》	9	11	D341.（*） 〔註25〕	狗變爲人		
15	《後記》	9	12	B184.5.2. B184.5.2.1.	怪羊食之者得疾作羊鳴 怪羊食之者肉塊行走膚中		
16	《後記》	9	13	B211.2.5.	狐狸作人語		
17	《後記》	9	15	B375.11.	狐報釋放之恩(報訊救主)		
18	《後記》	10	1	B299.11.3.	蛟哭墓		袁山松 後漢書、徐鉉稽神錄

〔註23〕 按：《六朝志怪小說情節單元分類索引》（甲編）已將此則情節歸爲「馬尿消自鱉爲水」，然乙編並未給予編號，筆者將其新增爲「B727.2.」。金榮華：《六朝志怪小說情節單元分類索引》（甲編）（臺北縣新店市：中國口傳文學學會出版，2007年9月再版一刷（校訂本）），頁104。

〔註24〕 按：《搜神後記》此則在文字敘述上，雖屬人變爲狗，然其內容係本質爲動物，卻以人形出現，被揭穿時才變回爲狗，故筆者以D341.「狗變爲人」更動之。

〔註25〕 同前註。

19	《後記》	10	2	B576.1.3.	蛟護屋		
20	《後記》	10	4	B211.6.1. Q552.1.	蛇作人語 霹靂施殺，以爲懲罰 （霹靂殺蛇，以其偷 食）		
21	《後記》	10	5	B264.9. B299.1.4. B360.2.	蛇互鬥 蛇報仇 蛇報助戰之恩（獵多）		
22	《後記》	10	6	B299.1.4. B875.1.	蛇報仇 巨蛇（大十圍）		
23	《後記》	10	7	B604.1.1. D391.	蛇娶女 蛇變爲人		
24	《後記》	10	8	B375.8.	龜報放生之恩（救溺）		
25	《後記》	11	3〔註26〕	B210.4.4.（#） D393.（#）	龜通夢於人 龜（鼈、黿）變爲人		
26	《後記》	11	4〔註27〕	B212.3.（#）	熊通曉人語		
27	《後記》	11	5	B151.3. B299.1.5. 〔註28〕	巨龜示路 龜懲人背恩		
28	《後記》	11	7〔註29〕	Q211.6.	殺禽獸而受懲罰（殺 猴）	搜神記	
29	《後記》	11	14〔註30〕	B299.18. D313.5.	狸誦書講授 狸變爲人	搜神記	
1	《拾》	1	3	B62. B94.3.	飛魚 鱉能飛		

〔註26〕 按：《六朝志怪小說情節單元分類索引》（乙編）B210.4.4.「龜通夢於人」、D393.
「龜（鼈、黿）變爲人」中，標示《搜神後記》卷11第4則屬之，然檢視汪
紹楹校注本，卷11共有6則，第4則乃B212.3.「熊通曉人語」，而「龜通夢
於人」、「龜（鼈、黿）變爲人」則屬第3則，筆者據以改之。金榮華：《六朝
志怪小說情節單元分類索引》（乙編）（臺北縣新店市：中國口傳文學學會，
2008年3月初版1刷），頁13、35。

〔註27〕 按：《六朝志怪小說情節單元分類索引》（乙編）B212.3.「熊通曉人語」中，
標示《搜神後記》卷11第18則屬之，然汪紹楹校注本卷11僅6則，此一情
節單元應改爲卷11第4則。金榮華：《六朝志怪小說情節單元分類索引》（乙
編），同前註，頁14。

〔註28〕 按：「龜懲人背恩」情節屬於《六朝志怪小說情節單元分類索引》（乙編）B299.
「動物其他各種具有人類特性之行爲」之下，其編號標以「B229.1.5.」，筆者
以爲誤植，以「B299.1.5.」改正之。金榮華：《六朝志怪小說情節單元分類索
引》（乙編），同註26，頁16。

〔註29〕 王國良：《搜神後記研究·補遺》（臺北：文史哲出版社，1978年6月初版），
頁125～126。

〔註30〕 王國良：《搜神後記研究·補遺》，同前註，頁129。

2	《拾》	1	5	B11.2.2.2. B11.6.13.	黑龍 龍負玄玉圖		
3	《拾》	1	13〔註31〕	B299.14.（#） B731.13.1.（#）	赤鳥翼覆蛟魚 赤鳥		
4	《拾》	1	14	D413.0.1. B572.4.1. 〔註32〕	鳥變為獸 鳥為人造墳		
5	《拾》	1	15	B572.4. B572.4.1.	獸為人造墳 鳥為人造墳		
6	《拾》	2	1	B295.0.1. B555.1.	神龍為馭 黿鼉為橋		
7	《拾》	2	4〔註33〕	D336.1.（#） D341.（#）	豬變為人 狗變為人		
8	《拾》	2	7〔註34〕	B579.12.（#）	朱雀銜火以亂暴君烽 燧之光		
9	《拾》	2	12	B175.3. B177.5.	沸海有魚 沸海有鱉		
10	《拾》	3	1	B41.1. B41.2. B184.1.3.0.2.	馬有翅 飛馬 馬奔不踐土		

〔註31〕 按：《六朝志怪小説情節單元分類索引》（乙編）B299.14.「赤鳥翼覆蛟魚」、B731.13.1.「赤鳥」，標《拾遺記》卷1第12則屬之，然檢視齊治平校注本，該情節單元出現於卷1第13則中，筆者據以改之。金榮華：《六朝志怪小説情節單元分類索引》（乙編）（臺北縣新店市：中國口傳文學學會，2008年3月初版1刷），頁17、23；（東晉）王嘉撰；（南朝梁）蕭綺錄；齊治平校注：《拾遺記》（臺北：木鐸出版社，1982年2月初版），頁26。

〔註32〕 按：《六朝志怪小説情節單元分類索引》（乙編）B572.4.1.「鳥為人造墳」，標《拾遺記》卷1第12則屬之，然齊治平校注本中，卷1第12則言「重明鳥」，並未出現「鳥為人造墳」之情節，該情節單元出現於卷1第14則中，筆者據以改之。金榮華：《六朝志怪小説情節單元分類索引》（乙編），同前註，頁21；（東晉）王嘉撰；（南朝梁）蕭綺錄；齊治平校注：《拾遺記》，同前註，頁28。

〔註33〕 按：《六朝志怪小説情節單元分類索引》（乙編）D336.1.、D341.「豬變為人」、「狗變為人」，標《拾遺記》卷2第3則屬之，然齊治平校注本中，卷2第3則言「黃龍」、「玄龜」，並未出現「豬變為人」、「狗變為人」之情節，該情節單元出現於卷2第4則中，筆者據以改之。金榮華：《六朝志怪小説情節單元分類索引》（乙編），同註31，頁34；（東晉）王嘉撰；（南朝梁）蕭綺錄；齊治平校注：《拾遺記》，同註31，頁37～38。

〔註34〕 按：《六朝志怪小説情節單元分類索引》（乙編）B579.12.「朱雀銜火以亂暴君烽燧之光」，標《拾遺記》卷2第8則屬之，然齊治平校注本中，卷2第8則言「大蜂」「飛集王舟」之事，「朱雀銜火以亂暴君烽燧之光」情節出現在卷2第7則，筆者據以改之。金榮華：《六朝志怪小説情節單元分類索引》（乙編），同註31，頁21；（東晉）王嘉撰；（南朝梁）蕭綺錄；齊治平校注：《拾遺記》，同註31，頁42～43、48。

11	《拾》	3	4	B526.1.1. B731.13.2.	白鴉遮火護人 白鴉		
12	《拾》	3	5	B13.1.	麟吐書，有所預言		
13	《拾》	3	13	B731.13.1.	赤鳥		
14	《拾》	4	5	B876.3.2. *B579.14.（*） 〔註35〕	蛾如丹雀 蛾銜火（甲編）		
15	《拾》	4	6	B94.2.（#）〔註36〕 B579.10. B731.19.（#） 〔註37〕	黑蚌能飛 鳥銜大珠，光照一室 黑蚌		
16	《拾》	4	11	*B172.14.（*） 〔註38〕	雀出自屍體（甲編）		
17	《拾》	5	7	B30.2.1.	雞兩頭四足		
18	《拾》	6	2	B11.9.1. B91.10.1.	蛟無鱗 蛇無鱗		
19	《拾》	6	4〔註39〕	B211.（#） B211.3.（#） E3.（#）	獸能人言 鳥作人言 動物死後復活（狗、雞）		

〔註35〕 按：《六朝志怪小說情節單元分類索引》（甲編）將此則情節單元題為「蛾銜火」，然「乙編」並未將此情節單元列入編號，筆者將其新增補為「B579.14.」。見金榮華：《六朝志怪小說情節單元分類索引》（甲編）（臺北縣新店市：中國口傳文學學會出版，2007年9月再版一刷（校訂本）），頁89。

〔註36〕 按：《六朝志怪小說情節單元分類索引》（乙編）B94.2.「黑蚌能飛」，標《拾遺記》卷4第5則屬之，然齊治平校注本中，該則未提及「黑蚌」，「黑蚌能飛」出現在卷4第6則，筆者據以改之。金榮華：《六朝志怪小說情節單元分類索引》（乙編）（臺北縣新店市：中國口傳文學學會，2008年3月初版1刷），頁9；（東晉）王嘉撰；（南朝梁）蕭綺錄；齊治平校注：《拾遺記》（臺北：木鐸出版社，1982年2月初版），頁97～99。

〔註37〕 同前註。金榮華：《六朝志怪小說情節單元分類索引》（乙編），同前註，頁23；（東晉）王嘉撰；（南朝梁）蕭綺錄；齊治平校注：《拾遺記》，同註36，頁97～99。

〔註38〕 按：《六朝志怪小說情節單元分類索引》（甲編）將此則情節單元題為「雀出自屍體」，然「乙編」並未將此情節單元列入編號，筆者將其新增為「B172.14.」。見金榮華：《六朝志怪小說情節單元分類索引》（甲編）（臺北縣新店市：中國口傳文學學會出版，2007年9月再版一刷（校訂本）），頁97。

〔註39〕 按：《六朝志怪小說情節單元分類索引》（乙編）B211.「獸能人言」、B211.3.「鳥作人言」、E3.「動物死後復活（狗、雞）」，標《拾遺記》卷6第3則屬之，然齊治平校注本中，卷6第3則言背明國所貢稻、粟、豆、麥、麻、草等植物，並無有關動物之敘述，鳥、獸、狗、雞之情節者，出現在卷6第4則。金榮華：《六朝志怪小說情節單元分類索引》（乙編），同註36，頁13、14、63；（東晉）王嘉撰；（南朝梁）蕭綺錄；齊治平校注：《拾遺記》，同註36，頁134。

20	《拾》	6	5	B579.11.	飛鳥銜火照孝子夜行		
21	《拾》	6	9	B212.7. B872.5.	鵲通曉人語 巨鵲（高七尺）		
22	《拾》	7	1	B15.6.4.1.	牛足如馬蹄		
23	《拾》	7	5	B103.4.4.	鳥吐金		
24	《拾》	7	10	B184.1.4.0.1.	馬渡水不濕足		
25	《拾》	8	4	B293.6. B739.2.	鳥應節而舞 鳥聲百變		
26	《拾》	8	5	B731.11.1.	白蛇		
27	《拾》	8	11〔註40〕	B211.2.11.（#） D318.1.（#）	猿作人語 猴變爲人（猿）		
28	《拾》	9	6	B98.1. B98.2. B579.13. D419.3.	蛙有翅 蛙能飛 雀銜玉杓俾人飲水 蛙變爲鳩		
29	《拾》	10	1	B11.8.2. B94.3.1. B211.7.3.	白螭 龜四翼 黿作人語		
30	《拾》	10	2	B15.7.10.0.1. B754.6.1.3.	鳥無皮肉，羽翮附骨而生 鷂，雌雄相視成孕	博物志	
31	《拾》	10	4	B60.0.2. B100.2.1. B103.4.4.1. B874.	魚鼻有角 獸能嗅知金玉所在 鳥吐珠 大魚（長千丈）		
32	《拾》	10	5	B15.3.4.6. B92.1. B94.3.2. B196. B731.22. B876.3.1. B876.3.1.1.	蠶生角 蠶有鱗 龜八足六眼 蠶覆以霜雪而後作繭 五彩繭 巨蠶（長七寸） 巨繭（長一尺）		
33	《拾》	10	6	B99.3. B173. B728.3. B731.20. *B30.4.（*） 〔註41〕	螢八翅六足 蝙蝠腹向天倒飛 蝙蝠無腸 蝙蝠（伏翼）五色 蝙蝠形如小燕(甲編)		

〔註40〕 按：《六朝志怪小説情節單元分類索引》（乙編）B211.2.11.「猿作人語」及
D318.1.「猴變爲人（猿）」中，言《拾遺記》卷8第10則屬之，然該則言及
糜竺爲「二百年」前之漢女重置青布衣及棺槨，加以「深埋」，青衣女爲其避
「火厄」一事，卻未見有關「猿」之敘述。而卷8第11則，乃言周羣見「白
猿」化爲「老翁」，並與其對話之事，故筆者據以改之。金榮華：《六朝志怪
小説情節單元分類索引》（乙編）（臺北縣新店市：中國口傳文學學會，2008
年3月初版1刷），頁14、33。

〔註41〕 按：《六朝志怪小説情節單元分類索引》（甲編）將此則情節單元題爲「蝙蝠

				*B190.2.（＊）〔註42〕	獸夜噴白氣，其光如月（甲編）		
34	《拾》	10	7	B11.6.2. B190.1. B190.1.1. B728.1. B728.2.	龍護寶 獸食丹石銅鐵 兔食鐵 獸之膽腎似鐵可鑄劍 兔有鐵膽腎可鑄劍		
1	《甄》		3	B212.2.	虎通曉人語		
2	《甄》		5	B171.0.1.	死雞能啼		
3	《甄》		10	B884.	鳥魅		
4	《甄》		16	D327.1.	獺變爲人		
1	《靈》		19	D1419.4.1.	蛇蠱之家，蛇亡人亡	搜神記	
1	《異》	1	19	D370.	魚變爲人		
2	《異》	1	20	B172.12.	鳥巢於井		
3	《異》	2	7	B184.2.2.2.	牛出自水底（金牛）		（唐）古岳瀆經、國史補
4	《異》	2	19	D423.0.1.	鳥變爲金		
5	《異》	3	1	B211.3.10.	鶴作人語		
6	《異》	3	3	B211.3.4.1. F1068.9.	鸚鵡說人善惡 鸚鵡夢不祥而次日果殞命		
7	《異》	3	4	B299.13.1.	鸚鵡漬水滅火	（吳）舊雜譬喻經	
8	《異》	3	8	*B299.1.7.（＊）〔註43〕	鳥報仇		
9	《異》	3	10	B211.3.2.	雞作人語		
10	《異》	3	14	*B201.0.1.（＊）〔註44〕	虎擇人而噬（甲編）		

形如小燕」，然「乙編」並未將此情節單元列入編號，筆者將其新增爲「B30.4.」。見金榮華：《六朝志怪小說情節單元分類索引》（甲編）（臺北縣新店市：中國口傳文學學會出版，2007年9月再版一刷（校訂本）），頁89。

〔註42〕 按：《六朝志怪小說情節單元分類索引》（甲編）將此則情節單元題爲「獸夜噴白氣，其光如月」，然「乙編」並未將此情節單元列入編號，筆者將其新增爲「B190.2.」。見金榮華：《六朝志怪小說情節單元分類索引》（甲編），同前註，頁100。

〔註43〕 按：該則敘犬咋殺鳥，「餘鳥」「共咋殺犬」之事，筆者將其新增爲 B299.1.7.「鳥報仇」一項。

〔註44〕 按：《六朝志怪小說情節單元分類索引》（甲編）將此則情節定爲「虎擇人而噬」，卻於「乙編」未給予編號，筆者將之新增爲 B201.0.1.「虎擇人而噬」。金榮華：《六朝志怪小說情節單元分類索引》（甲編）（臺北縣新店市：中國口傳文學學會出版，2007年9月再版一刷（校訂本）），頁102。

11	《異》	3	16	B274.1. B274.2.	虎定人罪 鱷魚定人罪	（晉）搜神記	
12	《異》	3	19	B212.3.	熊通曉人語	（晉）搜神後記	
13	《異》	3	21	B381.3.	象報爲拔腳刺之恩 （送象牙，不踏田禾）		（唐）廣異記
14	《異》	3	25	B728.2.1.	兔腸似鐵可鑄劍	（晉）拾遺記	
15	《異》	3	26	B871.2.7.	大鼠	（晉）西域志	
16	《異》	3	30	B142.5. B183.1.3.	鼠知人禍福 鼠隱形		
17	《異》	3	34	B11.4.2.	龍示兆，來吉去凶		
18	《異》	3	38	Q211.6.	殺禽獸而受懲罰（殺蛟）		
19	《異》	3	42	D418.1.2.1.	蛇變爲雉		
20	《異》	3	43	D418.1.2.1.	蛇變爲雉		
21	《異》	3	45	B11.4.2. B91.3.	龍示兆，來吉去凶 蛇生角		
22	《異》	3〔註45〕	48	B211.7.3.（#）	黿作人語		
23	《異》	3	49	B151.3. B875.3. Q281.5.	巨龜示路 巨龜（如車輪） 大龜爲迷途者引路，被引者食其小龜而暴死		
24	《異》	4	20	B171.4.	鵝出於地下		
25	《異》	4	24	B15.1.2.0.1.	狗多頭		
26	《異》	4	26	B177.4. B210.4.4.	龜居於地下 龜通夢於人	（前秦）秦書	
27	《異》	4	41	B211.1.7.	狗作人語		
28	《異》	4	53	B143.1.2.	孔雀示警		
29	《異》	4	55〔註46〕	B11.2.2.2.（#）	黑龍		

〔註45〕 按：《六朝志怪小說情節單元分類索引》（乙編）B211.7.3.「黿作人語」，標《異苑》卷8第48則屬之，然卷8僅46則，「黿作人語」情節在卷3第48則中，筆者據以改之。金榮華：《六朝志怪小說情節單元分類索引》（乙編）（臺北縣新店市：中國口傳文學學會，2008年3月初版1刷），頁14。

〔註46〕 按：《六朝志怪小說情節單元分類索引》（乙編）B11.2.2.2.「黑龍」，標《異苑》卷4第7則屬之，然該則僅言石勒「都襄國」之讖，並未言及黑龍，「黑龍」情節在卷4第55則中，筆者據以改之。金榮華：《六朝志怪小說情節單元分類索引》（乙編），同前註，頁5。

30	《異》	4	59	B211.1.7.	狗作人語		
31	《異》	4	60	B171.3.	雞入火不傷		
32	《異》	5	27	D350.	鳥變爲人		
33	《異》	6	9	B599.6.	鳥以翅掩哀者之口以止哭		
34	《異》	6	19	B883.4.1.	蟻魅		
35	《異》	7	30	B11.2.2.3. B11.6.11.	白龍 龍護舟		
36	《異》	8	1	D391. D393. D1445.8.	蛇變爲人 龜（鼈、黿）變爲人 術士以符除獸魅（白蛇、黿鼈）		
37	《異》	8	2	B885.2.	狐狸魅		
38	《異》	8	3	D336.	鶴變爲人		
39	《異》	8	4	B883.4.1.	蟻魅		
40	《異》	8	5	D341.	狗變爲人		
41	《異》	8	8	D318.1.	猴變爲人		
42	《異》	8	10	D313.5.	狸變爲人（女）		
43	《異》	8	13	B881.1. B881.2.	龜（鼈、黿）魅 蛇魅		
44	《異》	8	14	B881.1.（＊）〔註47〕 D393.（#）〔註48〕	龜（鼈、黿）魅 龜（鼈、黿）變爲人		
45	《異》	8	15	D392.1.	蚯蚓變爲人		
46	《異》	8	16	D327.1.	獺變爲人	（晉）甄異傳	
47	《異》	8	17	B883.5.	蜘蛛魅		
48	《異》	8	18	B885.3.1. B885.3.2. D327.1.	獺魅（冒女夫之形） 獺魅懼針 獺變爲人		
49	《異》	9	4	B229.12.1.	狐縱火		
50	《異》	9	12	B275.1.4.	鼠盜米伏罪		

〔註47〕 按：此則敘「護軍府」中「一丈夫」被「邀擊」時「變爲黿」之事，而標題爲〈黿魅〉，筆者據以增補入 B881.1.「龜（鼈、黿）魅」及 D393.「龜（鼈、黿）變爲人」中。

〔註48〕 按：金榮華：《六朝志怪小説情節單元分類索引》（乙編）D393.「龜（鼈、黿）變爲人」，標《異苑》卷 8 第 15 則屬之，然該則言及蚯蚓，未言龜（鼈、黿）之事，筆者將其更改爲卷 8 第 14 則屬之。參上註；金榮華：《六朝志怪小説情節單元分類索引》（乙編）（臺北縣新店市：中國口傳文學學會，2008 年 3 月初版 1 刷），頁 35。

51	《異》	10	4	Q65.	孝行獲報（群鳥銜鼓來集，以彰其孝）	
52	《異》	10	15	Q65.	孝行獲報（猛獸爲逡巡而去）	
53	《異》	10	19	*B141.6.（＊）〔註49〕	蝨——遭喪之兆（甲編）	
54	《異》	佚文	5〔註50〕	*D419.5.1.（＊）〔註51〕	魚變爲虎	
1	《幽》		10	*B874.7.（＊）〔註52〕	魚自躍出水（甲編）	
2	《幽》		13	B184.2.2.2.	牛出自水底（金牛）	異苑
3	《幽》		14	B184.2.2.2.	牛出自水底（金牛）	異苑
4	《幽》		24	D399.1.	蛟變爲人	
5	《幽》		26	B872.6.	巨鵬，雛者翅廣數十里	（晉）孔氏志怪
6	《幽》		33	D313.5.	狸變爲人	（晉）搜神記
7	《幽》		35	B212.8. D423.6.	鳩通曉人語 鳩變爲金帶鉤	（漢）三輔決錄、（晉）搜神記
8	《幽》		43	D423.0.3.	鳥變爲石	（晉）博物志、搜神記
9	《幽》		52	B211.2.9. B299.16.1.	鼠作人語 鼠著衣冠	（魏）列異傳、（晉）搜神記
10	《幽》		57	B871.1.7.1.	狗大如獅子，深目（天公狗）	
11	《幽》		65	B211.2.1. B885.1.	鹿作人語 鹿魅	（晉）搜神記
12	《幽》		83	D361.	鵠變爲人	
13	《幽》		84	B524.1.1.2.	義犬殺蛇救主	（晉）搜神記
14	《幽》		87	B375.8.	龜報放生之恩（救溺）	（晉）搜神後記

〔註49〕 按：《六朝志怪小說情節單元分類索引》（甲編）將此則情節定爲「蝨——遭喪之兆」，「乙編」卻未給予編號，筆者將其新增爲 B141.6.「蝨——遭喪之兆」。金榮華：《六朝志怪小說情節單元分類索引》（甲編）（臺北縣新店市：中國口傳文學學會出版，2007 年 9 月再版一刷（校訂本）），頁 90。

〔註50〕 呂春明據《太平御覽・卷八八八》引補入。呂春明：《異苑校證》（臺北：中國文化大學中國文學研究所碩士論文，1985 年 6 月），頁 348。

〔註51〕 按：此則敘魚化虎，上岸食人之事，筆者將之新增爲 B419.5.1.「魚變爲虎」。

〔註52〕 按：《六朝志怪小說情節單元分類索引》（甲編）將此則情節定爲「魚自躍出水」，「乙編」則未給予編號，筆者將其置於 B874.「大魚」之下，新增 B874.7.「魚自躍出水」。金榮華：《六朝志怪小說情節單元分類索引》（甲編）（臺北縣新店市：中國口傳文學學會出版，2007 年 9 月再版一刷（校訂本）），頁 86。

15	《幽》		94	B364.4.	鳥報禦蛇之恩（擋雷）		
16	《幽》		96	B212.5.	牛通曉人語	（晉）生經	（宋）夷堅志
17	《幽》		104	D313.5.	狸變爲人		
18	《幽》		117	B211.2.9.	鼠作人語		
19	《幽》		119	B184.2.2.3.	青牛入水不復出		
20	《幽》		126	B632.1. D313.5.	狸女嫁人，生子爲狸 狸變爲人（女）		
21	《幽》		147	D361.	鵠變爲人（女）	異苑	
22	《幽》		148	B299.1.3.	魚報仇		
23	《幽》		156	B211.3.2.	雞作人語	異苑	
24	《幽》		158	B391.5.	螻蛄報餵食之恩（助 人越獄）	（晉）搜神記	
25	《幽》		159	D341.	狗變爲人		
26	《幽》		160	D341.	狗變爲人	（晉）搜神後 記	
27	《幽》		163	B210.4.2.	鴉託夢請命		
28	《幽》		169	D327.1.	獺變爲人		
29	《幽》		170	D327.1.	獺變爲人	（晉）甄異 傳、異苑	
30	《幽》		180	D313.5.	狸變爲人（女）		
31	《幽》		181	B884.1.1.	雞魅		
32	《幽》		194	B210.4.1.	牛通夢於人		
33	《幽》		195	D313.5.	狸變爲人		
34	《幽》		227	B885.4.1. D315.1.	鼠魅 鼠變爲人		
35	《幽》		229	D313.5. D393.	狸變爲人 龜（鼈、黿）變爲人		
36	《幽》		235	B881.1. B881.2.	龜（鼈、黿）魅 蛇魅	異苑	
37	《幽》		236	B883.2.	蝙蝠魅（髡人髮）		
38	《幽》		245	B299.11.1.	牛哭喪		
39	《幽》		249	D327.1.	獺變爲人		
40	《幽》		257 〔註53〕	B883.3.1.（#）	螻蛄魅		
41	《幽》		261 〔註54〕	B884.1.1.（#）	雞魅		

〔註53〕 按：《六朝志怪小說情節單元分類索引》（乙編）B883.3.1.「螻蛄魅」，言《幽明錄》第258則屬之，然該則並未敘及螻蛄，「螻蛄魅」情節出現在第257則，筆者據以改之。金榮華：《六朝志怪小說情節單元分類索引》（乙編）（臺北縣新店市：中國口傳文學學會，2008年3月初版1刷），頁26。

〔註54〕 按：《六朝志怪小說情節單元分類索引》（乙編）B884.1.1.「雞魅」，言《幽明錄》第262則屬之，然該則敘漢武帝詢問東方朔昆明「悉是灰墨無復土」之

1	《宣》		2	B299.1.6.〔註55〕	蟲報仇		
2	《宣》		4	B524.2.1.	群蜂退盜賊	（晉）搜神後記	
3	《宣》		10	Q211.6.	殺禽獸而受懲罰（射麞）		
4	《宣》		12	Q211.6.	殺禽獸而受懲罰（殺燕）	（晉）搜神後記	
5	《宣》		13	Q211.6.	殺禽獸而受懲罰（殺鵲）		
6	《宣》		14	B211.1.5.	牛作人語		
7	《宣》		15	B299.13.1.	鸚鵡漬水滅火	（吳）舊雜譬喻經、異苑	
8	《宣》		16	B299.13.2.	雉漬水滅火	（後秦）大智度論	（梁）經律異相、（唐）大唐西域記
1	《集》		1	B184.2.2.2. B731.4.0.1.	牛出自水底（白牛）白牛	異苑、幽明錄	
1	《齊》		1	B210.4.7. B362.1.	蟻通夢於人 蟻報拯溺之恩（救獄）	（晉）搜神記	
2	《齊》		6	*B171.5.（*）〔註56〕	雞鳴於棺中（甲編）		
3	《齊》		7	*B175.4.（*）〔註57〕	魚化蟾蜍爲水（甲編）		
4	《齊》		14	B885.2.1. D313.5.	狐狸魅以人形出現 狸變爲人		
5	《齊》		15	B524.1.1.1.	義犬殺敵救主	（晉）搜神後記	

因，並未敘及「雞」，「雞魅」情節出現在第261則，筆者據以改之。金榮華：《六朝志怪小說情節單元分類索引》（乙編）（臺北縣新店市：中國口傳文學學會，2008年3月初版1刷），頁26。

〔註55〕按：「蟲報仇」情節屬於《六朝志怪小說情節單元分類索引》（乙編）B299.「動物其他各種具有人類特性之行爲」之下，其編號標以「B229.1.6.」，筆者以爲誤植，以「B299.1.6.」改正之。金榮華：《六朝志怪小說情節單元分類索引》（乙編），同前註，頁17。

〔註56〕按：《六朝志怪小說情節單元分類索引》（甲編）將此則情節定爲「雞鳴於棺中」，然「乙編」並未將此情節單元列入編號，筆者將其新增爲B171.5.「雞鳴於棺中」。見金榮華：《六朝志怪小說情節單元分類索引》（甲編）（臺北縣新店市：中國口傳文學學會出版，2007年9月再版一刷（校訂本）），頁98。

〔註57〕按：《六朝志怪小說情節單元分類索引》（甲編）將此則情節題爲「魚化蟾蜍爲水」，然「乙編」並未將此情節單元列入編號，筆者將其新增爲B175.4.「魚化蟾蜍爲水」。見金榮華：《六朝志怪小說情節單元分類索引》（甲編），同前註，頁86。

1	祖《述》		7	D374.	鮫變爲人		
2	祖《述》		11	B210.4.5.	蟹通夢於人		
3	祖《述》		12	B731.21. B876.3.1.1.	蛾五色 巨繭（大如甕）	（晉）搜神記	
4	祖《述》		15	B291.2.2.	狗爲主人千里送家書		
5	祖《述》		18	B731.12.1.	魚赤鱗〔註58〕		
6	祖《述》		31	B211.7.3.	黿作人語		
7	祖《述》		44	B211.1.7.	狗作人語	異苑	
8	祖《述》		47	B299.16.1. B871.2.7.	鼠著衣冠 大鼠（如豚）		
9	祖《述》		48	B211.1.7.	狗作人語		
10	祖《述》		62	B731.17.	白蚯蚓（屋主遭凶之兆）		
11	祖《述》		66	B171.0.1.	死雞能啼		
1	《冥》		8	B212.2.	虎通曉人語		
2	《冥》		43	B599.5. B731.16.	白狼引人渡水 白狼		
3	《冥》		55	B212.2.	虎通曉人語		
1	任《述》〔註59〕	上	16	*B94.3.4.（*）〔註60〕	龜背負八卦古文（甲編）		
2	任《述》	上	34	B94.3.3.	龜生毛		
3	任《述》	上	36	*B15.3.4.7.（*）〔註61〕	虎生角		
4	任《述》	上	65	*B360.4.（*）	鶴報療傷救命之恩（送珠）	（晉）搜神記	
5	任《述》	上	68	B172.12.	鳥巢於井	異苑	

〔註58〕 按：《六朝志怪小說情節單元分類索引》（乙編）B731.12.1.作「魚赤麟」，筆者以爲是「魚赤鱗」之訛誤。金榮華：《六朝志怪小說情節單元分類索引》（乙編）（臺北縣新店市：中國口傳文學學會，2008年3月初版1刷），頁23。

〔註59〕 按：任昉《述異記》，《六朝志怪小說情節單元分類索引》未收，因此編號及情節單元皆爲筆者所加上。

〔註60〕 按：《六朝志怪小說情節單元分類索引》（甲編）中有此情節，但於「乙編」並未給予編號，筆者將此情節新增編號爲「B94.3.4.」。金榮華：《六朝志怪小說情節單元分類索引》（甲編）（臺北縣新店市：中國口傳文學學會出版，2007年9月再版一刷（校訂本）），頁84。

〔註61〕 按：此則筆者將之列於B15.3.4.「原來無角而生角之動物」項下，新增B15.3.4.7.「虎生角」一類。

6	任《述》	上	76	B15.3.4.6. B92.1. B196. B731.22. B876.3.1. B876.3.1.1.	蠶生角 蠶有鱗 蠶覆以霜雪而後作繭 五彩繭 巨蠶（長七寸） 巨繭（長一尺）	拾遺記	
7	任《述》	上	84	D398.	螺變爲女	發蒙記、搜神後記	
8	任《述》	上	85	B211.7.3.	黿作人語	異苑	
9	任《述》	上	90	B871.2.7.	大鼠	異苑	
10	任《述》	上	94	D419.3.1. *D412.9.（*）〔註62〕	蟛蚑變爲鼠 羊變爲鼠	（晉）搜神記	
11	任《述》	上	100	D370.	魚變爲人		
12	任《述》	上	113	*D314.1.3.1.（*）〔註63〕	鹿變爲人		
13	任《述》	上	122	D318.1.	猴變爲人		
14	任《述》	上	140	B15.3.4.1. B94.3.3.	兔生角 龜生毛	（晉）搜神記	
15	任《述》	下	104	B14.4.	牛體魚	（晉）博物志	
16	任《述》	下	110	B103.4.4.	鳥吐金	（晉）拾遺記	
17	任《述》	下	117	*T566.3.（*）〔註64〕	鹿生人（女）		
18	任《述》	下	118	*B211.5.（*）〔註65〕	魚作人語		
19	任《述》	下	125	B211.1.7.	狗作人語	祖沖之 述異記	
20	任《述》	下	149	B81.13.13. B81.13.14.	鮫人泣淚爲珠 鮫人織績	（晉）博物 志、搜神記	

〔註62〕 按：筆者將此情節置於 D412.「家畜（哺乳類）變爲另一類動物」項下，新增 D412.9.「羊變爲鼠」一類。

〔註63〕 按：《六朝志怪小說情節單元分類索引》（乙編）僅見「鹿變爲女」，筆者新增 D314.1.3.1.「鹿變爲人」一類。金榮華：《六朝志怪小說情節單元分類索引》（乙編）（臺北縣新店市：中國口傳文學學會，2008 年 3 月初版 1 刷），頁 33。

〔註64〕 按：《六朝志怪小說情節單元分類索引》（乙編）T566.1.、T566.2.有「馬生人」、「豬生人」情節，筆者新增 T566.3.「鹿生人（女）」一類。金榮華：《六朝志怪小說情節單元分類索引》（乙編），同前註，頁 135。

〔註65〕 按：此則類似《搜神記》卷 1 第 12 則「雀作人語」情節，筆者將其歸於原已存在之 B211.5. "Speakingfish"「魚作人語」中。Stith Thompson, *Motif-Index of Folk-Literature: a Classification of Narrative Elements in Folktales, Ballads, Myths, Fables, Mediaeval Romances, Exempla, Fabliaux, Jest-Books, and Local Legends* (Bloomington, Indiana University Press, Printed in Denmark by Centraltrykkeriet, 1955～58), Volume 1,p.399.

1	《續》		3	B360.3.	雀報救命之恩（送玉環）	（晉）搜神記	
2	《續》		5	D313.5.	狸變爲人	（晉）搜神記	
1	《小》		3	B523.1.1.	鳩救人：停於井上，使追者以爲井中未藏逃人		
2	《小》		47	B572.3.	野豬爲人築塘		
3	《小》		85	B299.12.1.	狐縱火	異苑	
4	《小》		116	D418.1.2.1.	蛇變爲雉	異苑	
5	《小》		119	B211.3.4.1.（*）〔註66〕	鸚鵡說人善惡	異苑	
6	《小》	6	11〔註67〕	B211.7.3.	黿作人語	異苑、任昉述異記	
1	《金》〔註68〕		7	B874. B876.2.1.	大魚（長千丈，海燕飛七日方盡）蟹螯如山	（晉）玄中記	
2	《金》		8	D1652.1.9.3.	牛體之肉割復生	（晉）博物志、玄中記	
3	《金》		26〔註69〕	B875.3.1.	巨龜背上生樹木如島嶼	（晉）生經	
4	《金》		27〔註70〕	B872.7.	鴨大如鵝		
5	《金》		29〔註71〕	A1119.4.	潮起潮落，是鯨鯢出入其海底之居穴所致		

〔註66〕 按：此則情節與《異苑》卷3第3則前半段同，《六朝志怪小說情節單元分類索引》（乙編）定其爲B211.3.4.1.「鸚鵡說人善惡」，筆者據以補之。金榮華：《六朝志怪小說情節單元分類索引》（乙編）（臺北縣新店市：中國口傳文學學會，2008年3月初版1刷），頁14。

〔註67〕 （南朝梁）殷芸撰；王根林校點：《殷芸小說》，收於王根林、黃益元、曹光甫校點：《漢魏六朝筆記小說大觀》（上海：上海古籍出版社，1999年12月第1版，1999年12月第1次印刷，綜合1910魯迅輯、1942余嘉錫《殷芸小說輯證》、1984周楞伽《殷芸小說》及有關類書正史），頁1038～1039。

〔註68〕 《金樓子》之版本，筆者採用《叢書集成新編》（臺北：新文豐出版股份有限公司，1985年元月初版，《知不足齋叢書》本），與《六朝志怪小說情節單元分類索引》之《古今小說大觀》本相異，因此在則數之資料上會有出入，不同之處，筆者僅以作註對照之。

〔註69〕 按：《六朝志怪小說情節單元分類索引》（乙編）言第25則屬之。金榮華：《六朝志怪小說情節單元分類索引》（乙編），同註66，頁25。

〔註70〕 按：《六朝志怪小說情節單元分類索引》（乙編）言第26則屬之。金榮華：《六朝志怪小說情節單元分類索引》（乙編），同註66，頁25。

〔註71〕 按：《六朝志怪小說情節單元分類索引》（乙編）言第28則屬之。金榮華：《六朝志怪小說情節單元分類索引》（乙編），同註66，頁6。

6	《金》		33〔註72〕	B871.2.7.	大鼠（如牛）（鼲鼠）		
7	《金》		35〔註73〕	B741.5. B875.3.	龜四足各攝一龜〔註74〕 巨龜（長八九尺）		
8	《金》		36〔註75〕	B872.0.1.	小鳥大如鷺		
9	《金》		42〔註76〕	B15.3.3.1.	鹿額載藤四條，直上長丈許	（晉）交州記	
10	《金》		49〔註77〕	F911.2.2.	蛇吞象（三年而吐其骨）	山海經、博物志	
11	《金》		51〔註78〕	B60.0.1.	魚有毛	博物志	
1	《續》		1	B211.1.7.	狗作人語		
2	《續》		2	D383.	蚱蜢變爲人		
3	《續》		3	B883.3.1.	螻蛄魅	幽明錄	
4	《續》		11	D393.	龜（鼉、黿）變爲人		
1	《雜》		7	*B727.2.（*）	馬尿消自鱉爲水（甲編）	（晉）搜神後記	
2	《雜》		11	B211.7.3. B881.1.	黿作人語 龜（鼉、黿）魅		
3	《雜》		12	B636.2. D393.	龜女與人生龜 龜（鼉、黿）變爲人	孔氏志怪	
1	《錄》		18	B572.3.	野豬爲人築塘	小說	
2	《錄》		26	D423.0.2.	鳥變爲玉	（魏）列異傳	

〔註72〕 按：《六朝志怪小說情節單元分類索引》（乙編）言第32則屬之。金榮華：《六朝志怪小說情節單元分類索引》（乙編）（臺北縣新店市：中國口傳文學學會，2008年3月初版1刷），頁25。

〔註73〕 按：《六朝志怪小說情節單元分類索引》（乙編）言第34則屬之。金榮華：《六朝志怪小說情節單元分類索引》（乙編），同註72，頁23。

〔註74〕 按：《六朝志怪小說情節單元分類索引》（乙編）提及B741.5.情節爲「龜四足各攝一鬼」，然《金樓子》第35則之文字敘述中有「龜四足各攝一龜」，筆者以爲「鬼」係「龜」之形訛。金榮華：《六朝志怪小說情節單元分類索引》（乙編），同註72，頁23。

〔註75〕 按：《六朝志怪小說情節單元分類索引》（乙編）言第35則屬之。金榮華：《六朝志怪小說情節單元分類索引》（乙編），同註72，頁25。

〔註76〕 按：《六朝志怪小說情節單元分類索引》（乙編）言第41則屬之。金榮華：《六朝志怪小說情節單元分類索引》（乙編），同註72，頁6。

〔註77〕 按：《六朝志怪小說情節單元分類索引》（乙編）言第48則屬之。金榮華：《六朝志怪小說情節單元分類索引》（乙編），同註72，頁112。

〔註78〕 按：《六朝志怪小說情節單元分類索引》（乙編）言第50則屬之。金榮華：《六朝志怪小說情節單元分類索引》（乙編），同註72，頁8。